WIE SCHNEEFLÖCKCHEN VERLIEBT

LIEBESROMAN

MARTINA GERCKE

Verlag:
BookRix GmbH & Co. KG
Implerstraße 24
81371 München
Deutschland

Cover: rauschgold design
Lektorat: (Katharina Strzoda) Lektorat Lieblingswort
Korrektorat: (Sara Münster) Pergament und Federkiel
Buchsatz: BookRix GmbH & Co. KG
Text: Martina Gercke

ISBN: 9783–7554-3006-3

1 - JULIA

*D*u kündigst mir, nachdem wir gerade Sex
»   miteinander hatten?« Ich starrte Tom mit einer
Mischung aus Entsetzen und Fassungslosigkeit an. Bis vor zwei
Minuten hatte ich noch zufrieden in seinen Armen gelegen, damit
beschäftigt, meinen Puls wieder auf Normalnull zu bringen.

Tom richtete sich auf. Seine Haare lagen wirr um sein Gesicht
und er hatte die typischen roten Flecken am Hals, die er immer
beim Sex bekam. »Ja, ich dachte, du würdest dich freuen.« Im
Hintergrund blinkte die Lichterkette am Fenster, als würde ich
mich in einem Puff befinden.

»Freuen?« Ich schüttelte verwirrt den Kopf. »Sag mal, nimmst
du Drogen?«

»Julia, hör auf mit dem Quatsch.«

»Aber ich verstehe nicht, wie du mir kündigen kannst und
dabei so tust, als wäre es die normalste Sache auf der Welt. Quasi
ein Glücksfall für mich. Ich meine …« Ich machte eine weitläu-
fige Handbewegung. »Wir beide sind doch ein Paar.«

»Also, so würde ich uns nicht bezeichnen.«

»Ach, und wie würdest du uns bezeichnen?« Ich funkelte
Tom an.

»Sieh es doch mal so«, wich er meiner Frage aus, »du hast

dich immer beklagt, dass du die Vorweihnachtszeit nicht genießen kannst, weil im Büro immer so viel los ist. Diesmal hast du endlich Zeit und kannst dich noch dazu in aller Ruhe um einen neuen Job kümmern.« Tom schenkte mir ein zufriedenes Lächeln, als hätte er mir soeben verkündet, dass ich im Lotto gewonnen hatte.»Das ist sozusagen eine Win-win-Situation.«

»Spinnst du jetzt völlig! Win-win-Situation? Für dich vielleicht, aber nicht für mich. Du hast schließlich nicht deinen Job verloren.«

»Dafür hast du ja noch mich.« Er fuhr sich mit der Hand über das Kinn, was er immer tat, wenn ihm etwas unangenehm war. »Weißt du, ich denke, es ist einfach besser, wenn wir das Berufliche von dem Privaten trennen, und das geht nicht, solange du bei mir angestellt bist.«

Ich richtete mich mit einem Ruck auf.»Und das fällt dir jetzt ein, nachdem wir seit drei Monaten miteinander in die Kiste hüpfen.«

Toms Blick wanderte zu meinen nackten Brüsten.»Ihr Frauen seid immer so schrecklich emotional, wenn es um solche Dinge geht.«

»*Solche Dinge?*« Ich machte mit den Fingern Gänsefüßchen in der Luft.»Das mit uns ist also ein Ding für dich. Na vielen Dank auch. Und hör auf, mir auf die Brüste zu starren, während ich mit dir rede.«

Ertappt hob Tom seinen Blick.»Julia, wir wussten doch beide, dass es so nicht weitergehen kann. Ich bin dein Boss und du arbeitest für mein Unternehmen.«

»Danke, dass du mich noch mal darauf hinweist. Sonst hätte ich es womöglich vergessen«, erwiderte ich trocken.

»Schnuppelchen, komm schon.« Er tätschelte mit der Hand den freien Platz neben sich auf dem Kopfkissen.»Reg dich nicht so auf. Du bist eine tolle Vertriebsleiterin und wirst bestimmt schnell eine neue Stelle finden.«

»Ich soll mich nicht aufregen!« Wütend schnaubte ich.»Ich

will mich aber aufregen, verdammt noch mal.« Ich zerrte an dem Bettlaken.

»Jetzt hast du die ganze schöne Stimmung zwischen uns kaputtgemacht«, maulte Tom wie ein kleiner Junge.

»Du bist wohl als Baby ein paarmal zu oft gegen den Geburtskanal gedonnert, sonst würdest du nicht so einen absoluten Schwachsinn reden.« So langsam kam ich richtig in Fahrt. »Wenn hier jemand die Stimmung kaputtgemacht hat, dann du mit deinem Gefasel von ›Es ist besser für uns beide‹. Ich hätte gleich wissen müssen, dass das zwischen uns nichts werden kann.«

Als ich Tom Chapman während meines Bewerbungsgespräches vor einem halben Jahr das erste Mal bei *Chapman & Sohn* begegnet war, war ich sofort schockverliebt gewesen. Mit seiner Hornbrille und dem maßgeschneiderten Anzug hatte er einfach supersüß ausgesehen. Natürlich hatte ich mich am Anfang gegen meine Gefühle gewehrt, aber letztendlich hatten meine Hormone gesiegt und ich war nach zwei Dates mit ihm im Bett gelandet. Seitdem trafen wir uns regelmäßig in meinem oder seinem Appartement. Tom war sehr bedacht darauf, dass niemand im Büro von unserer Beziehung erfuhr. Zumindest so lange, bis er mich seinen Eltern offiziell vorgestellt hatte. Ich hatte kein Problem damit gehabt, da ich sehr viel Wert auf meine Professionalität legte und nicht bei meinen Kollegen anecken wollte.

»Dann ist das zwischen uns für dich also nur eine Affäre?« Die Erkenntnis traf mich wie ein Schlag. Mit einem Ruck hatte ich die Decke zu mir gezogen.

»Hey, was soll das!«, protestierte Tom. Man muss ja sagen, dass der Anblick eines Mannes nach dem Sex ziemlich ernüchternd sein konnte. Toms Glied war auf die Größe einer vertrockneten Salatgurke zusammengeschrumpft und war auch genauso pickelig.

»Ich warte noch immer auf deine Antwort.«

»Na ja«, druckste er. »Die Sache mit uns ist ja ganz frisch. Ich weiß nicht …«

»Frisch! Okay, vielen Dank. Das reicht als Antwort.« Mit

einer energischen Handbewegung gebot ich ihm Einhalt. Tom öffnete noch einmal den Mund, schloss ihn jedoch wieder. »Dann sage ich dir, was zwischen uns läuft. Nichts mehr!«

Hektisch wickelte ich mir ein Stück Decke um meine Brust. Ich würde ihm nicht den Anblick meines nackten Körpers zum Abschied gönnen. Mit einem Satz sprang ich aus dem Bett. Im selben Moment ging ein Ruck durch meinen Körper und die Decke rutschte mir von der Brust. Ich geriet ins Straucheln. Hilflos ruderte ich mit den Armen durch die Luft. Leider ohne Erfolg.

»Das wollte ich nicht«, hörte ich Toms Stimme. Wie in Zeitlupe sah ich den schrecklichen kotzgrünen Teppichboden von Toms Appartement immer näher kommen. Gar nicht gut – in jeder Hinsicht.

Das Nächste, was ich fühlte, war ein unglaublicher Schmerz in meinem Kopf. Dann wurde für einen Moment alles dunkel, was zumindest in einem Punkt ganz gut war, denn so musste ich nicht länger das schreckliche Grün des Teppichs sehen.

Als ich die Augen wieder öffnete, lag ich auf dem Bauch. Meine Stirn pochte und mein Arm fühlte sich seltsam taub an.

Tom stand mit besorgtem Gesichtsausdruck nackt über mich gebeugt, sein Schwanz baumelte dabei wie eine Glocke vor und zurück. Er hatte das Handy gegen sein Ohr gepresst. Ich wurde von einer leichten Übelkeit erfasst, ob vom Sturz oder dem Anblick, der sich mir bot, konnte ich nicht sagen.

»Hallo, ich habe einen Notfall …«, drang seine Stimme an mein Ohr.

Notfall? Unbewusst runzelte ich die Stirn, was zur Folge hatte, dass ich dort einen dumpfen Schmerz verspürte.

»Eine … eine ….«, stammelte Tom weiter, auf der Suche nach einem Begriff für mich. Der Mistkerl. »Eine Bekannte ist gestürzt und hat sich, glaube ich … Sie hat ein Loch im Kopf.«

Was? Hektisch fasste ich mit der Hand an meine pochende Stirn. Sie fühlte sich eigenartig warm und feucht an.

»Schnuppelchen, alles wird gut.« Tom tätschelte mir hilflos die Schulter, als wäre ich eine Kuh, die er beruhigen musste. »Es hat sich ausgeschnuppelt«, hauchte ich mit dem letzten bisschen Selbstachtung, das ich noch hatte. Dann wurde ich erneut von einem Schwindel erfasst und alles um mich herum versank in Dunkelheit.

»Meine Güte, wenn das Ganze nicht so tragisch wäre, wäre es eigentlich ziemlich komisch.« Natalies Mundwinkel zuckten verdächtig, begleitet von dem leisen Piepen des Überwachungsmonitors, der neben meinem Bett aufgebaut war. Sie trug eine modisch weite ¾-Jeans und schwarze Dr. Martens dazu. Außerdem hatte sie sich einen steingrünen Mantel übergeworfen, denn Londons Wetter präsentierte sich wie häufig Ende November von seiner unangenehmen Seite. Regen prasselte gegen das Fenster und so, wie es von meiner Position aussah, blies dazu noch ein kräftiger Wind.

»Hey, wehe du lachst«, zischte ich meine beste Freundin an und deutete auf das grüne Flügelhemdchen, das mir eine der Schwestern angezogen hatte. Meine Klamotten lagen noch immer in Toms Schlafzimmer. In der ganzen Aufregung hatte ich vergessen, sie mitzunehmen.

»Ich stelle mir nur gerade vor, wie dich die Rettungsassistenten bei diesem Mistwetter nur im Laken aus dem Appartement getragen haben«, fuhr Natalie fröhlich fort.

»Schön, dass ich etwas zu deiner Unterhaltung beitragen kann«, erwiderte ich säuerlich. Allein bei dem Gedanken an den Unfall und seine Folgen spürte ich, wie die Wut wieder in mir hochkroch.»Tom sah echt erleichtert aus, als der Rettungsassistent die Tür vom Wagen zugeschmissen hat.«

»Ich habe gleich gewusst, dass der Typ ein richtiges Arschloch ist«, bemerkte Natalie trocken.»Gut, dass du ihn abgeschossen hast.«

»Hm. Trotzdem bin ich arbeitslos und habe noch dazu eine Platzwunde und eine schwere Gehirnerschütterung.«

»Wenn du willst, fahre ich zu dem Arsch und geige ihm mal so richtig die Meinung oder noch besser – ich bitte Rocky, das für mich zu tun.«

Natalies Freund hatte die Neigung, Konflikte auf eher unorthodoxe Weise zu lösen, vor allem, wenn es um seine Freundin ging. Der letzte Typ, der Natalie auf einer Party ein wenig zu lange angeschaut hatte, musste es mit einer gebrochenen Nase bezahlen.

Ich überlegte einen Moment. »Verdient hätte er es ja, aber eigentlich ist er es nicht wert, auch nur einen Gedanken an ihn zu verschwenden und schon gar nicht, Rocky in Schwierigkeiten zu bringen.«

»Das klingt aber sehr erwachsen.«

»Erwachsen. Hm.« Nachdenklich fuhr ich mir mit der Zungenspitze über die Oberlippe. »Hast du zufällig einen Spiegel dabei?«

»Wieso?«

»Irgendwie fühlt sich meine Lippe komisch an.«

»Willst du das wirklich sehen?«

»Was soll denn das bedeuten?« Panik befiel mich.

»Ach nichts, außer, dass du nicht nur eine Platzwunde am Kopf hast.« Natalie zog wortlos einen Spiegel aus ihrer Tasche hervor. Und reichte ihn mir. »Du bist bei dem Sturz etwas unglücklich aufgekommen …«

»O mein Gott!« Ich stieß einen entsetzten Schrei aus, als ich mein Spiegelbild sah.

Meine blonden Haare hingen wie schlaffe Spaghetti auf die Schultern herab. Blutspritzer waren darin zu sehen. Um meine Stirn war ein dicker, weißer Verband gewickelt, auf dem ebenfalls Blutspritzer prangten. Mein Gesicht war blass und eingefallen. Die schwarze Wimperntusche war verschmiert und meine Augen traten fast unnatürlich blau hervor. Aber das Schlimmste war meine Oberlippe, die aussah wie ein aufgeplatztes Wiener Würstchen.

»Der Arzt meinte, du bist wohl auf den Mund gefallen.«

Natalie grinste schief, die meinen entsetzten Blick aufgefangen hatte.

»Das ist nicht witzig!«, knurrte ich. »Ich sehe aus wie ein trauriger Clown nach einer misslungenen Hyaluronbehandlung.«

»Irgendwie schon. Aber so weißt du wenigstens, dass dir aufgespritzte Lippen nicht stehen.« Natalie lehnte sich in ihrem Stuhl zurück.

»Ich bin stinksauer.« Ich schnaubte und ließ den Spiegel auf das Bett fallen.

Natalie zog automatisch den Kopf zurück. »Auf mich?«

»Nein, auf Tom natürlich, aber am meisten auf mich selbst. Wenn ich daran denke, dass ich ein Vermögen für Reizwäsche ausgegeben habe, nur um ihm zu gefallen, könnte ich mich selbst ohrfeigen. Ich bin so eine naive Kuh.«

»Jetzt hör auf, dich schlechtzumachen. Du bist toll. Der Typ hat dich gar nicht verdient. Außerdem machen wir alle mal Fehler. Das mit Rocky und mir ist auch nicht ganz einfach, wie du weißt.«

»Danke, aber seien wir doch mal ehrlich: Irgendwie falle ich immer auf die falschen Typen rein.«

»Das stimmt nicht. Danny war doch ganz nett.«

Abwertend verzog ich das Gesicht. »Du meinst nicht etwa den Danny, der mich betrogen und behauptet hat, das habe nichts zu bedeuten?«

»Okay, okay. In den letzten Jahren hattest du einfach Pech. Mehr nicht. Das solltest du nicht überbewerten.«

»Ich bin neunundzwanzig Jahre alt. Ab nächstem Jahr befinde ich mich auf dem absteigenden Ast. Botox wird ab dann mein bester Freund und meine Eierstöcke gehen langsam in den Vorruhestand über.«

»Du klingst wie deine Mutter.«

»Apropos, bitte sag meiner Mutter nicht, dass ich im Krankenhaus liege.«

»Ähm, du ...«, stotterte Natalie. »Es könnte sein, dass ich das bereits getan habe.« Sie schaute mich mit schuldbewusstem Ausdruck an.

»Was? Du hast mit Mum gesprochen?« Pures Entsetzen sprach aus meiner Stimme. Nicht, dass ich meine Mum nicht lieben würde, aber sie hatte eine gewisse Neigung zur Exzentrik.

»Ja, ich wusste ja nicht, wie schlimm es um dich steht«, gab Natalie kleinlaut von sich.

»Aber ich habe dir doch gesagt, dass ...«

In diesem Moment flog die Tür auf und Mum stand im Raum.

»Mein armes Kind!«, schrie sie mir ihrer Kreissägenstimme. Mit ausgebreiteten Armen eilte sie auf mich zu. Aus ihrem Gesicht lachte mir das pure Grauen entgegen.

Ich warf Natalie einen wütenden Blick zu, den sie mit einem Schulterzucken quittierte.

»Mein Schätzchen, was haben sie dir nur angetan.« Ehe ich etwas sagen konnte, hatte mich Mum an ihre üppige Oberweite gepresst. Sofort hatte ich den tröstlichen Duft von Jasmin und Maiglöckchen in der Nase, der sie umgab wie eine zweite Haut.

»Mum, nicht so fest«, piepste ich.

»Entschuldige.« Sofort lockerte sie ihren Griff.

»Schon gut«, erwiderte ich tonlos.

»Wie geht es dir, mein Engelchen?« Mums Hand fuhr zärtlich über meine Wange.

»Ging mir schon mal besser«, schniefte ich. Jetzt, wo Mum da war, überkam mich plötzlich das Elend der Welt und ich fühlte mich schwach.

»Wie ist denn das passiert?« Mums Blick wanderte mit quälender Langsamkeit von meinem Gesicht hinunter bis zu der Bettdecke.

Eine verräterische Wärme kroch über meinen Hals hoch. »Tja, also ...«, fing ich an, während meine Synapsen verzweifelt nach einer plausiblen Erklärung suchten. Leider fiel mir nichts ein. »Ich bin gestolpert und hingefallen«, antwortete ich wahrheitsgemäß.

»Aber wo? Natalie meinte am Telefon, du warst bei deinem Boss.« Mum hatte schon immer ein Talent, den Dingen auf den Grund zu gehen. »Dann wäre es ein Arbeitsunfall und deine Versicherung übernimmt den Schaden und den Lohnausgleich.«

Mist. Mist. Mist.

Ich warf Natalie, die es bisher vorgezogen hatte, sich in Schweigen zu hüllen – die Schlange –, einen hilfesuchenden Blick zu.

»Hallo, Mrs Campbell«, startete Natalie ihr kleines Ablenkungsmanöver und reichte Mum die Hand.

»Hallo, Natalie.« Mum nickte wohlwollend. »Danke, dass du mich angerufen hast.«

Ein Lächeln breitete sich auf dem Gesicht meiner besten Freundin aus. »Gern geschehen.«

Na warte, sobald wir allein waren, würde ich ein Hühnchen mit ihr rupfen.

Mum wandte sich wieder mir zu. »Aber du hast mir meine Frage noch nicht beantwortet. War es ein Arbeitsunfall?«

Ich stöhnte. Sie würde nicht lockerlassen, bis sie die genauen Umstände erfahren hatte.

»Also nicht direkt«, druckste ich, während meine Hirnzellen weiter nach einer Ausrede suchten.

Mum runzelte die Stirn. Zumindest soweit es noch ging, denn seit sie die fünfzig überschritten hatte, war sie zweimal im Jahr beim Beautydoktor und ließ sich Botox spritzen. »Was soll das bedeuten?«

Ich leckte mir nervös mit der Zungenspitze über die Unterlippe. »Na ja, also genau genommen ist es bei Tom in der Wohnung passiert.«

»Tom?« Mum blinzelte mit den Augenlidern wie ein Eichhörnchen auf Ecstasy.

»Mein Boss – Tom Chapman«, murmelte ich.

Mum stutzte und für einen Moment sagte sie nichts. Ein Umstand, der nur äußerst selten vorkam und nichts Gutes zu bedeuten hatte.

Immer noch bewegte sich nichts in Mums Gesicht.

»Mrs Campbell?« Natalie schaute Mum irritiert an.

»Mum, bitte zwinkere mit den Augen oder sag etwas, damit ich weiß, dass du keinen Schlaganfall hattest«, bat ich sie.

»Julia Claire Campbell«, erwachte Mum wieder zum Leben und ihre Augen funkelten mich an. »Kann es sein, dass du mir etwas erzählen möchtest?«

Seufzend gab ich mich geschlagen. »Ich hatte eine Affäre mit meinem Boss«, gestand ich schließlich in dem Wissen, das die Hölle über mich hereinbrechen würde. »Mein armes Kind. Schlimm genug, dass ich diesen Fehler gemacht habe«, sagte Mum zu meiner Überraschung. Natalie und ich tauschen kurze Blicke. »Ich hatte gehofft, dass du nicht den gleichen Fehler machen würdest wie ich«, fuhr Mum fort. »Warum hast du nicht mit mir gesprochen? Ich hätte dich gewarnt.«

»Du hattest eine Affäre mit deinem Boss?«, fragte ich überrascht. Meine Eltern waren bis zu Dads Tod vor zwei Jahren fünfunddreißig Jahre miteinander verheiratet gewesen. Es war mir nie in den Sinn gekommen, dass meine Mutter ein Sexleben vor dem mit meinem Vater gehabt haben könnte. Offensichtlich hatte ich mich getäuscht.

»Ja, ich war schließlich auch mal jung«, sagte Mum, die meine Gedanken erraten hatte. »Timothy war zehn Jahre älter als ich. Ich war so schrecklich naiv und so verliebt. Ich dachte, er würde mich lieben, bis ich erfahren habe, dass er verheiratet ist. Es war schlimm für mich und ich habe mir die Augen aus dem Gesicht geweint. Aber dann kam dein Vater und hat mich gerettet.«

»Ach, Mum.« Ich kuschelte mich an sie wie früher als Kind. »Das wusste ich ja gar nicht.«

»Ja, es gibt so einiges in meinem Leben, das du nicht weißt«, erwiderte Mum geheimnisvoll und ich fragte mich im Stillen, was sie wohl meinen könnte. Jedoch verzichtete darauf nachzufragen, aus Angst, was ich als Antwort bekommen würde. »Aber zurück zu dir. So kannst du unmöglich in dein Appartement zurück.«

»Kann ich nicht?« Ich schüttelte verwirrt den Kopf. Ein Fehler, denn sofort wurde mir schwindelig und ein Brummen setzte ein, als hätte darin ein Schwarm Bienen sein neues Zuhause gefunden.

»Auf keinen Fall. Du siehst schrecklich blass aus und deshalb nehme ich dich auch mit zu mir.«

»Zu dir? Du meinst auf einen Kaffee?« Ich hatte seit Jahren nicht mehr zu Hause geschlafen.

»Nein, du bleibst bei mir, bis es dir wieder besser geht«, sagte Mum in einem Tonfall, der keine Widerrede zuließ.

»Aber es geht mir gut«, log ich. Die Lippe schmerzte mittlerweile bei jedem Wort und vor meinen Augen drehte sich alles.

»Papperlapapp. Ich habe mit dem Arzt gesprochen. Sie wollen dich auf jeden Fall noch zwei Nächte zur Beobachtung hierbehalten. Der Arzt meinte, du brauchst ganz viel Ruhe. Mit einer Gehirnerschütterung ist nicht zu spaßen. In deinem Zustand kannst du dich nicht selbst versorgen. Natalie muss arbeiten und kann sich nicht um dich kümmern«, nahm sie mir den Wind aus den Segeln.

»Aber ich will dir nicht zur Last fallen«, startete ich einen schwachen Versuch, mich herauszuwinden. Hilfesuchend blickte ich zu meiner Freundin. Mum mein Herz auszuschütten, war eine Sache, bei ihr zu wohnen, eine andere. Es würde nicht lange dauern und wir würden uns in den Haaren liegen. Im Gegensatz zu mir war Mum nämlich eine konsequente Weihnachtsverweigerin, was bedeutete, dass die Vorweihnachtszeit bei ihr ins Wasser fiele.

»Sorry, Babe, aber mit Rocky ist das bei mir etwas schwierig im Moment.« Natalie zuckte mit den Schultern.

Ich würde nie verstehen, wie Natalie mit so einem Mann zusammenleben konnte. Zugegebenermaßen war er eigentlich ein lieber Kerl, der gern kochte und Nat auf Händen trug. Nur manchmal hatte er eben seine Probleme.

»Dann ist es beschlossene Sache«, sagte Mum mit schneidender Stimme. »Du schläfst jetzt erst einmal bis zu deiner Entlassung und dann kommst du zu mir.«

»Aber nur ein paar Tage«, lenkte ich ein und ließ meinen Kopf zurück aufs Kissen sinken.

2 - SIMON

urch die dicken Mauern des *Tipsy Cow* drang lautes Gelächter zu mir heraus. Mit einem Ruck drückte ich die schwere Holztür auf und trat ein.

Im Gegensatz zu draußen, wo sich bereits der Raureif auf die Gräser und Bäume gelegt hatte, war es im Pub angenehm warm. Es roch nach deftigem Essen und Kaminfeuer. Das Licht war schummrig und täuschte über die vielen Flecken und Kratzer hinweg, die man bei Tageslicht auf dem alten Dielenboden verteilt fand.

Hastig legte ich meinen Mantel und den Schal vorn an der Garderobe ab. Ich war spät dran. Zeitgleich ließ ich meinen Blick durch den Pub schweifen.

Wie immer um diese Uhrzeit war der Laden brechend voll. Lenn und die anderen Männer der Seniorengruppe hatten sich um einen Tisch in der hinteren Ecke versammelt und spielten Skat. Um den langen Holztresen hatten sich mehrere der üblichen Verdächtigen eingefunden. Dahinter wirbelte Gareth am Zapfhahn, um den Wünschen seiner Gäste nachzukommen.

Die meisten Einheimischen trafen sich hier nach der Arbeit, um in Ruhe unter Freunden ein Feierabendbierchen zu trinken.

Nur wenige Touristen verirrten sich hierher und schon gar nicht um diese Jahreszeit. Das würde sich ändern, wenn der Weihnachtsmarkt seine Pforten öffnete. Gareth hatte den Pub bereits mit bunten Lichterketten weihnachtlich dekoriert und seine Speisekarte um ein Winterstew ergänzt.

Suchend sah ich mich um, bis ich Colins hellbraunen Haarschopf entdeckt hatte. Mit wenigen Schritten durchquerte ich den Raum.

»Na, alter Junge, wie geht es dir?«, empfing mich mein bester Freund mit einem Lächeln. Er hatte es sich auf dem Ledersessel vor dem Kamin gemütlich gemacht. Vor ihm auf dem Boden lag Baxter und wedelte freudig mit dem Schwanz, als er mich entdeckte. Der Golden Retriever wich seinem Herrchen nicht von der Seite. Die beiden waren ein Herz und eine Seele. Fast so wie ich und Colin. Wir kannten uns fast das ganze Leben und hatten schon so manche Höhen und Tiefen miteinander erlebt. Colin war immer an meiner Seite gewesen, auch in den schwärzesten Stunden meines Lebens. Etwas, das ich ihm nie vergessen würde.

»Gut, so weit. Im Moment ist es ziemlich ruhig. Weihnachten sind wir allerdings ausgebucht«, erwiderte ich. »Und du?«

»Danke, ich kann nicht klagen.« Colin hatte einen florierenden Handwerksbetrieb.

Ich ging in die Knie. »Baxter, wie geht es dir?«

Der Retriever wackelte mit den Ohren und seine feuchtbraunen Augen blickten mir wissend entgegen, als hätte er jedes Wort verstanden. Manchmal war ich mir nicht so sicher, ob Baxter nicht dachte, er wäre ein Mensch. Zumindest verhielt er sich meistens so.

»Gut zu wissen.« Ich ließ mich in den Ledersessel gegenüber von Colin fallen.

Die Bedienung tauchte neben uns auf. Sie hatte sich eine schwarze Schürze um die Hüften gebunden. Ihre üppigen Brüste quollen aus dem Ausschnitt ihres T-Shirts wie ein Hefeteig. »Hey, lange nicht gesehen.«

»Hallo, Mary«, begrüßte ich sie.»Viel Arbeit, wenig Zeit. Liegt jedenfalls nicht an euch.«

»Das freut mich. Was macht Hazel?« Aus ihrem Gesicht sprach stummes Mitleid.

»Danke der Nachfrage.« Ich hatte keine Lust, weiter darüber zu reden. Alles, was ich nach dem langen Arbeitstag wollte, war ein wenig Ruhe und mit meinem besten Freund plaudern. Es kam selten vor, dass ich die Gelegenheit hatte auszugehen. Außerdem hatte Ruby mir klargemacht, dass sie spätestens um Mitternacht zu Hause sein wollte, also war meine Zeit ohnehin begrenzt.

»Hm.« Mary schwieg für einen Moment. Ihre Augen klebten auf meinem Gesicht.»Du weißt, wenn du Hilfe brauchst, bin ich immer für dich da.« Dabei streckte sie ihren Rücken durch, sodass mir ihre Brüste förmlich entgegensprangen. Aus dem Augenwinkel sah ich, wie Colins Mundwinkel verdächtig zuckten.

»Danke, Mary. Ich weiß dein Angebot zu schätzen. Aber so weit ist alles geregelt«, lehnte ich höflich ab.

»Okay, aber falls doch, hast du ja meine Nummer.« Enttäuschung sprach aus ihrem Gesicht.»Kann ich euch Jungs noch etwas bringen?« Sie deutete auf Colins halb leeres Glas.

»Ein Ale bitte und gern eine Ladung *Fish and Chips*.«

»Ich würde auch noch eins nehmen. Auf einem Bein kann man schließlich nicht stehen«, sagte Colin.»Und bei deiner Telefonnummer und den *Fish and Chips* bin ich auch dabei.«

Marys Augenbraue zuckte nach oben.»Vergiss es, Colin.«

»Meinst du die *Fish and Chips*? Dann nehme ich stattdessen den Eintopf.« Colin grinste Mary breit an.

»Die *Fish and Chips* kannst du haben, aber nicht meine Nummer.« Mit diesen Worten eilte sie davon.

»Du bist unmöglich!« Ich streckte die Beine aus und schlug die Füße übereinander.

»Einen Versuch war es wert. Mary ist gar nicht so übel und hat schlagende Argumente, wenn du weißt, was ich meine.« Seine Hände formten einen weiblichen Körper in der Luft.

»Denkst du eigentlich auch mal an etwas anderes?«

»Nur, wenn ich arbeite – und selbst dann. Ich bin eben ein gesunder Mann, durch dessen Adern jede Menge Testosteron fließt.« Colin spülte den Rest seines Getränks hinunter. »Du weißt, dass Mary auf dich steht.«

»Ja, aber ich stehe nicht auf sie«, gab ich knapp zurück.

»Simon, es ist über ein Jahr her. Wie lange willst du noch warten?«

Ich schüttelte seufzend den Kopf. »Wir haben doch schon tausendmal darüber gesprochen. Es ist alles gesagt, was es dazu zu sagen gibt, und daran hat sich seit unserem letzten Treffen nichts geändert. Also können wir das Thema bitte einfach auf sich beruhen lassen? Ich verspreche, du bist der Erste, der davon erfährt, wenn ich meine Meinung ändern sollte.«

»Ich will doch nur dein Bestes«, startete Colin einen weiteren Versuch. »Ein bisschen Sex hat noch niemandem geschadet.«

»Es geht mir gut. Ich habe das Hotel, Hazel und dich. Das ist alles, was ich brauche.«

Für einen Moment herrschte Schweigen zwischen uns. Das Knistern der Flammen im Kamin war zu hören. Ein Geräusch, das ich schon immer mochte, weil es Wärme und Geborgenheit in mir auslöste. Nachdenklich wanderte mein Blick zu den Flammen, die hinter dem Funkengitter gierig an dem Holz züngelten.

»Hast du schon was in Erfahrung gebracht, wie es mit Ellens Mühle weitergeht?«, versuchte Colin mit einem neuen Thema die Unterhaltung wieder in Gang zu bringen. »Ich fand es als Junge immer schön, dort zu sitzen und in den Büchern zu schmökern. Außerdem war Ellen eine Seele von Mensch.«

»Ich habe mich immer gefragt, wie eine nette Frau wie Ellen eine Tochter wie Bethany haben kann.«

»Das Leben ist nicht fair«, murmelte Colin. »Wobei Bethany nicht immer so war.«

Mary kam zurück und reichte uns unsere Gläser.

»Mit lieben Grüßen von Gareth, die Runde geht aufs Haus.«

»Oh, womit haben wir das verdient?«, fragte Colin.

»Nicht du, sondern Simon«, sagte Mary mit einem frechen Grinsen. »Gareth' Tante war begeistert von ihrem Aufenthalt bei dir.«

Colin sah mich fragend an. »Du und Gareth' Tante?«

»Sehr witzig!« Ich zuckte lächelnd mit den Schultern. »Manchmal hat es eben seine Vorteile, wenn man ein Hotel besitzt und Gäste zufrieden sind.«

»Da kann ich nicht mithalten.« Er prostete mir zu. Dabei lief Schaum über seine Hand, was er geflissentlich ignorierte.

»Cheers.« Ich nahm einen kräftigen Schluck und schloss genießerisch die Augen. Seit dem Vorfall kam nicht allzu häufig vor, dass ich einen Abend im Pub verbringen konnte. Umso mehr genoss ich die Abende mit meinem Freund hier vor dem Kamin.

»Sag mal, bist du in zwei Wochen dabei?«, fragte mich Colin und wischte sich mit dem Handrücken über den Mund.

»Was meinst du?«

»Na, den Dartwettbewerb natürlich wie jedes Jahr.« Der vorwurfsvolle Ton in Colins Stimme war nicht zu überhören.

»Entschuldige, das hatte ich total vergessen. Ich habe keine Ahnung, ob Ruby Zeit hat. Die letzten Male, wenn ich sie gefragt habe, war sie ziemlich busy an den Wochenenden. Heute war eine echte Ausnahme.«

»Warum fragst du nicht Grantham? Die ist völlig vernarrt in Hazel.«

»Grantham hilft mir schon viel zu viel. Die Küche an sich ist schon ein Fulltime-Job. Mit Hazel dazu ist es mehr, als ich ihr in ihrem Alter zumuten kann. Ich möchte ihre Großzügigkeit nicht überstrapazieren. Schließlich hat sie einen Mann zu Hause und Familie. Ich kann sie nicht noch als meinen Babysitter missbrauchen.« Ich nahm erneut einen Schluck Bier. Sofort hatte ich den typisch herben Geschmack auf der Zunge.

»Dir wird schon etwas einfallen«, meinte Colin. »Das wäre das erste Mal in den letzten zehn Jahren, dass wir nicht als Team auftreten würden. Wir haben schließlich einen Ruf als Champions zu verteidigen.«

»Ich finde schon eine Lösung.« *Hoffentlich.*

»Gut.« Colin nickte zufrieden. »Ich habe mir auch schon eine Strategie überlegt, wie wir vorgehen.«

»Eine Strategie! Na, dann lass mal hören.« Lächelnd lehnte ich mich wieder zurück.

3 - JULIA

❄

»*D*er Laden ist ja mal wieder brechend voll«, stellte Natalie fest und schlüpfte aus ihrem Mantel. Der Winter hatte bereits Einzug gehalten und es war trotz des sonnigen Wetters verhältnismäßig kühl draußen. Noch dazu blies ein frischer Wind und scheuchte die wenigen Wolken über den Horizont.

Wir standen im *Farm Girl*, einem winzigen Café inmitten von Notting Hill, das für seine besonderen Kaffeespezialitäten berühmt war. Wie immer um die Mittagszeit war jeder Platz besetzt und es herrschte eine ausgelassene Stimmung. Hipster, Influencer und Geschäftsleute kamen gleichermaßen hierher, um in gemütlicher Atmosphäre eine der selbst gebackenen Köstlichkeiten zu genießen, die ansprechend zurechtgemacht in der gläsernen Vitrine darauf warteten, gegessen zu werden. Es roch nach frisch gebrühtem Kaffee, deftigen Sandwiches und Kuchen. Mittelpunkt des Cafés war der lang gezogene Tresen gleich neben der Treppe zur Empore.

Heather, die Besitzerin, stand dahinter und betätigte die Kaffeemaschine. Als sie uns entdeckte, gab sie uns ein Zeichen, zu ihr zu kommen. Wir gehörten seit der Eröffnung zu ihren

Stammkundinnen. Tatsächlich erhoben sich in diesem Moment zwei Frauen und eilten an uns vorbei in Richtung Ausgang.

»Hallo, ihr beiden«, begrüßte uns Heather mit einem Kopfnicken, während sie ein silbernes Kännchen unter den fauchenden Milchaufschäumer hielt.

»Hallo, Heather. Das nenne ich mal Glück.« Erleichtert ließ ich mich auf einen der freien Hocker fallen.

»Für meine Lieblingskundinnen habe ich immer ein Plätzchen frei. Im Notfall hätte ich euch zwei Stühle organisiert.« Heather lächelte uns zu. Sie war mit ihren knapp ein Meter achtzig fast einen Kopf größer als ich. Mit ihrem blonden Pixiecut und den leuchtend blauen Augen war sie ein absoluter Hingucker. »Was darf ich euch beiden bringen?«

»Ich nehme einen *Lavendel Latte* und dazu einen Scone«, sagte ich.

»Und für mich einen *Rose Matcha* und ein Avocado-Toast.« Natalie grinste.

»Prima, kommt gleich.« Heather wandte sich ab.

»Warte«, hielt ich sie zurück. »Ich habe es mir anders überlegt, ich nehme auch ein Avocado-Toast, aber bitte ohne Ei.«

»Wird gemacht, ein Avocado-Toast ohne Ei«, sagte Heather, ohne mit der Wimper zu zucken.

»Oder warte, ich nehme doch ein Ei«, fügte ich hinzu. »Aber nicht zu weich. Ich mag es nicht, wenn es noch glibbert.« Bei dem Gedanken daran schüttelte ich mich.

»Kein Problem.« Heather kritzelte auf einem Block herum.

»Oder vielleicht nehme ich doch lieber …«, überlegte ich laut. Heather sah zu mir hoch.

»Mist, ich kann mich nicht entscheiden.«

»Sie nimmt einen *Lavendel Latte* und einen Scone«, fuhr Natalie dazwischen. »Du kannst ja von mir probieren, wenn du möchtest.«

»Aber ich wollte doch eigentlich ein Avocado-Toast«, protestierte ich.

»Du kannst dich nicht entscheiden, also übernehme ich das für dich, sonst sind wir morgen noch nicht fertig«, sagte Natalie bestimmt.

Heather lachte laut auf. »Wenn man euch hört, könnte man meinen, ihr seid ein altes Ehepaar.«

»Manchmal kommt es mir auch so vor«, erwiderte ich. »Das Schlimme dabei ist, dass Natalie wirklich der einzige Mensch ist, mit dem ich mir vorstellen könnte zusammenzuleben.«

»Gott bewahre.« Natalie stöhnte gespielt.

»Was soll das denn heißen?«

»Komm schon. Du weißt genau, wie ich das meine.« Natalie tätschelte meine Hand. »Sollte ich jemals lesbisch werden, dann bist du meine erste Wahl.«

»Das genügt mir.«

»Ich wusste ja schon immer, dass ihr beiden einen Knall habt, aber jetzt bin ich mir sicher.« Heather verschwand grinsend hinter dem Tresen.

»Also erzähl mal, wie läuft's?« Meine beste Freundin sah mich fragend an.

»Meinst du, es zählt als Notwehr, wenn ich Mum die Treppe runterschubse?«

»Ist es so schlimm?« Sie schob eine braune Haarsträhne hinter das Ohr. Wie immer sah meine Freundin absolut bezaubernd aus. Sie trug ein moosgrünes langärmeliges Kleid, dazu schwarze Wollstrümpfe und ihre geliebten Dr. Martens.

»Noch viel schlimmer. Du weißt, ich liebe meine Mutter, aber wenn sie mir noch einmal einen guten Ratschlag gibt, kann ich für nichts mehr garantieren. Seit ich aus dem Krankenhaus raus bin, behandelt sie mich wie ein rohes Ei und überhäuft mich mit ...« Ich machte mit den Fingern Gänsefüßchen in der Luft. »... gut gemeinten Tipps. Ich kann dir nicht sagen, wie froh ich bin, endlich wieder zu Hause in meinen eigenen vier Wänden zu sein. Gestern führte mich mein erster Gang ins Kaufhaus, um meine Weihnachtsdeko zu ergänzen. Bei Mum sieht es aus wie in einer Arztpraxis. Kein Weihnachtsfeeling, geschweige denn Dekoration.«

Natalie kicherte leise.

»Das ist nicht witzig. Noch einen Tag länger und ich hätte geschrien, egal wie sehr ich sie liebe.«

Natalie musterte mich kritisch. »Du siehst noch ein wenig blass um die Nase herum aus. Kann aber auch an dem Pullover liegen. Seit wann trägst du gelb?«

»Den hat mir Mum heute morgen bei einem Blitzbesuch geschenkt und mich förmlich genötigt, ihn anzuziehen.« Ich verzog das Gesicht. »Als sie bei mir vor der Haustür gestanden hat, war ich noch im Pyjama, woraus Mum geschlossen hat, dass ich verwahrlose. Zu meiner Verteidigung sollte ich vielleicht dazu sagen, dass es acht Uhr in der Früh war. Ich wage mir gar nicht auszumalen, was sie sich als Nächstes für mich ausdenkt.« Ich stöhnte gespielt.

»Sie meint es doch nur gut. Was macht die Jobsuche?«

»Nichts. Absolut nichts. Der Arbeitsmarkt scheint wie leer gefegt zu sein. Außerdem bin ich mir nicht ganz sicher, ob ich da weitermachen möchte, wo ich aufgehört habe. Die Arbeit im Vertrieb ist nicht gerade mein Traumjob. Nach meinem Studium wollte ich eigentlich einen Buchladen leiten. Aber eine gute Sache gibt es in dem ganzen Chaos, ich kann wenigstens endlich meinen Bücherberg abarbeiten, der seit Monaten darauf wartet, von mir gelesen zu werden.«

»Freut mich für dich. Das löst aber dein kleines Problem mit dem Job nicht«, sagte Natalie in ihrer typisch trockenen Art.

Heather war mit unseren Getränken zurück und stellte sie vor uns auf dem Tresen ab. »Schicker Pullover.«

»Danke, ich hatte ihn schon fast vergessen.« Ohne zu zögern, zerrte ich an dem Ungetüm.

»Was machst du?«, fragte Natalie entsetzt.

»Ich werde dieses scheußliche Ding los.« Mit einem Ruck zog ich den Pullover über den Kopf.

Natalie stieß erleichtert die Luft aus, als sie die Bluse darunter erblickte. »Für einen Moment dachte ich, du würdest nur im BH vor mir sitzen.«

»Ernsthaft?«

»Bei dir weiß man nie.«

Grimmig lächelnd nahm ich den Becher in die Hand. Der zarte Duft von Lavendel stieg mir in die Nase. »Mmh, der riecht schon so lecker. Du kannst dir nicht vorstellen, wie ich den vermisst habe die letzten zwei Wochen.« Vorsichtig nahm ich einen Schluck, darauf bedacht, mir nicht die Lippen zu verbrennen. Sofort hatte ich den Geschmack des Kaffees zusammen mit der zarten Note des Lavendels auf der Zunge. Genießerisch leckte ich mir mit der Zungenspitze über die Lippen. »Für das Rezept würde ich morden.«

»Lieber nicht.« Heather war wiederaufgetaucht. Diesmal hielt sie die Teller mit dem Scone und dem Toast in der Hand. »Das gebe ich dir auch so.«

»Wirklich?« Ich starrte sie überrascht an.

»Klar. Das ist kein großes Geheimnis«, versicherte mir Heather lächelnd. »Du musst nur Lavendelwasser zum Brühen nehmen und ein paar Blüten in den fertigen Kaffee mit reingeben und das war es.«

»Das ist alles?«, rief ich erstaunt.

»Ja, die guten Dinge sind oft die einfachen und nun lasst es euch schmecken.« Sie machte eine Kopfbewegung zu unseren Tellern.

»Danke, Heather.« Der Scone sah absolut zum Anbeißen aus und dazu gab es einen Klecks Clotted Creme und ein Gläschen mit Marmelade.

»Und, war es die richtige Wahl?« Natalie biss in ihr Toast, das auch köstlich aussah.

»Warte!« Ich nahm einen großen Bissen. »Absolut«, quetschte ich hervor.

»Na siehst du. Aber zurück zu deiner Suche. Was willst du jetzt tun, du kannst ja schließlich nicht warten, bis dir etwas in den Schoß fällt.«

»Warum eigentlich nicht?«, nuschelte ich mit noch immer vollem Mund.

»Weil die Jobs nicht einfach auf der Straße liegen.« Natalie leckte sich mit der Zunge einen Klecks Avocado vom Mundwinkel. »Apropos, ich habe mich von Rocky getrennt.«

»Was und das sagst du mir erst jetzt?« Vor Schreck hätte ich fast meinen Scone fallen gelassen.

»Ich bin selbst noch dabei, die Neuigkeit zu verdauen.« Tatsächlich war Natalie etwas blass um die Nase.

»Das tut mir leid.« Bedauernd legte ich die Hand auf ihren Arm.

»Ach, du kennst doch Rocky. Er und ich haben eh nicht zusammengepasst. Diese ewigen Eifersuchtsdramen waren einfach nicht länger auszuhalten. Lieber ein schreckliches Ende als ein Schrecken ohne Ende.« Sie nahm einen Schluck aus ihrem Becher, als müsste sie die Gedanken an Rocky runterspülen.

»Hast du schon eine neue Bleibe?« Nachdenklich rührte ich mit dem Löffel in meinem Becher.

»Ich wollte dich fragen, ob ich bei dir wohnen kann, bis ich etwas Neues gefunden habe.«

»Hey, das brauchst du nicht fragen, das ist doch selbstverständlich.«

»Danke, das ist absolut gigantisch. Ich wüsste nämlich nicht, was ich sonst machen würde. Bei Rocky wohnen zu bleiben, bis ich eine Alternative gefunden habe, ist in seinem Zustand keine Option.« Natalie war von ihrem Stuhl gerutscht und schlang die Arme um meinen Hals.

»Hey, nicht so stürmisch. Natürlich. Wir sind schließlich beste Freundinnen. Allerdings gibt es eine Bedingung.« Ich machte ein ernstes Gesicht.

»Und die wäre?«

»Kein Sex, solange ich in der Wohnung bin.«

»Findest du das nicht etwas kleinlich?«

»Nein, ganz und gar nicht. Seit ich unfreiwillig deinem Sexleben mit Peter O'Hara beigewohnt habe, bin ich traumatisiert.« Bei dem Gedanken an damals verzog ich das Gesicht.

»Okay, einverstanden.« Natalie reichte mir die Hand. »Deal?«

Ich schlug ein. »Deal.«

»Wenn es nicht so früh wäre, würde ich dich jetzt auf einen Drink einladen.«

»Lieber nicht,« sagte ich sicherheitshalber. Bei Natty wusste man nie.

Sie gab mir einen feuchten Kuss auf die Wange. »Habe ich dir schon gesagt, dass ich dich ganz schrecklich lieb habe.«

»Ich dich auch. Dann ist es also beschlossene Sache.«

Natalie ließ mich los und setzte sich wieder. Auf ihrem Gesicht lag ein breites Grinsen.

Ich schob den Teller beiseite, dabei fiel mein Blick auf die Tageszeitung neben mir auf dem Tresen. Ein Blatt mit kleiner Auflage, das ich normalerweise nicht las. Jemand musste es dort liegen gelassen haben.

Stellenangebote

Meine Augen flogen über die Seite und blieben an einem Kästchen hängen, aus dem die Wörter Cotswolds, Buchladen und bezauberndes Cottage hervorstachen.

Unbewusst stellte ich das Kauen ein und starrte auf die Anzeige.

Mitarbeiter für einen wunderschönen Buchladen inmitten der Cotswolds für die Weihnachtszeit gesucht.

Geregelte Arbeitszeiten. Faire Bezahlung. Computerkenntnisse gewünscht.

Ein kleines Cottage wird für die Zeit des Aufenthaltes gestellt.

Bei Interesse melden Sie sich unter …

Darunter stand eine Mobilfunknummer.

Ich schluckte trocken und mein Puls schaltete einen Gang höher.

»Was ist los?«, drang Natalies Stimme zu mir durch. »Du siehst aus, als hättest du eine Erleuchtung gehabt.«

»So fühle ich mich auch.« Mit einem breiten Grinsen auf dem Gesicht schob ich Natalie die Zeitung unter die Nase. »Ich glaube, ich habe soeben meinen Job gefunden.«

Natalie scannte das Blatt. Dabei legte sie ihre Stirn in Falten.

»Cotswolds! Ernsthaft? Bitte sag mir, dass das einer deiner schlechten Scherze ist.«

»Keineswegs. Damit hätte ich gleich zwei Fliegen mit einer Klappe geschlagen.«

»Aha, und die wären?«, unterbrach mich Natalie.

»Wenn du mich ausreden lassen würdest, könnte ich es dir sagen«, schnaubte ich. »Erstens wäre ich mal raus aus London, weg von Tom und zweitens wollte ich mich schon seit Längerem beruflich verändern. Ich habe schon immer davon geträumt einen Buchladen zu besitzen. So könnte ich zumindest testen, ob das wirklich mein Traumjob ist.«

»Traumjob. Echt jetzt?«

»Wieso? Ich habe die besten Voraussetzungen dafür. Ich habe Literatur studiert und noch dazu drei Jahre im Verlagswesen gearbeitet.«

»Ich sage es ja nur ungern, aber du warst im Vertrieb.«

»Na und? Außerdem lese ich für mein Leben gern.«

»Ich auch. Trotzdem fühle ich mich nicht in der Lage, einen Buchladen zu leiten.«

»Ich schon«, erwiderte ich fröhlich. »Das wird schon nicht so schwer sein.«

»Okay, wenn man mal von deinen Qualifikationen absieht, aber muss es ausgerechnet auf dem Land sein?«

»Warum denn nicht. Ich habe mal eine Sendung darüber gesehen und die Gegend sah absolut traumhaft aus. Wusstest du, dass die Cotswolds schon in mehreren Hollywood-Filmen als Kulisse gedient haben?«

»Das ändert nichts daran, dass da nichts los ist. Schon gar nicht im Winter«, entgegnete Natalie. »Da laufen nur Landeier rum.«

»Noch habe ich den Job nicht«, versuchte ich sie zu beschwichtigen. »Außerdem stelle ich es mir ganz nett vor, auf dem Land zu leben. Wobei ich ja nicht richtig dort leben würde. In der Anzeige steht ›für die Weihnachtszeit‹. Das sind gerade mal noch zwei Wochen.«

»Das sagt ausgerechnet die Frau, die morden würde für eine Eintrittskarte zum Secret Sale von Burberry.«

»Ich habe eben eine Schwäche für schöne Klamotten und dieser Sale ist einfach legendär.«

»Und nicht zu vergessen, deine Schwäche für das neueste iPhone, die angesagten Clubs der Stadt und dein *Lavendel Latte.* Wenn du mich fragst, bist du ein ganz schöner Snob.«

»Und genau deshalb werde ich jetzt dort anrufen.«

»Das verstehe ich nicht.« Natalie schüttelte den Kopf.

»Ich sehe es so«, fing ich an, »all diese Dinge, die du eben aufgezählt hast, haben mich kein Stück weitergebracht. Ich bin arbeitslos, Single und habe keine Perspektive, wie es in meinem Leben weitergehen soll. Das ist meine Chance, die Resettaste zu drücken und meine Lebenssituation zu überdenken.« Ohne zu zögern, schnappte ich mir mein Handy und tippte die Nummer aus der Anzeige ein.

Es klingelte.

Einmal. Zweimal. Dreimal. Viermal.

Ich wollte gerade auflegen, als es klickte.

»Ellen Benson«, meldete sich eine freundliche Stimme.

»Hallo, Mrs Benson. Mein Name ist Julia Campbell. Ich rufe wegen der Stellenanzeige im Kurier an«, schoss ich los.

Für ein paar Sekunden herrschte Schweigen.

»Mrs Benson?«

»Entschuldigen Sie bitte. Ich war nur etwas …« Sie räusperte sich. »… überrascht. Ähm, im positiven Sinne natürlich.«

»Das freut mich. Ist die Stelle noch frei?«

»Ja, ist sie.« Die Frau war nicht gerade eine Plappertasche.

»In der Anzeige stand, dass Sie eine Mitarbeiterin für die Weihnachtszeit suchen. An wie lange hatten Sie denn gedacht?« Ich knabberte nervös an meinem Daumennagel.

»Das ist korrekt. Meine Mutter, die den Buchladen geleitet hat, ist überraschend gestorben …« Sie machte eine Pause, als müsste sie Kraft schöpfen. »Wissen Sie, ich bin Juristin und habe einfach nicht die Zeit, mich parallel um den Laden zu kümmern. Deshalb suche ich jemanden, der mir den Rücken freihält, bis ich mich entschieden habe, was ich damit mache. Das Weihnachtsgeschäft ist unsere verkaufsstärkste Zeit und ich würde ungern auf die Einnahmen verzichten.« Im Hintergrund waren leise Stimmen zu hören.

»Gibt es eine Option, den Vertrag eventuell zu verlängern?«

»Ich möchte ehrlich zu Ihnen sein. Das Geschäft stellt für mich eine Belastung dar. Aus diesem Grund habe ich parallel eine Verkaufsanzeige geschaltet.« Das bedeutet für Sie, dass ich Ihnen keine Versprechungen über Weiteranstellung machen kann. Wobei in dieser Hinsicht noch nichts in Stein gemeißelt ist. Solange ich keinen Käufer habe, werde ich versuchen, den Betrieb laufen zu lassen.«

»Verstehe.« Das würde bedeuten, dass ich mir nach Weihnachten eventuell einen neuen Job suchen musste. Nicht gerade optimal. Auf der anderen Seite reizte mich die Aufgabe. Dieses Herumsitzen ohne Job machte mich ganz kirre. Ich sehnte mich nach einer Aufgabe und sei sie noch so kurz.

»In der Anzeige steht, dass das Geschäft in den Cotswolds ist.«

»Korrekt. Genau genommen Bibury. Ein entzückender kleiner Ort in der Nähe von Cirencester.« So wie sie es sagte, klang es, als hätte sie parallel in eine saure Zitrone gebissen. Eigenartig.

»Bibury.« Ich kramte in meinen Hirnwindungen nach einem Hinweis auf den Ort, aber da war absolut nichts. Ich würde später danach googeln.

»Haben Sie schon einmal in einem Buchladen gearbeitet?«, fuhr Mrs Benson mit ihrem Jobinterview fort.

»Ich war drei Jahre im Verlagswesen tätig. Insofern ist die Arbeit mit Büchern nichts Neues für mich. Außerdem habe ich englische Literatur studiert. Jane Austen, Emily Brontë, Shakespeare, Maugham, Joyce – ich habe sie alle gelesen.«

»Das klingt doch vielversprechend.« Verhaltene Freude schwang durch den Lautsprecher. »Wie sieht es mit Computerkenntnissen aus?«

»In meiner letzten Stelle habe ich mit Word, Excel und Power-Point gearbeitet.«

»Sehr gut. Wie ich schon erwähnte, bin ich beruflich sehr eingespannt und erwarte ein selbstständiges Arbeiten. Das Geschäft ist nicht sonderlich groß ...« Sie machte eine kurze Pause. »... aber Sie würden allein verantwortlich sein für die Abrechnung und die Bestandsaufnahme.«

»Sie haben in der Anzeige von einer fairen Bezahlung gesprochen.«

Mrs Benson hüstelte leise, als hätte sie sich verschluckt. Dann nannte sie mir die Summe. Es war weniger, als ich gedacht hatte, aber immer noch besser als nichts.

»Ich weiß, es ist nicht viel, aber dafür können Sie im Cottage wohnen, das zum Geschäft gehört, und hätten so kaum Unkosten«, fügte sie rasch hinzu.

Tatsächlich war das ein nicht zu verachtender Faktor.

»Außerdem würde ich Ihnen freie Hand lassen bei etwaigen Änderungen, die Sie vornehmen möchten, solange es den Verkauf anregen würde. Ich hatte so den Eindruck, dass meine Mutter marketingtechnisch nicht auf der Höhe war.«

»Ich komme aus dem Vertrieb. Das ist quasi meine Spezialität.«

»Dann würden Sie den Job in Erwägung ziehen?«, fragte Mrs Benson, als könnte sie es selbst nicht glauben.

Für einen Moment hielt ich inne. Die Bezahlung war nicht sonderlich attraktiv. Allerdings war der Gedanke, in einem kleinen Ort weit weg von London und noch dazu in einer Buchhandlung zu arbeiten, durchaus reizvoll. »Absolut. Ich würde mich freuen, wenn Sie mich in Betracht ziehen würden.«

»Heute ist Donnerstag. Würde Ihnen Montag als erster Arbeitstag passen?« Okay, die Frau verschwendete keine Zeit. So viel war sicher.

»Ja, ich glaube schon«, stotterte ich.

»Prima, dann freue ich mich auf Sie. Beziehungsweise ...« Sie machte eine kurze Pause. »Ich werde nicht da sein können, aber eine befreundete Nachbarin meiner Mutter.«

»Heißt das, ich habe den Job?« Ich hatte geschrien.

Im Café war es mucksmäuschenstill. Alle starrten zu mir herüber. Grinsend hob ich den Daumen in die Luft. Kopfschüttelnd wandten sich die Gäste wieder ihren Gesprächen zu.

»Selbstverständlich«, kam es wie aus der Pistole geschossen.

»Was? Einfach so?«

»Absolut. Ich werde so weit alles klar machen und Ihnen heute noch den Vertrag per E-Mail zukommen lassen. Wie lautet Ihre Anschrift?« Mrs Benson klang erfreut. Ich nannte ihr beides.

»Wunderbar. Wann planen Sie anzureisen?«

»Würde Samstag gehen? Dann könnte ich mich vor meinem ersten Arbeitstag ein wenig häuslich einrichten.«

In meinem Kopf drehte sich alles. Noch vor einer Viertelstunde war ich arbeitslos gewesen ohne Perspektive und jetzt hatte ich einen Job.

»Häuslich? Ja natürlich. Ich sage der Nachbarin Bescheid, dass sie Ihnen den Schlüssel unter die Matte am Eingang zum Cottage legt.«

Schlüssel unter der Matte, machte ich mir im Stillen eine gedankliche Notiz.

»Damit dürften wir das Wesentliche geklärt haben. Bei Fragen können Sie mich unter der Nummer erreichen, die Sie angerufen haben. Aber bitte erst nach sechzehn Uhr.«

»Vielen Dank, dass Sie mir die Chance geben, für Sie zu arbeiten.« Ich konnte mein Glück immer noch nicht fassen.

»Ich bin diejenige, die sich bedanken muss. Sie sind die erste Bewerberin, auf die der Job perfekt passt.« Im Hintergrund war eine Männerstimme zu hören.

»Mrs Campbell, ich denke, wir haben so weit alles besprochen. Das Weitere wird sich finden.«

»Ja, danke.« Mein Herz hämmerte wie verrückt gegen die Brust bei dem Gedanken, den Rest der Weihnachtszeit in einem pittoresken Dorf inmitten der Cotswolds zu verbringen.

»Auf Wiederhören, Mrs Campbell.« Ehe ich etwas antworten konnte, hatte die Frau aufgelegt.

»Goodbye, Mrs Benson«, murmelte ich, noch immer damit beschäftigt, das gedankliche Wirrwarr in meinem Kopf aufzulösen.

»Du hast nicht ernsthaft den Job?« Natalie sah mich mit offenem Mund an.

»Wie es ausschaut, wird es wohl nichts mit unserer kleinen Frauen-WG.« ich grinste sie breit an.

»Ernsthaft?«

»Ich fange am Montag an.« Ich riss die Arme in die Höhe, als hätte ich soeben den Hundert-Meter-Lauf gewonnen.

»Du verarschst mich.«

»Wenn ich es dir sage! Das war das schnellste Jobinterview meines Lebens.« Ich holte tief Luft.

»Einfach so? Ohne dass sie dich vorher gesehen hat? Du nimmst mich auf den Arm.« Natalie saß regungslos vor mir und starrte mich mit weit aufgerissenen Augen an, als würden kleine, grüne Männchen auf meinen Schultern Samba tanzen.

»Aber ja doch. Sie will mir heute noch den Vertrag zuschicken. O mein Gott, welchen Tag haben wir heute?« In meinem Kopf herrschte komplettes Chaos.

»Wir haben Donnerstag. Warum?«

»Ich habe ihr gesagt, dass ich Samstag anreise.« Erst jetzt wurde mir die Tragweite meiner Entscheidung bewusst. »Das bedeutet, ich habe nur noch achtundvierzig Stunden, um meine Sachen zu packen.« Panik breitete sich in mir aus.

»Was ist denn mit euch beiden los?« Heather war wie aus dem Nichts neben uns aufgetaucht.

»Ich habe einen Job auf Zeit in Bibury«, teilte ich ihr mit.

»Und ich habe zwei Wochen lang eine Wohnung ganz für mich allein«, ergänzte Natalie.

»Läuft bei euch. Wobei ich sagen muss, dass ich es sehr schade finden würde, wenn du wegfährst. Ausgerechnet zu Weihnachten.« Heathers Blick ruhte auf mir.

»Das sagst du nur, weil ich jeden Tag einen Kaffee bei dir trinke.«

»Das sage ich, weil ich dich mag und weil du zu meinen besten Kunden gehörst«, erwiderte Heather lachend.

»Wenigstens bist du ehrlich. Außerdem ist es ja nicht für immer. Ich muss einfach mal raus und Abstand von der ganzen Sache mit Tom bekommen.« Auch wenn ich es nicht gern zugab, hatte mich die Art, wie unsere Beziehung ihr Ende gefunden hatte, ziemlich getroffen und mein Ego hatte einen ordentlichen Knacks bekommen.

»Kann ich verstehen.« Heather nickte wissend.

»Aber ich werde euch und das *Farm Girl* ziemlich vermissen«, versicherte ich.

»Ist ja nur für zwei Wochen«, tröstete mich Natalie.

»Das will ich hoffen und damit du mich gut in Erinnerung behältst, geht die Rechnung auf mich.« Mit einem Lächeln verschwand die Besitzerin wieder hinter dem Tresen.

»Dann bist du dir sicher?«, fragte Natalie.

Ich schüttelte energisch den Kopf. »Wenn ich ehrlich bin – habe ich keinen Schimmer, ob es die richtige Entscheidung ist. Aber das Leben ist zu kurz, um es zu verschwenden. Ich bin Single und habe keine Verpflichtungen. Wenn nicht jetzt, wann dann? Zwei Wochen gehen ohnehin schnell vorbei und was danach ist, weiß keiner.«

»Aber ausgerechnet nach Bibury. Thailand oder Australien, das wäre mal was Neues. Aber Bibury!« Natalie verzog das Gesicht zu einer Grimasse. »Ich wette, der durchschnittliche Mann dort ist über fünfzig, trägt Flanellhemden und Cordhosen.«

»Das macht Bibury gleich noch attraktiver«, entgegnete ich fröhlich.

Natalie nahm meinen Becher und schnüffelte daran. »Hat Heather dir was in den Kaffee getan?«

»Lass den Blödsinn. Von Männern habe ich erst einmal die Nase voll. Alles, was ich möchte, ist, meine Ruhe zu haben, Bücher zu lesen und nette Menschen kennenzulernen.«

»Du hast Schafe schubsen und Traktor fahren vergessen.«

»Sehr witzig.«

»Aber mal im Ernst. Das Beste, um über einen Ex hinwegzukommen, ist, mit einem anderen Mann ins Bett zu gehen.«

»Und wieso genau sollte das gut sein?«

»Na, dann ist derjenige dein Ex und mit dem hattest du wenigstens guten Sex – zumindest besser als mit diesem Langweiler von Tom.«

»Manchmal bin ich mir nicht so sicher, ob deine Hirnwindungen so arbeiten wie meine«, erwiderte ich trocken. Ein hochgewachsener Mann betrat das Café und setzte sich neben uns an den Tisch.

»Vielleicht, aber zumindest habe ich immer guten Sex.«

Natalie zwinkerte dem Unbekannten zu. »Im Gegensatz zu dir.«

»Etwas, worüber ich mir in nächster Zeit keine Sorgen mehr machen muss.«

»Du Arme.«

»Wie man es sieht. Was meinst du, wollen wir los? Es gibt schließlich eine Menge zu tun«, sagte ich und warf mir freudig meinen Mantel über.

4 - JULIA

»Und du bist sicher, dass du alles hast?« Mum starrte auf den Koffer in meiner Hand, als hätte sie Röntgenaugen. »Es wäre eine Schande, wenn du den neuen Pullover vergessen hättest. Das Gelb steht dir so gut.«

Fast hätte ich das Gesicht verzogen bei dem Gedanken an das senfgelbe Monster, das irgendwo auf einer Müllhalde lag und langsam zerfiel. »Ähm, ich denke schon. Außerdem ist es ja nur bis Weihnachten geplant. Das sind knapp zwei Wochen.«

»Hast du auch die passenden Gummistiefel eingepackt?«, meldete sich Natalie grinsend zu Wort, die mit dem Rücken an den Toyota gelehnt stand und mir zusah, wie ich alles in dem Kofferraum des Wagens verstaute.

»Ich arbeite zwei Wochen lang in einem Dorf und nicht in einem Stall«, korrigierte ich sie mit strengem Blick.

»Das ist das Gleiche«, erwiderte Natalie achselzuckend.

»Sehr witzig, Natty. Hilf mir lieber, den Koffer hochzuwuchten. Das Ding wiegt gefühlt eine halbe Tonne.«

Natalie umfasste den Ledergriff. Mit einem Ruck hatten wir das Gepäck auf die Ablage gehievt.

»Mein armes Kind. Von ihrem Boss aus der Stadt vertrieben.«

Mum schlug die Hände über dem Kopf zusammen. »Ich wünschte, ich könnte dir irgendwie helfen.«

»Du hast schon genug für mich getan«, versicherte ich ihr. »Ich bin durchaus in der Lage, auf mich selbst aufzupassen.«

»Aber ausgerechnet Bibury«, jammerte Mum weiter. »Du könntest doch bei deinem Boss anfragen, ob er dich wieder nimmt.«

»Mum. Das ist nicht dein Ernst. Der Typ hat mich rausgeworfen, weil ich ein Verhältnis mit ihm hatte. Du hast selbst gesagt, dass er ein mieser Kerl mit schlechtem Stil ist. Außerdem gehe ich ja nicht ins Exil, sondern in ein bezauberndes kleines Dorf.«

Tränen füllten ihre Augen und aus Erfahrung wusste ich, dass sie kurz davor war, einen hysterischen Weinkrampf zu bekommen. »Wenn dein Vater das wüsste, würde er sich im Grab umdrehen. Sein einziges Kind in die Fremde vertrieben.«

»Findest du nicht, dass du ein wenig übertreibst?« Beschwichtigend legte ich ihr meine Hand auf den Arm. »Die Stelle anzunehmen, war ganz allein meine Entscheidung. Außerdem ist Bibury nur zwei Stunden von London entfernt. Und ich melde mich regelmäßig.«

»Versprochen?«, piepste Mum.

»Natürlich. So, aber jetzt muss ich los. Ich möchte nicht zu spät ankommen.« Ich zückte meinen Autoschlüssel.

»Bitte ras nicht so und fahr vorsichtig«, ermahnte mich Mum. »Und ruf an, wenn du angekommen bist.«

»Das mache ich«, versicherte ich ihr.

»Komm, lass dich an meine mütterliche Brust drücken.« Natalie breitete die Arme aus.

»Pass auf dich auf, du verrücktes Huhn, und lass meine Wohnung heil«, flüsterte ich ihr ins Ohr.

»Keine Sorge. Betty kommt morgen vorbei und hilft mir beim Einreißen der Wände.« Betty war eine enge Freundin und Arbeitskollegin von ihr.

»Untersteh dich!«

»Okay, aber wenigstens etwas Farbe.«

»Nur über meine Leiche.«

»Wie willst du das kontrollieren? Du bist schließlich nicht da.«

Natalie schenkte mir ihr typisches schiefes Grinsen.

Sofort wurde mir warm ums Herz, auch wenn ich mir nicht ganz sicher war, ob sie einen Witz machte. Ich gab ihr einen Kuss auf die Wange. »Ich werde dich vermissen.« Tränen hatten sich in meine Augen geschlichen.

»Ich dich auch«, versicherte Natty schniefend. »Und jetzt hüpf ins Auto, bevor ich mich nicht mehr im Griff habe und in Tränen ausbreche.«

»Und was ist mit mir? Bekomme ich keinen Kuss.« Mum stand wie ein Häufchen Elend zusammengesackt vor mir. Ihre Augen glänzten feucht.

Mit einem Mal kam ich mir schlecht vor, dass ich so über sie geschimpft hatte.

»Bye, Mum, und vielen Dank für alles. Ich hab dich lieb.«

»Und ich dich, mein Kind.« Sie strich mir eine Strähne aus dem Gesicht, wie sie es früher immer getan hatte, als ich noch klein gewesen war. »Pass auf dich auf.«

»Das mache ich.« Ich drückte sie ein letztes Mal, dann schwang ich mich auf den Fahrersitz.

»Bye!« Langsam rollte der Toyota aus der Parklücke. Obwohl der Feierabendverkehr noch nicht eingesetzt hatte, schoben sich die Autos dicht an dicht durch die schmale Straße und auf den Gehwegen herrschte reges Treiben. Geschäftsleute, Mütter mit quengeligen Kleinkindern an der Hand, Gruppen von Schülern in Uniformen und Hausfrauen, die ihre Einkäufe erledigten.

Ich warf einen letzten Blick in den Rückspiegel, dorthin, wo Mum und Natalie winkend am Gehweg standen, dann setzte ich den Blinker und bog ab.

MÜDE TASTETE ich mit der Hand auf dem Beifahrersitz herum, wo eine Tüte mit Bonbons lag. Es war kühl geworden und ich hatte die Heizung angeschaltet. Mein Mund fühlte sich an wie ausgetrocknet. Seit meiner Abfahrt hatte ich fast die halbe Packung gegessen und ein pelziger, süßlicher Belag hatte sich auf meinen Zähnen gebildet. Seufzend legte ich mir ein weiteres klebriges Zuckerstück auf die Zunge, den Blick starr auf die Straße gerichtet.

Im Hintergrund dudelte das Radio. Irgendein Provinzsender, der die aktuellen Charts spielte. Leise summte ich mit. Seit ich die Schnellstraße verlassen hatte, war ich kaum einem Wagen begegnet. Die ganze Gegend schien ausgestorben zu sein. Nichts als Wiesen und kleine Waldstücke, die von einem dunklen Himmel überschattet wurden. Es hatte vor einer halben Stunde angefangen zu regnen und seitdem nicht mehr aufgehört. Ein dichter Schleier aus Tropfen ließ die Umgebung zu einer grauen Masse verschwimmen. Das war nicht die Ankunft, wie ich sie mir im malerischen Bibury vorgestellt hatte.

Das Lied war vorbei und der Sprecher meldete sich mit den Nachrichten bei seinen Zuhörern. Genervt schaltete ich das Radio aus. Ich hatte genug eigene Probleme und musste mir nicht noch die der ganzen Welt anhören.

Mein Magen meldete sich knurrend zu Wort. Ich hatte kaum etwas gegessen in den letzten Tagen. Die Aufregung und der Stress hatten bewirkt, dass sich mein Magen wie zugeschnürt anfühlte. Ein Effekt, der mich schon immer begleitet hatte und dazu führte, dass ich in diesen Phasen all meine überschüssigen Pfunde verlor. Mein Magen war sozusagen mein emotionales Gehirn, das auf kleinste seelische Schwankungen reagierte.

Wie aus dem Nichts tauchte das Ortsschild aus dem Regenschleier hervor.

Bibury

Unwillkürlich machte mein Magen einen kleinen Hüpfer, was zur Folge hatte, dass mir leicht übel wurde. Ich hatte mein Ziel erreicht.

Wie auf Kommando wurde der Regen noch stärker, als wollte

er verhindern, dass ich mir mein neues Zuhause für die nächsten zwei Wochen ansehen konnte.

Ich verringerte das Tempo und rollte langsam in den Ort hinein. Von hier aus mussten es nur noch ein paar Meter sein. Die Stimme des Navigationsgeräts verstummte, zeitgleich ploppte ein Schriftzug mit den Worten »Kein Signal« auf dem Display auf.

Mist!

Mrs Benson hatte sich bezüglich der Lage des Cottage leider etwas kryptisch ausgedrückt.

Suchend blickte ich durch die Windschutzscheibe nach draußen. Überall auf der schmalen Straße hatten sich große Pfützen gebildet. Niemand schien unterwegs zu sein, was ich gut nachvollziehen konnte. Wer wollte bei diesem Mistwetter schon draußen sein, außer einer wild gewordenen Londonerin auf der Suche nach einem Neuanfang. Ein grimmiges Lächeln huschte über mein Gesicht.

Das kleine Dorf war in ein schwaches, gräuliches Licht eingehüllt, das die Farben der steinfarbenen Fassaden und ihrer Umgebung zu schlucken schien. Nichts war von dem malerischen Charme zu entdecken, den ich von Bildern aus dem Internet kannte. Alles wirkte trist und verlassen. Lediglich die weißen Rauchsäulen über den schiefen Schornsteinen zeugten davon, dass es Leben hinter den Mauern gab.

Rumms.

Ich hatte ein Schlagloch übersehen und machte einen Satz in meinem Sitz. Sofort verspürte ich einen unangenehmen Schmerz in meinem unteren Rücken. Einer meiner unzähligen Schwachpunkte.

Fluchend fuhr ich weiter, den Blick suchend auf die Häuser gerichtet, die sich wie Holzperlen einer Kette aneinanderreihten und zu einer dichten Mauer miteinander verschmolzen. Auf der rechten Seite der Straße verlief eine hüfthohe Trockensteinmauer, die mit dunklen Flechten und Efeu übersät war. Dahinter schlängelte sich ein Bach wie eine dunkle Schlange durch die Landschaft.

Mrs Benson hatte in unserem zweiten Gespräch gestern erwähnt, dass sich das Cottage abseits der Hauptstraße am Ende der *Awkward Road* befand. Überhaupt hatte sie sich, was die Einrichtung des Cottage betraf, eher vage gehalten.

Ich setzte den Blinker und bog in die Seitenstraße kurz vor Ende des Ortes ab. Es regnete noch immer unablässig, was die Sache nicht gerade leichter machte.

Hier standen die Cottages etwas weiter auseinander und machten Vorgärten Platz. Riesige Bäume standen dazwischen, deren knorrige Äste nach den Wolken zu greifen schienen. Langsam tuckerte ich an einem größeren Gebäude vorbei, aus dessen Fenstern gelbes Licht auf die Straße fiel. Ein Schild war über dem Eingang angebracht. Ich kniff die Augen zusammen, um es lesen zu können.

Tipsy Cow – beschwipste Kuh.

Zumindest war ich nicht ganz falsch. Einige Autos hatten davor geparkt.

Direkt vor mir machte die Straße eine Abzweigung. *Hawkers Hill.* Von dort sollten es laut der Beschreibung nur noch ein paar Hundert Meter sein. Gespannt lenkte ich den Toyota in die Seitenstraße. Hatte eben noch Asphalt die Straße bedeckt, so waren es jetzt Steine und Erde, die die Straße befahrbar machten. Dunkle Pfützen schimmerten im Scheinwerferlicht. Der Weg war gerade so breit, dass ein Auto darauf fahren konnte. Im Schritttempo fuhr ich weiter. Dichte Büsche begrenzten den Weg zur Rechten wie ein Schutzwall. Cottages mit Schieferdächern und kleinen Vorgärten standen wahllos verteilt. Keine Geschäfte, soweit ich sehen konnte.

Der Weg machte eine leichte Linkskurve und zeitgleich wechselte der Name der Straße in *Awkward Road*. Jetzt konnte es nicht mehr weit sein. Fast hätte ich angefangen zu jubeln. Gleich würde ich mein neues Zuhause sehen.

Rumpelnd fuhr ich die leichte Anhöhe hoch, als der Toyota

einer Satz machte und der Motor aufheulte. Mit einem Ruck blieb der Wagen stehen und ich wurde nach vorn geschleudert. Der Sicherheitsgurt zerrte an mir.

Shit! Das hatte mir gerade noch gefehlt. Es dauerte einen Moment, bis ich mich wieder gefangen und ich die Lage erfasst hatte. Wahrscheinlich hatte ich eines der Schlaglöcher durch die Pfützen auf dem Weg nicht erkannt.

Ruhig durchatmen. Das war schließlich nicht so schlimm. Wenn ich vorsichtig Gas gab, würde ich bestimmt weiterfahren können.

Ich nahm einen tiefen Atemzug und startete den Motor erneut. Das ganze Auto ruckelte, als ich den Fuß auf das Gaspedal setzte. Ansonsten tat sich absolut nichts. Ich verstärkte den Druck, aber der Toyota bewegte sich keinen Meter vom Fleck.

Frustriert ging ich vom Gaspedal. Regentropfen prasselten auf das Autodach und über die Fenster liefen dicke Schlieren.

Laut fluchend schnappte ich mir meinen Mantel, den ich achtlos auf die Rückbank geworfen hatte, und zog ihn über. Ich würde mir das Ganze von draußen ansehen müssen, um zu wissen, wie ich weiter vorgehen sollte.

Als ich die Tür aufdrückte, fuhr ein kalter Windhauch durch das Innere des Wagens. Sofort stellten sich die feinen Härchen entlang meiner Arme auf. Nicht nur, dass es wie aus Eimern schüttete, zu allem Übel war es auch deutlich kälter als in London.

Ich machte einen Schritt aus dem Auto. Sofort sank ich mit den Absätzen in den weichen Untergrund ein.

Na toll. Ich hatte mir meine neuen Pumps und meinen Lieblingsrock für die Reise angezogen. Schließlich hatte ich einen guten ersten Eindruck machen wollen, falls ich jemandem aus dem Dorf begegnete. Mrs Benson hatte von einer Nachbarin gesprochen, die mich in Empfang nehmen würde. Das hatte sich hiermit erledigt.

Bei jedem Schritt spritzte der Dreck hoch bis zu meinen Waden. Innerhalb von kürzester Zeit war alles nass, das nicht vom Mantel bedeckt war.

Meine erste Vermutung bestätigte sich, als ich das Unglücksvehikel umrundete. Das linke Hinterrad hatte sich in den weichen Untergrund gefressen und saß fest. Das fahle Licht des Scheinwerfers fiel auf den schlammigen Weg. Ohne fremde Hilfe würde ich hier nicht rauskommen.

Shit. Shit. Shit.

Es regnete noch immer unbarmherzig. Dicke Tropfen platschten auf meinen Mantel und es würde nicht mehr lange dauern, bis der Stoff nachgeben und die Feuchtigkeit eindringen würde.

Je schneller ich ins Trockene kam, umso besser. Hier draußen würde ich mir jedenfalls den Tod holen und im Auto sitzen zu bleiben war keine Option. Außerdem brauchte ich Hilfe, um den Wagen aus dem Schlamm zu ziehen. Allein würde ich es unmöglich schaffen.

Mit zusammengekniffenen Augen suchte ich die Umgebung nach dem Cottage ab. Wenn die Beschreibung von Mrs Benson stimmte, dann musste es hier irgendwo versteckt sein. Ich hatte schon fast aufgegeben, als ich zwischen den Büschen in ungefähr hundert Meter Entfernung die Fassade eines Hauses durchblitzen sah. Das musste es sein. Mein Herz machte einen freudigen Hüpfer bei der Aussicht auf ein warmes, kuscheliges Zuhause.

Entschlossen öffnete ich die Fahrertür und zog den Zündschlüssel ab. Anschließend nahm ich die Tasche vom Beifahrersitz und klemmte sie mir unter den Arm. Dann ging ich zum Kofferraum, um mein Gepäck herauszuholen.

Ächzend hob ich den Koffer an.

Verdammt, war das Ding noch schwerer geworden?

Mit einem lauten Platsch landetet der Koffer im Matsch. Braune Spritzer übersäten den dunklen Stoff, aber das war jetzt auch schon egal. Den Dreck konnte ich entfernen, wenn er getrocknet war. Hauptsache, ich kam endlich ins Warme.

Grimmig stapfte ich los und zog den Koffer hinter mir her. Bei jedem Schritt versanken die Pumps tief in dem Morast. Meine Füße waren mittlerweile eiskalt und der Mantel hatte den Wassermassen nachgegeben. Jedenfalls kroch eine nasse Kälte langsam meinen ganzen Rücken hoch.

Wenn Natalie mich jetzt sehen könnte, würde sie laut lachen. Ich hörte förmlich ihre Stimme im Ohr, die mir zuflüsterte: Ich habe dich gewarnt.

Aber so schnell würde ich mich nicht unterkriegen lassen. Wild entschlossen folgte ich dem schmalen Weg, darauf bedacht, nicht auszurutschen. Ein paarmal wäre es fast so weit gewesen, aber ich schaffte es in letzter Minute, mich zu fangen oder Halt an einem der Äste zu finden, die in den Weg ragten.

Endlich hatte ich das Cottage erreicht. Die Dämmerung hatte bereits eingesetzt und schluckte die Feinheiten. Aber soweit ich erkennen konnte, brauchte das Häuschen dringend einen neuen Anstrich. Überall blätterte die Farbe am Holz ab. Die Fensterläden hingen traurig nach unten und der Schornstein sah aus, als würde er bei dem leisesten Windhauch in seine Einzelteile zerfallen. Efeu und Blauregen rankten sich entlang des alten Gemäuers bis hoch zum Dach, als wollten sie das Gebäude mit ihren Ästen zusammenhalten.

Was im Sommer bestimmt seinen Reiz hatte, wirkte jetzt eher bedrohlich. Ich konnte nur hoffen, dass das Cottage von innen in einem besseren Zustand war. Fluchend schleppte ich das schwere Gepäck die drei Stufen hoch bis zum Eingang.

In dem gemauerten Türrahmen war ein Schild angebracht, auf das jemand mit geschwungener Schrift den Namen »*Little Nutshell* – kleine Nussschale« gemalt hatte.

Zumindest war der Name passend. Als Mrs Benson von einem kleinen Cottage gesprochen hatte, hatte sie nicht übertrieben. Von außen war es kaum größer als der Carport meiner Eltern.

Ich bückte mich, um den Schlüssel unter der Fußmatte hervorzuziehen, wie Mrs Benson es mir gesagt hatte. Mit spitzen Fingern hob ich die Matte an.

Das Erste, was ich sah, war der Kadaver einer Maus, die alle viere von sich streckte und aussah, als hätte man sie mit der Walze überfahren. Daneben lag in eine undefinierbare Masse eingehüllt der Schlüssel. Lieber Gott, bitte lass es nur Dreck sein, stieß ich ein stummes Gebet in den Himmel.

Es donnerte leise im Hintergrund, gefolgt von einem Blitz. Bei meinem Glück würde es gleich noch anfangen zu hageln.

Mit angewidertem Gesicht nahm ich den Schlüssel hoch und entfernte den Dreck mit meinen Fingernägeln. Anschließend steckte ich den Schlüssel ins Schloss. Mit einem leisen *Klick* sprang die Tür auf.

»Home sweet home«, murmelte ich und trat ein.

Es war stockdunkel. Suchend tastete ich mit der Hand an der Wand entlang. Endlich hatte ich den Lichtschalter gefunden.

Es knackte leise, als ich ihn umlegte. Den Bruchteil einer Sekunde später flammte das Licht auf. Ich blinzelte irritiert. Es dauerte einen Moment, bis sich meine Augen an die schummrige Helligkeit gewohnt hatten und ich Einzelheiten erkennen konnte.

Vom Flur, wenn man ihn überhaupt als solchen bezeichnen konnte, waren es nur vier Schritte bis ins Wohnzimmer.

Es war bitterkalt in dem Raum und ein eigenartig muffiger Geruch hing in der Luft, wie es Gebäuden zu eigen ist, die seit längerer Zeit nicht mehr bewohnt sind.

Mit einer Mischung aus Entsetzten, Fassungslosigkeit und Enttäuschung setzte ich den Koffer ab.

Das ist nur der erste Eindruck, versuchte ich mir selbst Mut zuzusprechen.

Etwas klapperte laut im Hintergrund und für den Bruchteil einer Sekunde flackerte das Licht. Ich konnte nur hoffen, dass der Strom nicht ausfiel.

Mein Blick glitt durch den Raum. Die meterdicken Wände des Wohnzimmers waren unverputzt und schimmerten in einem sanften Hellbraun. Die Einrichtung wirkte zusammengewürfelt und doch auf eigenartige Weise perfekt. Den Mittelpunkt des Zimmers bildete eine kleine Sitzecke vor dem Kamin. Das Sofa war mit einem rosa-beige gestreiften, festen Stoff überzogen, auf dem unzählige Kissen in verschiedenen Farben drapiert lagen und eine gewisse Bequemlichkeit versprachen. Das Feuer im Kamin war längst erloschen und nur ein trauriger grauer Aschehaufen erinnerte daran, dass er benutzt worden war. Daneben stand ein leerer Weidenkorb. Wenn ich heizen wollte, würde ich erst einmal Holz besorgen müssen. Ich konnte kein elektronisches Gerät bis auf einen uralten Fernseher entdecken. Anscheinend hatte meine Vorgängerin nichts von moderner Technik gehalten. Zum Glück hatte ich mir in weiser Voraussicht ein paar Filme auf den Laptop geladen, wie ich es immer tat, wenn ich auf Reisen war. Zumindest meine Unterhaltung war gesichert.

Ich durchquerte den Raum und ging durch die schmale Tür an der Stirnseite in die Küche.

Auch hier empfing mich ein wilder Möbel-Stilmix. Die Küchenzeile war schon etliche Male überstrichen worden und die blaue Farbe hatte feine Risse bekommen. Der Gasofen war nicht neu, aber entsprach zumindest dem heutigen Standard. Der altertümliche Kühlschrank summte leise vor sich hin, woraus ich schloss, dass er zumindest funktionierte. Über die Arbeitsfläche und die übrigen Möbel hatte sich eine feine Staubschicht gelegt. Wenn ich hier kochen wollte, würde ich zu allererst putzen müssen.

Nur die kleine Sitzecke in der Mitte des Zimmers stimmte mich versöhnlich. Der helle Holztisch und die Stühle wirkten neu und die hellblauen Bezüge einigermaßen adrett.

Seufzend ging ich zu der schmalen Treppe, die sich am Ende des winzigen Flurs gleich neben der Tür zum Wohnzimmer befand.

Ich nahm die erste Stufe. Leider hatte ich mich verschätzt und donnerte mit dem Kopf gegen die Deckenkante. Fluchend rieb ich mir die schmerzende Stelle, während ich die restlichen Stufen nach oben ging. Die Treppe war aus groben, hellen Steinen gebaut, die zwischen den weißen Fugen wie ein zusammengewürfeltes Mosaik hervorblitzten.

Als ich oben ankam, war es dunkel und es dauerte einen

Moment, bis ich den Lichtschalter gefunden hatte. Wie schon im unteren Stockwerk gab es praktisch keinen Flur.

Mit zwei Schritten stand ich in meinem zukünftigen Schlafzimmer, einem rechteckigen Raum, in den genau das Bett, eine kleine Kommode, ein Sessel und ein Kleiderschrank passten. Der Schrank stand offen und war leer. Zumindest war jemand hier gewesen und hatte die Klamotten meiner Vorgängerin entfernt.

Skeptisch betrachtete ich die Blümchenvorhänge vor dem Fenster, deren Stoff so dünn war, dass man dadurch problemlos Zeitunglesen konnte. Zum Glück hatte ich meine Augenmaske eingepackt, ohne die ich nicht verreisen konnte. Genau wie eine Wärmflasche zu meinem Standardgepäck gehörte. Ich war schrecklich verfroren, vor allem, wenn ich müde war. Tom hatte mehrfach Witze darüber gemacht und meine Füße als Eisklumpen bezeichnet. Natalie hatte mir letztes Jahr zu Weihnachten dicke Socken geschenkt, die ich aus reiner Vorsicht ebenfalls eingepackt hatte.

Neugierig schielte ich um die Ecke in das Badezimmer. Der Raum hatte die Größe einer Schuhschachtel. Ich stieß einen verzückten Schrei aus, als ich die alte Kupferbadewanne entdeckte. Wie in einem alten Film. *Herrlich.* Sobald ich meinen Koffer ausgeräumt hatte, würde ich darin ein Bad nehmen.

Allerdings war ich mir nicht sicher, ob es überhaupt dazu kommen würde. Das Cottage entsprach ganz und gar nicht meinen Vorstellungen eines gemütlichen Zuhauses. Alles wirkte, als hätte sich seit Wochen niemand mehr darum gekümmert. Mrs Benson war jedenfalls nicht hier gewesen, ansonsten hätte sie nicht von einem gemütlichen Heim gesprochen. Im Moment hatte das Häuschen den Charme eines verwahrlosten Altersheims.

Mein Blick fiel auf den kleinen Wandspiegel über dem Miniaturwaschbecken.

Ein leises Stöhnen entwich meiner Kehle, als ich mein Spiegelbild darin entdeckte. Ich sah aus wie ein Pandabärchen, das in den Kochtopf gefallen war. Meine Wimperntusche hatte sich im Regen verabschiedet und lag als schwarzer Schatten unter den

Augen. Dazu kamen feuerrote Wangen und schlaff herunterhängende Haare. Ich hatte noch nie in meinem Leben schlechter ausgesehen.

Gut, dass mich niemand sah.

Mit grimmiger Miene stellte ich das Wasser im Waschbecken an. Zunächst passierte gar nichts. Dann ging ohne Vorankündigung ein lautes Seufzen durch die Leitung, gefolgt von einem Geräusch, das klang, als ob die Rohre husten würden. Zeitgleich lief ein dünnes braunes Rinnsal aus dem Hahn.

Fassungslos starrte ich auf die Brühe, die sich im Waschbecken sammelte.

Das war zu viel. Tränen der Enttäuschung krochen in meine Augen. Das hatte nichts mit der Landhausromantik in meinem Kopf zu tun.

Am liebsten hätte ich mich ins Auto gesetzt und wäre den ganzen Weg zurück nach London gefahren, aber noch nicht einmal das war mir vergönnt, denn schließlich steckte mein Toyota im Matsch fest. Es war, als ob sich das Universum gegen mich verschworen hatte.

Über meine Wangen kullerten die Tränen, die wie Selbstmörder vom Kinn hüpften, um im Waschbecken zu landen.

Hier stand ich heulend in einem winzigen Badezimmer ohne Wasser – von der restlichen Versorgungslage ganz zu schweigen.

Der Wasserhahn hustete erneut und ein kräftiger Strahl Wasser spritzte hoch und direkt auf meine Bluse. Innerhalb von Sekunden breitete sich ein brauner Fleck auf dem hellen Stoff aus. *Na toll.*

Es war, als ob das Haus alles tun würde, um mich zu vergrauen. Es hätte mich nicht gewundert, wenn gleich ein Geist an mir vorbeigeschwebt wäre, um mir mitzuteilen, dass ich hier nicht erwünscht sei.

Frustriert ließ ich mich auf den Boden sinken und zog mein Handy aus der Tasche. Ohne zu zögern, wählte ich Natalies Nummer. Nichts passierte. Stirnrunzelnd starrte ich auf das Display.

Shit! Nicht ein einziger Balken. Ungläubig hielt ich mein

Smartphone in die Höhe in der Hoffnung, Netz zu bekommen. Nichts. Nur, dass meine Hand langsam taub wurde. Frustriert ließ ich sie wieder sinken. Wie es aussah, war ich ganz auf mich gestellt. Auch die von Mrs Benson angekündigte Nachbarin war nicht gekommen.

Es klapperte laut und ein kühler Lufthauch fegte durch die Tür ins Badezimmer.

Fluchend rappelte ich mich auf, um nach der Ursache zu suchen.

Es dauerte nicht lange und ich hatte den Übeltäter entdeckt. Ein Fenster im Schlafzimmer hatte sich geöffnet und schlug gegen den Rahmen.

Der kühle Wind blies mir entgegen, als ich versuchte, das Fenster zu schließen, und zauberte mir eine Gänsehaut auf den ganzen Körper. Es war noch kälter geworden und wenn ich die Nacht hier verbringen wollte, musste ich jemanden finden, der mir half, den Kamin zu entzünden. Davon abgesehen konnte ich den Wagen unmöglich dort stehen lassen.

Mein Blick fiel nach draußen. Es regnete noch immer ohne Unterlass. Die Bäume, deren Umrisse ich vor dem Fenster sah, wiegten sich im Wind. In der Ferne waren die gelben Lichter eines Hauses zu erkennen. Das musste der Pub sein, an dem ich vorbeigefahren war.

Vielleicht würde ich dort Hilfe finden. Der Name *Tipsy Cow* – beschwipste Kuh klang zumindest vielversprechend. Außerdem war es dort mit Sicherheit warm und das Essen in ländlichen Gegenden war meist hervorragend.

Ich ging zurück ins Badezimmer und stellte mich vor den Spiegel. Mit grimmiger Miene wischte mir mit einem Kleenex die Tränen aus dem Gesicht. Zumindest waren die dunklen Schatten der Mascara verschwunden.

Mein Blick wanderte an mir hinunter bis zu meinen Füßen. Die hellen Wildlederpumps waren mit Dreckklumpen übersät, die

Strumpfhose hatte eine fette Laufmasche und der Rock sah aus, als hätte ich mich damit auf dem Boden gewälzt.

Wenn ich unter Menschen wollte, dann würde ich mich zumindest umziehen müssen, so jedenfalls konnte ich unmöglich in den Pub gehen.

Entschlossen lief ich nach unten, wo noch immer mein Koffer stand. Mit einem Ruck hatte ich ihn auf das Sofa im Wohnzimmer gewuchtet.

Staub wirbelte durch die Luft und kitzelte in meiner Nase.

Ohne zu zögern, schlüpfte ich aus den Klamotten und ließ sie achtlos auf dem Boden liegen. Nur mit Unterwäsche bekleidet öffnete ich den Koffer. Es war bitterkalt im Cottage und die winzigen Härchen entlang meiner Arme stellten sich auf.

Rasch zog ich die schwarze Jeans, den schwarzen Rolli und die braunen Stiefeletten aus dem Koffer. In Windeseile war ich umgezogen. Fehlten nur noch der schwarz-braun gemusterte Blazer und die passende Schiebermütze, um den Countrylook perfekt zu machen. Wenn ich schon untergehen würde, dann wenigstens mit Stil. Als Schutz gegen den Regen würde ich den Schirm nehmen, den ich neben der Eingangstür in einem blechernen Milcheimer steckend entdeckt hatte.

Ich eilte ins Badezimmer, um mein Gesicht zumindest so weit zu restaurieren, dass ich mich in der Öffentlichkeit sehen lassen konnte.

Etwas getönte Tagescreme, wasserfeste Wimperntusche und ein Hauch von Gloss. Das musste genügen. Wahrscheinlich war eh niemand dort, den mein Aussehen interessieren würde. Meine Haare bildeten noch immer ein Katastrophengebiet. Kurz entschlossen nahm ich eine Spange aus meinem Kulturbeutel und fasste meine Haare am Hinterkopf zu einem lockeren Knoten zusammen. Anschließend zog ich die Schiebermütze auf, um gegen den Regen gewappnet zu sein.

Ich warf einen letzten Blick in den Spiegel. Gar nicht so schlecht. Zufrieden schnappte ich mir meine Handtasche und ging nach unten.

5 - JULIA

*J*ch atmete erleichtert durch, als ich endlich vor dem Pub stand. Das Schild schwankte im Wind und gab leise Quietschlaute von sich. Durch die Tür drangen laute Stimmen und Musik. Anscheinend war ich nicht die Einzige, die Zuflucht vor dem Regen gesucht hatte.

Ich klappte den Schirm zusammen. Mit einem Ruck drückte ich die Holztür des Pubs auf.

Die Luft in dem Raum war zum Schneiden dick und der Geruch von Gebratenem mischte sich mit dem des Kaminfeuers. Es war brechend voll.

Jeder Stuhl und jeder Tisch waren besetzt. Die Einrichtung war erwartungsgemäß rustikal. Ein langer Tresen, hinter dem ein bärtiger Mann an der Zapfanlage wirbelte, bildete den Mittelpunkt des Raumes. Die Steinwände waren unverputzt und mit Wimpeln und Bildern von verschiedenen Fußballclubs übersät. Hängelampen rund um den Tresen und an der Decke sorgten für schummriges Licht.

Niemand schien meine Anwesenheit zu bemerken. Das Interesse der Gäste war auf eine Dartscheibe im hinteren Teil des Raumes gerichtet, um die sich eine Anzahl von Spielern versammelt hatte. Offensichtlich war eine Art Wettbewerb im Gange. Mir war es recht, so hatte ich wenigstens meine Ruhe. Alles, was ich wollte, war Hilfe mit meinem Wagen und etwas zum Aufwärmen. Außerdem gab mein Magen verdächtige Geräusche von sich und fühlte sich hohl an.

Ich schlängelte mich an den Anwesenden vorbei zum Tresen.

»Guten Abend«, versuchte ich die Aufmerksamkeit des Wirtes zu erhaschen, der gerade dabei war, eines der Gläser mit Bier aufzufüllen.

Keine Reaktion.

»Hallo«, startete ich einen weiteren Versuch. Endlich schien mich der Mann erhört zu haben, denn er blickte mir geradewegs ins Gesicht.

»Hallo, zurück.« Seine Augen glitten über mein Gesicht, ohne dabei anzüglich zu wirken.

»Ich bin mit dem Auto stecken geblieben«, fing ich an. Mir war noch immer kalt und trotz der Wärme im Raum zitterte ich am ganzen Körper. »Und wollte fragen, ob Sie wissen, wer mir damit helfen könnte.«

»Nope, aber ich würde Ihnen einen *Hot Toddy* empfehlen. Sie sehen aus, als ob Sie einen gebrauchen könnten.« Er schenkte mir ein breites Lächeln. Dabei legte er ein paar strahlend weiße Zähne frei.

»*Hot Toddy*?«

»Der wärmt von innen.«

»Was ist da drin?«

»Hauptsächlich Zitrone, Honig und Rosmarin.«

»Das klingt prima, den nehme ich.«

»Hey, macht mal Platz für die Lady«, raunte der Wirt in die Richtung zweier junger Männer, die sich bis eben angeregt miteinander unterhalten hatten. Sofort rutschte einer der beiden von seinem Stuhl.

»Danke, das ist wirklich nicht nötig«, lehnte ich höflich ab.

»Bullshit. Sie setzten sich und ich bringe den *Hot Toddy*«, fuhr der Wirt dazwischen in einem Ton, der keine Widerrede zuließ.

Lächelnd nahm ich auf dem Hocker Platz. Mit zitternden

Fingern öffnete ich die Köpfe meines Jacketts, ohne es abzulegen. Noch immer starrten alle angestrengt in Richtung der Dartscheibe, vor der sich soeben ein hochgewachsener Teilnehmer aufgebaut hatte.

Der Mann hatte lockiges, braunes Haar und war sportlich gebaut. Er hatte die Ärmel hochgekrempelt und gab damit den Blick auf seine muskulösen Unterarme frei, als er den Dart anhob, um zu werfen. Für einen Moment war es mucksmäuschenstill im Raum und man hätte eine Stecknadel fallen hören können.

Instinktiv hielt ich ebenfalls die Luft an, gespannt, was folgen würde.

Der Spieler holte aus und der Pfeil flog durch die Luft. Leider konnte ich nicht erkennen, ob er die Scheibe getroffen hatte, da mir die Sicht darauf von den Zuschauern versperrt wurde. Aber dem Aufschrei nach zu urteilen, hatte er getroffen.

»Hier ist der *Hot Toddy*«, holte mich die Stimme des Wirts aus meinen Beobachtungen zurück.

»Danke.« Neugierig musterte ich das Henkelglas, das mit einer gelblich schimmernden Flüssigkeit gefüllt war, in der lustig ein paar Zitronenscheiben schwammen. Ein Rosmarinzweig diente als Quirl.

Misstrauisch schnüffelte ich am Glas.

»Sie sollen es trinken, nicht daran riechen«, meinte der Wirt schmunzelnd.

»Da ist doch Alkohol drin«, stellte ich fest.

Der Wirt zuckte mit seinen breiten Schultern. »Das hier ist ein Pub und keine Milchbar.«

»Hm, auch wieder wahr.« Ohne zu zögern, nahm ich einen Schluck. Sofort hatte ich den süßlichen Geschmack des Honigs mit dem der Zitrone auf der Zunge. Darunter mischte sich eine würzig rauchige Note. Die heiße Flüssigkeit lief mir brennend die Kehle hinunter. Die Augen des Wirts ruhten noch immer auf mir.

»Wow, das nenne ich mal lecker.« Ein warmes Gefühl breitete sich in meinem Bauch aus.

»Habe ich doch gesagt. Ich würde eine schöne Frau niemals belügen.« Er zwinkerte mir fröhlich zu.

»Dann sind Sie heute der Erste.« Mit grimmiger Miene nahm ich einen weiteren Schluck. Je mehr ich davon trank, umso besser schmeckte mir das Zeug.

»Wohl einen schlechten Tag gehabt«, stellte der Wirt fest.

»Schlecht ist nicht der richtige Ausdruck – beschissen würde es besser treffen.« Zur Bekräftigung meiner Worte hob ich das Glas erneut an die Lippen.

»Ich an Ihrer Stelle würde langsam machen«, sagte der Wirt.

»Ach, das passt schon.« Mit einer lässigen Handbewegung winkte ich ab. Das erste Mal in den letzten vierundzwanzig Stunden fühlte ich mich herrlich leicht und beschwingt. Außerdem breitete sich vom Magen ausgehend ein angenehm warmes Gefühl in meinem ganzen Körper aus. Im Hintergrund tobte die Menge begeistert.

»Ordentlich was los heute.« Ich machte eine Kopfbewegung in Richtung Dartscheibe.

»Ja, das ist die jährliche Dartmeisterschaft. Mehr ein Spaßtreffen als eine ernsthafte Veranstaltung«, erklärte der Wirt. Dabei zuckten seine Mundwinkel verdächtig.

Einer der Spieler war vorgetreten und warf den Dart. Alle Anwesenden hielten gespannt die Luft an. »Sieht aber ganz schön ernst aus.«

»Ach, die treten schon seit der Schulzeit gegeneinander an. Ist so eine Art Tradition. Jedes Jahr um diese Zeit treffen sie sich hier und werfen um die Wette.«

»Täusche ich mich, oder ist Dart nicht so ganz Ihr Fall?«

Der Wirt zuckte mit den Schultern. »Also beim Axtwerfen wäre ich dabei, aber Pfeile ...« Er hob die klodeckelgroßen Hände in die Luft. »Nicht mit meinen Pranken.«

»Verstehe«, erwiderte ich grinsend.

»Dafür habe ich andere Qualitäten.«

»Das kann ich bestätigen.« Ich hob mein halb leeres Glas in

die Luft. »Das ist das Beste, was ich seit Langem getrunken habe.«

»Freut mich.«

Aus dem Augenwinkel sah ich, wie eine hochgewachsene Gestalt Kurs auf den Tresen nahm. Es war der Spieler, den ich beim Betreten des Pubs bemerkt hatte. Etwa zwei Meter von mir entfernt blieb er stehen. »Hey, Gareth. Zwei Pints.« Der Wirt drehte sich zu ihm. »Kommen sofort. Wie steht es für euch?«

»Im Moment liegen wir knapp hinter den Clayton-Brüdern«, teilte der Fremde ihm mit melodischer Stimme mit.

»Das wäre das erste Mal in den letzten zehn Jahren, dass die Brücer euch schlagen«, meinte Gareth und zog am Zapfhahn.

»Wird nicht passieren«, kam es prompt zurück.

Unauffällig schielte ich zu ihm hinüber. Der Fremde stand lässig gegen den Tresen gelehnt. Er sah auch aus der Nähe betrachtet unglaublich gut aus. Nicht klassisch schön wie ein Model, sondern auf ganz spezielle Weise männlich anziehend. Er hatte eine gerade Nase, ein markantes Kinn und sein geschwungener Mund war von einem Dreitagebart umrandet. Seine lockigen, dunkelbraunen Haare waren mit Gel in Form gebracht und nach hinten gekämmt. Das Auffälligste an dem Mann waren seine Augen. Im Licht der Lampen schimmerten sie hinter den dunklen Wimpern wie Bernstein hervor.

Wahnsinn.

In diesem Moment drehte der Mann seinen Kopf in meine Richtung. Für den Bruchteil einer Sekunde trafen sich unsere Blicke. Ich spürte ein leichtes Kribbeln im Bauch. Der Typ hatte eine erotische Anziehungskraft, wie ich sie noch nie zuvor bei einem Mann bemerkt hatte. Am liebsten hätte ich mich ihm sofort an den Hals geworfen und ihn geküsst. Das mussten meine Hormone sein, die plötzlich aus ihrem Winterschlaf erwacht waren und mich zu solchen Gedanken trieben.

Die Mundwinkel des Mannes zuckten verdächtig. Hatte er meinen Blick bemerkt?

Verdammt. Hastig senkte ich den Kopf. Als ich wieder hochsah, hielt der Unbekannte zwei frisch gezapfte Ales in der Hand.

»Viel Glück!«, rief Gareth, damit beschäftigt, ein Bier zu zapfen.

»Danke, kann ich gebrauchen.« Sein Blick wanderte zu mir.

»Viel Glück auch von mir.« Ich prostete ihm zu. Hatte ich das wirklich gesagt? Das musste am Alkohol liegen, der durch meine Adern kreiste wie Feuerwasser.

»Danke, jetzt kann nichts mehr schiefgehen.« Seine Augen brannten sich in mein Gesicht und es hätte mich nicht gewundert, wenn kleine Rauchwölkchen aufgestiegen wären.

»Simon!«, ertönte ein Name durch den Pub wie ein Schlachtruf.

»Komme schon.« Der Fremde schenkte mir ein Lächeln. »Bis später.«

Fasziniert starrte ich dem Mann hinterher. Auch von hinten war der Typ eine echte Sahneschnitte. Schmale Hüften, lange Beine, breites Kreuz und ein knackiger Po, der seinesgleichen suchte. Dabei bewegte sich der Mann geschmeidig wie eine Raubkatze.

»Alles okay?«, meldete sich der Wirt von der Seite.

Ertappt fuhr ich herum. »Alles bestens. Ich fühle mich schon viel besser.«

»Freut mich zu hören.«

Ich leerte mein Glas in einem Zug. »Noch einen davon, bitte.«

»Ganz wie die Lady wünscht.« Der Wirt grinste mich breit an und bückte sich hinter dem Tresen.

Ich drehte mich in Richtung Dartscheibe, wo der Unbekannte zusammen mit seinem Teampartner stand. Vielleicht würde ich mir das Spiel doch aus der Nähe anschauen.

6 - SIMON

»*H*ier ist dein Ale.« Ich reichte Colin sein Glas. Die Stimmung um uns herum war aufgeheizt. Wetten wurden abgeschlossen und das Bier floss in Strömen. Die beiden Clayton-Brüder lagen im Moment vorn und ihre Fans fieberten bereits mit großen Sprüchen dem Sieg entgegen.

Gleich hinter den Brüdern kamen Colin und ich, dicht gefolgt von den Millers Sam und Ben. Stacy und Claire waren ebenfalls noch im Rennen. Einzig Stephen und Charles waren weit abgeschlagen, nachdem Stacy die Brüder im letzten Zug eliminiert hatte.

»Cheers.« Unsere Gläser stießen klirrend aneinander.

Unbewusst wanderte mein Blick zum Tresen, wo die hübsche Unbekannte saß. Im Moment unterhielt sie sich mit Gareth, der sichtlich angetan von seinem Gegenüber war, was ich ihm nicht verdenken konnte.

Die Fremde war modisch gekleidet. Die schwarze Hose und der Pullover betonten ihre wohlgeformte Figur. Sie war schlank, aber nicht dünn und hatte die Kurven an den richtigen Stellen, soweit ich es beurteilen konnte. Ihre blonden Haare waren am Hinterkopf zu einem Knoten zusammengefasst, was ihr madonnenähnliches Gesicht unterstrich. Sie hatte ungewöhnlich hohe

Wangenknochen, eine ziemlich gerade Nase und einen geschwungenen Mund. Ihre Augen standen leicht schräg und das Blau darin war selbst aus der Entfernung aufsehenerregend. Ich fragte mich im Stillen, wie sie wohl mit offenen Haaren aussah.

»Hey!« Colin versetzte mir einen Stoß in die Seite. »Hörst du mir überhaupt zu?«

»Entschuldige bitte.« Ertappt räusperte ich mich. »Die Claytons brauchen eine glatte Zwanzig. Dann haben sie gewonnen.« Colin deutete auf die Punktetafel.

»Abwarten«, versuchte ich ihn zu beruhigen. »Erst einmal sind die anderen dran.«

Mein Blick wanderte wieder zum Tresen. Zu meiner Überraschung war die Fremde aufgestanden und steuerte mit einem vollen Glas in unsere Richtung. Sie hatte einen unglaublich aufreizenden Gang, dabei bewegte sie die Hüften, als würde sie zu einer stummen Melodie tanzen. Auf ihrem Gesicht lag ein Lächeln. Sie sah atemberaubend aus. Die Blicke der Männer folgten ihr, als sie sich den Weg zu uns bahnte.

»Simon, bist du noch bei mir?«, ermahnte mich Colin. »Was ist denn da?« Er schielte über meinen Rücken in Richtung Tresen.

»Nichts.« Ich wollte nicht, dass Colin etwas in meine Beobachtungen hineininterpretierte.

»Okay, dann wäre es schön, wenn du dich auf das Spiel konzentrieren würdest, denn nach den Claytons sind die Millers und anschließend wir dran«, brummte Colin. Sein Gesicht war von der Aufregung gerötet.

»Ich bin ganz bei dir«, versicherte ich.

Ben trat nach vorn. Sofort wurde es ruhig im Publikum.

»Los, Ben. Zeig den anderen mal, dass du nicht nur gut küssen kannst!«, rief Bens Verlobte Carrie und alle lachten. Die beiden waren allgemein für ihre temperamentvolle Beziehung bekannt, bei der schon mal die Fetzen flogen.

»Ich gebe mein Bestes, Baby«, tönte Ben und baute sich breitbeinig in dem vorgeschriebenen Abstand vor der Dartscheibe auf.

»Das ist nicht gut genug!«, brüllte Stephen, was im Publikum für Lacher sorgte. Bei allem sportlichen Ehrgeiz, den die Teams an den Tag legten, war das jährliche Treffen für die Beteiligten und Zuschauer ein großer Spaß.

Sam stellte sich hinter seinen Bruder und flüsterte ihm etwas zu.

»Du musst ihm wohl Mut zusprechen«, witzelte Stacy, die unweit von mir und Colin stand und nur darauf wartete, dass einem der Konkurrenten ein Fehler unterlief.

»Du weißt, ein Wort von dir genügt und ich küsse dich«, gab Ben grinsend zurück.

»Ben Miller, noch so ein Satz und du brauchst heute Abend nicht nach Hause zu kommen!«, rief Carrie dazwischen.

»Keine Angst, Baby. Du bist doch die Einzige, die ich küssen will.« Ben warf seiner Verlobten einen Kuss zu.

»Hey, Ben, es wäre schön, wenn du aufhören würdest zu quatschen und stattdessen mal werfen würdest«, meinte Alex Miller.

»Du kannst es wohl nicht abwarten, besiegt zu werden.« Ben lachte.

»Das werden wir ja sehen.« Mit ernster Miene holte Ben erneut aus. Diesmal unterbrach ihn niemand. Sekunden später flog der Pfeil auf die Dartscheibe zu.

Lautes Gebrüll brach aus.

»Ich fasse es nicht!« Ben und Sam fielen sich jubelnd in die Arme.

»Wer hätte das gedacht«, murmelte Colin mir zu.

Durch den Wurf hatte Ben die Claytons eliminiert, was bedeutete, dass ihr Punktestand auf null gesetzt wurde. Einer der Gründe, warum Elimination so beliebt war. Bis zum Schluss hatte man noch die Möglichkeit, das Blatt zu wenden.

Einer der Claytons kam an uns vorbei. »Na dann viel Glück, Jungs.«

»Danke, wie man sieht, können auch die Besten mal verlieren«, entgegnete ich.

»Du bereitest dich wohl schon auf deine Niederlage vor«, höhnte Ben von der Seite.

»Freu dich nicht zu früh. Noch ist es nicht so weit«, erwiderte ich.

»Viel Glück, Mann.« Colin klopfte mir auf die Schulter. »Du wirst das schon schaffen.«

»Ich werde mein Bestes geben.« Mit einem Zug leerte ich das Glas in meiner Hand.

»Du trinkst dir wohl Mut an«, ertönte es aus dem Publikum und alle lachten.

»Nicht nötig.« Mit einem siegessicheren Lächeln nahm ich den Dart in die Hand. Dabei fiel mein Blick auf die Unbekannte. Sie hatte sich in die erste Reihe gedrängt und schaute zu mir herüber. Ihre Augen stachen wie die einer Raubkatze aus dem Gesicht hervor. Ihre Wangen waren gerötet und um ihren Mund spielte ein Lächeln.

Wie es sich wohl anfühlen würde, sie zu küssen?

»Los, hau rein. Von dir hängt alles ab«, holte mich Colin aus meinen Gedanken.

Ich holte tief Luft, um meinen Herzschlag zu beruhigen. Dann nahm ich meine Position ein. Plötzlich wurde es mucksmäuschenstill im Raum.

Meine ganze Konzentration war auf die Scheibe gerichtet. Der Pfeil lag schwer in der Hand, immerhin stand unsere Ehre auf dem Spiel.

Mit zusammengekniffenen Augen zielte ich, während ich den Arm zum Schwung leicht ausholte, um den Pfeil in seine Bahn zu entlassen.

Applaus ertönte, als der Dart das Feld auf der Scheibe traf, und die Anzeige blinkte mit der aktuellen Punktzahl auf.

Colin klopfte mir anerkennend auf die Schulter. »Weiter so.«

Ich nickte, während ich den zweiten Pfeil entgegennahm. Erneut konzentrierte ich mich ganz auf den nächsten Wurf. Auch diesmal traf ich das angepeilte Feld.

Ein anerkennendes Raunen ging durch den Pub. Der dritte Wurf würde über Sieg oder Niederlage entscheiden.

»Viel Glück!«, rief eine weibliche Stimme von der Seite. Es war die Unbekannte vom Tresen, die ihr inzwischen leeres Glas in der Hand hielt.

Für den Bruchteil einer Sekunde trafen sich unsere Blicke und das Blau ihrer Augen nahm mich gefangen. Ein zartes Flattern, wie ich es lange nicht mehr gespürt hatte, breitete sich in meinem Bauch aus.

Irritiert löste ich den Blick und zerriss das Band zwischen uns.

»Lass dir Zeit«, flüsterte Colin, »bleib ganz cool.« Seine Stimme zitterte vor Aufregung.

»Das tue ich, wenn du aufhörst, mir ins Ohr zu sabbern.« Ich hob den Arm. Dabei spürte ich die Blicke der Blondine auf mir ruhen.

Langsam bewegte ich den Arm nach hinten, gerade so, dass ich genügend Schwung hatte, damit der Pfeil sein Ziel fand. Im Raum herrschte atemlose Stille.

Dann warf ich den Dart. Instinktiv hielt ich die Luft an. Die Zahl auf der elektronischen Anzeige leuchtete auf. Wir hatten gewonnen.

Zeitgleich brach Jubel unter den Zuschauern aus.

Colin fiel mir johlend um den Hals. »Du bist ein absolutes Genie! Weißt du das?« Er nahm meinen Kopf zwischen seine Hände und drückte mir einen Kuss auf die Wange.

»Gut, dass du es endlich auch erkannt hast«, erwiderte ich grinsend. Von allen Seiten strömten unsere Freunde und Bekannte herbei, um uns zu gratulieren. Jemand reichte mir und Colin ein Bier.

Wir prosteten uns zu und stießen an.

»Auf unseren Sieg«, sagte Colin mit strahlenden Augen.

»Auf das Dream-Team«, pflichtete ich ihm bei.

Gierig nahm ich einen tiefen Schluck. Das Bier war herrlich kühl und der herbe Geschmack breitete sich in meinem Mund aus.

»Siehst du, ich habe doch gesagt, dass wir sie knacken

können«, sagte Colin sichtlich zufrieden.»Lass uns feiern! Wie lange kannst du bleiben?«

»Ich habe unbegrenzt Zeit. Agatha hat Hazel zu sich genommen.«

»Dann steht einem aufregenden Abend nichts mehr im Wege.« Colin wischte sich mit dem Handrücken über den Mund.»Ah, das hat gutgetan.«

»Allerdings.« Mein Blick wanderte suchend durch die Menge, aber von der Blondine keine Spur mehr. War sie gegangen? Eine leichte Enttäuschung breitete sich in mir aus. Ich hätte zu gern gewusst, wer sie war.

»Ihr Teufelskerle.« Der alte Hamish klopfte uns kräftig auf den Rücken.»Das war spannender als jeder Krimi. Ihr seid echt der absolute Wahnsinn. Schon das sechste Mal in Folge, dass ihr gewinnt.«

»Ja«, erwiderte ich lachend.»Und das wird nicht das letzte Mal sein.«

»Das werden wir ja sehen.« Die Millers bauten sich vor uns auf.»Im nächsten Jahr kriegen wir euch.«

»Auf einen fairen Wettkampf im nächsten Jahr.« Ich prostete ihnen zu.

»Jungs, herzlichen Glückwunsch.« Claire und Stacy stellten sich mit geröteten Gesichtern neben uns.

»Ihr habt verdient gewonnen. Trotzdem werden wir es nächstes Jahr wieder versuchen.« Claire, die Hübschere der beiden, grinste breit.

»Es war wie immer ein Vergnügen, gegen euch zu spielen.« Ich schenkte den Frauen mein charmantestes Lächeln. Wir kannten uns von diversen Wettkämpfen und hatten schon so manches Bier zusammen getrunken.

»Das Vergnügen ist ganz auf unserer Seite.« Stacy und Claire tauschten kurze Blicke miteinander, die ich nicht deuten konnte.

»Wir könnten auch noch etwas anderes spielen, wobei es keine Verlierer gibt ...«, fuhr Claire mit gesenkter Stimme fort.

Ich stockte. Das Angebot der beiden war eindeutig. »Danke, aber ich bleibe lieber beim Dart«, gab ich lächelnd zurück.

»Schade, du weißt nicht, was du verpasst.« Stacy zuckte mit den Achseln.

Ich leerte mein Glas in einem Zug. Eigentlich hatte ich schon genug. Aber es war der erste freie Abend seit langer Zeit, an dem ich unbegrenzt feiern konnte, und das wollte ich ausnutzen.

Claire und Stacy wandten sich zeitgleich Colin zu. »Und wie sieht es mit dir aus? Hast du Lust auf ein kleines Spielchen später mit uns?«

Colin grinste schief. »Ich wüsste nicht, was ich lieber täte. Aber vorher trinken wir noch einen Schluck. Wenn du mich entschuldigen würdest, Simon.«

»Bitte, tu dir meinetwegen keinen Zwang an. Ich bin schon ein großer Junge.«

Colin legte seine Arme um Stacy und Claire. »Danke, Kumpel.«

Lächelnd sah ich den dreien hinterher. Plötzlich tauchte die Unbekannte in meinem Sichtfeld auf. Sie stand etwas abseits und schaute zu mir herüber. Um ihren Mund spielte ein Lächeln. Wer war die Frau, die mir Glück gebracht hatte? Es gab nur einen Weg, es herauszufinden.

7 - JULIA

ein Herz hämmerte wie verrückt gegen die Brust, als ich den Fremden auf mich zukommen sah. Unsere Blicke kreuzten sich. Sofort fing meine ganze Haut an zu kribbeln. Mit wenigen Schritten war er bei mir.

»Hallo«, begrüßte er mich mit rauer Stimme und einem süßen Grinsen. Er baute sich vor mir auf. Der Mann war gut zwei Köpfe größer als ich und hatte die Figur eines Athleten. Einmal mehr war ich froh, dass ich mich zumindest umgezogen und mein Make-up aufgebessert hatte. Ich wollte als Frau schließlich nicht wie ein Aschenputtel aussehen, wenn ich einem attraktiven Mann gegenüberstand.

»Hi. Ich bin Julia.« Mein Magen blubberte nervös. Das tat er nur, wenn ich im Begriff war, etwas Leichtsinniges zu tun. Immerhin hatte ich eigentlich der Männerwelt in der nächsten Zeit abschwören wollen. Aber wie konnte ich das bei dem Knistern zwischen uns?

»Julia.« Er sprach meinen Namen aus, als würde es sich dabei um eine besonders leckere Süßigkeit handeln. »Ich bin Simon.« Er kam noch einen Schritt näher, sodass sich unsere Füße fast berührten.

»Simon, der Sieger«, erwiderte ich lächelnd. Unsere Blicke trafen sich und das Blubbern in meinem Bauch verstärkte sich. *Holy Shit*, der Mann hatte wirklich die schönsten braunen Augen, die ich jemals gesehen hatte.

»Du hast mir Glück gebracht«, raunte er.

Gut aussehende Männer wie dieses Exemplar waren es gewohnt, dass Frauen ihnen zu Füßen lagen. Einen Eindruck, den ich auf keinen Fall bei ihm erwecken wollte. »Freut mich zu hören«, erwiderte ich keck. »Dann wäre eigentlich eine Belohnung fällig.«

»Und was schwebt dir da vor?« Seine Augen blitzen vergnügt und um seinen Mund spielte ein Lächeln.

»Hm, lass mich mal überlegen.« Ich fuhr mir mit der Zungenspitze über die Unterlippe. Dieser Typ war so ganz anders als Tom in seinen Cordhosen. Dieser Typ war die Kirsche auf der Torte. Natalies Rat kam mir in den Sinn. Vielleicht hatte sie ja recht und der Unbekannte könnte mir über meinen Kummer hinweghelfen. »Was hältst du davon.« Einem Impuls folgend, stellte ich mich auf die Zehenspitzen und küsste ihn.

Für den Bruchteil einer Sekunde spürte ich ein leichtes Zögern, doch dann schlang er seine Arme um meine Taille und zog mich an sich heran.

Sein Mund war genauso weich, wie ich ihn mir vorgestellt hatte, und sein wunderbarer Duft hüllte mich augenblicklich ein. Eine Mischung aus warmen Hölzern und seinem ureigenen männlichen Geruch. Wild und erotisch zugleich.

Als meine Zunge seine Lippen durchstach, gab er ein winziges Stöhnen von sich wie jemand, der kapitulierte. Ich schlang meine Arme um seinen Hals und presste mich gegen Simon. Von seinem Körper ging eine unglaubliche Wärme aus.

Alles um mich herum war vergessen. Es gab nur noch Simon und mich. Unsere Zungen umspielten sich, begierig, den Geschmack des anderen aufzunehmen. Er schmeckte genauso gut, wie er roch.

Seine Hand fuhr entlang meines Rückens und blieb oberhalb

des Pos liegen. Dort, wo er mich berührte, hinterließ er eine brennende Spur. Mein ganzer Körper bebte und das Blut pulsierte in meinen Adern.

Das war definitiv der beste Kuss meines Lebens. Mein Herz hämmerte derart gegen die Brust, dass ich Angst hatte, es könnte herausspringen. In meinem Kopf herrschte völlige Leere. Seine Hand fuhr hoch unter meine Haare. Ein wohliger Schauer lief über meine Arme. Mit dem Daumen massierte er die empfindliche Stelle in meinem Nacken, während seine Zunge mich neckte. Zögerlich. Sanft. Tastend. Es war unglaublich und ich hatte das Gefühl, mich in seinen Armen aufzulösen. Ein leises Stöhnen entwich meiner Kehle, als sich mein Unterleib lustvoll zusammenzog. Gleichzeitig wünschte ich mir, dass der Kuss niemals enden möge. Leider wurde mein Wunsch nicht erhört.

Als seine Lippen mich freigaben, war mir schwindelig und hätte er mich nicht gehalten, wäre ich gestürzt. Für einen Moment herrschte atemlose Stille zwischen uns, bis ich langsam aus dem Nebel auftauchte und die Geräusche der Umgebung wieder zu mir durchdrangen.

Blinzelnd schaute ich zu ihm hoch. Sein Blick raubte mir die Worte. So viel Lust und Verlangen lag darin.

Noch nie hatte ich etwas Vergleichbares mit einem Mann erlebt. Schon gar nicht mit einem Mann, den ich gerade mal ein paar Minuten kannte.

»Jetzt stellt sich die Frage, für wen es mehr eine Belohnung war«, sagte Simon mit rauer Stimme. »Für dich oder für mich.«

»Hm, umso besser würde ich sagen. So hatten wir beide etwas davon.« Ich zuckte leichthin mit den Schultern, noch immer damit beschäftigt, meinen Herzschlag zu beruhigen. Der Kuss war eine spontane Idee gewesen, aber als ich seine Lippen gespürt hatte, war etwas mit mir geschehen – etwas, das ich bisher nicht gekannt hatte. Dieser Kuss hatte meinen ganzen Körper zum Singen gebracht. Eigenartig und völlig unerwartet.

»Tja, ähm.« Er fuhr sich mit der Hand an seinem Hinterkopf

entlang. Dabei sah er aus wie ein Junge, den man beim Naschen erwischt hatte.

»Hey, Leute, einmal herhören.« Ein rotgesichtiger Mann hatte sich mitten im Pub aufgebaut. »Gehört einem von euch Idioten der rote Toyota, der den Weg zur Mühle blockiert?«

Shit. Shit. Shit. Ausgerechnet jetzt.

»Der gehört mir«, meldete ich mich so selbstbewusst, wie es ging, immer noch damit beschäftigt, meine Samba tanzenden Hormone in den Griff zu bekommen.

Alle Blicke im Pub waren auf mich gerichtet.

»Ich bin im Regen stecken geblieben«, fügte ich entschuldigend hinzu.

»Verstehe.« Der Mann nickte mir wohlwollend zu. »Alles klar, dann würde ich sagen, wir helfen der kleinen Lady mal, ihren Wagen aus dem Matsch zu befreien. Wer von euch ist dabei?«

Sämtliche Hände im Pub schnellten nach oben. Unwillkürlich musste ich über die Hilfsbereitschaft der Einwohner lächeln. In London hätten die meisten noch nicht einmal gezuckt, geschweige denn sich gemeldet.

»Na, dann wollen wir mal, Jungs!« Der Mann machte ein Zeichen, ihm zu folgen.

Mein Blick wanderte zu Simon, der noch immer vor mir stand.

»Wie es aussieht, wirst du gebraucht«, sagte er. Unsere Blicke kreuzten sich und die winzigen Schmetterlinge in meinem Bauch fingen an, nervös zu flattern.

»Ja, ähm, sieht ganz danach aus. Kommst du nicht mit?«

»Ich glaube, ich brauche noch eine Minute«, flüsterte Simon und machte eine unauffällige Kopfbewegung in Richtung seines Hosenbundes, wo sich unterhalb eine deutliche Beule abzeichnete.

»Oh!« Ich grinste verlegen. Bei jedem anderen Mann hätte es anzüglich gewirkt, bei ihm kam es mir wie eine selbstverständliche Reaktion vor. »Manchmal hat es seine Vorteile, eine Frau zu sein.«

»Du sagst es.« Simon zuckte mit den Achseln.

»Wenn du willst, küsse ich dich noch mal, das lenkt dich vielleicht ab«, schlug ich vor.

»Ich will es lieber nicht darauf ankommen lassen«, brummte er und zog einen herumstehenden freien Stuhl zu sich heran.

»Schade, ich hätte mich gern geopfert.« Ich konnte mir ein Lachen kaum verkneifen.

»Das weiß ich zu schätzen.« Er ließ sich auf den Hocker sinken.

»Miss?« Der Rotgesichtige stand plötzlich neben mir. Ich war so mit Simon beschäftigt gewesen, dass ich nicht mehr auf den Mann geachtet hatte.

»Ja.« Ich zuckte ertappt zusammen.

Der Blick des Mannes wanderte zu Simon. »Herzlichen Glückwunsch zu eurem Sieg.«

Hatte er gesehen, wie wir uns geküsst hatten? Der Platz war ziemlich dunkel und etwas abseits vom Trubel. Niemand schien uns beachtet zu haben.

»Danke, Lenn.« Simon schenkte ihm ein schiefes Grinsen.

An der Tür hatte sich bereits eine Gruppe von Männern versammelt, die auf uns wartete.

»Ich bin gleich wieder da«, verabschiedete ich mich von Simon.

»Alles klar.« Etwas lag in seinem Blick, das ich nicht deuten konnte.

»Kommst du nicht?«, fragte Lenn.

»Ihr seid schon genug. Ich halte hier die Stellung.« Simon winkte ab. Ein leichtes Gefühl der Enttäuschung breitete sich in mir aus. Eigentlich hätte ich erwartet, dass er nach diesem unglaublichen Kuss meinen Retter spielen würde.

»Okay. Wenn wir fertig sind, müssen wir unbedingt noch auf deinen Sieg anstoßen!«, rief Lenn ihm zu. Die Art, wie er mit Simon sprach, deutete darauf hin, dass er großen Respekt vor ihm hatte.

»Okay, wird gemacht.« Simon tippte sich mit den Fingern gegen die Stirn, als würde er salutieren.

Schweren Herzens folgte ich meinem Helfer. Eigentlich wäre ich viel lieber bei Simon geblieben, in der Hoffnung, noch einen dieser wunderbaren Küsse zu bekommen.

»Sind Sie auf der Durchreise?«, fragte Lenn auf dem Weg zum Eingang. Er hatte sich eine Tweedjacke übergeworfen.

»Nein, eigentlich nicht«, antwortete ich zerstreut. Unauffällig drehte ich meinen Kopf zur Seite, dorthin, wo Simon saß. Er hatte die Ellbogen auf den Tisch abgestützt und den Kopf zwischen seine Hände genommen, als würde er sich große Gedanken machen. Eine Pose, die so gar nicht zu dem Mann passte, den ich gerade geküsst hatte.

»Zu Besuch?«, holte mich Lenn aus meinen Beobachtungen.

»Ich habe einen Job in Bibury angenommen«, erklärte ich.

Lenn blieb mit einem Ruck stehen und ich hätte ihn fast über den Haufen gerannt, wenn ich nicht in letzter Sekunde gestoppt hätte.

Mit großen Augen sah er mich an. »Einen Job?«

»Ja, im Buchladen.«

»Da hol mich doch der Teufel.« Lenn fuhr sich mit den Fingern durch das schüttere Haar.

»Lieber nicht«, witzelte ich.

»Dann übernehmen Sie Ellens Buchmühle?«

»Ähm, keine Ahnung. Ich habe mit einer Mrs Benson telefoniert«, teilte ich ihm mit, überrascht von Lenns Reaktion. »Die hat keinen Namen erwähnt.« Wie sie so vieles nicht erwähnt hat, fügte ich im Geiste hinzu.

»Das ist Ellens Tochter«, klärte mich Lenn auf. »Ellen ist bei einem Autounfall ums Leben gekommen.«

»Verstehe.« Das erklärte zumindest die etwas kurz angebundene Art und Weise, mit der Mrs Benson mit mir umgegangen war. Wahrscheinlich war sie noch tief in Trauer um den Verlust ihrer geliebten Mutter.

»Wusste gar nicht, dass sie Ersatz gesucht hat«, brummte Lenn, als wäre er nicht sonderlich einverstanden mit der Entscheidung von Mrs Benson.

»Ich bin mir noch gar nicht sicher, ob ich bleibe«, rutschte es mir heraus. »Im Moment bin ich nur bis Weihnachten unter Vertrag.«

»Ach, das wäre aber schade.« Er lächelte mich freundlich an.

»Na ja, das alles ist nicht so, wie ich es erwartet habe.« Ich hatte beschlossen, ehrlich zu sein.

»Das Leben steckt voller Überraschungen. Aber jeder hier hat Ellen und ihren Buchladen geliebt, was man von ihrer Tochter nicht behaupten kann.«

Ich musste unwillkürlich lächeln. Die charmante Art des Mannes war wirklich überzeugend.

Wir hatten den Eingang erreicht, wo uns eine Handvoll Männer freudig begrüßte.

»Leute ...« Lenn klatschte die Hände zusammen, um sich Aufmerksamkeit zu verschaffen. »Das ist ...« Sein Blick wanderte zu mir.

»Julia«, beeilte ich mich zu sagen. Die Männer musterten mich neugierig. »Sie übernimmt Ellens Buchladen. Deswegen sollten wir lieber nett zu ihr sein.«

Ein Murmeln ging durch die Reihe der Männer, gefolgt von prüfenden Blicken.

»Na ja, eigentlich übernehme ich ihn nicht wirklich«, wiegelte ich ab. »Ich bin nur die Vertretung, bis Mrs Benson sich entschieden hat, was sie mit dem Laden macht.«

Wieder steckten die Männer die Köpfe zusammen.

Ich hatte keine Ahnung, was das zu bedeuten hatte. Der Alkohol und der Kuss hatten meine Sinne benebelt.

»Na, dann wollen wir der Lady mal helfen, ihren Wagen freizubekommen«, schlug Lenn vor.

Einstimmiges Nicken.

Erleichtert schnappte ich mir den Schirm, den ich beim Eintreten in den Ständer gesteckt hatte, und folgte den Männern nach draußen.

Der Wind hatte zugenommen und blies mir eiskalt ins Gesicht. Instinktiv zog ich das Jackett enger vor der Brust zusammen. Mir war leicht schwindelig. Mit Sicherheit eine Folge des ungewohnten Alkoholgenusses. Sonst trank ich ab und zu mal ein Glas Wein zum Essen, nicht mehr. Whisky gehörte eher nicht zu meinem Repertoire an Getränken.

Zum Glück hatte es aufgehört zu regnen, und so ließ ich den Schirm geschlossen.

»Da vorn ist er«, teile Lenn den Männern mit.

Erst jetzt bemerkte ich die beiden Häuser, die etwas nach hinten versetzt am Weg standen und die mir vorhin nicht aufgefallen waren. In einem der beiden brannte Licht.

Wir hatten den Wagen erreicht.

Die sechs Männer umkreisten mit ernsten Blicken den Toyota.

»Das sieht nicht schlimm aus«, teilte mir Lenn mit, als sie fertig waren. »Das haben wir gleich.« Einer der Männer eilte davon, um Sekunden später mit zwei dicken Ästen auf dem Arm wiederzukommen. Die anderen hatten wie aus dem Nichts zwei Seile hervorgezaubert, die sie jeweils durch die Felgen der Hinterreifen zogen, um damit die Äste zu befestigen.

»Wenn Sie nichts dagegen haben, würde ich das Fahren des Wagens übernehmen.« Lenn streckte mir die Hand entgegen.

»Natürlich.« Meine Finger zitterten, als ich ihm den Schlüssel reichte. Drei der Männer positionierten sich zum Schieben an der hinteren Stoßstange.

Interessiert sah ich zu, wie Lenn den Motor startete und dann vorsichtig Gas gab. Die Äste bewegten sich langsam nach unten, bis sie den Boden berührten. Parallel fingen die Männer an zu schieben. Mit einem Ruck rollte der Toyota aus seinem Gefängnis in die Freiheit.

»Juhu!« Begeistert klatschte ich in die Hände. Auf den Gesichtern der Männer breitete sich ein Grinsen aus.

Lenn hielt den Wagen ein paar Schritte von mir entfernt seitlich an, sodass der Weg wieder für andere Autos frei war.

Mit einem zufriedenen Gesichtsausdruck stieg er aus. »So, das wäre geschafft.«

»Großartig. Ich hätte nicht gedacht, dass es so schnell geht. Jetzt komme ich mir ein bisschen ungeschickt vor«, gab ich zu.

»Blödsinn. Mit reiner Motorkraft hätten Sie es unmöglich schaffen können. Sehen Sie die Äste …?« Er deutete auf die Hinterreifen, wo diese auf dem weichen Untergrund auflagen. »Die haben als zusätzliche Auflagefläche gedient. Deshalb konnte sich das Rad aus der matschigen Kuhle befreien. Na, und Tom, John und Angus haben ihr Muskelschmalz ein bisschen angestrengt.«

Die Männer lachten im Hintergrund.

»Der gehört Ihnen.« Sichtlich zufrieden übergab er mir den Schlüssel.

»Ich weiß gar nicht, wie ich Ihnen allen danken soll.« Mein Blick wanderte über die Gesichter der Männer hinweg. »Ohne Ihre Hilfe hätte ich einen Abschleppdienst anrufen müssen.«

»Sie brauchen uns nicht zu danken«, lehnte Lenn höflich ab.

Ich überlegte einen Moment. »Ich würde mich freuen, wenn ich Sie alle auf eine Runde im Pub einladen dürfte.«

»Das ist wirklich nicht nötig«, sagte Lenn. Aber die Gesichter seiner Freunde sprachen eine andere Sprache.

»Ich bestehe darauf«, sagte ich bestimmt. Bei der Aussicht, den attraktiven Fremden wiederzusehen, machte mein Herz einen freudigen Hüpfer.

»Und was ist mit dem Wagen?«, fragte einer der Männer.

»Wenn er dort nicht stört, kann er gern bis morgen dableiben.« Ich hatte ohnehin zu viel getrunken, um noch zu fahren.

»Aye«, antwortete der dunkelhaarige Mann ein paar Schritte von mir entfernt. »Da kommt keiner vorbei außer Lenn hier.« Er boxte meinem Retter in die Seite.

»Angus, du alter Schotte. Du kannst froh sein, dass du hier wohnen darfst. Werde also nicht frech«, gab Lenn zurück.

Alle lachten gut gelaunt.

Eine Windbö wirbelte durch meine Haare und ließ mich erzittern.

»Jungs, der Lady ist kalt. Wir sollten zurück«, bemerkte der Blonde an meiner Seite.

Ich schenkte ihm ein dankbares Lächeln und setzte mich mit den Männern Richtung Pub in Bewegung.

8 - SIMON

❄

»*H*ey, da bist du ja.« Colin stand plötzlich neben mir. Seine braunen Haare waren verstrubbelt und seine Augen glänzten. In der Hand hielt er ein halb volles Glas Bier. »Warum sitzt du hier so allein?«

»Ähm, ich musste einen Moment runterkommen«, gab ich brummig zurück. In meinem Kopf herrschte komplettes Chaos. Julias Kuss hatte mich überwältigt und Gefühle in mir hervorgerufen, die ich längst für tot erklärt hatte.

»Runterkommen?« Colin kratzte sich fragend am Kinn. »Von was?«

»Lange Geschichte.«,

»Solange es nicht Stunden dauert, kannst du sie mir ruhig erzählen«, antwortete Colin äußerst gut gelaunt. Sein Blick wanderte von meinem Gesicht nach unten, dort, wo sich noch immer eine Beule unter dem Stoff meiner Hose abzeichnete.

Ertappt veränderte ich meine Sitzposition.

»Ist es das, was ich glaube, das es ist«, hake Colin mit einem breiten Grinsen nach.

»Verflucht noch mal, Colin«, knurrte ich. »Ich habe Julia geküsst.«

»Wer zur Hölle ist Julia?« Colin schielte über meine Schulter, als könnte sie sich dort versteckt halten.

»Die hübsche Blondine, die mir bei meinem letzten Wurf viel Glück gewünscht hat.«

»Ich habe keine Ahnung, von wem du sprichst, aber sie muss dich ordentlich beeindruckt haben, dass du sie geküsst hast.«

»Na ja, genau genommen hat sie mich geküsst.«

»Und du armes Ding hast es über dich ergehen lassen. Verstehe.« Das Grinsen auf Colins Gesicht wurde noch breiter, wenn das überhaupt möglich war.

»Du warst nicht dabei. Diese Frau ist wie ein Magnet.«

»Sieht ganz danach aus. Und jetzt erzähl mir bitte der Reihe nach, was genau passiert ist.«

»Okay, aber ich möchte danach keine Belehrungen zu hören bekommen.«

»Einverstanden.« Colin ließ sich neben mir auf dem Stuhl nieder.

Mit wenigen Worten hatte ich ihm meine Begegnung mit der Fremden berichtet.

»Da wird doch der Hund in der Pfanne verrückt«, stieß Colin am Ende hervor.

»Du sagst es!«, stimmte ich ihm zu. Noch immer konnte ich Julias seidenweiche Lippen auf meinem Mund spüren. Mein ganzer Körper sehnte sich plötzlich nach den Zärtlichkeiten einer Frau. Mit ihrem Kuss hatte sie mir fast den Verstand geraubt und es hätte nicht viel gefehlt und ich hätte sie mir über die Schulter gelegt und nach Hause in mein Bett getragen.

Verdammt, was hatte mich nur geritten, diese Frau zu küssen.

»Aber wo ist die hübsche Julia jetzt?« Colins Blick wanderte suchend durch den Raum.

»Lenn und die Jungs sind mit ihr draußen, um ihren Wagen aus dem Dreck zu ziehen.«

Colin pfiff anerkennend. »Hm. Die Frau muss ja wirklich eine Granate sein, wenn sie sogar Lenn im Griff hat.«

»Sie ist unglaublich heiß.«

Colin machte eine Kopfbewegung in Richtung meiner Hose.
»Und was machst du dann noch hier. Abgesehen von deinem kleinen Männerproblem.«

»Ich weiß nicht, wie ich mit der Situation umgehen soll«, gestand ich ihm. Seit Julia den Pub verlassen hatte, versuchte ich einen klaren Gedanken zu fassen.

»Das liegt doch auf der Hand. Du schnappst dir die Kleine und genießt den Abend mit ihr.«

»So einfach ist das nicht.« Unwillkürlich schüttelte ich den Kopf, als müsste ich mich selbst davon überzeugen.

»Eigentlich schon.«

»Colin, du kennst meine Lage. Ich kann nicht einfach eine fremde Frau nach Hause schleppen.«

»Wer spricht denn hier von was Festem.« Colins Mundwinkel kräuselten sich, wie sie es immer taten, wenn er etwas lustig fand. »Du kannst doch einfach mal Spaß haben. Das ist alles, wovon ich die letzten Monate gesprochen habe. Du bist zu jung, um das Leben eines Eunuchen zu führen.«

Ich schüttelte den Kopf. »Nein, es ist besser, wenn ich gehe, bevor ich etwas tue, was ich später bereuen könnte.«

»Wie? Jetzt?« Colin deutete unauffällig auf Stacy und Claire, die auf uns zukamen. Die beiden hatten ihre Jacken übergezogen. »Der Abend hat doch erst begonnen. Ich dachte, wir lassen es ordentlich krachen.«

»Nein, nicht für mich.« Ich warf einen kurzen Kontrollblick auf meine Hose, ob die verräterische Beule verschwunden war. Zumindest in dieser Hinsicht war alles wieder normal. Erleichtert stand ich auf.

»Hallo, Simon. Noch so allein?« Claire schmiegte sich an mich.

»Ja, ich bin auf dem Sprung nach Hause.«

»Spielverderber. Du könntest mitkommen. Oder was meint ihr?« Colin schaute fragend zu den beiden Frauen.

»Na klar. Uns fällt schon was ein, wie wir deinem Kumpel aus dem Trübsinn helfen.« Stacy und Claire tauschten eindeutige Blicke.

»Ich weiß euer Angebot zu schätzen, aber da bin ich raus.« Ich umarmte meinen Freund zum Abschied.

»Schade, wir hätten mit Sicherheit viel Spaß miteinander gehabt.« Claire leckte sich lasziv über die Unterlippe. Unwillkürlich musste ich an die Fremde denken. Obwohl sie die Initiative ergriffen hatte, hatte sie auf eine eigenartige Weise unschuldig gewirkt. Claire hingegen ließ keine Zweifel darüber offen, was sie im Sinn hatte.

»Danke, aber ihr kommt auch ohne mich klar.« Ich schnappte mir meine Jacke.

»Das werden wir.« Mit einem zufriedenen Lächeln hakte sich Colin bei den beiden Frauen unter. »Was meint ihr, wollen wir los?«

Claire und Stacy kicherten.

Wir durchquerten den Pub. Gareth kam mit einem Tablett mit leeren Gläsern auf uns zu. »Ihr geht schon?« Sein Blick wanderte von mir zu Colin und den beiden Frauen.

»Ja, wir wollen noch ein bisschen in kleiner Runde feiern«, kam mir Colin zuvor.

»Na dann, viel Spaß.« Gareth schmunzelte wissend.

»Bis bald«, verabschiedete ich mich.

Als ich nach draußen trat, schlug mir die kühle Abendluft entgegen. Mit einem Schlag war ich wieder nüchtern.

»Und du bist sicher?«, fragte Colin. Alle drei schauten mich erwartungsvoll an.

Ich nickte. »Ganz sicher. Bis bald.«

Nachdenklich sah ich den dreien hinterher, bis sie um die Ecke verschwunden waren. Bevor ich Trisha kannte, hätte ich keine Minute gezögert. Aber jetzt war alles anders.

Entfernte Stimmen, gefolgt von dem Lachen einer Frau, ließen mich hochschauen. Ein paar Hundert Meter entfernt auf dem Weg zur Mühle liefen Lenn und seine Männer. Julia ging mit beschwingtem Schritt neben Lenn. Für einen Moment fiel das

Licht der Straßenlaterne auf sie. Selbst aus der Ferne war Julia ein einziges sexuelles Versprechen. Noch dazu hatte sie Humor und war schlagfertig. Eine Kombination, die man nicht häufig fand. Sofort regte sich meine Körpermitte wieder.

Es war nur ein harmloser Kuss, versuchte ich mich zu beruhigen. Aber genau das war das Problem. Es war nicht nur irgendein Kuss gewesen. Es war der erste Kuss, seit Trisha und ich uns getrennt hatten. Und noch dazu war es der beste Kuss meines Lebens gewesen.

Verdammt.

Für einen winzigen Augenblick war ich versucht zu bleiben, aber dann siegte die Vernunft und ich machte mich auf den Weg, ohne mich noch einmal umzudrehen.

9 - JULIA

*J*ch ließ meinen Blick über die Köpfe hinweggleiten bis zu dem Platz, an dem ich Simon das letzte Mal gesehen hatte. Zu meiner Enttäuschung fand ich ihn leer vor. Auch sonst keine Spur von Simon. Es war, als ob er vom Erdboden verschluckt wäre.

Eigenartig.

Nach diesem sensationellen Kuss hätte ich darauf gewettet, dass er auf mich warten würde. Oder hatte es ihm nicht so gut gefallen wie mir?

»Und, ist der Wagen wieder frei?«, meldete sich Gareth hinter dem Tresen und riss mich aus meinen Gedanken.

»Ja, die Jungs haben den Toyota innerhalb von Minuten aus dem Matsch gezogen«, antwortete ich lächelnd, darum bemüht, meine Enttäuschung zu verbergen.

»War keine große Sache«, winkte Lenn ab, der mit seinen Männern neben mir stand.

»Für mich schon«, widersprach ich. »Deshalb geht die nächste Runde auf mich.« Ich gab Gareth ein Zeichen.

»Alles klar. Jungs, was darf ich euch bringen?« Gareth blickte fragend in die Runde.

»Sechs Bier, aber mach sie schön voll«, meldete sich der Lockenkopf.

»Als ob ich euch schon jemals zu wenig eingeschenkt hätte«, gab Gareth mit einem grimmigen Lächeln zurück.

»Wollte nur auf Nummer sicher gehen«, lautete die prompte Antwort.

»Und für Sie?«

»Ich nehme noch einen *Hot Toddy*.« Obwohl ich wärmer angezogen war und es aufgehört hatte zu regnen, war ich durchgefroren. »Aber bitte nenn mich doch einfach Julia. Ich komme mir sonst mit meinen neunundzwanzig Jahren steinalt vor.«

»Kann ich verstehen. Ich mag es auch nicht, wenn Leute mich so förmlich ansprechen.« Gareth machte sich daran, das erste Bier zu zapfen.

»Sag mal, du weißt nicht zufällig, wo das Gewinnerteam von vorhin ist?« Ich versuchte so unverfänglich wie möglich zu klingen.

»Simon und Colin? Die sind mit Stacy und Claire frühzeitig verschwunden. Wieso fragst du?«

»Ach, ich wollte den beiden auch ein Bier ausgeben«, erwiderte ich, damit beschäftigt, die Information zu verarbeiten. Die Miene des Wirts hatte keinen Zweifel daran gelassen, was die vier vorhatten. Mit einem Mal kam ich mir ziemlich dumm vor. Wie hatte ich nur glauben können, dass der Kuss etwas Besonderes für den Fremden gewesen war. Wahrscheinlich lag er bereits in den Armen einer der beiden Frauen und hatte mich vergessen.

Ich schüttelte den Kopf, als könnte ich den Gedanken an Simon einfach abschütteln wie eine lästige Fliege. Leider ohne Erfolg. Meine Lippen prickelten noch immer von dem Kuss und erinnerten mich daran, was ich zu vergessen versuchte. Gareth reichte mir das dampfende Glas mit einem Lächeln. »Für die schönste Frau, die dieser Pub seit langer Zeit gesehen hat.«

»Danke, aber ich fühle mich ganz und gar nicht so.«

»Dann möchte ich wissen, wie du aussiehst, wenn du dich gut fühlst.« Er zwinkerte mir zu.

Unwillkürlich musste ich lachen, obwohl mir eigentlich nicht danach zumute war. Das leise Grummeln in meinem Bauch wies mich daraufhin, dass ich noch immer nichts gegessen hatte. Außerdem musste ich dringend Natalie anrufen. Das konnte ich bequemer und besser von hier aus als in dem kalten Cottage.

»Hey, Gareth, lass die Frau in Ruhe und kümmere dich lieber um deine Gäste!«, rief einer der Männer, die mir geholfen hatten. Alle Umstehenden lachten.

»Auf die hübsche Spenderin!« Die Männer hielten ihre Gläser in die Höhe.

»Und einen guten Neuanfang in Bibury«, fügte Lenn hinzu. Seine grauen Augen funkelten vergnügt.

»Danke«, erwiderte ich. Ich würde mir meine Laune nicht wegen eines Kusses verderben lassen und den ersten Abend hier genießen, ob mit oder ohne Simon.

EIN LAUTES KLINGELN riss mich aus dem Schlaf. Stöhnend öffnete ich die Augen.

»Ah.« Helles Licht traf auf meine Augäpfel und brachte sie zum Zerplatzen. Zumindest fühlte es sich so an. Hastig schloss ich sie wieder. Mein Schädel fühlte sich an wie eine reife Melone kurz vor dem Platzen. Meine Kehle war ausgedörrt und auf der Zunge war über Nacht ein Pelz gewachsen. Noch dazu kam ein widerlich fauliger Geschmack im Mund. Wahrscheinlich roch ich auch so. Mit geschlossenen Lidern führte ich meine Hand vors Gesicht und hauchte hinein.

Yep, ich stank, als würde ich mich im Zustand der Verwesung befinden.

Das Beste wäre, ich bliebe einfach liegen und ließe der Natur ihren Lauf. Hauptsache, das Brummen in meinem Kopf würde endlich aufhören.

Es klingelte erneut. Mit einem Ruck öffnete ich die Augen.

Alles um mich herum war verschwommen und es dauerte einen Moment, bis ich meine Umgebung klar erkennen konnte.

Ich lag in voller Montur im Bett. Lediglich die Schuhe hatte ich ausgezogen. Das Licht fiel durch die geöffneten Vorhänge auf den Dielenboden. Staubpartikel tanzten in den goldenen Sonnenstrahlen wie winzige Ballerinen.

Es klingelte noch immer.

»Was zum Teufel …?« Mit der Hand tastete ich den Nachtisch ab. Endlich hatte ich es gefunden.

Auf dem Display streckte mir Natalie die Zunge entgegen. Ein Schnappschuss, den ich im Sommer aufgenommen hatte.

»Hallo, Natty«, krächzte ich in das Telefon.

»O mein Gott, du lebst!«, kreischte es in mein Ohr.

Mein ganzer Kopf schien zu vibrieren. Qualvoll verzog ich das Gesicht.

»Wo steckst du? Was ist passiert? Warum hast du dich nicht gemeldet?«, bombardierte mich Natalie.

»Lange Geschichte.« Eigentlich hatte ich Natalie vom Pub aus anrufen wollen, aber dank Lenn und seinen Männern war ich nicht dazu gekommen. Eine unangenehme Übelkeit kroch langsam meinen Hals hoch. Ich schluckte schwer dagegen an.

»Du erzählst mir sofort, was passiert ist, oder ich komme höchstpersönlich nach Bibury und zwinge dich.«

Wie in Zeitlupe richtete ich mich auf. Sofort setzte ein heftiger Schwindel ein. »Könntest du bitte leiser reden?«

Kurzes Schweigen. »Hast du etwa getrunken?«

»Vielleicht ein bisschen«, gab ich schwach zu.

»Du und Alkohol!« Ich konnte förmlich sehen, wie Natty den Kopf schüttelte. »Was ist passiert?«

»Der-Toyota-hing-fest-und-deshalb-habe-ich-einen-Fremden-geküsst«, sprudelte es aus mir heraus.

»Was? Könntest du bitte in verständlichen Sätzen mit mir reden.«

»Ich habe einen Mann geküsst«, stammelte ich.

»Du hast was?«

»Ich habe Simon geküsst«, quiekte ich.

»Moment. Moment. Du bist nach Bibury gefahren und das Erste, was du da getan hast, war, einen Mann zu küssen?«

»So, wie du es sagst, klingt es komisch.«

»Und das, nachdem du gesagt hast, du hast die Nase voll von Männern?! Ich werde das Gefühl nicht los, dass bei dir alles aus dem Ruder gelaufen ist.«

»Ist es irgendwie auch. Als ich ankam, war es ganz schrecklich. Es hat geregnet und der Wagen ist ein paar Hundert Meter vom Haus entfernt im Matsch stecken geblieben. Nichts war vorbereitet. Das Haus sieht aus, als wäre es seit Wochen nicht geputzt worden. Alles ist verstaubt und ich habe kein fließend Wasser. Also habe ich mich umgezogen und bin in den Pub, der am Ende der Straße ist, um mich dort aufzuwärmen.«

»Und bei der Gelegenheit hast du gleich mal einen wildfremden Typen geküsst«, unterbrach mich Natalie.

»Ganz so war es nicht. Simon hat im Dartwettbewerb gewonnen und ich habe ihm gratuliert.«

»Seit wann gibst du Männern Zungenküsse, wenn sie im Dart gewinnen.«

Ich seufzte laut. »Das hat sich so ergeben.«

»Und wo ist dieser Simon jetzt?« Misstrauen waberte durch den Hörer wie schlechter Mundgeruch.

»Keine Ahnung. Der Typ ist mit seinem Freund und zwei Frauen einfach abgehauen«, entrüstete ich mich.

»Na so was aber auch«, schnaubte Natalie. »Eigentlich hatte ich dich immer für eine selbstständige Frau gehalten, die weiß, was sie will. Ich fürchte, nach gestern Nacht muss ich meine Meinung ändern. Wie kannst du nur so naiv sein!«

»Ich weiß«, piepste ich.

»Und was machst du jetzt?«

»Keine Ahnung.« Ich wischte mir mit der Linken den Schlaf aus den Augen. »Am liebsten würde ich einfach wieder abreisen, aber ich habe einen Vertrag unterschrieben.«

»Ja, aber so, wie du es schilderst, hat diese Mrs Benson dich ganz schön hinters Licht geführt.«

Für einen Moment herrschte nachdenkliches Schweigen zwischen uns. Mein Magen machte einen Purzelbaum – leider keinen der guten Sorte.

»Julia?«

»Ich glaube, ich muss kotzen …« Zu mehr kam ich nicht. Ich sprang aus dem Bett und rannte auf bloßen Füßen ins Badezimmer nebenan.

Keine Sekunde zu früh. Mein Abendessen stieg meinen Hals hoch wie die Lava eines Vulkans.

Würgend hing ich über der Kloschüssel.

»Julia!«, hörte ich Nattys Stimme aus dem Smartphone rufen, dass ich noch immer in meiner Linken hielt, während ich mich mit der rechten am Toilettenrand abstützte.

Ich würgte erneut und entließ den Rest meines Mageninhalts in die Freiheit. Als es vorbei war, drückte ich den Spülknopf und sank erschöpft auf den Boden.

»Julia. Lebst du noch?«, drang Nattys Stimme zu mir durch. Mit dem letzten bisschen Kraft hielt ich das Handy an mein Ohr.

»Ich glaube, ich muss sterben«, gab ich stöhnend von mir.

»Blödsinn, so schnell wird nicht gestorben.« Natalie klang belustigt. »Ist alles raus?«

»Ich denke schon«, murmelte ich.

»Gut, dann stellst du dich jetzt unter die Dusche und anschließend gehst du in die Küche und machst dir einen starken Kaffee und rufst mich wieder an«, fuhr Nat im Kommandoton fort.

»Das geht nicht. Ich habe kein Wasser, hab ich doch gesagt.«

»Die werden doch wohl ein Café in diesem Kaff haben.«

»Keine Ahnung.«

»Da gibt es nur einen Weg, das herauszufinden.«

»Du bist nicht nett zu mir«, krächzte ich.

»Ich musste mir gerade live anhören, wie du kotzt«, gab Natty zurück. »Nicht eben das, was man sich am frühen Morgen wünscht.«

»Wie spät ist es denn?« Ich hatte sämtliches Zeitgefühl verloren.

»Es ist kurz nach acht.«

Ich stöhnte laut. Die Nacht war alles andere als erholsam gewesen. Immer wieder war ich hochgeschreckt, orientierungslos und mit klopfendem Herzen.

»Saufen wie die Großen, vertragen wie die Kleinen.« Das Lächeln in Natalies Stimme war nicht zu überhören.

»Du scheinst eine geradezu diebische Freude an meinem Leid zu haben«, brummte ich.

»Es tut gut, dass es mal zu Abwechslung nicht ich bin, die da leidet. Übrigens solltest du deine Mutter anrufen. Die hat schon dreimal durchgeklingelt und wollte wissen, wie es dir geht. Ich habe gesagt, dass du noch schläfst.«

»Danke, Nat.«

»Gern geschehen. Ich erwarte deinen Anruf in zwanzig Minuten.« Ohne meine Antwort abzuwarten, hatte sie aufgelegt.

Ich starrte dumpf auf das Display meines Handys. Wenn ich nicht wollte, dass ein Einsatzkommando vor der Haustür stand, würde ich wohl oder übel Mum anrufen müssen.

Ich rappelte mich auf und schleppte mich zum Waschbecken. Mein Spiegelbild blickte mir grimmig entgegen.

Meine Augen waren blutunterlaufen und quer über meine Wange zog sich eine tiefe Schlaffalte. Seufzend drehte ich den Wasserhahn auf. Vielleicht hatte ich gestern einfach nur Pech gehabt. Hustend sprang das Wasser an und eine braune Brühe ergoss sich in das Waschbecken.

Im selben Moment klapperte es unten an der Haustür.

Instinktiv hielt ich die Luft an und lauschte.

Wieder war ein leises Rascheln zu hören.

Einbrecher, schoss es mir durch den Kopf. Niemand wusste, dass ich hier war, und so, wie das Haus aussah, stand es schon eine Weile leer. Geradezu ideal, um einzubrechen.

Panisch schaute ich mich nach etwas um, das ich zu meiner Verteidigung nutzen konnte. Das Einzige, was ich entdeckte, war der Pümpel. Besser als nichts. Entschlossen schnappte ich ihn mir und eilte auf nackten Füßen bis zur Treppe.

Ich lauschte. Leise Schritte waren zu hören. Mein Herz setzte einen Schlag aus, um dann wie verrückt zu galoppieren. Jemand war unten im Flur.

Shit!

Meine Finger umklammerten den Holzgriff des Pümpels so fest, dass die Knöchel weiß hervortraten.

So leise ich konnte, ging ich nach unten.

Im Flur angekommen, blieb ich stehen und hielt vorsichtig Ausschau. Von dem Eindringling keine Spur. Hatte er mich gehört?

Auf Zehenspitzen durchquerte ich das Wohnzimmer und schielte um die Ecke, um einen Blick auf das Geschehen zu erhaschen. Eine Frauengestalt stand in der Küche und machte sich am Regal zu schaffen.

Wenn ich eine Chance haben wollte, musste den Überraschungseffekt für mich nutzen, um den Angreifer unschädlich zu machen.

Ich holte tief Luft, dann stürmte ich den Pümpel wie einen Schlagstock über den Kopf haltend in die Küche. »Halt!«

»O mein Gott.« Ein dumpfes Geräusch war zu hören und es klirrte. Vor mir stand eine schlanke Frau, die mich mit schreckgeweiteten Augen anstarrte. Sie war überraschend modern gekleidet. Dunkelgraue Jeans und dazu einen grauen Wollpullover, unter dem sie eine weiß-blau gestreifte Bluse trug. Mit dem Look hätte sie locker als Ralph-Lauren-Model auftreten können. Nicht das, was ich erwartet hatte.

»Was machen Sie hier?«, blaffte ich die Unbekannte an. Ein Fehler, denn sofort fing es in meinem Kopf an zu hämmern wie in einem Bergwerk.

»Ich … ich … ich wollte Ihnen nur …«, stotterte die Frau. Sie deutete mit der Hand auf den Boden. Erst jetzt bemerkte ich den zur Seite gekippten Weidenkorb, aus dem eine weißliche Flüssigkeit lief. »Etwas zu essen und trinken vorbeibringen.«

Ich ließ meinen Arm sinken. »Dann wollten Sie mich nicht überfallen!« Eine Feststellung, keine Frage.

»Überfallen?« Der Mund der Frau zuckte. Erst ein wenig und dann immer mehr, bis sie schließlich anfing zu lachen. Obwohl mir nicht danach zumute war, musste ich mitlachen angesichts der skurrilen Situation.

»O Gott, es tut mir so leid.« Die Frau wischte sich mit dem Zeigefinger die Lachtränen unter den Augen weg. »Ich wollte Sie nicht erschrecken. Mir wurde gesagt, dass Sie erst heute im Laufe des Nachmittags kommen würden.«

»Ich bin wie abgesprochen losgefahren«, erwiderte ich.

»Das ist eigentlich untypisch für Bethany. Normalerweise ist sie obergenau.«

»Bethany? «

»Mrs Benson, ihre Vermieterin«, teilte die Frau mir mit. »Ich bin übrigens Ihre Nachbarin. Bethany hat mich gebeten, Ihnen den Schlüssel für den Buchladen zu übergeben.«

Wie es aussah, hatte die Frau keine hohe Meinung von meiner Arbeitgeberin.

»Ich bin Abigail.« Die Nachbarin streckte mir ihre Hand entgegen. »Freut mich, dich kennenzulernen.« Sie war nahtlos in die persönliche Anrede übergegangen.

»Julia Campbell«, stellte ich mich vor. »Entschuldige bitte meine Aufmachung, aber ich habe nicht sonderlich gut geschlafen.« Ich hatte beschlossen, ihrem Beispiel zu folgen.

»Kann ich mir vorstellen.« Abigails Blick wanderte durch die kleine Küche. »Eine Schande, wie sie dir das Cottage hinterlassen hat. Ellen würde sich im Grab umdrehen, wenn sie das wüsste.«

Ein leises Miauen ließ mich nach unten schauen. Eine schwarze Katze lief fröhlich über den Dielenboden und steuerte zielstrebig auf den umgefallenen Korb zu.

»Nanu, noch ein Überraschungsgast!«, rief ich erstaunt. Das Kätzchen blieb stehen und musterte mich neugierig mit seinen grünen Augen, als hätte es mich verstanden.

»Das ist Tiffy. Ellens Katze.« Abigail bückte sich, um sie zu begrüßen. »Wo hast du denn gesteckt, du Racker? Ich habe dich schon überall gesucht.« Das Tier antwortete mit einem lang gezogenen Miauen.

Ich nutzte die Gelegenheit, meine Nachbarin unauffällig zu mustern. Ich schätzte sie ein wenig älter als mich, auf Mitte dreißig. Sie hatte wunderbar glänzendes, braunes Haar, das zu einem schulterlangen Bob geschnitten war. Ihr herzförmiges Gesicht schien dauerhaft zu lächeln und ihre braunen Augen blickten freundlich.

»Du hast wohl Durst«, stellte Abigail fest. Das Kätzchen hatte angefangen, an der Milch zu lecken, die über den Fußboden floss.

»Milch ist aber gar nicht gut für die Katze«, meldete ich mich zu Wort.

»Du kennst dich mit Katzen aus?« Abigail sah überrascht zu mir hoch, als hätte sie es von jemanden wie mir nicht erwartet.

»Meine Eltern hatten eine Katze«, erklärte ich lächelnd.

»Na, dann ist Tiffy ja bestens bei dir aufgehoben.«

»Ich weiß noch gar nicht, ob ich überhaupt bleiben möchte«, platzte es aus mir heraus.

»Aha.« Abigail hielt einen Moment in ihren Bewegungen inne, dann schnappte sie sich einen Lappen, der achtlos über die Leiste am Herd geworfen war und fing an, die Milch wegzuwischen. Tiffy protestierte lautstark, als Abigail sie sanft zur Seite schob.

»Eigentlich war die für dich gedacht gewesen wie die restlichen Sachen auch.« Anscheinend hatte sie beschlossen, nicht weiter auf meinen letzten Satz einzugehen.

»Oh, danke.« Ich hatte nicht mit so viel Gastfreundschaft gerechnet. »Das ist aber nett von dir.«

»Was hältst du davon, wenn ich uns einen Kaffee mache? Du siehst aus, als könntest du einen brauchen.« Sie richtete sich auf und ging zur Spüle, um den Wasserhahn aufzudrehen.

»Das würde ich lieber nicht tun«, versuchte ich sie davon abzuhalten. Zu spät!

Ein rostbrauner Strahl schoss hustend aus dem Hahn und spritzte zu allen Seiten weg, um dann plötzlich aufzuhören.

»Ellen hat zwei Wochen im Krankenhaus gelegen, bevor sie gestorben ist. Seitdem hat sich niemand um das Häuschen gekümmert.«

»Aber wo hat ihre Tochter gewohnt?«

»Im Hotel«, erklärte Abigail knapp. Dabei verzog sie missbilligend das Gesicht.

»Ich würde vorschlagen, du packst deine Sachen und kommst zu mir rüber. Dann kannst du in Ruhe duschen und eine Kleinigkeit frühstücken. Anschließend, wenn du dich gestärkt hast, kommen wir zurück und räumen das Cottage auf.«

»Aber ich kann doch nicht ...«

»Papperlapapp«, unterbrach sie mich. »Du kennst mich nicht, deshalb sage ich es dir. Ich dulde kein *Nein*.« Grinsend hob sie den Korb vom Boden auf und stellte ihn auf den Tisch.

»Einverstanden«, sagte ich erleichtert. Ich sehnte mich nach einer heißen Dusche und Abigails großzügiges Angebot kam mir gerade recht.

»Prima, dann lass uns mal rübergehen.« Sie wandte sich an das Kätzchen. »Und du kommst auch mit.« Ohne zu zögern, schnappte sie sich das Tier und nahm es auf den Arm. Sofort schmiegte sich Tiffy in die Arme ihrer Retterin. »Wie ich sehe, sind wir uns alle einig.« Abigail lachte.

»Ich hole nur kurz meine Sachen, wenn es okay ist.« Meine Laune hatte sich deutlich gebessert.

»Alles klar. Wir warten auf dich.« Sie kraulte das Kätzchen hinter den Ohren, was es mit einem zufriedenen Schnurren belohnte.

Ich beeilte mich, nach oben zu gehen. Zumindest gab es in diesem gottverlassenen Ort nette Menschen.

ZEHN MINUTEN später traten wir nach draußen. Ich hatte mir eine Tasche mit meinen Kosmetikartikeln und Wechselklamotten unter den Arm geklemmt.

Im Gegensatz zu gestern spannte sich ein eisblauer Himmel über die Landschaft. Eine dünne Nebelschicht hatte sich über das Gras und die Büsche gelegt, als hätte jemand einen Schleier darüber geworfen. Winzige Regentropfen hielten sich an den Blättern und Ästen fest und schimmerten wie Kristalle, in denen sich das Licht brach.

Ich war völlig überwältigt von dem Anblick, der so einen krassen Gegensatz zu gestern darstellte.

»Alles okay mit dir?« Abigail legte mir ihre Hand auf die Schulter.

»Ja, ich bin ganz sprachlos, wie die Landschaft heute Morgen aussieht. Als ich gestern angekommen bin, hat es geregnet und alles war grau.«

»Bibury hat durchaus seinen Charme und gilt nicht umsonst als eines der schönsten Dörfer Englands«, erwiderte Abigail schmunzelnd. »Warte ab, bist du Ellens Buchladen siehst. Du wirst begeistert sein.«

»Das klingt zumindest vielversprechend.«

Ein Schwarm Spatzen flog über unsere Köpfe hinweg, um sich zwitschernd ein paar Meter entfernt auf den Zweigen eines Walnussbaumes niederzulassen. Alles wirkte so unglaublich idyllisch. Wie auf einer Postkarte. Ich kam mir vor wie die Darstellerin in einem Jane-Austen-Film.

»Da wohne ich.« Abigail deutete auf ein Häuschen, das etwas nach hinten versetzt zur Straße lag.

Ich blieb stehen. »Das sieht aber süß aus«, stieß ich hervor. Das Cottage wirkte frisch renoviert. Die Fensterläden strahlten in einem leuchtenden Hellblau und die sandsteinfarbene Fassade schimmerte im Sonnenlicht. Aus dem Schornstein stieg eine weiße Rauchsäule in den Himmel. Rosenbüsche wuchsen entlang des schmalen Weges, der zum Eingang führte. Ich konnte mir ausmalen, wie wunderschön alles im Sommer aussehen würde.

Abigail öffnete die Tür und machte eine einladende Handbewegung. »Herzlich willkommen in meinem trauten Heim.«

Neugierig trat ich ein. Im Gegensatz zu *Nutshell Cottage* roch es angenehm nach Blumen und einem Hauch von Bohnerwachs. Alles machte einen sauberen und aufgeräumten ersten Eindruck.

»Du willst bestimmt erst duschen, bevor ich dir die Grandtour durch das Cottage gebe.« Abigail setzte das Kätzchen auf den Dielenboden, was Tiffy zum Anlass nahm, laut zu protestieren.

»Als Erstes kommt unser Gast an die Reihe, dann du, mein Freund«, erklärte Abigail mit hocherhobenem Zeigefinger.

Ich schmunzelte. Abigail war mir auf Anhieb sympathisch mit ihrer herzerfrischenden Art, mit der sie mich an Natalie erinnerte.

»Das Badezimmer befindet sich im ersten Stock, gleich die zweite Tür links«, wies mich Abigail an und deutete dabei mit der Hand auf eine schmale Steintreppe, die sich neben dem Eingang befand. »Frische Handtücher liegen neben der Dusche. Im Regal neben dem Waschbecken sind Shampoo und Duschseife.«

»Danke, aber ich habe meine Sachen mit.« Wie zum Beweis hob ich die Tasche in die Höhe.

»Alles klar, wenn du etwas brauchst, rufst du mich einfach. Ich setze so lange schon mal den Kaffee auf und versorge den hungrigen Stubentiger.« Abigail schnipste mit den Fingern, worauf Tiffy zu ihr kam. »Die Küche ist gleich neben dem Wohnzimmer.«

»Vielen Dank.«

»Dafür sind Freunde und Nachbarn doch da, dass man sich gegenseitig hilft«, erwiderte Abigail lächelnd.

Gespannt, was mich erwarten würde, ging ich die Treppe hoch. In meinem Hinterkopf pochte es noch immer und mein Magen fühlte sich flau an, was nicht sonderlich verwunderlich war nach dem Erlebnis heute Morgen.

Abigails Cottage war größer und moderner eingerichtet. Die Wände waren mit weißer Farbe getüncht, sodass lediglich die Struktur der Steine darunter zu erkennen war. Die Treppe war mit einem grauen Teppich überzogen. Rechts und links an der Wand hingen Schwarz-Weiß-Fotografien von der Landschaft rund um das Cottage.

Oben angekommen, ging ich den schmalen Flur entlang bis zu der Badezimmertür. Auch hier zierten Fotografien die Wände und ich fragte mich, ob Abigail die Aufnahmen gemacht hatte. Ich würde sie später fragen.

Der Raum war angenehm groß und hell. Wie in *Nutshell Cottage* gab es auch hier zu einer Seite Dachschrägen. Die großen Fenster waren nachträglich eingebaut worden, um das Tageslicht einzufangen.

Statt einer Badewanne gab es eine moderne Glasdusche.

Obwohl alles aufeinander abgestimmt war, fehlte auf eine eigenartige Weise der Charme, den das Cottage von Ellen Benson hatte.

Rasch schlüpfte ich aus den Klamotten und hüpfte unter die Dusche. Das warme Wasser prasselte auf meine Haut und langsam entspannten sich meine Muskeln. Ich schnappte mir das Duschgel und schäumte mich ein. Kurze Zeit später umgab mich ein zarter Vanilleduft.

Genießerisch lehnte ich mich gegen die Rückwand und schloss meine Augen. Plötzlich, ohne Vorankündigung, tauchte Simons Gesicht hinter den geschlossenen Lidern auf, wie er mich mit diesem superintensiven Blick anschaute. Sofort fing mein ganzer Körper an zu prickeln und meine Hormone blubberten, als hätten sie nur darauf gewartet. Etwas, das ich schon lange nicht mehr bei einem Mann erlebt hatte.

Shit. Das musste aufhören. Schließlich hatte er mich einfach sitzen gelassen und das nach diesem sensationellen Kuss. Der Typ musste ein ziemlicher Idiot sein, so viel war klar.

Grimmig griff ich nach dem Shampoo und schäumte meinen Kopf damit ein.

Wenn ich hierbleiben und den Job annehmen würde, was ich per se ja schon getan hatte, dann würde ich mich auf jeden Fall in Acht nehmen müssen, nicht noch einmal dem Charme des attraktiven Simons zu erliegen.

10 - SIMON

❄

»*D*addy«, weckte mich die zarte Kinderstimme. Zeitgleich spürte ich Finger, die sich an meinem rechten Augenlid zu schaffen machten. »Aufwachen.«

Blinzelnd öffnete ich die Augen und blickte geradewegs in Hazels Gesicht. Ihre langen Haare waren zu Zöpfen geflochten. Zweifelsohne Granthams Werk. Im Arm hielt sie ihr geliebtes Stoffzebra, ohne das sie nirgendwo hinging. Sie trug ein blaues Sweatshirt, das ihre hellbraune Haut zum Leuchten brachte. Tasha hatte diese Farbe auch geliebt.

»Hallo, Pumpkin. Wie spät ist es denn?« Ich hatte beschissen geschlafen. Immer wenn ich kurz davor gewesen war, einzunicken, war das Gesicht von Julia hinter meinen geschlossenen Lidern aufgetaucht und hatte mich um den wohlverdienten Schlaf gebracht.

»Grantham hat gesagt, wenn du jetzt nicht aufstehst, dann kippt sie das Porridge in den Müll.«

Unwillkürlich musste ich grinsen. Grantham hatte das Herz am rechten Fleck, aber Haare auf den Zähnen und ihre ganz eigene Vorstellung, wie die Dinge zu laufen hatten.

Ich gab Hazel einen Kuss auf die Stirn. »Dann sollte ich mich vielleicht beeilen.«

»Aber erst kuscheln.« Hazels große braunen Augen, die mich so sehr an ihre Mutter erinnerten, blickten mich bittend an.

»Aber natürlich.« Lächelnd hob ich die Bettdecke an. Mit einem Satz war Hazel bei mir und schmiegte sich an mich. Ihr Kopf lag in meiner Armbeuge.

»So besser?«, fragte ich.

»Ja.« Hazel nickte glücklich. »Ferdinand findet es auch toll.« Sie drückte das Stoffzebra an sich.

»Prima. Ich finde es auch toll.« Sanft legte ich meinen Arm um den zarten Kinderkörper. Mit ihren fünf Jahren war Hazel verhältnismäßig klein. Ein weiteres Erbe ihrer Mutter, die mit ihren ein Meter fünfundsechzig nicht die Größte war, genau wie der sanfte, goldbraune Ton ihrer Haut.

Bei dem Gedanken an Tasha überkam mich sofort das schlechte Gewissen. Wie hatte ich mich nur hinreißen lassen können, Julia zu küssen. Nur ein schwacher Moment, versuchte ich mich zu beruhigen. Aber mein Herz schlug noch immer schneller und mein Körper sehnte sich nach einer Wiederholung. Etwas, das nicht passieren durfte. Der Grund dafür lag in meinen Armen. Hazel hatte genug mitgemacht in den letzten Monaten. Was sie brauchte, war eine Beständigkeit in ihrem Leben.

»Haben du und Onkel Colin gewonnen?« Hazels warmer Atem strich über mein Gesicht wie ein Samthandschuh.

»Natürlich.« Ich gab ihr einen Kuss auf die Stupsnase. »Hast du daran gezweifelt?«

Hazel schüttelte den Kopf. »Niemals.«

»Was machen wir heute?« Sonntag war der einzige Tag der Woche, an dem ich mir komplett freinahm.

»Keine Ahnung.«

»Hast du Lust, spazieren zu gehen? Wir könnten zum Teich und den Enten zuschauen.«

»Ferdinand und ich wollen lieber zu Hause bleiben.« Sofort lag wieder der Schatten auf ihrem Gesicht, der am Tag von Tashas Auszug gekommen war. Seitdem war aus dem lebhaften Kind ein stilles Mädchen geworden.

»Aber draußen ist doch so schönes Wetter«, versuchte ich sie zu locken.

Hazels Lockenkopf grub sich noch dichter in meine Armbeuge. »Ich bleib aber lieber bei Grantham in der Küche.«

»Okay, aber wenn du es dir anders überlegst, sagst du es. Versprochen?« Noch immer verschlafen fuhr ich ihr mit der Hand über den Kopf.

»Daddy, nicht. Du machst meine Frisur kaputt«, tadelte Hazel mich.

»Entschuldige bitte, das war keine Absicht.«

»Grantham hat gesagt, dass Mummy nie wiederkommt«, flüsterte Hazel mit piepsiger Stimme.

Mit einem Schlag war ich hellwach.

»Grantham hat keine Ahnung«, erwiderte ich wütend. Ich würde ein Wörtchen mit meiner Köchin reden müssen.

»Aber Mummy war schon so lange nicht da.« Tränen hatten sich in Hazels Augen geschlichen. Ich hatte das Gefühl, mein Herz würde zerbrechen angesichts des Leids, dass sich im Gesicht meiner Tochter widerspiegelte. Etwas, das ich Tasha niemals verzeihen würde, abgesehen von ein paar anderen Dingen.

»Mummy kommt bestimmt wieder, um dich zu besuchen«, beteuerte ich. »Sie braucht einfach noch ein bisschen Zeit für sich.«

»Wo ist Mummy jetzt?« Hazels große Unschuldsaugen nahmen mich gefangen.

»Auf Bali.« Zumindest war sie dort gewesen, als ich das letzte Mal ein Lebenszeichen von ihr bekommen hatte. Aber sicher war ich mir nicht.

»Können wir Mummy mit dem Auto besuchen so wie Granny?«

»Wenn wir Mummy besuchen wollen, dann müssen wir fliegen«, erklärte ich ihr, als sei es das Selbstverständlichste auf der Welt.

»Warum kommt Mummy uns nicht besuchen?« Tränen

kullerten Hazels Wangen hinunter. »Liebt Mummy uns denn nicht mehr?«

Die Angst in Hazels Gesicht schnürte mir die Kehle zu.

»Natürlich liebt sie dich«, räusperte ich mich, darum bemüht, mir nichts von der Wut anmerken zu lassen, die sich in mir in den letzten Monaten aufgestaut hatte.

»Aber warum kommt sie dann nicht?«, schluchzte Hazel.

»Pumpkin, nicht weinen. Wenn du weinst, dann wird Daddy ganz traurig«, versuchte ich sie zu beruhigen. »Was hältst du davon, wenn ich Grantham bitte, uns ein paar Kekse und heiße Schokolade zu bringen, und wir kuscheln uns auf das Sofa?«

Eine Träne kullerte über Hazels Wange und tropfte auf meinen Arm.

»Komm schon, Hazel. Wir machen es uns ganz gemütlich und schauen uns ›Frozen‹ an.«

Hazel sah zu mir hoch. »Darf Ferdinand mitgucken?«

Ich lächelte. »Natürlich. Ferdinand ist doch Teil unserer Familie.«

»Okay.« Hazel gab mir einen feuchten Kuss auf die Wange und brachte mein Herz zum Schmelzen.

Bevor Hazel auf die Welt gekommen war, hätte ich mir nicht vorstellen können, wie sehr ich mein Kind lieben würde. Aber als ich das kleine Bündel das erste Mal direkt nach der Geburt in den Händen gehalten hatte, war ich vor Glück und Liebe dahinge-schmolzen. Damals hatte ich mir geschworen, alles von ihr abzu-wenden, was sie unglücklich machen könnte. Leider war es mir nicht immer gelungen. Hazel litt unter der Trennung von ihrer Mutter. Genau wie ich. Niemals hätte ich gedacht, dass Tasha einfach so aus unserem Leben verschwinden würde. Welche Mutter tat so etwas? Wie sollte ich Hazel erklären, dass ihre Mutter keine Mutter sein wollte.

Des Nachts, wenn ich allein war und mein Verstand nicht mehr so geradlinig arbeitete, kam die Hoffnung in mir auf, dass Tasha zu uns zurückkehren könnte, obwohl sie ziemlich klargemacht hatte, dass sie ihre eigenen Wege gehen würde. Trotzdem war tief in mir drinnen noch immer dieser Wunsch, dass sie zur Vernunft kommen und wir wieder eine Familie sein würden. Allerdings hatte ich im letzten halben Jahr kaum mehr als ein paar Worte per Textnachricht von ihr bekommen, in denen sie mir mitteilte, dass es ihr gut ging. Nie eine Frage nach Hazel.

»Daddy, kommst du?« Hazel war aus dem Bett geschlüpft und stand mit verschränkten Armen vor dem Bett. »Wir wollen doch die Eiskönigin Elsa schauen.«

»Natürlich, Pumpkin.« Noch immer müde schlüpfte ich aus dem Bett, um den Tag mit meiner Tochter zu verbringen.

11 - JULIA

»*L*ass mich die Geschichte noch mal zusammenfassen«, sagte Abigail ungläubig. »Der Typ hat dir nach dem Sex gekündigt und du hast daraufhin mit ihm Schluss gemacht.«

»Genauso war es.« Zufrieden lehnte ich mich im Stuhl zurück. »Allerdings bin ich anschließend mit einer Gehirnerschütterung im Krankenhaus gelandet. Darauf hätte ich gut verzichten können. Meine Mutter hat sich zu Schwester Florence Nightingale aufgeschwungen und mich gesund gepflegt.«

Abigail kicherte vergnügt. »Das kenne ich nur zu gut. Zum Glück sind meine Eltern nach Cirencester zu Mums Schwester gezogen. Sie nennen es die lustige Alters-WG.« Abigail rollte mit den Augen. »Ich will gar nicht wissen, was die drei alles anstellen.«

»Je oller, je doller.« Wir lachten beide.

»Dann ist der Job in Ellens Buchladen quasi deine Auszeit von London und den Männern«, stellte Abigail abschließend fest.

»Das könnte man so sagen.« Unwillkürlich musste ich an Simon denken. Mit seinem Kuss hatte er meinem Plan, den Männern zu entsagen, einen Strich durch die Rechnung gemacht.

Im Kamin neben dem Tisch prasselte ein munteres Feuer und

gab seine kuschelige Wärme an die Umgebung ab. Das Kätzchen hatte sich zu unseren Füßen auf den Boden gelegt und gab kleine Schnarchgeräusche von sich. Im ganzen Zimmer roch es angenehm nach frisch gebrühtem Kaffee, der sich mit dem Duft der Kräuter mischte, die nebeneinander auf der Fensterbank über der Spüle standen.

»Dann bist du hier genau richtig!«, verkündete Abigail. »Bis auf wenige Ausnahmen gibt es kaum attraktive Männer in Bibury und wenn, sind sie meistens schon vergeben. Einer der Gründe, warum ich mit meinen dreiunddreißig Jahren noch immer als glücklicher Single durch die Gegend laufe.« Meine neu gewonnene Freundin stand auf, um den Tisch abzuräumen.

Unwillkürlich musste ich an Simon denken, der in meinen Augen der attraktivste Mann war, den ich jemals gesehen hatte. Noch dazu konnte er fantastisch küssen. War er auch vergeben? War das der Grund, warum er sich so schnell aus dem Staub gemacht hatte? Ich nahm einen letzten Schluck aus meinem Becher.

»Das war der beste Kaffee meines Lebens.«

»Du übertreibst.« Abigail winkte bescheiden ab.

»Tue ich nicht. Das ganze Frühstück war fantastisch.« Obwohl nichts Außergewöhnliches auf dem Tisch stand, lediglich Butter, Marmelade und ein bisschen Käse und Brot, konnte ich mich nicht erinnern, jemals besser gefrühstückt zu haben. Alles hatte unglaublich intensiv und frisch geschmeckt.

»Bis auf die Butter habe ich alles selbst gemacht.« Der Stolz in Abigails Stimme war nicht zu überhören.

»Auch das Brot?«

»Ja, warum nicht. Den Sauerteig habe ich nach einem ganz einfachen Rezept hergestellt, dass ich auf *TikTok* gesehen habe. Meine Granny hat immer gesagt: Du bist, was du isst. Und sie hatte recht. So weiß ich wenigstens, was ich zu mir nehme. Solltest du auch ausprobieren.«

»Alles, was ich esse, ist gekauft und bereits fertig zubereitet.

Tiefkühlpizza und ich sind die besten Freunde. Ich war noch nie eine große Köchin.«

»Nicht jeder kann perfekt sein«, witzelte Abigail mit einem Zwinkern. »Aber es ist nie zu spät, um es zu lernen.«

»Ich werde mir an dir ein Beispiel nehmen, aber erst einmal muss ich sehen, wo ich bleibe.« Nachdenklich blickte ich durch das Küchenfenster nach draußen, wo die Sonne schien. »Du musst dir unbedingt den Laden anschauen, bevor du voreilige Schlüsse ziehst.«

»Inwiefern?« Meine Hoffnung, dass der Buchladen eine Überraschung werden könnte, war seit dem gestrigen Abend auf null gesunken.

»Der Buchladen ist in der alten Mühle direkt am Fluss.«

»Alte Mühle. Davon hat Mrs Benson gar nichts erzählt.«

»Ich fürchte, Bethany hat dir so einiges verschwiegen«, sagte Abigail kopfschüttelnd. »Die alte Mühle gehört Bethanys Familie seit Urzeiten. Bis zum Tod der Großeltern war sie sogar noch in Betrieb. Bethanys Großmutter war über die Grenzen von Bibury hinaus bekannt für ihre leckeren, selbst gebackenen Brote, Kekse und Scones. Als ihre Großeltern gestorben sind, haben sie Ellen die Mühle und das Cottage hinterlassen. Ellen hat dann einen Buchladen daraus gemacht. Es war ihr Herzensprojekt. Wenn ich den Laden betrete, habe ich immer noch den Geruch von gebackenem Brot im Gedächtnis.« Abigail lachte. »Aber was erzähle ich dir. Warum gehen wir nicht los und du siehst dir einfach alles in natura an?«

»Du würdest mitkommen?«, fragte ich vorsichtig nach.

»Na klar, und anschließend helfe ich dir, das Cottage auf Vordermann zu bringen. Schließlich willst du doch nicht in dem verstaubten Kasten wohnen.«

»Das würdest du tun?« Erstaunt sah ich Abigail an. »Aber warum?«

»Weil ich ein netter Mensch bin und weil ich dich mag.« Pure Freundlichkeit sprach aus ihrem Gesicht.

»Ich glaube, das ist das Netteste, was mir jemand seit langer

Zeit gesagt hat. Abgesehen von Natalie. Die sagt zwar nie nette Sachen, aber trotzdem ist sie die beste Freundin auf der Welt.«

»Das klingt äußerst sympathisch.« Abigail stand auf. Sofort meldete sich Tiffy mit einem lauten Protestmiauen zu Wort.

»Was ist eigentlich mit dem Kätzchen? Du hast erwähnt, dass es Ellen gehört hat.« Ich streichelte dem Tier über sein glänzendes, schwarzes Fell.

»Ellen hat es erst eine Woche vor diesem schrecklichen Unfall bei sich aufgenommen. Tiffy ist ein Findelkind, das sie am Straßenrand gefunden hat. Seine Besitzer hatten den ganzen Wurf ausgesetzt. Tiffy war die einzige Überlebende.«

»Wie furchtbar. Menschen können so grausam sein.« Ich schüttelte fassungslos den Kopf.

»Ja, das passiert immer wieder, dass Tierbesitzer ihre Lieblinge aussetzen, wenn sie ihnen unbequem werden.«

»Unbequem? Inwiefern?«, fragend runzelte ich die Stirn.

Abigail zuckte mit den Schultern. »Urlaub, Umzug, Scheidung, Tod, Geburt der Kinder. Es gibt so viele Gründe, warum Menschen ihre Tiere loswerden wollen. Die Tierheime sind voll mit grausamen Schicksalen.«

»Hm. Darüber habe ich mir noch nie Gedanken gemacht. Wieso kennst du dich so gut aus?«

»Weil Tiere mein Beruf sind. Ich bin Tierärztin.« Abigail grinste belustigt.

»Toll. Das war früher mein Traumberuf.« Ich stand ebenfalls auf und stellte mein Geschirr in die große Spüle unter dem Fenster.

»Mein Vater war schon Tierarzt. Ich habe seine Praxis übernommen, als er in Rente ging.«

»Dann wohnst du schon lange in Bibury?«

»Mein ganzes Leben bis auf die Zeit während des Studiums. Ziemlich armselig, oder?« Ihr breiter Mund lächelte schief.

»Überhaupt nicht. Ich bin dafür nicht über die Grenzen von Notting Hill hinausgekommen.«

Wir lachten beide über meinen Witz.

»Dann bist du eine waschechte Londonerin.«

»Yep, kann man so sagen.«

Das Kätzchen war ebenfalls aufgestanden und maunzte uns vorwurfsvoll an, als wollte es sagen: Es war so schön vor dem Kamin. Warum müsst ihr so einen Aufstand machen.

»Du bleibst hier, bis wir wiederkommen«, sagte Abigail mit strengem Tonfall. »Wir sind bald wieder da und du weißt, wo das Fressen steht.«

Artig blieb das Kätzchen vor der Haustür sitzen und sah uns mit seinen stechend grünen Augen vorwurfsvoll an.

»Das funktioniert nicht bei mir«, sagte Abigail lachend.

»Aber bei mir«, gestand ich. Am liebsten hätte ich Tiffy sofort mitgenommen. Mit seinen weißen Ohrspitzen und dem weißen Näschen sah das Kätzchen wirklich herzallerliebst aus.

»Los, bevor ich auch noch schwach werde.« Abigail zog mich nach draußen.

Es war noch immer eisig kalt, aber zumindest schien die Sonne. Meine Kopfschmerzen und die Übelkeit von heute Morgen waren wie weggeblasen.

Das Dach des Cottage glänzte silbern wie eine Rüstung im Tageslicht. Um das Grundstück verlief eine hüfthohe Trockensteinmauer, die mit gelben und braunen Flechten übersät war, als hätte man sie darauf gemalt. Heute kam noch ein weißer Frosthauch hinzu, der sich über alles gelegt hatte.

»Das ist der Weg zur alten Mühle.« Abigail deutete auf den Pfad, der sich an Mrs Bensons Cottage vorbeischlängelte. »Wir müssen nur über die kleine Steinbrücke gehen, dann sind wir da.«

»Wahnsinn. Ich bin hier mit dem Auto herumgeirrt, dabei war alles in greifbarer Nähe.« Gestern hätte ich schwören können, dass das Dorf kilometerweit weg läge, doch tatsächlich waren es nur ein paar Hundert Meter bis zu der berühmten Arlington Road.

»Dafür hattest du Spaß im *Tipsy Cow*.« Abigails Mundwinkel zuckten.

Ich stöhnte. »Woher weißt du von meinem Besuch im Pub?«

»Bibury ist ein Dorf mit sechshundert Einwohnern. Hier bleibt nichts geheim, das solltest du niemals vergessen.«

Ob sie auch über den Kuss mit Simon Bescheid wusste? Bisher hatte sie zumindest keine Andeutung in diese Richtung gemacht.

»Lenn und die Jungs haben überall mit der schönen Londonerin angegeben, deren Auto sie aus dem Matsch gezogen haben. Solltest du dich also entschließen, Ellens Laden weiterzuführen, würde es mich nicht wundern, wenn der ein oder andere Bewohner bei dir vorbeischaut.« Sie lachte vergnügt.

Wir hatten die schmale Steinbrücke erreicht, die über den Fluss Coln führte. Genau genommen war es mehr ein breiter Bach, der sich entlang der Hauptstraße in die Landschaft grub. Nicht zu vergleichen mit der Themse in London.

»Da vorn ist es.« Sie deutete auf ein Cottage, das direkt an die Brücke gebaut worden war. Die typische sandsteinfarbene Fassade schimmerte golden im Sonnenlicht. Dichter Efeu rankte sich an allen Seiten bis hoch zum Dach. Rund um das Häuschen wuchsen Rosenbüsche. Eine Trockensteinmauer grenzte auch hier das Grundstück zur Straße hin ab.

»Das sieht ja entzückend aus!«, stieß ich begeistert hervor.

»Ja, Ellen hatte ein echtes Schmuckstück«, sagte Abigail mit nachdenklichem Unterton.

»Kein Wunder, dass Mrs Benson über einen Verkauf nachdenkt.«

»Bethany war schon immer auf ihren Vorteil aus.«

»Du magst sie nicht besonders«, stellte ich fest.

»Tatsächlich ist es eher umgekehrt. Bethany hat mir während unserer gemeinsamen Schulzeit mehr als ein Mal gezeigt, dass sie mich nicht leiden kann.«

»Manchmal wundert man sich. Wir hatten auch so eine Klassenkameradin, die alle gebullied hat, die in ihren Augen nicht perfekt waren. Als ich sie das letzte Mal durch Zufall in der Stadt getroffen habe, hatte sie ein blaues Auge, von dem sie behauptet hat, sie wäre unglücklich gestürzt. Ich bezweifele, dass das stimmt. Vielleicht ist ihr perfektes Leben doch nicht so perfekt, wie sie nach außen vorgibt«, sagte ich nachdenklich.

»Ja, vielleicht hast du recht und ich sollte Bethany gegenüber etwas nachsichtiger sein.« Wir hatten die Mühle erreicht.

Auch von vorn sah sie absolut entzückend aus. Um die hölzerne Eingangstür rankten sich Blauregen und Efeu.

Das Fenster zur Linken war als Schaufenster umfunktioniert worden und gewährte den neugierigen Besuchern einen Blick in das Innere der alten Mühle. Vor dem Häuschen war ein kleiner Vorgarten, in dem Rosenbüsche und ein alter Obstbaum wuchsen. Jetzt war alles kahl und grau. Die ausladenden, knorrigen Äste des Baumes waren von einem eisigen Hauch überzogen. Die Sitzecke unter dem Baum war mit einer dicken Folie bedeckt, um sie vor dem nasskalten Wetter zu schützen.

Mein Blick wanderte zurück zur Tür. Ein altes Holzschild war darüber angebracht, auf dem mit geschwungener Schrift die Worte »*The Old Wisteria Mill* Bookshop« standen.

»Der ist für dich.« Abigail hatte einen alten Schlüssel aus der Jackentasche gezogen. »Bethany hat ihn bei mir hinterlegt.«

»Dafür, dass sie dich nicht leiden kann, hat sie ganz schönes Vertrauen in dich.«

»Ich denke eher, dass die gute Bethany praktisch veranlagt ist. « Mit feierlicher Miene überreichte Abigail mir den Schlüssel.

Mein Puls schaltete einen Gang höher, als mit einem leisen Klicken das Schloss aufsprang und ich die Tür öffnete.

Gespannt trat ich ein.

Die Dielen unter meinen Füßen knarrten, als wollten sie sich beschweren. Der Geruch von altem Papier und Lavendel hing in der Luft. Staubpartikel tanzten im Licht, das durch die kleinen Fenster fiel.

Die dunkelbraunen Balken des Fachwerks zogen sich über die Decke und zu den Seiten bis zum Boden. Die dicken Wände waren mit Regalen überzogen, die sich zwischen den Balken drängten. Unzählige Bücher standen darin dicht an dicht. Alte Teppichläufer zierten den Dielenboden, um die Schritte der Besucher zu dämmen.

Mein Blick fiel auf den riesigen Kamin mit dem geschmiedete Funkengitter an der Stirnwand des Raumes. Davor befand sich eine Sitzecke, bestehend aus einem Sofa und drei Sesseln. Auf dem Beistelltisch stand eine Vase mit einem Strauß vertrockneter Blumen darin.

»Und was sagst du?«, holte mich Abigails Stimme aus meinen Betrachtungen.

»Bezaubernd«, murmelte ich leise. »Einfach nur bezaubernd. Man kommt sich vor, als wäre man aus der modernen Zeit in die Vergangenheit gehüpft.«

»Sage ich doch. *Wisteria Mill* – Blauregen Mühle ist einfach traumhaft schön. Früher hat uns Ellen immer zu den Festen eingeladen. Es gab Kekse und Kakao und sie hat uns am Kamin Geschichten vorgelesen«, sagte Abigail mit verträumtem Gesichtsausdruck.

»Das klingt sehr gemütlich.«

»War es auch. Aber du hast ja noch nicht alles gesehen. Komm.« Abigail schnappte sich meine Hand. »Wir haben weitere zwei Zimmer, die ich dir zeigen muss.«

Neugierig folgte ich ihr, darum bemüht, alle Eindrücke aufzusaugen. Es gab so viel zu sehen. Überall standen Bücher, alte Spielzeuge aus Blech, Werkzeuge und Teile der ursprünglichen Mühle zwischen den Regalen. Riesige Leitern waren gegen die Wände gelehnt, damit der interessierte Käufer problemlos in den oberen Etagen schauen konnte.

Der vordere und hintere Raum waren durch einen schmalen Flur miteinander verbunden. Das zweite Zimmer war etwas kleiner als das erste. Als ich die Wendeltreppe entdeckte, die nach oben zur Empore führte, stieß ich einen begeisterten Schrei aus. »O mein Gott!« Ich schlug die Hände vor dem Kopf zusammen. »Das sieht ja aus wie in einem Film.«

»Ja, die Hollywood-Leute waren damals auch ganz begeistert«, stimmte mir Abigail schmunzelnd zu.

»Hollywood?«

»Bibury war schon mehrfach die Kulisse für Hollywood-Filme. Der bekannteste von allen war ›Stardust‹ mit Robert de Niro.«

»Wahnsinn.« Je weiter der Tag voranschritt, umso weniger wollte ich wieder gehen. Vielleicht war das Jobangebot doch nicht so schlecht, wie ich gestern angenommen hatte. Da war nur noch das Problem mit dem Cottage.

Wir gingen weiter in Richtung Küche, vorbei an Regalen, die überladen waren mit Büchern, die scheinbar ohne System nebeneinanderstanden. Ein gusseiserner Kronleuchter hing von der Decke herab.

Alles wirkte ein bisschen verstaubt, aber gemütlich.

»Das ist mein Lieblingsraum.« Abigail stieß eine Tür auf. »Tataaa, die Küche.«

Neugierig schielte ich um die Ecke.

»O mein Gott. Das ist ja unglaublich.« Ich lachte, überwältigt von dem Anblick. Der Raum war nicht sonderlich groß, aber mit allem ausgestattet, was man zum Backen und Kochen brauchte. Der Gasherd mit seiner Emaille-Front sah aus, als hätte man ihn aus einem Museum geklaut. Am beeindruckendsten jedoch war der alte Backofen. Ein Monstrum, das man in die dicken Mauern des Cottage eingebaut hatte. Darüber war ein altes Holzregal angebracht, in dem verschiedene Backformen aufgereiht standen.

Im Geiste sah ich förmlich, wie die ursprüngliche Besitzerin hier gestanden und ihr Brot gebacken hatte. Den Mittelpunkt des Zimmers bildete ein langer Holztisch, an dem, den Spuren im Holz nach zu urteilen, schon Generationen der Familie gesessen hatten.

»Wie schade, dass es die Bäckerei mit der Mühle nicht mehr gibt.«

»Ja, ich schätze, dass es sich einfach nicht mehr gelohnt hat,

nachdem der große Supermarkt in Cirencester aufgemacht hat.«
Abigail zuckte mit den Schultern.

»Wahrscheinlich.« Gedankenverloren lehnte ich mich mit der Hüfte seitlich gegen den Kamin. Schwarze Rauchspuren zogen sich über das Mauerwerk und zeugten von seinem Gebrauch. Im Geiste stellte ich mir vor, wie hier früher gearbeitet worden war. Ein warmes Gefühl breitete sich in mir aus, wie ich es immer bekam, wenn ich mich an einem Ort zu Hause fühlte.

»Ich bleibe«, verkündete ich laut.

»Was?« Abigail, die gerade das Regal inspiziert hatte, drehte sich irritiert zu mir um.

»Gestern Abend war ich, Vertrag hin oder her, kurz davor, wieder abzureisen«, erklärte ich meinen kleinen Gefühlsausbruch.

Mit offenen Armen lief Abigail auf mich zu. »Wie toll. Du weißt gar nicht, wie sehr ich mich freue.«

»Und ich mich erst. Jetzt habe ich endlich etwas gefunden, worauf ich richtig Lust habe.« Wir vollführten einen kleinen Freudentanz in der Küche.

»Aber da ist noch das Cottage«, sagte ich völlig außer Atem und ließ mich auf einen der Stühle fallen.

»Du wirst sehen, mit ein bisschen Wasser und Seife lässt es sich in ein wahres Schmuckstück verwandeln.«

»Ich weiß nicht, ob ich deinen Optimismus teilen kann.« Wieder hatte ich die Bilder von dem staubigen Wohnzimmer und der Küche in meinem Kopf. »Davon abgesehen habe ich kein fließend Wasser.«

»Hm, heute am Sonntag ist es natürlich nicht ganz leicht, jemanden zu finden, der uns dabei helfen könnte.« Abigail kratzte sich nachdenklich am Hinterkopf. »Egal, uns fällt schon was ein.« Wie selbstverständlich hakte sich Abigail bei mir unter. »Bist du bereit, ein bisschen Schweiß fließen zu lassen?«

»Ich wüsste nicht, was ich lieber täte«, erwiderte ich grinsend.

12 - JULIA

❄

»*J*ch habe meinen Schulfreund erreicht. Er hat gesagt, dass er in einer Viertelstunde hier ist«, verkündete Abigail mit einem Strahlen.

»Wirklich? Aber das ist ja unglaublich.«

»Manchmal ist es von Vorteil, wenn man in einem kleinen Dorf lebt. Jeder hilft dem anderen, wenn er in Not ist.«

»Und der Typ ist Klempner?«

»Nein, ihm gehört das Hotel am Ortseingang. Aber er ist ziemlich geschickt in solchen Dingen«, teilte Abigail mir mit.

»Hauptsache, ich kann heute Abend duschen.« Demonstrativ schnüffelte ich an meinem T-Shirt. »Danach breche ich einfach auf dem Sofa zusammen.«

»Aber dafür hat es sich gelohnt.« Abigail machte eine ausladende Handbewegung und stellte sich neben mich an den Herd.

Wir hatten seit den frühen Mittagsstunden durchgearbeitet. Mittlerweile war es schon spät am Nachmittag und die Sonne hatte sich bereits hinter die Bäume verkrochen. Es würde nicht mehr lange dauern, bis die Dämmerung einsetzte.

Zuerst hatten wir den Staub von den Schränken entfernt. Anschließend hatten wir uns um den Boden und die Fenster im Cottage gekümmert. In Ellens Vorratsschrank hatten wir alles gefunden, was wir zum Putzen gebraucht hatten. Das nötige Wasser hatten wir in Eimern aus Abigails Haus geholt. Nun schimmerten die alten Dielen wieder in einem satten Goldton. Als Letztes hatten wir uns die Küche vorgenommen. Abigail hatte recht gehabt mit ihrer Behauptung. Es war erstaunlich, was ein bisschen Wasser und Seife alles bewirken konnte.

Dank der Duftkerze, die Abigail von sich zu Hause mitgebracht hatte, zog ein angenehm blumiger Duft durch das Cottage.

»Möchtest du noch einen Schluck Kaffee zur Stärkung?« Abigail wedelte mit der Thermoskanne in der Luft.

»Ach, was soll's. Ich blubbere zwar schon, aber einer geht noch.«

»Dachte ich mir.« Abigail füllte erst meinen und dann ihren Becher auf.

»Tiffy scheint es auch zu gefallen.« Ich machte eine Kopfbewegung zum Kamin, wo das Kätzchen in einem Weidenkorb lag, den Abigail mitgebracht hatte.

»Die Katze weiß eben, was gut für sie ist.«

»Kein Wunder nach ihrer Vorgeschichte.« Den Becher in der Hand haltend, ging ich zum Kamin, um die Katze zu streicheln. »Wenn du Lust hast, versuchen wir beide es miteinander.«

Ein leises Schnurren war die Antwort.

»Ich würde sagen, das war ein eindeutiges Ja«, sagte Abigail grinsend.

Es klopfte an der Tür.

»Ich geh schon.« Abigail eilte davon.

»Du musst mir aber helfen«, flüsterte ich dem Kätzchen zu. »Es ist eine Weile her, dass ich eine Katze hatte.« Tiffy rieb ihre Wange genussvoll an meiner Hand, als wollte sie mir Mut zusprechen.

Im Hintergrund hörte ich Abigails Stimme.

»Wie schön, dass du gekommen bist. Meine Freundin hat ein wenig Probleme mit den Wasserleitungen und Bethany hat ihr natürlich nichts davon erzählt.«

»Wenn meine alte Freundin Abigail ruft, kann ich doch nicht Nein sagen«, ertönte eine melodische Stimme.

Ich zuckte zusammen. Konnte es sein? War das …?

Shit! Hektisch fuhr ich mir mit den Fingern durch die Haare, als würde es sich bei ihnen um einen Kamm handeln. Meine Klamotten waren mit Flecken und Staubfusseln übersät, und auch ohne in den Spiegel geschaut zu haben, wusste ich, dass ich nicht sonderlich gut aussah. Meine Haare waren zu einem unattraktiven Knoten zusammengefasst und ich hatte komplett auf Make-up verzichtet. Vielleicht konnte ich noch schnell … zu spät.

Schritte näherten sich und ehe ich einen klaren Gedanken fassen konnte, stürmte Abigail in Begleitung eines Mannes durch die Küchentür.

Zeitgleich setzte mein Herz einen Schlag aus, um dann wieder zu galoppieren.

»Simon«, stieß ich hervor. »Was machst du denn hier?« Hatte sich das Universum gegen mich verschworen oder warum musste ausgerechnet der einzige Mann, dem ich nicht begegnen wollte, derjenige sein, der mir helfen konnte? Das Leben war nicht fair.

»Das Gleiche könnte ich dich fragen.« Simons goldbraune Raubtieraugen musterten mich.

»Ich wohne hier.« Ich stemmte meine Hände in die Hüften und funkelte ihn angriffslustig an.

»Ihr kennt euch?« Abigail stellte sich zwischen uns.

»Kennen ist vielleicht übertrieben«, murmelte ich.

»Wir haben uns gestern beim Dartturnier getroffen«, raunte Simon, ohne die Augen von meinem Gesicht zu nehmen. Sofort fing meine Haut überall an zu prickeln.

»Ach so. Na, dann ist es ja umso besser, dass ich dich angerufen habe«, verkündete Abigail nichts ahnend, was sich gerade vor ihrer Nase abspielte.

Simon war also Hotelbesitzer. Aber warum war er abgehauen? War er verheiratet oder liiert so wie die meisten Männer aus Bibury? Wobei, eigentlich spielte es keine Rolle für mich, schließlich hatte er sich meine Sympathien mit seinem plötzlichen

Verschwinden verspielt. Trotzdem sah er in seiner schwarzen Jeans und dem anthrazitfarbenen Pullover verdammt gut aus.

Etwas zu gut für meinen Geschmack und noch dazu sexy.

»Was funktioniert denn nicht?« Erst jetzt fiel mir der schwere Handwerkskoffer auf, den er in der linken Hand hielt.

»Sobald man den Wasserhahn aufdreht, kommt eine braune Brühe raus und dann nichts mehr«, erklärte ich kühl. Er sollte bloß nicht glauben, dass er mich in irgendeiner Weise mit seinem Kuss beeindruckt hatte.

»Verstehe.«

Noch immer brannten sich seine Blicke in mein Gesicht.

»Umso besser, dann kannst du ja schnell wieder nach Hause«, konterte ich spitz.

»Das ist der Plan«, bestätigte Simon mit einem grimmigen Lächeln.

»Dachte ich mir. Schnell abhauen ist ja eine Stärke von dir«, schoss ich den nächsten Pfeil ab. Gerade so laut, dass Abigail mich nicht hören konnte.

Simons Mundwinkel zuckten, er sagte jedoch nichts, sondern ging zur Spüle, um dort das Wasser anzustellen. Wie schon bei unseren Versuchen zuvor war das Einzige, was aus dem Hahn kam, ein dünner brauner Strahl, der schnell versiegte.

»Das Gleiche passiert in den oberen Räumen«, sagte Abigail.

»Verstehe, wo das Problem liegt.« Ohne sich weiter darüber auszulassen, verschwand er aus der Küche.

»Hast du eine Ahnung, was er vorhat?«, fragte ich.

Abigail zuckte mit den Schultern. »Da fragst du die Falsche. So gern ich ihn mag, aber Simon war mir schon immer ein Rätsel.«

»Hm.« Ich konnte ein Grinsen nicht verbergen.

Es polterte und Simon war zurück.

»Versucht es jetzt noch einmal«, wies er uns an.

Ohne zu zögern, drehte ich den Wasserhahn auf. Es gluckerte laut und Sekunden später schoss ein brauner Strahl aus dem Hahn, der sich in klares Wasser verwandelte.

»Wie hast du das so schnell geschafft?«, fragte ich erstaunt.

Ein schiefes Grinsen lag um Simons geschwungenen Mund. Er hatte die Ärmel seines Pullovers hochgeschoben und gab somit den Blick auf seine muskulösen Unterarme frei. »Jemand hatte das Wasser abgestellt, was bedeutet, dass sich das Restwasser in den Leitungen sammelt. Deshalb war es braun. Jetzt sollte es in allen Räumen einwandfrei funktionieren.« Unsere Blicke kreuzten sich und ich hatte das Gefühl, in seinen honigbraunen Augen zu versinken. Sofort fingen meine Hormone an zu blubbern. Mein Körper war schon immer ein alter Verräter gewesen.

»Okay.« Ich räusperte mich, darum bemüht, meine Fassung zu bewahren. »Dann bleibt mir nicht viel mehr, als mich bei dir zu bedanken.« Ich streckte ihm steif meine Hand entgegen.

Das Lächeln um Simons Mund wurde breiter, als er einschlug. »War mir eine Freude.«

»Hm.« Ich knabberte an meiner Unterlippe. Etwas, das ich immer tat, wenn ich nervös war.

»Dann bist du die neue Besitzerin von Ellens Buchladen«, stellte er fest und er schenkte mir einen weiteren intensiven Blick.

»Nein, genau genommen bin ich nur die Aushilfe, bis Mrs Benson sich entschieden hat, wie es weitergehen soll. Danach geht es für mich wieder nach London.«

»Verstehe, dann ist das hier nur ein Gastspiel.«

»So könnte man es auch nennen«, bestätigte ich mit einem Kopfnicken. Mein Blick wanderte unauffällig zu seinem Mund. *Ach, diese Lippen, die so wunderbar küssten.*

»Leider«, mischte sich Abigail in unseren Schlagabtausch ein. »Ich würde mich freuen, wenn ich Julia als Nachbarin hätte.« Wie zum Beweis legte sie den Arm um meine Schulter.

»Ja stimmt, wir sind ein ziemlich gutes Team«, erwiderte ich.

Simon antwortete nicht, sondern starrte mich einfach nur an. Etwas lag in seinem Blick, das ich nicht deuten konnte. Freude. Erstaunen. Ablehnung.

»Möchtest du einen Kaffee?« Abigail deutete auf die Kanne.

»Nein, danke. Ich muss los. Grantham wartet bestimmt schon

mit dem Abendessen auf mich.« Mit einem Ruck löste er seinen Blick von mir, als würde er ein Pflaster abreißen.

Er war also liiert, wie ich schon vermutet hatte. Das erklärte sein plötzliches Verschwinden gestern Abend. Wieder einer dieser Männer, die das Abenteuer suchten, obwohl zu Hause eine liebende Frau saß. Natalie und ich hatten uns immer geschworen, dass wir niemals eine Affäre mit einem verheirateten Mann anfangen würden. Ein Vorsatz, den ich bisher eingehalten hatte und woran sich auch nichts ändern würde.

»Das ist vielleicht auch besser so«, warf ich hinterher.

Statt kleine Brötchen zu backen, schließlich hatte er seine Frau oder Freundin betrogen – wenn auch nur mit einem Kuss –, schnellte seine Augenbraue missbilligend nach oben.

»So siehst du das also.«

»Wundert dich das?« Ich reckte mein Kinn trotzig vor. Mein Herz hämmerte wie verrückt gegen meine Brust und ich bekam fast keine Luft mehr.

»Wahrscheinlich nicht.« Seine Hand umklammerte den Werkzeugkoffer so fest, dass seine Knöchel weiß hervortraten. »Einen schönen Abend noch.«

Ohne unsere Reaktion abzuwarten, stürmte Simon nach draußen.

»Entschuldige bitte, aber so kenne ich ihn gar nicht«, sagte Abigail, als er außer Hörweite war. »Normalerweise ist er die Höflichkeit in Person.«

Ich gab einen leisen Seufzer von mir. »Simon und ich hatten ein etwas …« Ich suchte nach den passenden Worten. »… heftiges Zusammentreffen.«

»Heftig?« Man konnte förmlich sehen, wie Abigail darüber nachdachte, was ich damit sagen wollte.

»Ja, nicht der Rede wert. Wir waren im Gespräch, als Lenn mich gerufen hat wegen des Wagens. Als ich wiedergekommen bin, war Simon einfach verschwunden, ohne sich zu verabschieden. Was meinst du, sollen wir für heute Schluss machen?«, versuchte ich vom Thema abzulenken.

Abigail schaute verwundert zu mir hoch.»Ja, ich denke, wir haben das meiste geschafft.«

»Danke, dass du mir geholfen hast. Ohne dich wäre ich wahrscheinlich schon lange abgereist.« Mein Blick fiel auf den Kamin, in dem die Flammen gierig an den Holzscheiten nagten.»Erfroren und verhungert.«

Wir lachten beide.

»Du brauchst dich nicht zu bedanken. Es hat mir wirklich Spaß gemacht und außerdem war meine Hilfe nicht ganz so selbstlos, wie du denkst.« Abigail lächelte verschmitzt.»Immerhin habe ich jetzt eine coole Nachbarin.«

»Du gerissenes Ding, du, und ich dachte, du wärst einfach nur nett.« Ich versetzte ihr einen leichten Stoß in die Seite.

»Nett ist die kleine Schwester von scheiße und das möchte ich auf keinen Fall sein.« Abigail grinste.»Da bin ich lieber gerissen.«

»Auch wieder wahr. Aber im Ernst, ich wüsste nicht, was ich ohne dich getan hätte.«

»Schon gut.«

Tiffy hatte sich aus ihrem Körbchen erhoben.

»Außerdem hast du Tiffy glücklich gemacht, indem du bleibst.« Abigail ging in die Knie.»Nicht wahr, meine Süße. Vorausgesetzt, du willst das Kätzchen überhaupt.« Abigail sah fragend zu mir hoch.

»Du weißt, ich lebe in London. Ich habe keine Ahnung, ob das in meiner kleinen Wohnung funktionieren würde«, ließ ich meinen Bedenken freien Lauf.

»Darüber habe ich auch schon nachgedacht und kann dich natürlich verstehen. Aus tierärztlicher Sicht spricht nichts dagegen. Aber es ist natürlich deine Entscheidung. So lange kannst du Tiffy als eine Art Leihgabe bei dir haben.«

»Leihgabe?«

Abigail lächelte.»Ich habe so viele Tiere bei mir in Pflege, dass es kein Problem wäre, wenn ich Tiffy auch noch zu mir nehme. Wobei ich glaube, dass sie dich in ihr Herz geschlossen hat.« Wie auf Kommando kam Tiffy auf mich zugetapst, um ihren schlanken Körper an mir zu reiben.

Ich lachte glücklich auf. »Bist du sicher, dass Tiffy eine Katze ist?«

»Manchmal nicht. Was sagst du zu meinem Vorschlag?«

»Ich würde sagen, wir haben einen Deal.«

Mein Handy klingelte auf dem Küchentisch. Den Bruchteil einer Sekunde später leuchtete Mums Gesicht auf dem Display auf.

»Entschuldige mich«, sagte ich.

»Hey, ich wollte sowieso los.« Abigail beugte sich zu mir und gab mir einen Kuss auf die Wange. »Wenn du irgendetwas brauchst, ruf an oder komm am besten gleich rüber. Essen ist im Kühlschrank.« Mit diesen Worten schlüpfte sie aus der Küche.

Lächelnd nahm ich das Smartphone hoch.

»Hallo, Mum«, meldete ich mich fröhlich.

»Julia Claire Campbell!«, kreischte Mum mit Kettensägenstimme durch das Mikrofon. »Wo steckst du?« Dabei betonte sie jedes Wort, als wäre ich schwerhörig.

»In Bibury. Entschuldige bitte, dass ich mich erst jetzt melde, aber hier war so viel los, dass ich es total vergessen habe«, versuchte ich ihr den Wind aus den Segeln zu nehmen.

»Vergessen.« Ich konnte förmlich sehen, wie Mum sich am anderen Ende aufplusterte. »Du hast deine eigene Mutter vergessen.«

»Mum, du weißt genau, wie ich es meine.«

»Nein, das weiß ich nicht.«

Ich stieß einen leisen Seufzer aus, was Tiffy dazu bewog, mich mit ihren großen grünen Augen fragend anzuschauen. *Meine Mum*, formte ich lautlos mit den Lippen. Das Kätzchen tapste zurück zum Kamin, um sich anschließend in seinem Körbchen zusammenzurollen.

»Als ich hier angekommen bin, herrschte totales Chaos.« Mit wenigen Worten schilderte ich Mum die Ereignisse der letzten vierundzwanzig Stunden. Meine Begegnung und den Kuss mit

Simon ließ ich natürlich weg. Nach dem Erlebnis mit Tom hatte ich meine Lektion gelernt. Den Fehler, Mum in mein Liebesleben einzuweihen, würde ich nicht noch einmal begehen.

»Das ist aber reizend von deiner Nachbarin, dir zu helfen«, lautete Mums abschließendes Urteil. »Genauso wie es reizend gewesen wäre, wenn du mich angerufen hättest.«

»Es tut mir leid, okay.«

Kurzes Schweigen. »Und wie geht es dir jetzt?«

»Gut.« Tatsächlich fühlte ich mich bis auf eine bleierne Müdigkeit ziemlich zufrieden. Immerhin hatte ich ein gemütliches Cottage, in dem es warm war. Dank Abigail war mein Kühlschrank mit dem Notwendigsten gefüllt und ich würde nicht verhungern. »Das war ein arbeitsreicher Tag, wie ich ihn schon lange nicht mehr hatte.«

»Das klingt doch gut«, sagte Mum mit weicher Stimme. »Hauptsache, du bist glücklich, mein Engelchen.«

»Glücklich vielleicht nicht, aber zufrieden.«

»Das ist schon mal ein Anfang, nachdem du dich die letzten Wochen in einem Zustand der kompletten Unzufriedenheit befunden hast.«

»Das hast du gemerkt?« Mein schlechtes Gewissen meldete sich zu Wort.

»Natürlich und ich kann dich auch verstehen. Wer will in deinem Alter schon bemuttert werden. Aber weißt du, eine Mutter bleibt immer eine Mutter und wenn es meinem Kind schlecht geht, dann komme ich einfach nicht dagegen an.« Ihre Stimme klang einladend weich.

»Ach, Mum. Es tut mir leid, wenn ich nicht nett zu dir war. Aber meine ganze Lebenssituation ist ziemlich unbefriedigend.«

»Umso besser, dass du diesen Schritt gemacht hast. Wobei ich ein Jobangebot in London besser gefunden hätte. Ich habe meine Tochter nämlich gern in meiner Nähe.« Ein zartes Lächeln schwang in ihrer Stimme mit.

»Ich weiß.« Nachdenklich ging ich zum Kamin und setzte

mich neben Tiffys Korb auf den Boden. Ich starrte in die Flammen und eine angenehme Ruhe breitete sich in mir aus.

»Julia?«

»Ich bin gespannt, wie mein erster Arbeitstag morgen wird«, nahm ich den Gesprächsfaden wieder auf. Ich fuhr mit der Hand über das weiche Fell von Tiffy. Sofort fing das Kätzchen zufrieden an zu schnurren. Ein Lächeln huschte über mein Gesicht. »Die Landschaft ist wirklich traumhaft schön und je länger ich hier bin, umso mehr kann ich mich mit dem Gedanken anfreunden, eine Weile hierzubleiben. Du solltest mal die alte Mühle sehen, in der sich der Buchladen befindet. Unglaublich, dass es heutzutage noch so etwas gibt.«

Mums Haustürklingel war im Hintergrund zu hören.

»Liebling, entschuldige bitte. Grace ist da. Wir wollen heute Abend gemeinsam kochen«, teilte Mum mir prompt mit. Grace war Mums beste Freundin und Weggefährtin seit vielen Jahren.

»Kein Problem. Ich bin ohnehin todmüde und will einfach nur noch duschen, vielleicht eine Kleinigkeit essen und dann ins Bett.«

»Fühl dich gedrückt und ruf mich zwischendurch mal an«, verabschiedete sich Mum.

»Mache ich«, versicherte ich. »Ich liebe dich.«

»Ich dich auch.« Ein leises Klicken verkündete, dass sie aufgelegt hatte.

Lächelnd ließ ich meinen Blick durch die Küche wandern. Ich würde Mrs Benson bei unserem nächsten Gespräch fragen, ob ich ein paar Veränderungen vornehmen konnte, um das Cottage ein wenig nach meinem Geschmack einzurichten. Schließlich würde das Häuschen für die kommenden zwei Wochen mein Zuhause sein.

Genüsslich rekelnd stand ich auf. Alles, was ich jetzt noch zu meinem Glück brauchte, war eine heiße Dusche. Unwillkürlich ploppte Simons Gesicht in meinem Kopf auf, dem ich es zu verdanken hatte, dass ich wieder fließend Wasser hatte. Noch immer konnte ich es nicht fassen, dass ausgerechnet er hier im Cottage aufgetaucht war. Er hatte so verdammt sexy ausgesehen. Ich schüttelte mich unbewusst, als könnte ich den Gedanken so loswerden. Vor allem jetzt, wo ich wusste, dass er liiert war. Leider ohne Erfolg. Seine Raubtieraugen hatten sich in mein Hirn gefressen, um mich immer wieder daran zu erinnern, dass er der Mann war, der mir den Kuss meines Lebens verpasst hatte. *Shit.*

Fluchend stand ich auf und schleppte mich die Treppe nach oben ins Schlafzimmer. Jeder Muskel meines Körpers tat mir weh und ich wollte gar nicht daran denken, wie ich mich morgen fühlen würde.

Eine bleierne Müdigkeit kroch beim Anblick des Bettes in mir hoch. Seufzend ließ ich mich auf die weiche Matratze fallen. Sofort wurde ich von den Kissen eingeschlossen. *Herrlich.* So musste sich der Himmel anfühlen. Genießerisch schloss ich die Augen. Nur ein paar Minuten, war das Letzte, was ich dachte, dann war ich eingeschlafen.

13 - JULIA

*A*ls ich am nächsten Morgen aus dem Cottage trat, wurde ich von einem blauengrauen Himmel empfangen. Irgendwann in der Nacht war ich wach geworden, weil meine Blase drückte. Tiffy, die sich neben mich auf das Kopfkissen gekuschelt hatte, war mindestens so überrascht wie ich gewesen und hatte mich mit großen Augen angesehen, als ich völlig benommen und noch in voller Montur aufgestanden war.

Im Halbschlaf hatte ich lediglich meine Schuhe, Hose und Shirt ausgezogen und war in meiner Unterwäsche wieder eingeschlafen, bis mich die Sonne um kurz vor sieben geweckt hatte. Ein leichter Muskelkater in den Armen und Beinen zeugte von unserer gestrigen Aufräumaktion.

»Unser erster Arbeitstag«, flüsterte ich Tiffy zu, die es sich auf meinem Arm gemütlich gemacht hatte. Ich hatte es nicht übers Herz gebracht, das Kätzchen im Cottage zurückzulassen.

Interessiert musterte ich meine neue Umgebung. Gestern hatte ich mich dermaßen zerschlagen gefühlt, dass ich kaum aufnahmefähig gewesen war.

Heute Morgen fühlte ich mich ausgeschlafen und mit einem warmen Porridge und einem Kaffee im Bauch sah die Welt schon ganz anders aus.

Gegenüber vom Cottage breitete sich eine Wiese vor meinen Augen aus. Eine Gruppe Schafe hatte sich dort versammelt, deren Füße von den Nebelschwaden geschluckt wurden, die sich über die Landschaft gelegt hatten wie eine Decke. Raureif hüllte die Äste der Bäume ein, als hätte man sie mit Puderzucker überzogen. Eine Gruppe Spatzen hatte sich auf die Überlandleitung gesetzt, die entlang des Weges verlief, und wippte fröhlich mit den Schwänzchen.

»Na, ihr habt wohl auch so gut geschlafen wie ich«, grüßte ich sie fröhlich, als ich daran vorbeiging. Tiffy gab ein kleines Fauchen von sich. Anscheinend hatte sie die Spatzen auch bemerkt.

Ich hatte die kleine Steinbrücke erreicht. Das Wasser des Colns sprudelte gluckernd darunter hindurch, um sich weiter entlang der Straße wie eine braune Schlange durch die Landschaft zu bewegen. Neugierig ging ich auf die Zehenspitzen und beugte mich über das schmale, eiserne Geländer, um einen besseren Blick auf den Bach zu haben.

Ich musste schmunzeln, als Tiffy ebenfalls den Kopf streckte und ihre grünen Augen interessiert nach unten blickten.

»Du bist wohl auch neugierig.« Lächelnd kraulte ich sie zwischen den Ohren, während wir beide den Gräsern und Blättern zusahen, die sich im Rhythmus des Wassers bewegten. Die Äste der Bäume spiegelten sich auf der Oberfläche ebenso wie das Grün des Grases, das entlang des Ufers wuchs. Schatten huschten unter mir vorbei, die zweifelsohne von Fischen stammten. Gut gelaunt ging ich weiter bis zum Ende des Weges, wo die alte Mühle stand.

Eine gewisse Vorfreude überkam mich, als ich den Schlüssel im Schloss umdrehte und die Tür mit einem leisen *Klick* aufsprang.

Mit klopfendem Herzen trat ich ein.

Es war alles so, wie ich es von gestern in Erinnerung hatte, nur noch viel schöner, da heute die Sonne mit voller Kraft durch die alten Fenster ins Innere des Cottage schien und alles in ihr goldenes Licht tauchte, wie mit einem Weichzeichner bearbeitet.

Neugierig blieb ich stehen und betrachtete die Fotografien, die gleich neben dem Einfang in dem winzigen Flur hingen und mir gestern nicht aufgefallen waren. Die meisten von ihnen waren von schlechter Qualität und in Schwarz-Weiß. Auf fast allen war eine Frau zu sehen. Sie war schlank, relativ klein mit einem kantigen Gesicht und klugen Augen. Ihre dunklen Haare waren streng hochgesteckt. Um ihren Mund jedoch lag ein warmherziges Lächeln, das ansteckend wirkte und dem man sich als Betrachter kaum entziehen konnte.

Auf einem anderen Foto war die gleiche Frau zusammen mit einem Mann abgelichtet, der seinen Arm um ihre Taille gelegt hatte. Auf dem Gesicht des Mannes lag ein Lächeln, wenn auch die Augen ernster als die der Frau dreinblickten.

Ich mutmaßte, dass es sich hier um die Großeltern von Mrs Benson handelte, denn im Hintergrund war fast immer die alte Mühle zu sehen.

Lächelnd ging ich weiter an den Regalen vorbei bis zur Küche, um dort die Tasche mit der Thermoskanne Kaffee, die ich vorsorglich mitgenommen hatte, auf dem Tisch abzustellen.

Tiffy, die beschlossen hatte, sich ein wenig umzuschauen, machte einen Satz und landete vor mir auf dem Boden.

Summend ging ich zu dem Küchenschrank, wo ich das Geschirr vermutete, als ich im Hintergrund eine Stimme hörte.

»Hallo?«

Offensichtlich hatte jemand den Laden betreten. Ich eilte nach vorn.

Eine Frau mit sorgfältig frisierten, braunen Haaren, aus denen silberne Strähnen hervorblitzten, stand in dicken Lederstiefeln im Flur. Sie trug einen Wollpullover und Rock und in der einen Hand hielt sie eine Schüssel, in der anderen einen Regenschirm.

»Guten Morgen«, begrüßte sie mich mit einer rauen Stimme, die man nur hat, wenn man dreißig Zigaretten am Tag raucht oder Whisky in Mengen trinkt.

»Guten Morgen«, grüßte ich freundlich zurück. »Kann ich Ihnen behilflich sein?«

Ihre Augen musterten mich neugierig hinter den getuschten Wimpern und ich war froh, dass ich mir heute Morgen etwas mehr Mühe mit meinem Make-up und den Haaren gegeben hatte. »Sie müssen die Neue sein.«

Ein Lächeln huschte über mein Gesicht. »Ich denke, das bin ich.« Eigentlich hätte ich ihr die Hand gereicht, aber angesichts des Regenschirms und der Schüssel unterließ ich es.

»Sie sehen genauso aus, wie Lenn Sie beschrieben hat«, lautete ihre abschließende Meinung, nachdem sie mich ausgiebig gemustert hatte. »Ich bin Martha Gibbons. Mir gehört der Laden gleich nebenan.« Sie deutete mit dem Regenschirm zur rechten Seite.

»Freut mich sehr, Sie kennenzulernen, Mrs Gibbons. Ich bin Julia Campbell, aber Julia reicht völlig.«

»Sie hatten einen etwas unglücklichen Start«, sagte sie bestimmt. »Deshalb habe ich Ihnen eine Kleinigkeit mitgebracht.« Sie streckte mir die Schüssel entgegen, von der ein würziger Geruch ausging. »*Shepherd's Pie* nach dem Rezept meiner Großmutter. Lisbeth würde sich die rechte Hand abhacken, um das Rezept zu bekommen«, fügte sie mit verschwörerischer Miene hinzu.

»Das ist ja total lieb von Ihnen. Ich weiß gar nicht, was ich sagen soll«, erwiderte ich überrascht.

»Ein schlichtes Danke genügt«, winkte Mrs Gibbons ab. »Nachdem ich gehört habe, dass Bethany sich aus dem Staub gemacht hat, anstatt Sie zu empfangen, dachte ich mir, könnte ein wenig nachbarschaftliche Hilfe nicht schaden.«

»Danke. Meine Vorräte belaufen sich auf ein bisschen Porridge und Kaffee. Und selbst das habe ich meiner Nachbarin Abigail zu verdanken.« Tatsächlich hatte ich mir vor Verlassen des Hauses eine Liste mit Lebensmitteln gemacht, die ich einkaufen wollte.

»Die gute Abigail. Immer zur Stelle, wenn man sie braucht.«

Sie nickte und leichtes Mitgefühl spiegelte sich in ihren grauen Augen. »Und wie gefällt es Ihnen bei uns?«

»Die Landschaft ist traumhaft schön und alle, die ich getroffen habe, sind sehr hilfsbereit und nett.« Mit Ausnahme von Simon, auf den Letzteres nicht zutraf, zumindest nicht im klassischen Sinne. Aber das brauchte Mrs Gibbons nicht zu wissen. »Allerdings hatte ich noch keine Zeit, mir das Dorf anzuschauen.«

»Bibury ist ja nicht gerade groß.« Sie lächelte, dabei überzogen unzählige Fältchen ihr Gesicht.

»Ich wollte mir in meiner Mittagspause alles mal anschauen und einkaufen gehen.« Tiffy kam um die Ecke getapst und musterte die Besucherin neugierig.

»Ist das nicht Ellens Katze?«

»Ja, sie ist gestern plötzlich im Cottage aufgetaucht und ich denke, wir mögen uns.«

»Ellen wäre bestimmt sehr glücklich, wenn sie das wüsste.« Tränen füllten die Augen meines Gegenübers. »Sie war so eine Seele von Mensch. Sie fehlt uns allen sehr.«

»Ja, ich habe bereits davon gehört.« Mitfühlend legte ich die Hand auf ihre Schulter. »Aber wollen Sie sich nicht einen Moment setzen? Ich wollte mir gerade in der Küche einen Kaffee einschenken.«

»Ein Tee wäre mir lieber«, gab sie ohne zu zögern zurück.

Unwillkürlich musste ich über die direkte Art der Frau grinsen. »Ich habe keine Ahnung, ob es überhaupt Tee gibt«, gestand ich ihr. »Wie gesagt, ich hatte noch nicht die Gelegenheit einzukaufen.« Im Stillen ärgerte ich mich, dass ich nicht die Weitsicht besessen hatte, mir zumindest einen kleinen Grundstock aus London mitzunehmen.

»Na, dann kommen Sie. Ich weiß genau, wo Ellen ihre Sachen hat. Vielleicht kann ich Ihnen ja ein bisschen helfen.« Ehe ich antworten konnte, hatte sie sich bereits in Bewegung gesetzt und steuerte zielstrebig auf die Küche zu.

Der Art nach zu urteilen, wie sie sich bewegte, war es nicht das erste Mal, dass Mrs Gibbons die Küche betrat.

»Hier sind die Becher.« Die ältere Frau öffnete den Küchenschrank, den ich bereits zuvor ins Visier genommen hatte. Sie deutete auf das Regal über dem Herd. »Da oben in der Dose finden Sie den Tee. Der Kessel und das Teesieb sind im Schrank unter der Arbeitsplatte.«

»Ich sehe schon, Sie kennen sich bestens aus.« Lächelnd nahm ich den Teekessel aus dem Schrank und stellte ihn auf den Herd.

»Ellen und ich haben oft in der Küche gesessen und einen Tee zusammen getrunken und dabei über unsere aktuellen Bücher diskutiert.« Sie reichte mir die Becher. »Sie lesen doch auch, oder nicht?«

»Selbstverständlich. Ich bin eine totale Leseratte.«

Der zufriedene Gesichtsausdruck auf Mrs Gibbons Gesicht zeigte mir, dass das die Antwort war, die sie sich erhofft hatte.

Schritte im Flur ließen mich hochschauen. Ich war so ins Gespräch mit Mrs Gibbons vertieft gewesen, dass ich nicht bemerkt hatte, wie jemand den Laden betreten hatte. Sobald ich Zeit hatte, würde ich eine Klingel über dem Eingang anbringen.

»Guten Tag.« Eine hochgewachsene Frau mit spitzem Gesicht und dunkelblonden Haaren stand im Türrahmen. »Entschuldigen Sie mein Eindringen, aber nachdem die Tür offen stand, dachte ich mir, dass ich Sie hier finden würde.«

»Hallo, ich bin Julia Campbell und leite vorübergehend den Buchladen.« Ich streckte ihr höflich die Hand entgegen.

»Das wurde mir bereits erzählt. Nett, Sie in echt kennenzulernen.« Sie hatte ein freundliches Gesicht. »Bessie Carters. Ich wohne nur ein paar Häuser entfernt. Das hier ist für Sie.« Wie aus dem Nichts zauberte sie hinter ihrem Rücken einen riesigen Teller mit Keksen hervor, die mit Klarsichtfolie abgedeckt waren. Ihr Blick fiel auf Mrs Gibbons, die es sich auf einem der Stühle bequem gemacht hatte.

»Wie ich sehe, bin ich nicht die Erste. Hallo, Martha.« Ohne zu zögern, marschierte Mrs Carters durch die Küche bis zum Tisch, um ihre Freundin mit einem Kuss auf die Wange zu begrüßen.

»Ich war gerade dabei, für Mrs Gibbons und mich einen Tee zuzubereiten. Möchten Sie uns Gesellschaft leisten?« Ich stellte den Teller auf den Tisch. »Dann können wir gleich von Ihren köstlich aussehenden Keksen kosten.«

»Also bei so einem netten Angebot sage ich nicht Nein.« Mit einem hörbaren Plumps ließ sie sich neben Mrs Gibbons auf den Stuhl fallen. »Ellens Küche ist doch immer ein Ort der Gemütlichkeit. Stimmt's, Martha?«

»Absolut. Wenn ich daran denke, wie viele Nachmittage wir hier verbracht haben«, hörte ich die Stimme von Martha Gibbons, während ich das Wasser in den Teekessel füllte.

»Hallöchen«, drang eine helle Frauenstimme durch den Flur in die Küche.

»Meine Güte, hier geht es ja zu wie in einem Taubenschlag«, murmelte ich, als ich den Neuankömmling erblickte. Eine schlanke Frau mit braunen, lockigen Haaren und einem herzförmigen Gesicht.

»Hallöchen, ihr Lieben«, begrüßte sie zuerst die bereits Anwesenden. Hinter ihr tauchte ein Australian Shepherd auf und musterte uns neugierig mit seinen hellblauen Augen. Ein wunderschönes Tier mit dem typisch geschecketen Fell.

»Ich hätte mir gleich denken können, dass ihr schon hier seid«, sagte sie, dabei zuckten ihre Mundwinkel belustigt. Ich schätzte sie auf Mitte dreißig. Ihre Kleidung war eher als praktisch zu bezeichnen. Dunkle Jeans, grüner Strickpullover und braune Stiefel. Auch sie hatte einen Korb in der Hand, den sie mir feierlich überreichte. »Ein kleines Willkommensgeschenk. Ich bin übrigens Daisy Cormack.« Sie schenkte mir ein breites Grinsen. »Ich hoffe, es ist okay, dass ich Brownie mitgenommen habe. Wenn es sie stört, bringe ich ihn nach draußen.«

»Nein, das stört mich überhaupt nicht«, erwiderte ich. »Allerdings weiß ich nicht, was Tiffy, meine Katze, dazu sagt.«

»Ellens Tiffy? Die beiden kennen sich schon. Da brauchst du dir keine Sorgen zu machen.« Sie gab ihrem Hund ein Zeichen, und der Shepherd ging gemütlich zum Kamin, um sich dort auf den Boden zu legen und uns zu beobachten.

»Ich bin übrigens Julia.« Neugierig nahm ich das karierte Baumwolltuch hoch. »Wow, was ist das denn alles?«

»Das ist Schafskäse aus unserer Produktion.« Sie deutete auf ein in ein Bienenwachstuch eingeschlagenes Stück im Korb. »Hier ist mein absoluter Lieblingswein.« Sie verdrehte genüsslich die Augen. »Und ein Laib selbst gebackenes Brot und Feigensenf dazu.«

»Mega«, stieß ich hervor. »Das sieht ja toll aus.« Wenn es so weiterging, hatte ich für die nächsten Tage genug zu essen.

»Freut mich, dass es dir gefällt.« Sie war nahtlos in die persönliche Anrede übergegangen.

»Du hast gesagt, das wäre selbst gemachter Käse?« Ich tippe auf das Stück.

»Ja, ich habe eine Schafzucht und produziere nebenbei etwas Käse.«

»Sie untertreibt. Das ist der beste Käse, den man in ganz England bekommt«, meldete sich Mrs Gibbons zu Wort, während sie an einem Stück Keks knabberte.

»Dann bin ich schon gespannt, davon zu kosten. Möchtest du dich nicht zu uns setzen?« Ich deutete auf den freien Stuhl. »Wir wollten gerade zusammen Tee trinken.«

»Gegen ein Schlückchen Tee habe ich nichts einzuwenden. Ich bin schon seit dem frühen Morgen unterwegs. Maybell erwartet ein Junges und es ging ihr gar nicht gut. Zum Glück ist Abigail gleich gekommen und hat sich um sie gekümmert.«

»Habe ich da meinen Namen gehört?« Abigail stand grinsend im Türrahmen.

»Hey, Abigail«, begrüßte ich meine neue Freundin fröhlich.

»Wenn man vom Teufel spricht«, ertönte es vom Tisch.

Es gefiel mir, wie locker die Frauen miteinander umgingen, obwohl zum Teil ein großer Altersunterschied vorhanden war.

Im Gegensatz zu gestern trug Abigail eine Jeans, Gummistiefel und dazu ein Sweatshirt. Ihre Haare waren zerzaust und ihre Wangen gerötet.

»Belästigen dich diese Frauen?«, fragte Abigail mich mit ernstem Gesicht.

»Was?« Ich blinzelte irritiert. »Nein, auf keinen Fall.«

Abigail lachte laut auf. »War ja auch nur ein Scherz.« Sie streifte die Gummistiefel ab und ließ sich breitbeinig auf den vorletzten freien Stuhl fallen.

Ich füllte das heiße Wasser in die Kanne, die ich zuvor aus dem Schrank geholt hatte. Anschließend schnappte ich mir das altertümliche Tee-Ei, das am Kannenrand hing, füllte es mit drei Esslöffeln Tee und versenkte es in dem heißen Wasser.

»Du kommst gerade recht«, teilte ich ihr mit und nahm eine weitere Tasse aus dem Küchenschrank. »Wir wollten es uns eben bei Keksen und Tee gemütlich machen.«

»Das nenne ich perfektes Timing«, bemerkte Abigail trocken.

»Das würde ich auch sagen.« Eine weitere Frau ungefähr im Alter von Mrs Gibbons stand plötzlich in der Küche.

»Lisbeth!« Mrs Gibbons grinste. »Du hast wohl geahnt, dass ich meinen Pie gemacht habe.«

»Den rieche ich hundert Meter gegen den Wind«, erklärte die üppige Frau. Sie hatte kurze graue Haare und einen ziemlich roten Mund. Sie trug einen dicken Cordrock und einen Strickpullover. Auch sie hatte festes Schuhwerk an und dazu Wollstrümpfe, bei deren Anblick meine Beine anfingen zu jucken. »Das ist ein kleiner Willkommensgruß.« Dabei schenkte sie mir ein breites Lächeln und überreichte mir einen äußerst appetitlich aussehenden Kuchen, den sie auf einem großen Teller platziert hatte. »Ich bin übrigens Lisbeth Taylor.«

»Julia Campbell. Der sieht ja köstlich aus. Gar nicht gut für meine Figur«, witzelte ich.

»Ach, Sie sind doch schlank wie eine Gerte.« Mrs Taylor winkte ab.

»Das sollten Sie mal meinem Ex sagen, der mich immer ein wenig zu mollig fand.«

»Männer.« Mrs Gibbons schnaubte aus der Ecke.

»Dann sind Sie Single?«, wandte sich Bessie Carter an mich.

»Seit einigen Wochen«, bestätigte ich. Erst jetzt fiel mir auf, dass ich in den letzten achtundvierzig Stunden nicht einmal an Tom gedacht hatte.

»Und wo lebt Ihre Familie?«, fragte Mrs Taylor, die es sich neben Mrs Gibbons gemütlich machte.

»Meine Mutter lebt in London.«

»Dann bist du ein Einzelkind?«, fragte Daisy und angelte sich mit spitzen Fingern einen Keks aus der Schüssel.

»Ja, meine Eltern haben damals beschlossen, dass ein Kind von meiner Sorte genug für sie und die Menschheit ist«, scherzte ich augenzwinkernd.

Allgemeines Gelächter ertönte.

»Und was hat Sie nach Bibury verschlagen?«, führte Mr Gibbons die kleine Fragerunde fort.

»Die Liebe beziehungsweise die Nicht-Liebe.«

»Das müssen Sie genauer erklären«, forderte Mrs Taylor. Die Umsitzenden nickten.

Lächelnd nahm ich das Tee-Ei aus der Kanne. »Wer möchte ein Tässchen?«

»WAS FÜR EINE WILDE GESCHICHTE«, sagte Mrs Gibbons, als ich fertig mit meiner Erzählung war.

»Ja, aber egal, was Tom getan hat. Ihm habe ich es zu verdanken, dass ich hier bin«, sagte ich abschließend. In der letzten Stunde hatte ich unzählige Fragen beantwortet und den Frauen meine Geschichte erzählt. Der Tee war längst ausgetrunken und von den Keksen waren nicht mehr als ein paar Krümel übrig geblieben. Im Kamin brannte ein Feuer und es war herrlich warm in der Küche.

»Wir Frauen sind ohnehin ohne Männer besser dran«, sagte

Bessie. Ein trauriger Ausdruck hatte sich in ihre Augen geschlichen.

Für einen winzigen Moment war ein leichtes Zögern unter den Frauen zu bemerken.

»Also ich habe ganz gern Sex«, meldete sich Daisy zu Wort.

»Daisy!« Bessie sah sie vorwurfsvoll an.

Daisy zuckte mit den Schultern. »Ich sage doch nur, wie es ist. Sex ist etwas ganz Natürliches. Leider bekomme ich viel zu wenig davon.«

Ich kicherte vergnügt. Je länger ich mit den Frauen aus Bibury zusammensaß, umso wohler fühlte ich mich in der Runde. Alle redeten, wie ihnen der Schnabel gewachsen war. Niemand nahm ein Blatt vor den Mund.

»Da bin ich ganz Daisys Meinung«, schloss sich Abigail an.

»Welche Frau braucht heutzutage noch einen Mann, um sexuell befriedigt zu sein«, sagte Mrs Gibbons, ohne mit der Wimper zu zucken. »Ich habe meinen kleinen Freund, mit dem ich durchaus zufrieden bin.« Sie spitzte ihre Lippen. »Nur, weil ich sechzig bin, heißt es nicht, dass ich keinen Spaß mehr haben kann.« Sie zwinkerte uns zu.

»Da bin ich ganz deiner Ansicht«, stimmte ihr Mrs Taylor zu. »Wir dürfen auch noch unseren Spaß haben. Es ist ja nicht so, dass wir zum alten Eisen gehören, auch wenn ihr das denken solltet.« Ihr Blick wanderte zu Daisy, Abigail und mir. »Wir haben genauso Bedürfnisse wie ihr. Das Schöne am Alter ist ja, ich schaue aus mir heraus und nehme mich ganz anders wahr als der Betrachter von außen.«

»Das hast du wirklich schön gesagt«, meine Mrs Gibbons.

»Danke, Liebes.« Mrs Taylor schenkte ihr einen zufriedenen Blick.

»Was haltet ihr davon, wenn wir eine Leserunde starten?«, warf ich in die Runde. Alle Augen ruhten plötzlich auf mir.

»Was meinst du mit Leserunde?«, fragte Abigail.

»Na ja, wir könnten uns doch ein Thema suchen …« Mein

Blick fiel auf die Schüsseln, die mir die Frauen mitgebracht hatten. »Zum Beispiel über die Emanzipation der Frau.«

»Puh, das klingt nach hartem Tobak«, meinte Daisy.

»Nicht unbedingt. Es ist gerade ein Roman erschienen, der im neunzehnten Jahrhundert spielt und genau davon handelt. ›Miss Elizas englische Küche‹. Ich habe ein paar Kritiken darüber gelesen und er hört sich fantastisch an. Die Geschichte dreht sich um die Frau, die als Erste ein Kochbuch in England herausgebracht hat.«

»Das hört sich gut an.« Daisy und Abigail nickten.

Mrs Taylor und Mrs Gibbons tauschten kurze Blicke. »Das ist eine großartige Idee. Allerdings nur unter einer Bedingung.«

»Und die wäre?« Ich musterte die beiden gespannt.

»Dass du aufhörst, uns wie alte Frauen zu behandeln und uns bei unseren Vornamen rufst. Martha und Lisbeth.«

»Nichts lieber als das.« Für einen Augenblick wünschte ich, Mum wäre hier. Sie hätte ihre wahre Freude an unserer illustren Runde.

»Ich bin auch dabei.« Bessie strahlte.

»Also gut«, sagte Martha, die eindeutig die Anführerin war. »Jetzt fehlt uns nur noch ein Datum. Die passende Lektüre haben wir ja bereits. Besorgst du die Bücher?«, richtete sie die Frage an mich.

»Na klar. Ich gebe heute noch die Bestellung auf«, versicherte ich.

»Wunderbar. Wir sollten eine *WhatsApp*-Gruppe gründen, dann können wir uns schneller austauschen.« Daisy hatte bereits einen Stift gezückt und ein Papier und fing an, ihre Nummer und E-Mail-Adresse aufzuschreiben. »Hier.« Sie schob den Stift über den Tisch zu ihrer Nachbarin.

»Verrückt«, flüsterte Abigail mir zu. »Du bist kaum einen Tag hier und schon haben wir eine offizielle Leserunde. Ich bin gespannt, was du noch alles veränderst.«

»Wir werden sehen.« Mein Herz klopfte vor Aufregung. Ich hatte schon immer von einem Buchclub geträumt, und jetzt schien dieser Traum zumindest für die Dauer meines Aufenthalts wahr zu werden.

»Ich würde gern noch bleiben, aber ich muss nach Maybell schauen.« Daisy war aufgestanden.

»Da komme ich gleich mit«, meinte Abigail und schob den Stuhl beiseite. »Irgendwie habe ich im Gefühl, dass das Junge heute noch kommt.«

»Wir sollten auch langsam los«, brummte Martha. »Ich habe den Laden schon viel zu lange allein gelassen.«

Ich schaute sie verblüfft an. »Du hast dein Geschäft geöffnet und bist hier?« In London würde niemand auf die Idee kommen und sein Geschäft allein lassen.

»Natürlich, Liebes. Ich habe einen Zettel an die Tür gehängt, dass ich nebenan bin.« Sie schenkte mir ein mildes Lächeln. »Hier in Bibury ist die Welt noch in Ordnung. Keiner würde auf die Idee kommen, mich zu beklauen.« Martha schüttelte den Kopf, als hätte ich etwas völlig Abwegiges gesagt.

»Du viel lernen du musst, kleiner Padawan«, ahmte Abigail die Stimme von Yoda, dem großen Meister aus dem Film »Star Wars« nach.

»Haha. Sehr witzig.«

»Irgendwie schon. Wenn du Lust hast, trinken wir heute Abend ein Gläschen Wein auf den neu gegründeten Buchclub.«

»Einverstanden, und dabei können wir Marthas *Shepherd's Pie* essen.« Der Gedanke, einen gemütlichen Abend mit Abigail zu verbringen, war absolut verlockend.

Ich begleitete die kleine Truppe bis zum Ausgang. »Vielen Dank, dass ihr alle gekommen seid. Es war wirklich sehr nett mit euch und ich freue mich schon auf das nächste Mal, wenn wir uns sehen.«

»Wie schön, dass du die Nachfolgerin bist«, verabschiedete sich Daisy.

»Na ja, im Moment habe ich nur einen vorübergehenden Vertrag«, versuchte ich, die Hoffnung angesichts von Daisys Strahlen nicht zu groß werden zu lassen.

»Ja stimmt, das habe ich schon wieder vergessen.« Daisy verzog das Gesicht. »Vom Gefühl her bist du eine von uns.«

»Vielleicht hast du ja Lust, Abigail und mir Gesellschaft zu leisten? Allein schaffen wir das Essen eh nicht. Was meinst du, Abigail?« Ich mochte die Schäferin mit ihrer sympathischen Art.

»Prima Idee«, stimmte Abigail mir zu.

»Wirklich? Das wäre toll. Sehr, sehr gern«, sagte Daisy.

»Na, dann haben wir einen Deal. Ich freue mich auf euch.«

»Wenn du Hilfe brauchst, ich bin gleich nebenan.« Martha deutete auf das Cottage neben der Mühle, dessen goldbraune Fassade in der Sonne wie neu glänzte. Über der Tür prangte ein Schild, auf dem in großen Lettern »Post Office« stand.

»Ich dachte, du hast einen Laden. Das ist die Post.« Irgendwie hatte ich mir etwas anderes vorgestellt.

Abigail, die neben mir stand, grinste. »Bei Martha bekommst du nicht nur Briefmarken, sondern auch Kondome.«

»Gut zu wissen.« Ich konnte mir ein Lächeln nicht verkneifen. »Wobei ich nicht vorhabe, auf das Angebot zurückzugreifen.«

»Man sollte niemals nie sagen«, erwiderte Daisy achselzuckend.

Mit einem zufriedenen Lächeln setzte sich Martha in Bewegung. Dabei hatte sie ihren Regenschirm unter die Achsel geklemmt. Lisbeth folgte ihr.

»Was hat es eigentlich mit dem Schirm auf sich?«, fragte ich Abigail flüsternd, sodass niemand mich hören konnte.

»Martha geht niemals ohne aus dem Haus. So eine Macke von ihr.«

»Wenn es sonst nichts ist«, erwiderte ich grinsend.

»Da hast du auch wieder recht.« Abigail nickte. »Und wie gefallen dir die Frauen von Bibury?«

»Göttlich. Ich habe mich selten so wohl in einer Runde gefühlt. Meine Freundin Natalie würde sie lieben.«

»Natalie aus London?« Daisy sah mich fragend an.

»Ja, meine beste Freundin.« Ein bisschen Wehmut breitete sich in mir aus, sie nicht bei mir zu haben. Sobald ich etwas Zeit hatte, würde ich sie anrufen. Aber jetzt musste ich mich erst einmal um den Laden kümmern.

»Auf Wiedersehen!«, rief Bessie uns zu.

»Bis bald.« Ich winkte ihr hinterher.

»Und was machst du jetzt?«, fragte Abigail.

Beim Eintreten hatte ich eine leichte Staubschicht auf den Büchern und den Ablagen bemerkt. »Ich werde mal Staub wischen und mir dabei die Regale anschauen.«

»Na, dann viel Spaß dabei. Ich gehe mal ein Schafbaby retten.«

»Ich drücke euch die Daumen.«

Erst jetzt bemerkte ich Brownie, der sich zwischen uns gedrängt hatte und mich neugierig beäugte. »Bis später, mein Großer.« Liebevoll strich ich dem Shepherd über sein weiches Fell, was er mit einem lauten Bellen beantwortete und mir anschließend mit seiner rauen Zunge über den Handrücken leckte.

»Wie es aussieht, ist er in dich verliebt«, sagte Abigail.

»Und ich in ihn.« Tatsächlich hatte ich noch nie einen schöneren Hund gesehen. Ich richtete mich auf. »Ich erwarte euch um sieben.«

»Alles klar. Bis später.« Daisy und Abigail stapften davon. Brownie lief freudig mit dem Schwanz wedelnd neben ihnen.

Für einen Moment blieb ich unentschlossen stehen. Ich zog die ausgedruckte E-Mail aus der Hosentasche, die Mrs Benson mir geschickt und auf der sie mir klare Anweisungen geschrieben hatte.

Meine Augen flogen über die Zeilen.

Sie finden den Schlüssel für die Kasse in »Harry Potter« Teil eins. Das Buch befindet sich gleich im ersten Regal rechts, wenn Sie den Laden betreten.

Wie es aussah, war Mrs Benson nicht so vertrauensselig wie Martha. Die übrigen Anweisungen bezogen sich hauptsächlich auf die Buchhaltung, die meine Vorgängerin gemacht hatte.

Seufzend faltete ich das Papier und steckte es wieder in die Hosentasche. Soweit ich es beurteilen konnte, war meine Arbeitgeberin nicht sonderlich beliebt im Dorf. Einen Eindruck, den ich bisher bestätigen konnte. Nach wie vor war ich verwundert, wie einfach ich den Job bekommen hatte. Immerhin hatte sie mir ihr Erbe anvertraut.

Einmal mehr war ich froh, dass Mum und ich ein gutes Verhältnis hatten, egal wie sehr wir stritten. Wir fanden immer wieder zusammen.

Die nächste Stunde verbrachte ich damit, Staub zu wischen und mir dabei einen Überblick über die Anordnung zu verschaffen, in der meine Vorgängerin die Bücher in die Regale sortiert hatte. Das Angebot war nicht sonderlich aktuell und vieles davon würde man nicht mal mehr auf dem Flohmarkt verkauft bekommen. Aber es gab auch einige interessante Lektüren. Das Buch, das ich vorgeschlagen hatte, war erwartungsgemäß nicht darunter. Mit Sicherheit wäre es das Beste, wenn ich die Exemplare heute noch bestellte.

Ich ging zu dem Stehpult, auf dem der Computer stand. Wider Erwarten handelte es sich um ein modernes Gerät und der Internetanschluss funktionierte überraschend schnell. Zumindest war ich nicht von der Außenwelt abgeschlossen. Nachdem ich die Bestellung aufgegeben hatte, schaltete ich den Computer zufrieden aus. Bisher war der erste Arbeitstag weit besser gelaufen, als ich es erwartet hatte. Mein Blick wanderte zu Tiffy, die es sich in einem der beiden Ohrensessel neben dem Regal gemütlich gemacht hatte und vor sich hin döste. Ein leises Quietschen ließ mich hochschauen.

Ein Mädchen, bestimmt nicht älter als sechs Jahre, hatte sein blasses Gesicht gegen die Scheibe des Schaufensters gepresst und musterte mich neugierig.

Als sich unsere Blicke trafen, tauchte es mit dem Kopf ab.

Ich wartete einen Moment und tat, als würde ich in dem Buch blättern, das vor mir auf dem Pult lag. Langsam kam der Lockenkopf des Mädchens wieder zum Vorschein. Unauffällig musterte die kleine Spionin.

Ihre Haut hatte die Farbe von Milchkaffee und die Augen

stachen fast unnatürlich hell hinter den dunklen Wimpern hervor. Obwohl das Mädchen noch jung war, konnte man erkennen, dass es zu einer Schönheit heranwachsen würde. Es presste sein Gesicht stärker an die Scheibe, sodass seine Nase platt gedrückt wurde. Ich musste mich zusammenreißen, nicht zu lachen.

Als ich das Buch zur Seite legte, zog es den Kopf kaum merklich zurück. Anscheinend war es noch immer in dem Glauben, dass ich es nicht entdeckt hatte. Ein Lächeln huschte über mein Gesicht. Vielleicht gab es einen Trick, meine heimliche Beobachterin aus der Reserve zu locken.

Entschlossen ging ich zum Sessel und schnappte mir Tiffy, die ein protestierendes Miauen von sich gab.

»Sei nicht zickig. Ich will doch nur wissen, wer uns da draußen zuschaut«, beruhigte ich das Kätzchen auf meinen Arm. Scheinbar ziellos schlenderte ich in Richtung Eingang. Die Augen des Mädchens folgten mir.

Ich lehnte mich gegen die Fensterbank, sodass die Kleine Tiffy sehen konnte.

Dann drehte ich mich langsam um, bis ich dem Mädchen ins Gesicht sah. Für einen winzigen Moment trafen sich unsere Blicke. Furcht und Neugierde spiegelten sich in seinen Augen wider.

Lautlos formte ich das Wort *Hallo.* Für den Bruchteil einer Sekunde lächelte der Mund des Kindes, dann tauchte es ab.

Ich wartete. Aber diesmal kam der Kopf nicht wieder hoch. Ich lief zum Eingang und riss die Tür auf. Alles, was ich noch sah, war, wie die zarte Gestalt des Mädchens die Straße entlanglief. Die dünnen Beinchen schienen förmlich über den Asphalt zu fliegen.

Seufzend ging ich hinein, um meine Arbeit wieder aufzunehmen und die Bücher nach Sachgebieten zu sortieren, damit sich die Kunden besser zurechtfanden.

14 - JULIA

*D*ie Sonne stand bereits tief, als ich endlich fertig war. Gleich in den ersten zehn Minuten nach der Öffnung war ein Pärchen im Laden aufgetaucht, das gerade Urlaub in den Cotswolds machte und auf der Suche nach einem Reiseführer war. Die beiden waren von der Buchhandlung begeistert gewesen und wir waren ins Gespräch gekommen. Ich hatte ihnen ein Stück von Lisbeths Kuchen angeboten und ihnen einen Tee dazu serviert. Letztendlich war das Paar fast eine Stunde geblieben und hatte den Laden mit einem Stapel Bücher auf dem Arm wieder verlassen. Danach war es Schlag auf Schlag gegangen und die Besucher hatten sich die Klinke in die Hand gegeben. Allerdings hatte ich meine Schwierigkeiten gehabt, mich in dem Chaos, das Ellen hinterlassen hatte, zurechtzufinden.

Als der Andrang der Kunden nachgelassen hatte, hatte ich die Zeit genutzt und die Bücher weiter nach Kategorien sortiert. Anschließend war ich in die Küche gegangen, um das Geschirr zu spülen, das sich im Laufe des Tages angesammelt hatte. Der Kuchen hatte reißenden Absatz gefunden und auch Bessies Kekse waren alle aufgegessen worden.

»Das war der letzte Teller«, teilte ich Tiffy mit, die vor dem Kamin lag und mich beobachtete.

»Jetzt muss ich nur noch die Lebensmittel verstauen und dann können wir los.«

Ich nahm Marthas *Shepherd's Pie* aus dem Kühlschrank und stellte ihn in den Präsentkorb, den Daisy mitgebracht hatte. Die beiden Sachen würde ich mit ins Cottage nehmen. Aber erst einmal wollte ich meine Einkäufe erledigen. Abigail hatte von einem kleinen Supermarkt am Ende der Straße gesprochen. Mein Blick fiel auf die Reste von Lisbeth' Kuchen. Vielleicht wäre es das Beste, wenn ich ihn einfach hierlassen würde, um ihn weiterhin den Besuchern anzubieten. Es hatte den Kunden gefallen, dass ich ihnen ein Stück davon angeboten hatte, und letztendlich bewirkt, dass sie sich länger umgesehen und etwas gekauft hatten.

»Man könnte es auch verkaufsfördernde Maßnahme nennen«, murmelte ich in Gedanken. Alles, was ich jetzt brauchte, war ein Tuch oder eine Haube, um ihn abzudecken, damit er bis morgen nicht austrocknete. Suchend schaute ich mich in der kleinen Küche um, konnte aber auf den ersten Blick nichts entdecken.

Ich ging zu dem Küchenschrank und zog die oberste Schublade auf. Leider ohne Erfolg. Auch die zweite Schublade war voll mit Küchenutensilien, aber nicht den gewünschten Tüchern. Unten hatte ich bereits reingeschaut. Dort hatte meine Vorbesitzerin das Zubehör für die alte Küchenmaschine gelagert, zusammen mit ein paar Töpfen und Schüsseln.

Mein Blick wanderte hoch zum oberen Teil des Küchenschrankes. Tatsächlich entdeckte ich im Fach einen Stapel Handtücher. Ich stellte mich auf die Zehenspitzen und zog mit einem Ruck am obersten Tuch.

Mehr oder minder zeitgleich wurde ich von etwas Hartem am Kopf getroffen. Ich stieß einen überraschten Schrei aus und fasste mir mit der Hand an die Stelle.

Bis auf eine kleine Beule schien alles in Ordnung zu sein. Mein Blick wanderte auf den Boden. Zu meiner Überraschung lag zu meinen Füßen ein aufgeschlagenes Buch. Ich ging in die Knie, um mir den Übeltäter, dem ich eine Beule zu verdanken hatte,

genauer anzuschauen. Tiffy, die durch meinen Schrei hochgeschreckt war, kam ebenfalls laut miauend zu mir gelaufen.

»Was haben wir denn da?«, murmelte ich. Aus der Nähe
betrachtet war es eigentlich mehr ein Heft als ein Buch. Jemand
hatte mit fein geschwungener Schrift darin geschrieben.

Neugierig nahm ich es hoch.

»Kürbis-Zimtschnecken« lautete die Überschrift auf der aufgeschlagenen Seite. Darunter hatte der Besitzer des Buches feinsäuberlich die Zutaten und die Zubereitung notiert. Am Rand standen
kleine Anmerkungen und unter jedem Abschnitt befanden sich
liebevoll gemalte Skizzen, um die Arbeitsschritte zu
verdeutlichen.

»Rezepte.« Ich drehte mich verwundert zu Tiffy um. Das
Kätzchen kam vorsichtig näher und schnupperte an den Seiten,
während ich las.

Wie es aussah, hatte ich ein altes Backbuch gefunden, das
jemand dort oben vergessen oder versteckt hatte. Ich klappte es
zusammen, um mir den Einband anzuschauen.

Verzückt betrachtete ich das Bild, auf dem eine junge Frau
hinter einem Tisch stand und den Betrachter keck anlächelte. Das
Haar der Frau war zusammengesteckt und mitten auf dem Kopf
saß adrett ein weißes Häubchen. Einige Haarsträhnen hatten sich
darunter gelöst und hingen seitlich bis zu den Schultern. Auf ihre
Nasenspitze war eine helle Mehlspur gezeichnet, ebenso auf ihre
Wangen. Um den Hals hatte der Künstler ihr eine weiße Schürze
gebunden, deren Bänder an den Enden von Schwalben gehalten
wurden, als wollten sie sie zusammenbinden.

Vor ihr auf dem Tisch spielte sich eine geradezu entzückende
Szene ab. Ein Nudelholz lag neben einem Kloß Teig, den die Frau
mit ihren Händen bearbeitete. Eine Maus schob einen Messbecher
zu ihr und eine schwarze Katze leckte an dem Schälchen Milch,
das neben dem Nudelholz stand. Zu den Füßen der Frau entdeckte
ich einen Igel, der durch das Bild huschte. Rechts von ihr liefen
Hühner über den Boden, eifrig damit beschäftigt, die Krümel
aufzupicken, die beim Backen runtergefallen waren.

Über dem Kopf der Frau spannten mehrere Vögel ein Banner, das sie mit ihren Schnäbeln festhielten und dabei eifrig flatterten. »Harriet Emma Pelhams Backbuch der Liebe« stand darauf. Die gleiche Schrift wie auf dem Rezept, das ich mir eben angeschaut hatte. Anscheinend handelte es sich dabei um die Besitzerin des Buches.

Wer bist du, Harriet Emma Pelham?

Nachdenklich strich ich mit den Fingerspitzen über den Bucheinband. Noch nie in meinem Leben hatte ich etwas so Schönes gesehen. Ein zarter Duft von Vanille und Lavendel stieg mir in die Nase. Ich hob das Buch hoch und roch an den Seiten. Tatsächlich hing in dem Papier noch der Duft der Besitzerin.

Wer mochte die Frau wohl gewesen sein? Hatte sie hier gelebt? War dies ihre Mühle gewesen oder hatte sie nur hier gearbeitet? Vielleicht war es lediglich ein Buchschatz, den Ellen gefunden hatte?

Ich beschloss, das Buch mit nach Hause zu nehmen, um es Abigail und Daisy zu zeigen. Vielleicht wussten die beiden, wer die Frau war.

Wie einen Schatz wickelte ich das Büchlein in eines der Tücher und legte es zu den anderen Sachen in den Korb.

»Was meinst du, sollen wir los?« Es war spät geworden und die letzten Sonnenstrahlen fielen schräg durch das Küchenfenster.

Bis zu dem kleinen Supermarkt am Ende der Straße war es nicht weit und ich wollte noch ein paar Grundnahrungsmittel kaufen. Wenn ich Zeit hatte, würde ich die Tage mit dem Auto nach Cirencester fahren, wo sich der nächste größere Supermarkt befand.

Ich schlüpfte in meinen Mantel. Tiffy, die mir in den Flur gefolgt war, blickte zu mir hoch.

»Was mache ich nur mit dir?« Fragend sah ich Tiffy an. Ich wollte das Kätzchen nur ungern allein lassen, aber meine Hände brauchte ich zum Tragen der Sachen.

»Schön festhalten«, flüsterte ich Tiffy zu und hob sie mir auf die Schulter. »Meinst du, das wird gehen?«

Ein Schnurren war die Antwort.

»Dachte ich es mir.« Lächelnd schnappte ich mir den Korb und ging nach draußen.

Ein eiskalter Wind blies mir entgegen und ließ mich frösteln. Die Bäume und Büsche glitzerten wie mit Diamantenstaub überzogen in der Abendsonne. Auf den Dächern lag der Frost, als ob man sie mit Puderzucker betreut hätte.

»Ist dir warm genug?« Besorgt blickte ich zu Tiffy, die sich auf meine Schulter gekuschelt hatte und dort wie die Sphinx saß. Ein zufriedenes Miauen war die Antwort. Offensichtlich schien ihr die Kälte nicht so viel auszumachen wie mir.

Die Straße war gerade so breit, dass zwei Autos bequem darauf fahren konnten. Der Gehweg hingegen war schmal, sodass man aufpassen musste, nicht über die Kanten zu stolpern.

Es roch angenehm nach Tannenharz und klarer eiskalter Luft. Ein Duft, der mich an meine Kindheit erinnerte, wenn wir meine Großmutter auf dem Land besucht hatten. In London überdeckten die Abgase der Autos alle Gerüche der Natur.

Überall rund um die Häuser wuchsen Büsche, deren Namen ich nicht kannte und die noch immer in einem satten Grün leuchteten. Die winzigen Vorgärten mit ihrem dichten Rasen ließen ahnen, wie schön es hier im Sommer sein musste, wenn alles blühte. Weiße Rauchsäulen stiegen über den Schornsteinen in den Himmel und zeugten davon, dass die Besitzer zu Hause waren. Winzige Eiskristalle hatten sich auf das Glas der Fenster gelegt wie ein Rahmen.

Alles wirkte so friedlich und ein klein wenig verzaubert. Es hätte mich nicht gewundert, wenn statt eines Autos eine Pferdekutsche vorbeigefahren wäre.

Mein Blick wanderte zu dem kleinen Café auf der gegenüberliegenden Seite. Ein schlichter Steinbau, dessen weiß lackierte Fenster hervorstachen wie Fremdkörper. Die Tür war geschlossen und es brannte kein Licht, woraus ich schloss, dass seine Besitzer bereits Feierabend gemacht hatten. Schade, ich hatte gehofft, mir dort einen Kaffee mitnehmen zu können.

Mit wenigen Schritten war ich auf der Hauptstraße. Dennoch gut gelaunt ging ich den schmalen Weg bis zum Ende der Straße, wo sich der kleine Lebensmittelladen befand. Die Bezeichnung Supermarkt war geprahlt. Soweit ich es erkennen konnte, war das Geschäft nicht größer als Mums Wohnzimmer. Neugierig, was mich erwarten würde, trat ich ein. Es klingelte leise. Wahrscheinlich, um den Eigentümer auf mich aufmerksam zu machen.

Gleich neben dem Eingang befand sich ein hölzerner Tresen, hinter dem sich ein untersetzter Mann mit Glatze aufgebaut hatte. Vor ihm auf dem Tisch standen eine altertümlich wirkende Kasse und ein Lottoständer. Daneben waren mehrere Glasbehälter mit Süßigkeiten und einer Schaufel darin, wie es sie früher in den Tante-Emma-Läden gegeben hatte. Papiertüten waren seitlich am Holz befestigt, die man sich einfach abreißen und anschließend mithilfe der kleinen roten Schaufel befüllen konnte.

Hinter dem Mann zog sich ein Regal über die Gesamtfläche der Wand bis hoch an die Decke. Tee, Kaffee, Schokolade, Keksdosen, Frühstückscerealien, Chips, Soßen und Zigaretten drängten sich in einer ungewöhnlichen Koexistenz dicht nebeneinander.

Links an der Wand gab es alles für den täglichen Bedarf. Waschmittel, Spülmittel, Schwämme, Bürsten, Shampoos, Duschgel und Seifen. Gegenüber an der Wand stand eine uralte Kühltruhe mit Eiscreme und daneben ein Kühlregal mit Erfrischungen, Getränken und Fertiggerichten. Zwei Regalreihen teilten den Raum. Es gab sogar frisches Gemüse und Obst. Nicht viel, aber das, was ich erkennen konnte, sah knackig und ansprechend aus.

»Guten Abend, Miss«, begrüßte mich der Ladenbesitzer mit höflicher Zurückhaltung. Sein Blick wanderte von mir zu Tiffy und wieder zurück.

»Entschuldigen Sie bitte den späten Überfall, aber ich brauche noch ein paar Lebensmittel.« Ich wedelte mit dem Stück Papier in meiner Hand. Tiffy gab ein leises Miauen von sich.

»Kein Problem. Geben Sie mal her«, verlangte der Mann.

»Aber ich wollte eigentlich …« Ein schwacher Versuch, die Oberhand zu behalten.

»Miss, wie es aussieht, haben Sie alle Hände voll zu tun.« Er machte eine Kopfbewegung in Tiffys Richtung. »Warum lassen Sie mich Ihnen nicht einfach helfen? Das ist mein Job.«

»Ja, ähm … gern.« Ich räusperte mich und reichte ihm den Zettel.

Der Ladenbesitzer nahm eine Brille zur Hand. »Sie sind die junge Dame, von der mir Martha erzählt hat«, murmelte der Mann, während er etwas aus dem Regal holte.

»Ja, ich bin am Wochenende in das kleine Cottage neben der Mühle gezogen.«

»Das wurde mir berichtet.« Er zog eine Tüte Zucker und Mehl aus dem Regal und legte beides auf den Tresen.

Unauffällig musterte ich den Mann, während er die gegenüberliegende Seite ansteuerte. Ich schätzte ihn auf Ende sechzig. Unter seinem Pullunder zeichnete sich ein kleines Bäuchlein ab. Die graue Stoffhose war unmodern, genau wie die Schuhe, die er trug. Um seinen Mund hatten sich tiefe Falten wie bei einer Marionette eingegraben. Seine Augen waren lebhaft und leuchteten hell hinter seiner Brille hervor. »Lenn hält große Stücke auf Sie.«

»Ach, tatsächlich? Gut zu wissen.« Ein Lächeln huschte über mein Gesicht. Wie es aussah, hatten sich nicht nur die Frauen miteinander ausgetauscht, sondern auch die Männer. »Lenn hat erzählt, dass Sie Ellens Nachfolgerin sind.«

Anscheinend ging jeder im Dorf davon aus, dass ich den Laden übernehmen würde. Ein Umstand, den ich nochmals richtigstellen musste, bevor er sich verfestigen würde. »Ich bin nur die Vertretung, bis ihre Tochter entschieden hat, was sie mit dem Laden machen will.« Dass der Verkauf bereits geplant war, behielt ich für mich, da ich nicht wusste, inwieweit diese Information vertraulich war.

Der Mann gab ein missbilligendes Schnauben von sich. Tiffys Schwanzspitze strich über meine Wange, als wollte mich das Kätzchen an seine Anwesenheit erinnern.

»Ach, habe Sie zufällig auch Katzenfutter und Katzenstreu?«

»Natürlich haben wir das«, sagte der Mann, als wäre es das Selbstverständlichste auf der Welt. »Wir sind zwar nicht sonderlich groß, aber wir haben fast alles, was unsere Kunden brauchen.«

Ich fragte mich im Stillen, warum der Mann die ganze Zeit in der Mehrzahl sprach, traute mich aber nicht nachzufragen.

Er drehte den Kopf zu mir. »Das ist Ellens Katze, nicht wahr?«

»Ja, sie tauchte gestern bei mir im Cottage auf.«

»Das arme Tier muss ganz verschreckt gewesen sein, nachdem sein Frauchen nicht nach Hause gekommen ist.« Die Trauer über Ellens Tod war ihm deutlich anzumerken.

»Ja, das denke ich auch.« Ich nickte.

»War eine schreckliche Sache. Eine ganz schreckliche Sache«, murmelte der Mann weiter. »Der Lastwagenfahrer hat nicht einmal gemerkt, dass er sie überfahren hat.«

Zumindest wusste ich jetzt, wie genau meine Vorgängerin ums Leben gekommen war.

»Ja, und irgendwie trifft es immer die Falschen.«

»Ich habe Mrs Benson zwar nicht gekannt, aber so, wie ich es verstanden habe, war sie eine nette Frau.«

Der Ladenbesitzer hielt inne. »Nett ist der falsche Ausdruck für Ellen. Sie war etwas Besonderes genau wie ihre Mutter. Ist das alles für Sie?«

Der Mann deutete auf die Waren, die er vor mir auf den Tisch gelegt hatte. Sogar das Katzenfutter war dabei.

»Ja, das ist alles für heute.«

Mit der Langsamkeit eines Mannes, der alle Zeit dieser Welt hatte, tippte er die Preise in die Kasse ein. Als er fertig war, nannte er mir die Summe.

Ich zückte meine Karte.

»Nein, wir nehmen nur Bargeld«, lehnte er höflich ab.

»Mist. Ich habe kein Bargeld dabei.« In London war es selbstverständlich, alles mit der Karte zu zahlen, auch bei noch so kleinen Beträgen.

»Kein Problem. Ich schreibe es auf und Sie bezahlen es mir, sobald Sie Geld abgehoben haben.«

»Aber das kann ich unmöglich annehmen!«, rief ich überrascht.

»Warum denn nicht, ich biete es ihnen schließlich an«, entrüstete sich der Mann.

»Aber Sie kennen mich doch gar nicht, ich könnte eine Betrügerin sein.« In London würde niemand seinen Kunden einfach so gehen lassen, außer man war dort täglich zu Gast und selbst dann war ich mir nicht so sicher.

»Ein Umstand, den wir sofort ändern können. Harvey James Haddock.« Er streckte mir freundlich die Hand entgegen. »Sehr erfreut, Ihre Bekanntschaft zu machen.«

»Julia Claire Campbell. Die Freude ist ganz meinerseits.«

»Sehr gut, dann würde ich sagen, haben wir das auch geklärt und Sie können ganz entspannt zum Abendessen mit ihren Freundinnen gehen.«

»Aber woher wissen Sie von meinem Treffen mit Daisy und Abigail?«

»Die beiden waren vorhin kurz hier und haben sich darüber unterhalten.« Er schenkte mir ein schiefes Grinsen. »Ich mag zwar alt sein, aber taub bin ich nicht, auch wenn das so mancher von mir denkt. Meine Frau hat es immer als selektive Schwerhörigkeit bezeichnet. Für mich war es eine gute Ausrede, nicht reden zu müssen. Jetzt wünschte ich mir, sie wäre hier und würde plappern.« Das Leuchten war mit einem Mal aus seinem Gesicht verschwunden. Offensichtlich hatte er seine Frau verloren.

»Das tut mir sehr leid.«

»Danke, manchmal habe ich das Gefühl, meine Isabel steht neben mir. Aber das soll Sie nicht belasten.«

»Und Sie sind sich wirklich sicher, dass es okay ist, wenn ich erst demnächst bezahle?« Tiffy leckte mir mit ihrer rauen Zunge über den Hals. Ich deutete es als liebevolle Aufforderung, endlich zu gehen.

»Absolut. So habe ich wenigstens die Gelegenheit, mich noch

mal mit einer so bezaubernden jungen Dame zu unterhalten«, antwortete der ältere Herr charmant.

»Wenn Sie es so sehen, freut es mich.« Ich klemmte mir die Tüte unter den linken Arm, in der Rechten hielt ich den Weidenkorb.

»Warten Sie. Ich halte Ihnen die Tür auf.« Er eilte hinter seinem Tresen hervor.

»Danke. Das ist nett.« Ich trat nach draußen. Es dämmerte bereits.

»Auf Wiedersehen, Mrs Campbell.« Mr Haddock verschwand wieder in seinem Laden.

Gut gelaunt und schwer bepackt trat ich den Heimweg an. Statt den gleichen Weg zurückzugehen, entschied ich mich für die Route, die ich bei meiner Ankunft genommen hatte, da sie von dieser Seite der Straße kürzer war und ich dabei die Gelegenheit hatte, mir den Rest des Dorfes anzuschauen.

Nach knapp zweihundert Metern hatte ich bereits die Straßengabelung erreicht, von wo ich gekommen war. Zu meiner Rechten befand sich das Hotel, von dem Abigail gesprochen hatte.

Ein lang gezogenes, herrschaftliches Gebäude, dessen goldbraune Fassade fast vollständig mit Efeu bedeckt war. Das Dach war mit grauen Schindeln gedeckt und aus dem Steinkamin stiegen weiße Wölkchen in den klaren Himmel empor. Auf dem Parkplatz vor dem Gebäude standen jetzt außerhalb der Saison nur wenige Wagen.

Ein unauffälliges Schild über dem Eingang zeigte einen weißen Schwan, der wohl das Wahrzeichen des Hotels war.

Abigail hatte von der Küche geschwärmt. Laut ihr gab es dort das beste Essen in den gesamten Cotswolds. Vielleicht würde ich während meines Aufenthalts in Bibury mal dort essen gehen.

Ich bog um die Ecke. Ein Sportwagen fuhr die Straße entlang. Der Fahrer hatte trotz des kühlen Wetters das Verdeck geöffnet und seine dunklen Haare flatterten im Wind wie eine Fahne. Der Motor röhrte laut auf, als der Fahrer knapp fünfzig Meter entfernt den Gang wechselte. Erschrocken zuckte ich zusammen.

Tiffy, die bis eben friedlich auf meiner Schulter gelegen hatte, richtete sich alarmiert auf und ehe ich es verhindern konnte, sprang sie auf die Straße.

Noch ein paar Meter und der Wagen würde sie überrollen.

Ohne zu überlegen, ließ ich die Tüte mit den Einkäufen und den Weidenkorb fallen. Noch immer schien der Fahrer die Katze nicht bemerkt zu haben.

»Halt!« Ich riss die Arme in die Höhe und machte einen Satz auf die Straße. Instinktiv schloss ich die Augen.

Das Quietschen der Reifen war zu hören.

Ich schrie einen letzten Schrei. Mein Herz setzte aus. Gleich würde ich den Aufprall spüren. *Shit!*

Das Zuschlagen einer Tür war das Nächste, was zu mir durchdrang, begleitet von einer zornigen Männerstimme.

Ich riss die Augen auf.

Kein Geringerer als Simon kam auf mich zugelaufen. Seine Raubtieraugen blitzten angriffslustig.

»Das kann doch wohl nicht wahr sein!« Er schüttelte ungläubig den Kopf, als er erkannte, wen er vor sich hatte. »Du schon wieder!«

»Das Gleiche könnte ich auch sagen.«

»Das ist eine Straße und kein Gehweg. Du kannst doch nicht einfach auf die Straße springen und den Verkehr anhalten«, raunzte er mich an.

»Als ob ich das nicht wüsste«, konterte ich. »Und du musst nicht wie ein Irrer fahren und harmlose Passanten und Tiere zu Tode erschrecken.«

»Ich bin dreißig gefahren. Noch langsamer und ich fahre rückwärts«, gab er brummig zurück.

»Dann hättest du eben mehr aufpassen müssen mit deiner Schüssel.«

»Das ist keine ›Schüssel‹«, er machte bei dem Wort Gänsefüßchen in die Luft, »das ist ein *Aston Martin*.« Tiffy war aus ihrer Starre erwacht und schmiegte sich ängstlich an meine Beine.

»Das macht es auch nicht besser.« Ich bückte mich, um das zitternde Tier in die Arme zu schließen.

»Ist sie okay?« Simons Blick wanderte von mir zu Tiffy und wieder zurück.

»Bis auf die Tatsache, dass sie wahrscheinlich für den Rest ihres Katzenlebens traumatisiert sein wird – ja«, gab ich trotzig zurück. Erst jetzt bemerkte ich die Schatten unter seinen Augen. Anscheinend hatte er nicht gut geschlafen.

»Es tut mir leid, hörst du?« Er fuhr sich mit den gespreizten Fingern durch das dichte Haar. Eine winzige Geste, die aber ungeheuer sexy wirkte. »Das Letzte, was ich wollte, war, das arme Kätzchen zu erschrecken.«

»Hm.« Immer noch genervt kraulte ich Tiffy zwischen den Ohren. »Ich beschütze dich vor dem bösen Mann.«

»So denkst du also über mich?« Unsere Blicke kreuzten sich. Sofort setzte das Kribbeln ein, das mich immer in seiner Nähe befiel.

»Was soll ich denn sonst von dir denken?« Ich reckte ihm das Kinn entgegen. »Immer, wenn ich auf dich treffe, gerate ich in Schwierigkeiten oder werde im Stich gelassen.«

»Das stimmt nicht. Falls ich deinem Gedächtnis auf die Sprünge helfen darf, war ich es, der dafür gesorgt hat, dass du wieder fließend Wasser hast, um deinen Luxuskörper zu duschen.« Seine Mundwinkel zuckten und seine wunderschönen Augen hielten mich gefangen. *Shit.* Meine Hormone, die miesen Verräter, hatten beschlossen, dass er einfach nur sexy war, und flippten bereits in freudiger Erwartung eines Kusses aus. Je länger er vor mir stand, umso schwerer fiel es mir, standhaft zu bleiben und ihm nicht um den Hals zu fallen und um einen Kuss zu betteln. Etwas, das auf keinen Fall passieren durfte. Schließlich hatte er gerade bewiesen, dass er ein egoistischer Idiot war, der nur sich im Auge hatte und sonst nichts.

»Okay, aber trotzdem hast du Tiffy fast über den Haufen gefahren.« Ich schob meine Unterlippe vor.

Er stieß ein tiefes Seufzen aus. »Ich habe doch eben schon mal gesagt, dass es mir leidtut. Genau wie die Sache mit dem Kuss.«

Der Kuss tat ihm leid. Innerlich schimpfte ich mich eine blöde Kuh, geglaubt zu haben, dass der Kuss ihm gefallen haben könnte – so wie mir.

»Ach, der Kuss!« Ich winkte betont lässig ab. »Den habe ich schon total vergessen.«

Simons Augenbraue schnellte missbilligend nach oben. Zumindest tat es seinem Ego weh. *Sehr gut.* Ich musste mich zusammenreißen, um nicht zufrieden zu lächeln. Stattdessen versuchte ich eine gleichgültige Miene aufzusetzen.

»Tja, also ich würde sagen, wir belassen es dabei und jeder geht seiner Wege. Es ist ja nichts passiert.« Demonstrativ bückte ich mich, um meine Sachen aufzuheben. Doch Simon kam mir zuvor. Wir wären um ein Haar mit den Köpfen aneinandergestoßen. Unsere Blicke trafen sich und seine Bernsteinaugen nahmen mich gefangen.

»Lass mich das machen.« Seine Stimme klang versöhnlich. Ehe ich protestieren konnte, hatte Simon die Sachen eingesammelt, die herausgefallen waren, und reichte mir die Tasche und den Weidenkorb. »Es tut mir leid. Ich wollte weder dich noch die Katze erschrecken.«

»Schon gut.« Ich wollte nur weg, bevor meine Hormone meinen Verstand niederkämpften und ich Dinge tat und sagte, die ich später bereuen würde.

Tiffy thronte wieder auf meiner Schulter und beobachtete uns aufmerksam.

»Kann ich dich nach Hause fahren?«

»Auf keinen Fall«, schoss es aus meinem Mund.

Simon runzelte die Stirn. »Verstehe.«

Was meinte er denn damit?

»Tja, dann schönen Abend.« Ohne mich noch einmal umzudrehen, stapfte ich davon. Dabei trommelte mein Herz wie verrückt in meiner Brust.

Das musste unbedingt aufhören.

15 - SIMON

*D*iese Frau trieb mich noch in den Wahnsinn. Immer, wenn ich sie traf, passierte etwas Unvorhergesehenes und ließ mich vor ihr wie einen Schuljungen dastehen. Erst der Kuss im Pub, dann die Reparatur und heute der Beinaheunfall. Okay, mit der Wasserleitung hatte ich ein gutes Bild abgegeben. Zumindest hatte sie sich bedankt, aber zeitgleich wieder alles zunichtegemacht, indem sie mir das Gefühl gegeben hatte, das ich der größte Idiot war, der ihr jemals unter die Augen gekommen war.

Wütend schlug ich die Tür des Auston zu.

»Egal, was es ist, dein Wagen kann nichts dafür«, witzelte Colin, der an seinem Pick-up lehnte. Baxter stand wie immer neben ihm und begrüßte mich mit einem freundlichen Bellen.

Wir waren zum Abendessen verabredet. Grantham wirbelte bereits seit zwei Stunden in der Küche herum. Etwas, das sie für gewöhnlich nur für unsere Gäste tat. Aber sie hatte eine Schwäche für Colin und verwöhnte ihn wie ihren Sohn.

»Haha. Sehr witzig.« Mit grimmiger Miene ging ich zu Colin.

»Welche Laus ist dir denn über die Leber gelaufen? So habe ich dich ja schon seit einer Ewigkeit nicht mehr erlebt. Willst du nicht wenigstens Baxter begrüßen? Der Arme wedelt sich hier noch einen Wolf.«

»Hallo, Baxter.« Ich ging in die Knie und kraulte den Retriever hinter den Ohren. »Mir ist keine Laus über die Leber gelaufen, wenn du es genau wissen willst, sondern eine Katze vors Auto. Und außerdem bin ich stinksauer.« Wobei das nicht ganz richtig war, genau genommen war ich eher enttäuscht. Aber immer, wenn ich Julia gegenüberstand, brach eine Welle an Emotionen über mich herein.

»Das musst du mir genauer erklären. Eine Katze?«

»Ja, Ellens Katze.« Wir setzten uns in Richtung Eingang in Bewegung. »Und das nur, weil diese Frau das Tier auf der Schulter sitzen hatte. Ich meine, welcher vernünftige Mensch nimmt eine Katze zum Einkaufen mit?« Fassungslos schüttelte ich den Kopf.

»Das klingt nach einer Story, die ich hören möchte.«

»Hm.« Julias erschrockenes Gesicht tauchte vor meinem inneren Auge auf. Ihre wunderschönen blauen Augen hatten Pfeile in meine Richtung geschossen und gleichzeitig war da ein Ausdruck gewesen, den ich nicht hatte deuten können.

»Anstatt dich zu ärgern, solltest du eigentlich mit einem Dauergrinsen durch die Gegend laufen.« Colin klopfte mir auf die Schulter. »Schließlich sind wir die amtierenden Dartchampions. Wenn das kein Grund ist, sich zu freuen, weiß ich auch nicht.«

»Erinnere mich nicht daran.«

»Wieso? Was ist denn passiert? Ich für meinen Teil hatte nämlich einen fantastischen Abend mit den beiden Granaten.« Er zwinkerte mir bedeutungsvoll zu.

»Bitte erspare mir die Details. Ich wünschte, ich hätte nicht auf dich gehört und wäre zu Hause geblieben.« Ich kickte einen Stein aus dem Weg. »Dann wäre das alles nicht passiert.« Wobei das nicht der Wahrheit entsprach, wenn ich ehrlich zu mir selbst war. Der Kuss hatte mir gefallen – sehr sogar. Genau, wie mir die ganze Frau gefiel.

»Ach, jetzt bin ich auf einmal schuld?«

Ich drückte die Haustür mit einem Ruck auf. »Nein, aber ohne dich hätte ich diese Frau gar nicht kennengelernt.«

»Du hast eine Frau kennengelernt?« Colin blieb stehen.

»Nicht so, wie du denkst. Julia Campbell.« »Die niedliche Londonerin, die Ellens Mühle übernommen hat und die mit ihrem Kuss dafür gesorgt hat, dass du einen Ständer hattest?« Colin machte ein Gesicht, als hätte er gerade eine Erleuchtung gehabt.

»Erstens ist sie nur vorübergehend als Aushilfe angestellt«, brummte ich missmutig. Noch einer der Gründe, diese Frau so schnell wie möglich zu vergessen. »Zweitens – musst du die Dinge immer aussprechen? Und drittens hat die Frau Haare auf den Zähnen und stellt eine Gefahr für jeden Mann dar.«

»Das musst du mir gleich mal genauer erklären.« Wir traten in den Flur.

»Daddy«, schallte es aus der Küche zu uns. Hazel kam auf uns zu gerannt. Ihre wilden Locken hüpften dabei wie Korkenzieher auf und ab.

»Hallo, Pumpkin«, begrüßte ich meine Tochter. »Schau mal, wen ich mitgebracht habe.«

»Onkel Colin!« Hazel fiel ihrem Patenonkel um den Hals. »Grantham steht schon den ganzen Abend in der Küche und kocht dein Lieblingsgericht«, plapperte Hazel drauflos.

»Das sollst du doch nicht verraten«, ermahnte ich sie gespielt.

»Ups.« Hazel schlug sich mit der flachen Hand vor den Mund. Dabei blitzten ihre Augen vergnügt, was mein Herz zum Singen brachte und den Ärger, den ich eben noch verspürt hatte, augenblicklich verpuffen ließ.

»Macht nichts. Ich freue mich trotzdem.« Colin ging in die Knie. »Soll ich dich huckepack tragen?«

»Au ja!« Mit affenartiger Geschwindigkeit kletterte Hazel auf Colins Rücken und schlang glücklich ihre zarten Ärmchen um seinen Hals.

»Bist du so weit?« Colin drehte den Kopf zu ihr.

»Ja, Pferdchen.« Hazel strahlte.

»Na dann, festhalten. Das Pferdchen ist heute richtig bockig.«
Colin warf einen bedeutsamen Blick in meine Richtung und rannte
los. Sehr zu Hazels Freude, die laut jauchzte.

Lächelnd folgte ich den beiden in die Küche.

Als wir eintraten, stand Grantham hinter dem Herd. In der
Hand hielt sie einen Kochlöffel, mit dem sie in einem der Töpfe
rührte. Als sie unsere Schritte hörte, drehte sie sich überrascht um.

»Colin, Sie sind ja schon hier.« Mit strahlenden Augen blickte
sie meinen besten Freund an.

»Grantham.« Colin beugte sich vor und gab der Köchin einen
Kuss auf die Wange. »Es ist mir wie immer eine Freude.«

Eine tiefe Röte huschte über das Gesicht der Köchin. »Ach,
das sagen Sie nur, weil Sie mein Essen mögen.«

»Wer mag Ihr Essen nicht. Aber ich kenne eben auch den
guten Geist dahinter.« Colin ließ Hazel vorsichtig von seinem
Rücken rutschen, bis ihre Füße sicher den Boden berührten.

»Was gibt es denn heute?«, fragte Colin scheinheilig. *Der alte
Mistkerl.* Hazel gluckste vergnügt.

Fast hätte ich laut aufgelacht. Stattdessen setzte ich mich an
den breiten Küchentisch, den Grantham bereits gedeckt hatte.
Wenn wir während der Saison im Sommer Gäste hatten, kamen
gemeinsame Abendessen nur selten vor. Aber jetzt war es ruhig
und bis auf drei ältere Ehepaare hatten wir keine Besucher. Der
große Ansturm würde nächste Woche kommen.

»Es gibt Ihr Lieblingsessen«, flötete Grantham und strahlte
Colin an. »*Bangers und Mash* – Würstchen mit Kartoffelbrei. Und
als Nachtisch Apple Crumble mit Vanilleeis.«

»Sie sind ein Schatz.« Colin legte die Arme um die Taille der
Köchin und wirbelte sie einmal um die eigene Achse.

»Colin!« Die Röte in Granthams Gesicht vertiefte sich.
»Lassen Sie mich runter, sonst verbrennt die Soße noch.«

Colin lockerte seinen Griff. »Das wäre wirklich
unverzeihlich.«

Grantham zupfte nervös an ihrer Bluse. »Was darf ich Ihnen
zu trinken bringen?«

»Lassen Sie nur«, kam ich ihr zuvor. »Ich mache das schon. Was möchtest du, Pumpkin?«

»Grantham hat mir einen heißen Kakao versprochen.« Hazel hüpfte zu uns an den Tisch und ließ sich auf den Stuhl neben Colin fallen.

»Ja, der ist auch schon fertig.« Grantham wischte sich die Hände an der Schürze ab, nahm einen der Töpfe vom Herd und goss die braune Flüssigkeit in einen Becher, den sie Hazel reichte.

»Aber vorsichtig. Der Kakao ist heiß.«

Ich reichte Colin ein Bier.

»Cheers.« Unsere Flaschen stießen klirrend aneinander.

Hazel hielt ihren Becher in die Höhe. »Hey, und was ist mit mir?«

»Entschuldige, wie konnten wir dich vergessen.« Ich hielt meine Flasche vorsichtig an Hazels Becher. Colin folgte meinem Beispiel. »Cheers, Pumpkin.«

»Cheers«, quietschte Hazel fröhlich. Es tat gut, sie so zu sehen. Ein Lächeln auf ihr Gesicht zu zaubern, war in den letzten Monaten schwierig geworden.

»GRANTHAM, Sie sind und bleiben die beste Köchin Englands.« Colin wischte sich mit der Serviette den Mund ab. Vor uns auf dem Tisch standen die leer gegessenen Teller. Selbst Hazel, die sonst eher wie ein Spatz aß, hatte eine Riesenportion verdrückt.

»Danke, Colin. Ich freue mich, dass es Ihnen geschmeckt hat.« Colin hatte meiner Haushälterin und Köchin schon mehrfach angeboten, ihn mit der persönlichen Anrede anzusprechen, aber sie weigerte sich beharrlich und bestand auf die höflichen Umgangsformen, obwohl wir uns schon unser halbes Leben kannten.

»Sollte dieser Mistkerl …« Er klopfte mir auf die Schulter. »… Sie jemals schlecht behandeln, dann rufen Sie mich an. Versprochen?«

»Versprochen.« Ein Lächeln tauchte auf Granthams faltigem Gesicht auf.

»Es ist doch immer wieder schön zu wissen, was für ein loyaler Freund du bist.«

»Das bin ich. Aber gelegentlich muss ich eben auch an mich denken.« Colin grinste schief.

Hazel gähnte herzhaft.

»Hand vor den Mund«, ermahnte sie Grantham, die nach Tashas Abreise die Rolle der Erziehenden übernommen hatte. Zum Glück. Ohne Granthams Hilfe wäre ich aufgeschmissen gewesen.

»Schlafenszeit, Pumpkin«, sagte ich mit strengem Tonfall.

»Nein, bitte, Daddy, noch ein bisschen«, bettelte Hazel und klettere von ihrem Stuhl, um Sekunden später auf meinem Schoss Platz zu nehmen.

»Also gut«, seufzte ich.

»Weichei!« Colin zwinkerte mir zu.

»Wer kann da schon Nein sagen«, erwiderte ich lächelnd.

»Darf ich Ihnen noch einen Absacker bringen?«, fragte Grantham, die ebenfalls aufgestanden war und angefangen hatte, den Tisch abzuräumen.

Colins Blick wanderte zu mir. »Ich weiß nicht, wie du dazu stehst, aber ich hätte nichts gegen ein Gläschen Whisky einzuwenden.«

»Ja, das klingt gut. Ich muss morgen nicht allzu früh raus.«

»Zwei Whiskys.« Grantham nickte und machte sich am Küchenschrank zu schaffen, wo wir einen Teil der Spirituosen lagerten.

Hazel hatte sich an meine Brust gekuschelt. »Kriege ich auch einen Whisky?«

»Nein, meine Kleine. Aber einen Tee kann ich dir gern machen«, schlug Grantham vor.

»Okay.« Hazels Lider flatterten. Es würde nicht mehr lange dauern und sie war eingeschlafen. Ich gab Grantham ein Zeichen, mit dem Tee zu warten.

»Bitte.« Grantham stellte jedem von uns ein Glas auf den Tisch, das mit der typisch goldbraunen Flüssigkeit gefüllt war. Wir prosteten uns zu. Ich nahm einen kleinen Schluck. Grantham hatte uns den Rücken zugedreht und räumte die Küche auf.

»Aber du hast mir noch gar nicht von deinem Tag erzählt«, nahm Colin den Gesprächsfaden von vorhin wieder auf.

»Danke, dass du mich daran erinnerst. Ich hatte diesen unsäglichen Zwischenfall schon fast vergessen.«

»Gern geschehen.«

Hazel lag schwer in meinen Armen. Den gleichmäßigen Atemzügen nach zu urteilen, war sie eingeschlafen.

Mit wenigen Worten schilderte ich ihm unseren kleinen Zwischenfall heute Nachmittag.

Als ich fertig war, fuhr sich Colin über das Kinn. »Trotzdem verstehe ich nicht, warum sie so sauer auf dich ist. Das muss doch einen Grund haben.«

Ich räusperte mich unbehaglich. »Vielleicht, weil sie mich nicht leiden kann.«

»Aber warum hat sie dich dann geküsst? Das ergibt doch keinen Sinn.«

»Könntest du bitte leiser reden.« Ich machte eine unauffällige Kopfbewegung zu Grantham, die gerade dabei war, das Geschirr in die Spülmaschine zu räumen.

»Okay, aber was ist der Grund für diese Ablehnung?«

»Das ist doch egal, ich habe sowieso nicht interessiert.« Ich nahm einen weiteren Schluck aus meinem Glas.

»Dafür, dass es dir egal ist, hattest du vorhin ganz schön schlechte Laune.«

»Hm.«

»Sei doch mal ehrlich: Dir gefällt die Kleine.« Colin schaute mir direkt ins Gesicht. »Sonst hättest du sie gar nicht geküsst.«

»Genau genommen hat sie mich geküsst«, brummte ich.

»Egal. Ihr habt euch geküsst.« Colin verschränkte seine Arme vor der Brust.

»Keine Ahnung, vielleicht war sie betrunken und bereut es jetzt.«

»Ja, und vielleicht fällt gleich ein Meteorit vom Himmel. Wer weiß das schon. Trotzdem ist es eher unwahrscheinlich.«

»Das spielt doch alles keine Rolle, denn weder sie noch ich haben ein Interesse daran, uns näher kennenzulernen.«

Grantham war fertig mit aufräumen. »Wenn Sie mich nicht mehr brauchen, würde ich jetzt Feierabend machen.« Ihre Augen ruhten wissend auf mir.

»Natürlich. Vielen Dank für das köstliche Abendessen.« Ich schenkte ihr ein Lächeln. »Ohne Sie wäre ich komplett aufgeschmissen.«

»Das ist doch selbstverständlich.« Grantham strich sich mit der flachen Hand über die Schürze. »Trotzdem kann ich für Hazel kein Mutterersatz sein.« Es war das erste Mal, dass sie die Situation so deutlich ansprach. »Hazel wird größer und braucht jemanden in ihrem Leben, der immer für sie da ist. Ich bin nur eine Angestellte, die sich um sie kümmert.«

»Sie wissen, dass Sie weit mehr für uns sind als eine Angestellte. Sie sind Teil der Familie.«

»Das sehe ich auch so«, stimmte Colin mir zu.

»Das ist lieb von Ihnen, aber ich kann dem Kind nicht die Mutter ersetzen«, sagte Grantham bestimmt. Ihre Augen schimmerten feucht. »Sie weint viel, wenn Sie nicht da sind. Ich glaube, sie vermisst ihre Mutter sehr.«

»Ich weiß, Grantham. Aber ihre Mutter ist irgendwo auf Bali auf der Suche nach dem Sinn ihres Lebens. Dabei ist der Sinn mittlerweile fünf Jahre alt und wartet jeden Tag darauf, von ihr gefunden zu werden«, sagte ich bitter.

Für einen Moment herrschte Stille in der Küche. Nur das Knistern des Brennholzes im Kamin war zu hören.

»Vielleicht wäre es an der Zeit für Sie, Ihre Lebenssituation zu überdenken.« Grantham löste den Knoten ihrer Schürze und faltete sie zusammen. »Jetzt muss ich aber wirklich gehen. Ich wünsche Ihnen noch einen schönen Abend.«

»Ihnen auch, Grantham.« Nachdenklich sah ich ihr hinterher. Was hatte sie damit gemeint, als sie davon gesprochen hatte, dass ich meine Lebenssituation überdenken sollte. Ich hatte mein Leben lang davon geträumt, mein eigenes Hotel zu besitzen. Mit dem *Swan* war dieser Lebenstraum in Erfüllung gegangen.

»Na, was meinst du?«, unterbrach Colin meine Gedanken. »Wollen wir uns noch einen genehmigen?« Er hielt mir sein leeres Glas entgegen.

»Ja, aber erst einmal bringe ich Hazel ins Bett.« Mit meiner kostbaren Fracht auf den Armen stand ich auf. In einem Kopf herrschte Chaos. Daran waren Julia und der verdammte Kuss schuld. Etwas, das nicht noch einmal passieren durfte, schließlich hatte ich eine Verantwortung Hazel gegenüber. Das Letzte, was meine Kleine brauchte, waren noch mehr Menschen, die aus ihrem Leben verschwanden. Ich hatte Tasha zum Abschied versprochen, auf unsere Tochter aufzupassen. Dazu gehörte, dass ich niemanden in unser Leben ließ, der nicht bleiben würde.

Julia Campbell gehörte dazu – auch wenn ihr Kuss einmalig gewesen war.

Verdammt.

Wobei ein kleiner Flirt noch niemandem geschadet hatte.

16 - JULIA

»*J*etzt kann ich verstehen, warum Lisbeth unbedingt Marthas Pie-Rezept haben will.« Ich strich mir mit der Hand über den Bauch. »Der war wirklich ausgezeichnet, aber sehr sättigend.«

»Das kannst du wohl sagen. Martha hat bestimmt Tonnen von Butter dafür verwendet. Meine Oma sagte schon immer – Fett ist der beste Geschmacksträger und leider hatte sie recht damit.« Abigail prostete mir mit ihrem Teebecher zu. Eigentlich hatten wir den Rotwein dazu trinken wollen, aber angesichts meiner kürzlichen Erfahrung mit dem *Hot Toddy* hatte ich dankend verzichtet. Morgen wartete jede Menge Arbeit auf mich und da brauchte ich einen klaren Kopf. Die Mädels waren meinem Beispiel gefolgt und so hatte ich uns einen leckeren Kräutertee aufgesetzt. Wir hatten es uns im Wohnzimmer auf dem Sofa gemütlich gemacht. Im Hintergrund spielte leise Musik aus dem Radio, das ich beim Aufräumen entdeckt hatte. Dank des Kaminfeuers war es kuschelig warm.

Tiffy lag in ihrem Körbchen vor dem Kamin und gab kleine Schnarchgeräusche von sich.

»Apropos Rezept.« Ich schwang meine Beine vom Sessel.

»Ich muss euch noch zeigen, was ich heute gefunden habe.« Mit ein paar Schritten hatte ich den Beistelltisch erreicht, wo ich das eingewickelte Buch abgelegt hatte, nachdem ich nach Hause gekommen war.

»Schaut mal, was ich heute in der Küche gefunden habe.« Ich schlug das Tuch zurück und präsentierte den beiden Frauen das Buch.

»Oh, das sieht ja entzückend aus«, meldete sich Abigail als Erste zu Wort.

»Ist da alles handgemalt?«, fragte Daisy.

»Ich denke schon«, antwortete ich. »Wisst ihr zufällig, wer Harriet Emma Pelham war?«

»Soweit ich mich richtig erinnere, hieß Ellens Mutter mit Vornamen Harriet.« Abigail strich mit den Fingerspitzen über den Einband.

»Das würde bedeuteten, dass ich das Backbuch von Mrs Bensons Großmutter gefunden habe.« Meine Wangen glühten vor Aufregung.

»Wie spannend.« Daisy schlug das Buch auf.

Grannys Liebling

Kürbis-Sauerteig-Brot für den Herbst

»Das klingt doch schon mal vielversprechend«, meinte Abigail.

»Allein die Bilder machen Lust zu backen.« Ich deutete auf die Skizzen. Wieder waren die gleichen gezeichneten Mäuse wie auf dem Einband zu sehen, die den Kürbis ins Bild schoben. Auch das Kätzchen war abgebildet. Diesmal tippte es mit der Pfote gegen einen Mehlhaufen.

»Oh, wie süß!«, rief Daisy bei dem Anblick der Schwalben verzückt, die das Banner mit dem Rezeptnamen in der Luft hielten.

»Alles ist mit so viel Liebe gezeichnet«, stellte ich ehrfürchtig fest.

»Die Frau war ein echtes Talent«, stimmte Abigail mir zu. »Ich glaube, ich habe noch nie etwas so Schönes gesehen.«

»Das Buch gehört ins Schaufenster und nicht in ein staubiges Regal.«

»Da hast du total recht.« Daisy blätterte auf die nächste Seite um.

Wieder hatte die Künstlerin das Rezept mit Zeichnungen untermalt. Ein Schleier, der im Wind flatterte, diente als Banner.

Hochzeitsbrot der ewigen Liebe

Diesmal hatten die Mäuse auf dem Bild kleine Jacketts an und das Kätzchen hatte eine Schleife um den Hals gebunden.

Sträußchen aus Schleierkraut und Rosen schmückten die Seite.

Zwei Schwalben mit Bändern in ihren Schnäbeln verzierten das Brot, auf dessen Oberfläche Herzen zu erkennen waren.

»Da möchte man sich am liebsten gleich in die Küche stellen und alles nachbacken«, sagte Abigail.

»Finde ich auch«, stimmte ich ihr zu. »Backen ist schon immer eine Leidenschaft von mir gewesen.«

Beide Frauen sahen mich mit großen Augen an. »Wirklich?«

»Aber ja, nur weil ich aus London komme, bedeutet es nicht, dass ich keine hausfraulichen Talente habe. Bisher fehlte mir einfach die Ruhe, sie auszuleben. Außerdem wurde bei uns in der Familie nur wenig gebacken. Meine Mutter ist ein Weihnachtsmuffel und hasst alles, was mit der Küche zu tun hat. Kochen. Backen. Dad war derjenige, der für uns gekocht hat. Also blieb mir das Backen.«

»Verstehe. Bei uns zu Hause wurde immer viel gebacken, aber ich habe schlicht keine Zeit dafür. Sehr zum Bedauern meiner Mutter.« Daisy blätterte weiter.

Lavendel-Shortbread

Meine Augen glitten über das Blatt. Diesmal hatte sich die Bäckerin selbst mit ins Bild gemalt mit den Tieren als ihre Gehilfen. Die Mäuse trugen Lavendelstängel und das Kätzchen stupste mit der Nase die Mehltüte direkt vor den Händen der Bäckerin auf die Arbeitsplatte. Ein Häschen war in die Küche gehoppelt und blickte hoch zum Tisch. Die Liebe zum Backen und zu ihren kleinen Mitbewohnern sprang dem Betrachter förmlich entgegen. Ich war wie verzaubert.

»Hm.« Nachdenklich starrte ich die Zeichnung an. Tatsächlich spielte ich mit dem Gedanken, eines der Rezepte nachzubacken. »Vielleicht versuche ich es mal. Auch im Hinblick auf die Kundschaft. Lisbeth' Kuchen hat reißenden Absatz gefunden. Dazu ein Kaffee und die Leute bleiben und stöbern in gemütlicher Atmosphäre.«

»Coole Idee. Ich glaube, dass die Kunden dir die Bude einrennen, noch dazu, wenn der Weihnachtsmarkt anfängt. Dann kommen Busladungen von Touristen nach Bibury.« Abigail leerte ihr Glas mit einem Schluck. »Da stürmen die Londoner in die Cotswolds, um dem hektischen Großstadttrubel zu entkommen und noch ein bisschen das Gefühl von Weihnachten zu bekommen, wie es früher einmal war.«

»Das verstehe ich nicht. Weihnachten in London ist doch wunderschön. Die geschmückten Schaufenster, die Tannenbäume in den Kaufhäusern, die Musik im Radio, die Straßendekoration. Ich liebe Weihnachten.« Allein der Gedanke an die Weihnachtszeit ließ mein Herz schneller schlagen. »Allerdings hatte ich in den letzten drei Jahren nicht die Ruhe, es zu genießen.« Unwillkürlich musste ich daran denken, wie Tom mit mir Schluss gemacht hatte mit der Begründung, dass ich mich endlich auf die Weihnachtszeit stürzen konnte. Vielleicht hatte er in diesem einen Punkt gar nicht so unrecht gehabt. Bis Weihnachten waren es noch zwei Wochen und es war das erste Mal, dass ich nicht in einem muffigen Büro hing und auf das Display meines Computers starrte.

»Dann muss ich dich leider enttäuschen. Ein solches Weihnachten wirst du hier nicht vorfinden. Hier bei uns läuft alles viel ruhiger ab. Ein paar Lichterketten, geschmückte Bäume, literweise *Hot Toddy* und jede Menge Weihnachtslieder.« Abigail rollte mit den Augen. »Von morgens bis abends läuft überall Weihnachtsmusik.«

Grinsend fing ich an, die erste Strophe von »Last Christmas« von Wham! zu singen. Es war nach wie vor eines meiner absoluten Lieblingslieder, obwohl ich es gefühlt schon Tausende Male gehört hatte.

Sofort stimmte Daisy mit ein.

»Ihr killt mich!«, kreischte Abigail.

»Ach, komm schon. Du willst es doch auch!«, rief ich lachend und stimmte die zweite Strophe an.

»Okay, erwischt.« Abigail stimmte in den Gesang ein.

»Ich glaube, ich habe das Lied noch nie so schön interpretiert gehört«, sagte Daisy schmunzelnd, als wir fertig waren.

»Na siehst du. Geht doch.« Ich nippte an meinem Tee. »Ich bin sehr gespannt, die Vorweihnachtszeit in den Cotswolds zu erleben.« Vielleicht würde ich Natalie bitten zu kommen.

»Du wirst es lieben«, versprach mir Daisy.

»Wir werden sehen.«

»Hat sich Bethany noch mal bei dir gemeldet?«, fragte Abigail.

»Kein Sterbenswörtchen hab ich von ihr gehört. Anscheinend geht sie davon aus, dass alles okay ist.«

»Die ist wahrscheinlich so beschäftigt, dass sie keine Zeit für ein klitzekleines Telefonat findet«, mutmaßte Daisy.

»Meint ihr, ich sollte ihr von dem Backbuch erzählen?«

»Warum? Es interessiert sie sowieso nicht«, sagte Abigail achselzuckend.

»Ach, ich mache es einfach. Vielleicht hat sie schon danach gesucht und es nicht gefunden.«

»Das bezweifele ich.« Daisy rümpfte die Nase. »Bethany sucht nach Akten und nicht nach Backbüchern.«

»Ich werde es ihr trotzdem sagen.« Nachdenklich wackelte ich mit den Zehen.

»Okay, deine Entscheidung. Nur interessehalber, warum jetzt genau?« Abigail sah mich fragend an.

»Weil ich ein korrekter Mensch bin. Deshalb. Außerdem überlege ich, ob ich das Buch als Schaufensterdekoration nehme, und dafür brauche ich ihr Einverständnis.«

»Das ist eine gute Idee«, pflichtete Abigail mir bei. »Der

Buchladen hat eine Verjüngungskur dringend nötig, wenn er gegen den Laden in Cirencester bestehen soll.«

»Ja, ich bin heute Mittag einmal durch den Bestand gegangen und kann euch verraten, dass Ellen zwar sehr nett gewesen sein muss, aber von Buchhaltung hatte die Arme keine Ahnung. Ein totales Durcheinander. Nirgends ist ersichtlich, welche Bücher sie im Bestand hat und was verkauft wurde.«

»Das ist typisch Ellen«, sagte Daisy schmunzelnd. »Die Gute war immer völlig verstrahlt und unorganisiert.«

»Ja, die nächsten Tage wartet eine Menge Arbeit auf mich.« Mein Blick wanderte zum Kamin, in dem die Flammen gierig am Holz züngelten.

»Wenn ich Zeit habe, komme ich vorbei und helfe dir.« Abigail legte ihre Hand auf meinen Arm.

»Das ist lieb. Ich nehme jede Hilfe gern an.«

»Ich muss mal schauen. Jetzt, wo Maybell ihr Junges hat, ist es wieder ruhig in der Herde.«

»Bekommen die Schafe normalerweise ihre Jungen nicht im Frühjahr?«, erkundigte ich mich.

»Eigentlich schon, aber wie es aussieht, ist Maybell ein ziemlicher Feger und konnte nicht warten.« Daisy grinste breit.

»Wie im wahren Leben.« Ich leerte meinen Becher mit einem Schluck.

»Habt ihr schon das neueste Gerücht von Colin gehört?«, fragte Daisy mit gesenkter Stimme.

»Nein, aber warum flüsterst du?«, fragte Abigail.

»Angeblich sind er und Simon nach dem Turnier mit den beiden drittplatzierten Mädels verschwunden«, fuhr Daisy fort. Bei der Erwähnung von Simon zuckte ich kaum merklich zusammen.

»Ja, das habe ich auch gehört. Das würde zu Colin passen. Bei Simon bin ich mir da nicht so sicher.«

Instinktiv horchte ich auf.

»Ich glaube, die Frau, die Colin zum Mann bekommt, muss

erst noch gebacken werden.« Daisy spielte gedankenverloren mit einer Haarsträhne. »Der Mann sitzt auf einem Pulverfass voll Testosteron.«

»Wieso, was hat es denn mit diesem Colin auf sich?«, bemerkte ich beiläufig.

»Colin ist der größte Schwerenöter, den die Cotswolds zu bieten haben. Der Kerl sieht nicht nur unverschämt gut aus, er ist auch noch äußerst charmant.« Eine zarte Röte hatte sich auf Daisys Wangen gebildet.

»Kann es sein, dass du einen Crush auf Colin hast?«, fragte ich.

»Ich? Nö«, sagte Daisy betont lässig. Irgendwie nahm ich ihr das nicht ab.

»Und was ist mit diesem Simon?« Mein Puls schaltete einen Gang höher.

»Simon und Colin sind seit dem Kindergarten unzertrennlich. Allerdings sind sie von Grund auf verschieden. Simon war schon immer der Träumer, der seine Ideale hatte, und Colin ist der Macher. Die beiden geben die perfekte Kombination ab.«

»Sieht ganz danach aus.« Ich strich nachdenklich mit der flachen Hand über den Einband des Buches, das Daisy mir wieder zurückgegeben hatte.

»Und ist dieser Simon auch …« Weiter kam ich nicht. Im selben Moment klingelte Abigails Handy.

Mist. Ich hatte eigentlich fragen wollen, ob Simon vergeben war.

»Das kann nichts Gutes bedeuten.« Abigail nahm das Gespräch an. Eine aufgeregte Stimme war selbst auf die Entfernung zu hören. Abigail nickte. »Alles klar. Ich bin in einer Viertelstunde bei dir.« Sie legte auf.

»Was ist passiert?« Daisy und ich sahen sie fragend an.

Abigail legte ihre Stirn in Falten. »Travis' und Maes Hund frisst nicht und hat Fieber. Ich schaue mal nach ihm. Die beiden sind schwer in Sorge.«

»Alles klar. Würdest du mich auf dem Weg absetzen?«, fragte Daisy.

»Logo.« Abigail war aufgestanden. »Ich hoffe, du bist mir nicht böse.«

»Überhaupt nicht. Dann komme ich wenigstens einigermaßen früh ins Bett. Ich bin todmüde. Keine Ahnung, warum.« Ein paarmal hatte ich heimlich gegähnt.

»Das ist die frische Landluft«, witzelte Daisy. »Du wirst sehen, in ein paar Tagen hast du dich daran gewöhnt.«

»Hoffentlich.« Ich brachte meine neuen Freundinnen zur Haustür. »Danke für diesen gemütlichen Abend.«

»Das müssen wir bald wiederholen.« Daisy umarmte mich. »Es ist so schön, dass jemand Gleichaltriges nach Bibury gezogen ist.«

Ich wollte sie korrigieren und sagen, dass es nur vorübergehend war. Aber dann entschied ich mich dagegen, um die schöne Stimmung nicht kaputt zu machen.

»Bis morgen.« Abigail umarmte mich.

»Ich drücke die Daumen, dass nichts Schlimmes mit dem Hund ist«, verabschiedete ich mich von ihr.

»Ja, das hoffe ich auch. Marvin ist schon ganz schön alt und die beiden meinen es zu gut mit ihm. Wenn sie ihn weiter so füttern, wird er eines Tages einfach wegen Verfettung umfallen. Bis dann.«

Die beiden stapften zu Abigails Wagen, der ein paar Meter entfernt an der Straße stand.

Mein Blick wanderte nach oben. Der Himmel war wolkenlos und gab den Blick auf die Milchstraße frei. Ein Band aus Millionen glitzernder Punkte, das sich bis zum Horizont zog wie ein Diamantenarmband. So weit weg und doch wirkte es zum Greifen nah. Noch nie hatte ich einen so schönen Sternenhimmel gesehen. Es war mucksmäuschenstill. In der Ferne war der Ruf einer Eule zu hören. Etwas, das man in der Stadt niemals erleben würde. Dort war das Rauschen des Verkehrs allgegenwärtig. Selbst um diese späte Uhrzeit.

Der Motor von Abigails Wagen brummte leise, als sie ihn startete. Sekunden später leuchteten die Scheinwerfer auf und warfen ihr kaltes Licht auf den glitzernden Asphalt.

Ich sah ihnen hinterher, bis sie hinter dem Hügel verschwunden waren.

17 - JULIA

》 *D*ie hast du alle aussortiert?《 Abigail deutete mit der Hand auf die beiden Bücherstapel vor uns auf dem Dielenboden. 》So habe ich wenigstens wieder Platz für Nachschub in den Regalen.《 Der Stolz in meiner Stimme war nicht zu überhören. Ich hatte die letzten Tage hart gearbeitet und den Laden auf Vordermann gebracht. Kein Staubkörnchen war mehr zu sehen. Nirgends lag etwas auf dem Boden und die Bücher waren nach Themen und Namen sortiert, sodass ich sie mit einem Handgriff finden konnte, wenn ein Kunde danach fragte. Außerdem hatte ich angefangen, die Bücher zu katalogisieren und in das Computerprogramm einzupflegen, um einen Überblick über den Bestand zu haben. Parallel hatte ich die Bücher aussortiert und aus dem Sortiment genommen, die nicht mehr aktuell waren.

》Und was willst du damit machen?《

》Martha hat etwas von einem morgigen Weihnachtsmarkt erwähnt.《 Ich war gestern bei ihr gewesen, um ihr mitzuteilen, dass ich die Bücher für unsere Leserunde bestellt hatte. Dabei waren wir ins Plaudern gekommen.

》Ja, der startet jedes Jahr am vorletzten Wochenende vor Weihnachten. Händler und Einheimische bieten dort ihre Waren an. Es gibt viele Fressbuden und Getränkestände. Die Hauptstraße wird extra zu diesem Zweck gesperrt. Warum fragst du?«

»Meine Idee war es, die Bücher dort zu verkaufen. Besser, als wenn sie in den Regalen verstauben.«

»Coole Idee. Darauf ist bisher noch niemand gekommen.« Abigail sah mich bewundernd an. »Du müsstest nicht einmal einen Stand aufbauen, da der Markt quasi an deinem Geschäft vorbeiläuft.«

»Das hat Martha auch gesagt. Ich könnte einen Tisch mit den Büchern darauf vor die Mühle stellen und den Laden weihnachtlich dekorieren. Das mögen die Leute.«

»Absolut. Wenn du willst, helfe ich dir beim Verkauf. Ich habe am Wochenende eh nichts vor.«

»Das wird bestimmt ein Heidenspaß.« Ich klatschte freudig in die Hände. »Wir könnten Daisy fragen, ob sie auch mitmachen möchte.«

Abigail legte den Kopf leicht schräg. »Ich fürchte, daraus wird nichts. Daisy hat ihren eigenen Stand, wo sie den selbst gemachten Käse verkauft.«

»Wie schade, aber absolut nachvollziehbar.« Ich ließ meinen Blick durch den Laden gleiten. »Hast du eine Ahnung, ob Ellen irgendwo Weihnachtsdekoration versteckt hat? In der Küche, der Abseite und hier war nichts.« Im Zuge meiner Aufräumarbeiten hatte ich jeden Winkel untersucht und gesäubert.

»Hast du mal auf dem Dachboden nachgeschaut? Das ist der einzige Platz, der mir spontan einfällt.«

»Es gibt einen Dachboden?«

»Soweit ich weiß, schon. Früher, als das hier noch eine Mühle war, wurden dort die Vorräte gelagert. Aber gesehen habe ich ihn auch nicht.«

»Woher weißt du das?«

Abigail zuckte mit den Schultern. »Keine Ahnung. Ich war als Kind einfach oft hier und da schnappt man so einiges auf. Wenn ich mich recht erinnere, dann ist der Zugang zum Dachboden in der Vorratskammer. Da hinten.« Sie deutete auf die Tür.

»Na, da bin ich mal gespannt.« Wir durchquerten die Küche bis zur Vorratskammer, in der ich bei meiner Inspektion lediglich ein paar Kerzen, alte Konservendosen und Küchenzubehör entdeckt hatte. »Ich dachte, da ist nichts.«

Abigail zeigte mit der Hand nach oben. »Ha, wusste ich es doch.« Zu meinem Erstaunen nahm ich eine Luke wahr, die in die Decke eingelassen und verschlossen war.

»Aber wie kommen wir da hoch?«

»Abwarten.« Abigails Blick wanderte an der Wand entlang. »Da ist er, der Schlüssel zum verbotenen Reich.« Sie hob einen langen Stock mit einem Haken am Ende auf.

»Ich verstehe kein Wort.«

»Macht ja nichts. Hauptsache eine von uns weiß, was sie tut. In diesem Fall – ich.« Abigail grinste breit.

»Selbst ist die Frau«, witzelte ich.

»Ehrlich gesagt, habe ich bei mir im Cottage genau das gleiche Prinzip. Mithilfe des Stocks kannst du den Einstieg öffnen.«

Gespannt beobachtete ich, wie sie den Haken in einen Metallring steckte, der an der Klappe angebracht war, und daran zog. Wie von Zauberhand klappte die Luke nach unten weg und gleichzeitig fuhr eine einfache Holzleiter heraus.

Als sie ungefähr auf Kopfhöhe war, legte Abigail den Stock beiseite und zog an der untersten Stufe, bis die Leiter fest auf dem Untergrund stand.

»Voilà.« Abigail machte eine Handbewegung wie ein Zirkusdirektor, der seinen nächsten Akt ankündigte. »Du hast den Vortritt.«

»Das sagst du nur, weil du Schiss hast, dass da oben ein Typ mit einem Messer auf uns wartet, der sich dort versteckt hält.«

»Ja genau«, erwiderte Abigail trocken. »Du solltest vielleicht weniger Thriller lesen.«

Grinsend kletterte ich die Leiter nach oben. Mit einem Satz sprang ich auf die rohen Holzdielen. Das Licht war schummerig und es dauerte einen Moment, bis ich die Einzelheiten erkennen konnte. Ein Duzend Kisten stand nebeneinander, sorgfältig beschriftet. Ein alter Schaukelstuhl befand sich verloren am Fenster. Direkt daneben war eine Truhe, aus der Puppenköpfe herausschauten. Ein großer Standspiegel lehnte an der Wand. Dazwischen spannten sich Spinnenweben.

»Und?«, ertönte Abigails Stimme.

»Kein Mörder«, gab ich zurück. »Nur 'ne Menge Spinnenweben und alte Sachen.«

»Gut, dann kann ich ja auch kommen.«

Sekunden später tauchte Abigail neben mir auf.

»Wie es aussieht, hat man die alten Sachen hier gelagert«, stellte sie fest.

»Ja, das denke ich auch. Eigentlich schade. Der Schaukelstuhl sieht auf den ersten Blick noch ganz gut aus.« Im Geiste war ich dabei, einen passenden Platz dafür im Buchladen zu finden.

Ich ging zu den Kisten. »Immerhin sind sie beschriftet.« Ich deutete auf das kleine Schild an der Vorderseite, auf das jemand mit geschwungener Schrift »Ostern« geschrieben hatte.

Gespannt schlug ich den Deckel zurück.

»Oh!«, stieß ich überrascht hervor, als ich die Ostereier entdeckte, die gleich obenauf lagen. »Sieh nur.« Ich nahm eines der Eier in die Hand. »Sind die nicht entzückend?« Das Ei war genauso groß wie ein Hühnerei und liebevoll bemalt worden. An der Spitze war eine Kordel befestigt, damit man das Ei aufhängen konnte.

»Das sieht ganz so aus, als ob Bethanys Großmutter eine wirkliche Begabung hatte«, meinte Abigail.

Ich legte das Ei zurück und griff mit der Hand ein zweites Mal in die Kiste. Diesmal zog ich ein Häschen hervor, das denen auf den Zeichnungen aufs Haar glich.

Als Nächstes hielt ich die hölzerne Nachbildung des Kätzchens in die Höhe. Fasziniert betrachtete ich die feine Holzarbeit und die Bemalung.

»Das ist wirklich wunderschön. In London würden die Leute ein Vermögen dafür zahlen«, lautete mein abschließendes Urteil.

»Lass das bloß nicht Bethany wissen, sonst findest du die

Sachen morgen auf eBay wieder«, meinte Abigail mit ernster Miene. »Sieh nur, auf dieser Kiste steht ›Weihnachten‹.« Sie deutete auf den geschwungenen Schriftzug auf der Vorderseite.

Mein Herz schlug höher, als ich den Deckel abnahm und den Inhalt sah.

Statt moderner Lichterketten lagen mehrere Holzkugeln, die liebevoll bemalt waren, in einem extra dafür angefertigten Karton. Ich nahm eine davon heraus, um sie im Licht besser betrachten zu können.

Auch hier waren die Tiere aus dem Buch abgebildet mit winzigen Weihnachtsmützen auf dem Kopf.

Als Nächstes legten wir eine Girlande mit Sternen frei, die sorgfältig zusammengefaltet war. Gefolgt von Holzvögeln, die bunt bemalt waren und deren Schwänze aus Daunenfedern geformt waren.

»Sieh dir nur mal die Anhänger an.« Abigail hatte einen weiteren Karton entdeckt, in dem verschiedene Holzanhänger sorgfältig in Seidenpapier eingeschlagen waren.

Tannenzapfen, die an den Spitzen mit Goldglitzer bemalt waren, Eicheln aus Holz, so schön gemacht, dass man sie hätte für echt halten können. Eine Eule mit filigranen Federn aus Holz. Jedes einzelne Teil war eine Rarität, wie ich sie noch nie zuvor in den Händen gehalten hatte.

»Ich würde sagen, du hast deinen Weihnachtsschmuck gefunden.« Abigail klappte den Deckel wieder zu.

»Das wird die schönste Schaufensterweihnachtsdekoration, die du jemals gesehen hast«, verkündete ich strahlend.

»Eine Kiste haben wir noch.«

»Was steht denn außen drauf?«

»Herbst und Frühling.« Abigail klappte den Deckel auf.

Neugierig beugte ich mich nach vorn, um einen Blick auf den Inhalt zu werfen. Auch hier fanden sich Holzfiguren. Kürbisse, die so echt aussahen, dass man sie essen wollte. Blätter, hauchdünn aus Pappmaschee geformt.

»Ob Bethany weiß, welche Schätze sie hier oben liegen hat?«

»So, wie ich Bethany kenne, interessiert es sie nicht«, mutmaßte Abigail.

»Eigentlich schade, wenn man bedenkt, welche Mühe sich derjenige damals gemacht hat.« Ich drehte eine kleine Holzmaus bewundernd zwischen meinen Fingern.

»Ja, aber jetzt bist du hier und kannst damit die Fenster schmücken.«

»Allerdings.« Ich schnappte mir die Weihnachtskiste und stellte sie vor der Leiter ab. »Ich gehe vor und du reichst sie mir, wenn ich es sage.«

»Okay, Boss.« Abigail tippte sich mit den Fingern gegen die Stirn, als würde sie salutieren.

»Endlich hast du es kapiert.« Lächelnd schob ich mich durch die Luke und kletterte nach unten.

Fünf Minuten später standen wir am Eingang.

»Ich würde ja gern noch bleiben, aber ich muss noch mal raus, um nach Betsy, der Kuh, zu schauen«, verabschiedete sich Abigail.

»Was hat denn der Patient?«

»Durchfall.«

Ich verzog das Gesicht. »Das klingt nicht gut.«

»Ist es auch nicht, aber das gehört dazu. Dafür habe ich Handschuhe, die mir bis zu den Achseln reichen.«

»Bitte keine Details, sonst habe ich Bilder im Kopf, wie du deine Hände in den Hintern der Kuh steckst ...«

»Und damit liegst du nicht falsch«, erwiderte Abigail grinsend. »Das Leben eines Tierarztes auf dem Land.« Sie schnappte sich ihre Jacke. »Bis morgen.«

»Noch mal danke für deine Hilfe.« Ich öffnete die Tür. Ein kalter Windhauch fuhr durch den Flur und die feinen Härchen an meinen Armen richteten sich auf.

»Du brauchst dich nicht jedes Mal zu bedanken. Ich freue

mich, eine neue Freundin gefunden zu haben.« Abigail schenkte mir ihr warmes Lächeln.

Auch sie schien davon auszugehen, dass ich bleiben würde.

»Das geht mir genauso.«

»Gut, und dabei belassen wir es für die Zukunft. Bis morgen.«

Nachdenklich sah ich Abigail hinterher. Ich wollte gerade die Tür schließen, als ich das Mädchen entdecke. Es stand mit einem Tretroller einen Schritt vom Schaufenster entfernt und seine goldbraunen Augen musterten mich mit unverhohlener Neugier. Wie beim letzten Mal war das Mädchen allein. Ziemlich ungewöhnlich für ein Kind in diesem Alter.

»Hallo«, startete ich einen vorsichtigen Versuch, Kontakt mit ihm aufzunehmen.

»Hallo«, kam es zaghaft zurück.

»Ich bin Julia und ich arbeite im Buchladen.« Mit der Hand zeigte ich auf das Schild.

Das Kind nickte. Dabei wippten seine Locken fröhlich unter der Wollmütze mit. In ihrem dunkelgrünen Mantel, den umgekrempelten Jeans und den Stiefeln sah die Kleine wirklich entzückend aus und hätte auf jedem Werbeplakat ein würdiges Model abgegeben.

»Und wie heißt du?«

»Hazel Grace« Sie hatte einen leichten Lispler in ihrer Sprache, was sie noch liebenswerter machte, als sie ohnehin schon war.

»Was für ein wunderschöner Name.«

»Den habe ich von meiner Mummy.« Stolz schwang in ihrer Stimme mit. Aber etwas in ihrem Blick hatte sich verändert bei der Erwähnung ihres Namens. Ich fragte mich, was wohl der Grund dafür war.

»Magst du Bücher?« Ich versuchte Blickkontakt mit ihr aufzunehmen.

»Grantham oder Daddy lesen mir immer zum Einschlafen eine Geschichte vor«, erklärte sie mit einer für ein Kind erstaunlich melodischen Stimme. »Aber ich lerne gerade selber lesen.«

»Und was lest ihr so?«

»Paddington.« Ein Lächeln huschte über da Gesicht des Mädchens. »Aber in der Schule lesen wir auch.«

»Du gehst schon in die Schule?« Ich konnte mir nur mit Mühe ein Grinsen verkneifen angesichts der Ernsthaftigkeit, mit der die Kleine sprach.

»Ja. Ich bin doch schon fünf.« Wie zum Beweis hielt sie ihre rechte Hand in die Höhe.

»Da bist du ja schon richtig groß«, stellte ich lächelnd fest.

»Das sagt Daddy auch immer.«

Tiffy kam miauend angerannt.

Sofort tauchte ein Lächeln auf dem Gesicht des Mädchens auf.

»Das ist Tiffy«, stellte ich die Katze vor.

»Tiffy«, wiederholte Hazel ehrfürchtig.

Ich ging in die Knie und nahm Tiffy auf den Arm. »Möchtest du sie mal streicheln?«

Mit wenigen Schritten war das Mädchen bei mir. Seine Augen leuchteten, als es mit der kleinen Hand über Tiffys Rücken strich, was die Katze sofort zum Anlass nahm, laut zu schnurren.

»Sie mag dich«, erklärte ich.

Hazel nickte mit ernster Miene. Eine Windbö wirbelte ihre Locken auf.

»Hazel!«, rief eine Frauenstimme. Erschrocken fuhr die Kleine herum und rannte zu ihrem Roller.

»Hazel, wo steckst du?« Eine ältere Frau kam über die Brücke geeilt und blieb völlig außer Atem vor mir stehen.

»Hier hast du dich versteckt. Ich habe mir schon Sorgen gemacht.« Obwohl sie verärgert war, schwang ein liebevoller Unterton in der Stimme der Frau mit. Sie hatte braune Haare, durch die sich silberne Fäden zogen wie gemalt. Ihre eisblauen Augen musterten mich neugierig. »Entschuldigen Sie bitte, wenn Hazel Sie gestört haben sollte. Ich sage ihr immer wieder, dass sie nicht einfach weglaufen soll.«

»Sie hat mich überhaupt nicht gestört.« Ich zwinkerte der

Kleinen unauffällig zu.»Wir haben uns sehr nett über Bücher unterhalten.«

Die Frau gab einen Seufzer von sich.»Hazel ist ganz verrückt nach Büchern.«

»Aber das ist doch schön. Ich bin übrigens Julia Campbell und habe vorübergehend die Leitung des Buchladens übernommen.«

»Mrs Flora Grantham. Aber alle rufen mich nur Grantham«, stellte sie sich mit einem freundlichen Lächeln vor.»Ich habe schon von Ihnen gehört. Mein Mann hat Ihnen mit dem Wagen geholfen. Lenn Grantham.«

»Das ist ja ein Zufall. Wie nett, dass wir uns nun kennenlernen, Grantham.« Es fiel mir schwer, die ältere Frau einfach nur mit ihrem Nachnamen anzusprechen, aber da es ihr ausdrücklicher Wunsch war, hielt ich mich daran.

»Ich war so froh, dass Ihr Mann und seine Freunde mir geholfen haben. Sonst würde ich wahrscheinlich jetzt noch festsitzen.«

Wir lachten beide.

»Möchten Sie nicht kurz reinkommen und sich ein bisschen aufwärmen?«

Grantham zögerte.»Ich würde gern, aber heute passt es nicht. Vielleicht ein andermal.«

»Einverstanden, Sie wissen ja, wo Sie mich finden.« Ich beugte mich zu Hazel.»Du bist natürlich auch herzlich eingeladen.«

»Darf ich dann mit Tiffy spielen?«, fragte die Kleine, den Blick sehnsüchtig abwechselnd auf mich und Grantham gerichtet.

»Wenn Sie nichts dagegen haben?« Grantham sah mich fragend an.

»Natürlich nicht. Ich freue mich, wenn ich Besuch habe und noch dazu von einem entzückenden Mädchen wie Hazel.«

Wieder leuchteten die Augen des Mädchens auf.

»Wenn es Sie wirklich nicht stört?«

»Wieso sollte sie mich stören? Ich mag Kinder. Vor allem

Kinder, die gern lesen und ein gutes Buch zu schätzen wissen. Ein Umstand, der heutzutage immer weniger zu werden scheint.«

»Hazel kam nach ihrem ersten Tag in der Schule weinend nach Hause. Als ich sie gefragt habe, warum, hat sie uns erklärt: Ich war den ganzen Tag in der Schule und kann immer noch nicht lesen.« Sie strich ihrem Schützling liebevoll über den Kopf. »Leider habe ich nicht die Zeit, um mit ihr zu lesen.« Bedauern sprach aus ihrem Gesicht. »Und ihr Vater ist auch ein ziemlich beschäftigter Mann, der so viel Zeit mit seinem Kind verbringt, wie er nur kann. Aber das ist leider auch nicht immer genug.« Sie stieß einen tiefen Seufzer aus. »Entschuldigen Sie, ich rede schon wieder zu viel.«

»Überhaupt nicht.« Wer wohl der Vater des Kindes war?

»Komm, Hazel. Wir müssen los, sonst wird es heute spät mit dem Abendessen.« Sie gab der Kleinen ein Zeichen, sich den Roller zu schnappen. »Es war nett, Sie kennengelernt zu haben.«

»Das fand ich auch und bitte grüßen Sie Ihren Mann von mir.«

»Das werde ich tun.«

Hazel kam mit ihrem Roller an mir vorbei. »Bis bald, Hazel.«

»Bis bald«, erwiderte die Kleine fröhlich.

Mein Handy klingelte in meiner Hosentasche. Eine unbekannte Nummer.

»Julia Campbell«, meldete ich mich.

»Mrs Campbell, hier ist Mrs Benson. Ich wollte mich erkundigen, ob Sie soweit alles gefunden haben.« Sie klang geschäftsmäßig.

Für einen winzigen Moment war ich versucht, meiner Arbeitgeberin ordentlich die Meinung zu sagen, aber dann verzichtete ich darauf. Frauen wie Mrs Benson waren gegen Kritik meist immun oder nahmen sie als Angriff gegen ihre Person auf. Weder das eine noch das andere brachte mich weiter.

»Ja. Das Cottage ist wirklich wunderschön und die Buchhandlung ist ein Traum«, sagte ich stattdessen.

»Tatsächlich? Das freut mich zu hören.«

»Allerdings war die Buchhaltung Ihrer Mutter …« Ich zögerte einen Moment.

»Eine Katastrophe«, vollendete Mrs Benson meinen Satz.

»Ganz so schlimm nicht, aber es besteht definitiv Handlungsbedarf. Ich habe bereits ein paar Änderungen vorgenommen, die ich gern kurz mit Ihnen besprechen würde«, teilte ich ihr mit.

»Aha, und die wären?« Misstrauen kroch durch das Telefon.

Ich erzählte ihr knapp von meiner Inventur und den Neuerungen, die ich eingeführt hatte. »Außerdem habe ich eine Reihe von Büchern bestellt, die im Moment gut laufen«, beendete ich meinen kurzen Bericht. »Ich weiß, bis Weihnachten ist es nicht mehr lange, aber die Bücher kommen morgen, spätestens übermorgen, und so wie ich es einschätze, können wir alle bis Weihnachten verkaufen.«

»Mrs Campbell, ich sagte Ihnen ja bereits, dass ich Ihnen einen gewissen Handlungsspielraum lasse, und was sie gesagt haben, hört sich alles sehr plausibel an. Aber ich möchte Sie bitten, ab jetzt keine großen Käufe mehr zu tätigen.«

»Ja klar«, versicherte ich. »Deshalb habe ich auch eine Idee, die ich Ihnen gern mitteilen würde, um noch mehr Einnahmen zu generieren.«

»Ich bin gespannt.«

Mit wenigen Worten erzählte ich ihr von meinen Plänen.

»Das klingt vernünftig.« Anerkennung sprach aus ihrer Stimme. »Sehr gut. Und was die Sachen von meiner Großmutter betrifft, können Sie sie gern verwenden. Ich wüsste nicht, was man sonst mit dem alten Gerümpel machen sollte.«

»Die Arbeiten sind wirklich wunderschön und auch das Kochbuch ist eine echte Rarität. Soll ich Ihnen Fotos davon zuschicken, damit Sie sich einen Eindruck verschaffen können?« Ich wollte nicht, dass sie einen falschen Eindruck von den Sachen bekam und mich hinterher verantwortlich machte, wenn etwas kaputtginge.

»Hören Sie, Mrs Campbell, ich finde es gut, mit welchem Eifer Sie an die Sache herangehen. Das bestätigt mich, dass ich die richtige Wahl getroffen habe, als ich Sie eingestellt habe. Aber leider kann ich

Ihre Begeisterung nicht teilen. Es fiel schon meiner Mutter schwer zu akzeptieren, dass ich keinen Sinn für Bücher habe, außer es handelt sich um juristische Fachliteratur. Das mag für Außenstehende hart klingen, aber so bin ich nun mal.« Es war deutlich herauszuhören, dass sie nicht glücklich darüber war.»Wenn Ihnen das Kochbuch…«

»Backbuch«, korrigierte ich sie.

Ein leichtes Seufzen war zu hören.»Wenn Ihnen das Backbuch gefällt, können Sie es gern behalten, ebenso den Weihnachtsschmuck aus den Kisten.«

»Aber das kann ich unmöglich annehmen. Das sind Handarbeiten, die mit Sicherheit ihren Wert bei Sammlern haben.«

»Also gut, dann nehmen Sie es als kleinen, zusätzlichen Bonus zu Weihnachten von mir an. Schließlich haben Sie sich als sehr flexibel und zuverlässig gezeigt und das ist heutzutage nicht selbstverständlich. Außerdem wäre meine Mutter froh, die Sachen in den Händen von jemandem zu wissen, der sie zu schätzen weiß.«

»Ich weiß gar nicht, was ich sagen soll außer: danke.«

»Kein Problem. Ich denke, damit haben wir alles besprochen. Oder gibt es von ihrer Seite noch etwas?«

»Nein, wenn Sie möchten, schicke ich Ihnen meine Bestandsaufnahme zu, damit Sie einen aktuellen Überblick haben.«

»Ja, das wäre gut. Auf Wiederhören, Mrs Campbell.«

»Auf Wiederhören, Mrs Benson, und noch mal vielen Dank.«

Nachdenklich legte ich auf. Vielleicht war Mrs Benson gar nicht so schlimm, wie alle dachten, sondern einfach ein bisschen anders.

Vor mir lag das aufgeschlagene Backbuch.

Harriets Ingwerkekse

Allein beim Lesen der Zutaten lief mir das Wasser im Munde zusammen. Nachdem meine Kunden den Kuchen und die Kekse meiner Freundinnen so positiv angenommen hatten, hatte ich beschlossen, selbst Hand anzulegen.

Konzentriert ging ich die Zutatenliste durch. Ein paar Dinge fehlten, unter anderem der Ingwer. Zum Glück war Mr Haddocks Laden nur ein paar Gehminuten entfernt.

»Du bleibst hier«, ermahnte ich Tiffy. »Ich bin gleich wieder zurück.«

Entschlossen legte ich das Backbuch beiseite und stürmte in den Flur, um mich anzuziehen.

Keine fünf Minuten später trat ich in meinen Mantel gehüllt nach draußen. Es dämmerte bereits und ohne die wärmenden Sonnenstrahlen des Tages war es empfindlich kalt. Gut gelaunt ging ich den direkten Weg ins Dorf über die Brücke bis zu Mr Haddocks Lebensmittelladen.

»Guten Abend«, begrüßte ich den älteren Herrn freundlich, der wie schon beim ersten Mal hinter dem Tresen stand und mich interessiert musterte.

»Guten Abend, Julia.« Er schenkte mir ein freundliches Lächeln. »Etwas vergessen?«

»Nicht direkt. Ich habe mich spontan entschlossen zu backen und brauche ein paar der Zutaten.«

Es klingelte und eine weitere Kundin betrat den Laden.

»Arthur«, begrüßte die Frau den Ladenbesitzer. »Wir müssen ein ernstes Wörtchen miteinander reden.« Sie wirkte entrüstet. »Die Tomaten, die ich gestern gekauft habe, waren weich ...«

Wie es aussah, würde das Gespräch zwischen den beiden länger dauern, also beschloss ich, mir meine Zutaten selber aus den Regalen zu suchen. Der Laden war schließlich nicht groß. Ich nahm einen der Körbe aus dem Ständer.

Mit wenigen Schritten hatte ich das Regal erreicht. Eins musste man Mr Haddock lassen: Die Auswahl an Zutaten war tatsächlich beachtlich.

Gedankenverloren nahm ich meine Einkaufsliste aus der Tasche und fing an, diese der Reihe nach abzuarbeiten.

Im Hintergrund nahm ich ein leises Klingeln wahr, begleitet durch die aufgeregten Stimmen von Mr Haddock und der Kundin. »Fehlt nur noch der braune Zucker«, murmelte ich zu mir selbst. Ich ließ meinen Blick über die Regalreihen tanzen. Endlich hatte ich ihn gefunden und streckte die Hand danach aus.

»Julia«, ertönte Simons warme Stimme hinter mir. Erschrocken fuhr ich zusammen. Die Tüte mit dem Zucker glitt aus meiner Hand und ging zu Boden. Ein reißendes Geräusch zeugte davon, dass sie aufgeplatzt war. Die braune, krümelige Masse ergoss sich über den Linoleumboden.

»Mist!«

»Ich dachte eher an Zucker.« Simons Mundwinkel zuckten.

»Sehr witzig. Es wäre schön, wenn du mich nicht immer so erschrecken würdest.« Ich funkelte ihn wütend an.

»Ich wusste nicht, dass meine Stimme diese Wirkung auf dich hat. Normalerweise freuen sich die Leute, wenn sie mich hören.« Das unverschämte Grinsen auf seinem Gesicht wurde breiter.

»Nicht, wenn du mich ahnungslos von hinten anfällst.«

»Anfallen? Hm.« Er fuhr sich mit der Hand über das Kinn. »Dabei dachte ich, ich hätte nur deinen Namen gesagt.« Unsere Blicke kreuzten sich. Da war es wieder, dieses Kribbeln, das ich bekam, wenn Simon in meiner Nähe war.

»Mir wäre es lieber, du würdest ihn nicht sagen«, murmelte ich, darum bemüht, meinen Herzschlag zu beruhigen.

»Das wäre aber äußerst schade. Ich finde, Julia ist ein ausgesprochen schöner Name.« Seine Topasaugen brannten sich in mein Gesicht. »Vor allem passt er zu dir.«

Hatte er mir gerade ein Kompliment gemacht?

»Hm. Danke«, murmelte ich versöhnlich.

Sein Blick fiel auf meinen vollen Einkaufskorb. »Wenn ich nicht wüsste, dass du den Buchladen leitest, würde ich denken, du bist unter die Bäcker gegangen«, schloss er blitzschnell.

»Ein bisschen von beidem«, erwiderte ich lächelnd. »Tatsächlich habe ich ein altes Backbuch gefunden und möchte ein paar der Rezepte ausprobieren. Heute zum Beispiel Ingwerkekse.«

»Eine Frau mit vielen Talenten.« Ein Lächeln huschte über sein Gesicht.

»Du würdest dich wundern«, erwiderte ich keck.

Mr Haddock kam mit einem Kehrbesen in der Hand auf uns zugeschlurft.

»Das tut mir leid. Mir ist die Tüte aus der Hand gerutscht«, beeilte ich mich zu sagen und wollte nach dem Handfeger greifen, aber Simon kam mir zuvor.

»Hallo, Harvey das war meine Schuld. Ich habe die junge Dame erschreckt.« Ohne zu zögern fing er an, die Spuren des Unfalls zu beseitigen.

»Ach, das passiert mir ständig.« Mr Haddock winkte ab.

Simon hatte alles aufgefegt und eilte zum Tresen, wo sich ein Mülleimer befand.

»Haben Sie alles gefunden?«, erkundigte sich Mr Haddock bei mir auf dem Weg zur Kasse.

»Ja, vielen Dank.«

»Sehr gut.« Mr Haddock nickte zufrieden und stellte sich hinter die Kasse.

Simon tauchte neben mir auf. Er hatte ein Glas Erdnussbutter in der Hand.

»Ich habe eine Schwäche für das süße Zeug.« Er verzog das Gesicht und sah dabei aus wie ein Schuljunge, den man beim Naschen erwischt hatte. Irgendwie süß.

»Eine Schwäche hat doch jeder von uns. Bei mir ist es Schokolade.«

»Gut zu wissen.« Seine Augen lächelten mich an.

»Wäre das alles?« Mr Haddock hatte in der Zwischenzeit alles in eine Tüte verpackt.

»Ja, danke und ich möchte gleichzeitig meine Schulden bezahlen.« Ich reichte ihm die Gesamtsumme in bar über den Tresen.

»Vielen Dank und einen schönen Abend.« Mr Haddock zwinkerte Simon verschwörerisch zu, der ihm das Geld für die Erdnussbutter reichte. »Ihr beiden seid wirklich ein schönes Paar.«

»Ähm, wir sind nicht zusammen«, korrigierte ich ihn.

»Seid ihr nicht?« Mr Haddock schaute zu Simon.

»Ich fürchte, die junge Dame hat recht.« Simon zuckte mit den Schultern.

»Sehr bedauerlich. Dabei hätte ich schwören können, dass ihr ein Paar seid, bei den Blicken, die ihr euch die ganze Zeit zuwerft.« Er schüttelte den Kopf, als könnte er es nicht glauben.

»So kann man sich täuschen«, sagte ich leichthin. Aber mein Herz strafte mich Lügen, so wie es gegen meine Brust pochte. Ich hob die Einkaufstüte vom Tresen. Verdammt, das Ding war schwerer als gedacht.

»Warte.« Mit einem Griff hatte mir Simon die Tüte abgenommen.

»Aber ...«, protestierte ich.

»Das ist der Moment, in dem man als Frau einfach mal die Klappe halten sollte«, entgegnete Simon augenzwinkernd, »Und das Weibchen spielen sollte, auch wenn man natürlich eine toughe Frau ist, die alles allein kann.«

»Ist das so?« Ich grinste ihn breit an. Bei jedem anderen Mann hätte es wie eine Abwertung geklungen, bei Simon klang es charmant.

»Allerdings.« Wir setzten uns langsam in Bewegung. Eigentlich wollte ich noch sauer auf Simon sein, da er mich einfach hatte sitzen lassen. Aber angesichts seiner offensichtlichen Charme-Attacke fiel es mir schwer.

»Okay, du hast es so gewollt.« Ich drückte die Ladentür auf. Simon folgte mir.

»Auf Wiedersehen«, hörte ich die Stimme von Mr Haddock, als wir nach draußen traten.

Ein bitterkalter Wind blies uns entgegen. Fröstelnd zog ich den Reißverschluss meines Daunenmantels höher.

»Du hast etwas von einem Backbuch erwähnt, das du gefunden hast.« Simon lief dicht neben mir und ich konnte die Wärme spüren, die von seinem Körper ausging.

»Ja, ich habe die Mühle aufgeräumt und dabei ein Backbuch von Mrs Bensons Großmutter gefunden«, erklärte ich. Der Boden knirschte leise unter unseren Schritten. Das Buch ist mit wunderschönen Zeichnungen ausgestattet, die Lust darauf machen, die Rezepte nachzubacken. Außerdem könnte ich die Kekse im Laden anbieten – als verkaufsfördernde Maßnahme sozusagen.«

»Verkaufsfördernde Maßnahme.« Simon strich sich mit der Hand eine Strähne hinter das Ohr, die ihm der Wind in die Stirn geblasen hatte.

»Ja klar. Kaffee und Kekse. Das ist gemütlich und die Kunden bleiben länger und stöbern durch die Regale.« Je länger ich darüber nachdachte, umso besser gefiel mir meine Idee. Ich musste unwillkürlich an Heathers Café denken. Vielleicht konnte ich den Kunden des Buchladens auch Kaffeespezialitäten servieren. Wobei das natürlich eine Kostenfrage war. Ohne Mrs Benson dazu gesprochen zu haben, wusste ich, dass sie es verneinen würde.

»Weiß Bethany von deiner Idee?« Simon sah mich mit großen Augen an.

»Nein. Warum?«

»Weil es so gar nicht nach Bethany klingt.« Konnte der Mann meine Gedanken lesen?

»Wie ist Mrs Benson – Bethany – eigentlich?«

Simon blieb abrupt stehen. »Du kennst Bethany nicht? Aber du arbeitest doch für sie.«

»Nein, wir haben alles telefonisch geregelt.« Ich erzählte ihm von der Anzeige.

»Und du weißt nicht, was nach Weihnachten mit deinem Job ist?« Bedauern sprach aus seiner Stimme. Eigenartig.

»Nein, so wie ich sie verstanden habe, will sie verkaufen.«

»Hm. Schade.« Er fixierte mich wie eine Raubkatze ihre Beute.

»Was meinst du? Wegen des Verkaufs der Mühle oder wegen mir?«

»Beides.« Er stellte die Tasche auf den Türabsatz. »Dann wünsche ich dir gutes Gelingen mit deinem Backprojekt.« Sein Gesicht war ganz nah und sein warmer Atem streifte meine

Wange. Mein Blick wanderte zu seinem Mund, der so wunderbar küssen konnte. Warum war er plötzlich so nett zu mir?

»Ja, ähm, danke.« Verwirrt leckte ich mir mit der Zungenspitze über die Lippe.

Simon machte einen Schritt nach hinten. »Auf Wiedersehen, Julia.«

»Auf Wiedersehen, Simon.«

Nachdenklich ging ich in den Laden.

18 - JULIA

ie kleine Eieruhr klingelte. Ich schnappte mir die Topflappen und ging zum Backofen. Durch die Küche zog ein angenehm süßlicher Duft, was mich hoffen ließ. Die letzte Stunde hatte ich damit verbracht, Ingwerkekse nach einem Rezept aus Harriets Buch zu backen. Gespannt öffnete ich den Ofen. Ein Schwall heißer Luft schlug mir entgegen und ich zuckte zurück. Die Kekse waren goldbraun gebacken und dufteten geradezu köstlich. Summend zog ich das Blech heraus und stellte es zum Abkühlen auf die Ablage.

»Jetzt werden wir sehen, ob deine Rezepte so gut sind, wie sie aussehen«, murmelte ich zu mir selbst. Ich legte den Topflappen beiseite und nahm einen Keks zwischen die Finger, darauf bedacht, mich nicht zu verbrennen.

Vorsichtig biss ich eine Ecke ab und fing an zu kauen. Sofort hatte ich den herrlich buttrigen Geschmack auf der Zunge, der sich mit der süßen Schärfe des Ingwers mischte. *Perfekt.* Genussvoll schloss ich für einen Moment die Augen.

Das Klingeln des Telefons ließ mich hochschrecken. Natalies Gesicht tauchte auf dem Display auf.

»Hey, Natty. Schön, dass du anrufst«, begrüßte ich meine Freundin.

»Da du dich nicht gemeldet hast, dachte ich, ich frage mal nach, wie es dir geht.«

»Du wirst es nicht glauben, aber ich habe gerade Kekse gebacken«, sagte ich fröhlich und schob mir das restliche Stück in den Mund.

»Du willst mich verarschen!«

»Keineswegs. Ich habe wirklich gebacken. Warte mal, ich schicke dir ein Foto.« Ich öffnete *WhatsApp* und drückte auf Senden.

Für einen Moment herrschte Schweigen am anderen Ende.

»Das ist ja unglaublich. Die sehen wirklich aus wie Kekse«, stieß Natalie hörbar überrascht hervor.

»Die schmecken tatsächlich auch so. Ohne mich selbst loben zu wollen, sind es die leckersten Ingwerkekse, die ich jemals gegessen habe.«

»Jetzt kenne ich dich schon so lange, aber du überraschst mich immer wieder.«

»Da siehst du mal, was das Landleben so mit einem macht.«

»Mit dir vielleicht – nicht mit mir.« Ich konnte förmlich vor mir sehen, wie Natalie den Kopf schüttelte. »Und was treibst du sonst noch so außer Backen?«

Ich erzählte ihr, wie ich alles auf Vordermann gebracht hatte. »Aber das Beste waren eindeutig das Backbuch und die beiden Kisten dazu«, beendete ich meinen kleinen Wochenbericht.

»Das klingt, als ob du voll in Bibury angekommen bist.«

»Keine Ahnung, was ich nächste Woche sage, aber im Moment vermisse ich London nicht.« Mit einem Satz hüpfte ich mit dem Po auf die Arbeitsplatte.

»Aber das ist doch egal. Hauptsache, du bist glücklich«, meinte Natalie. »Und was macht der heiße Typ aus dem Pub?«

»Nichts.« Das entsprach nicht ganz der Wahrheit. Ich hatte den ganzen Abend seit unserem kleinen Treffen bei Mr Haddock an nichts anderes mehr gedacht. Der Mann hatte mich mit seinen braunen Honigaugen verhext.

»Schade eigentlich«, holte mich Natalie aus meinen Gedanken.

»Wie man es nimmt. Ich bin ja hier, um Abstand von Tom und dem ganzen Beziehungsmist zu haben. Tatsächlich gefällt mir meine Rolle als glücklicher Single im Moment ganz gut. Stell dir vor, morgen beginnt der Weihnachtsmarkt. Deshalb habe ich auch die Kekse gebacken.« Ich erzählte ihr von meinen Plänen, die Bücher zu verkaufen. »Hoffentlich gefällt es den Leuten.«

»So, wie du es mir schilderst, werden sie begeistert sein«, lautete Natalies abschließendes Urteil.

»Aber genug über mich geredet, was macht meine Wohnung?«

»Ich hatte in jedem Zimmer Sex und sie gefällt mir gut«, kam es trocken zurück.

»Du hattet was?«

»Nur, weil du wie eine Nonne lebst, muss ich ja nicht auf Sex verzichten.« Natalie kicherte vergnügt. »Das Sofa mag ich am liebsten.«

»Hör auf, sonst kann ich da nie wieder normal sitzen und fernsehen.«

»Keine Sorgen, ich habe die Spermaflecken entfernt.«

Vor Schreck hätte ich fast das Smartphone fallen gelassen. »Du bist wirklich schlimm.«

»Du kannst deinen Puls wieder runterfahren. Das mit dem Sperma war nur ein Scherz.« Natalie wieherte vergnügt.

»Miststück. Mich so zu verarschen.«

»Gern geschehen.«

»Du und Daisy, ihr würdet perfekt zusammenpassen.«

»Ich stehe nicht auf Frauen.«

»Doch nicht beim Sex«, gab ich stöhnend von mir. »In euren Einstellungen.«

»Da bin ich ja beruhigt, dass es noch andere Frauen wie mich gibt, die Spaß am Sex haben.«

»Ich habe nicht behauptet, dass ich keinen Spaß daran habe.«

»Vielleicht. Aber du tust es nicht.« Sie schnaubte. »Du hängst dir ja schon einen Wunderbeutel an, wenn dich ein Typ küsst.«

»Tue ich nicht«, wehrte ich mich.

»Doch, sonst würdest du dir nicht so Gedanken machen, wenn dich ein Mann küsst und es einfach genießen. Im Grunde deines Herzens bist du eine hoffnungslose Romantikerin, die immer noch an den Prinzen auf dem weißen Schimmel glaubt, der sie entführt.«

»Simon ist jedenfalls nicht dieser Prinz. Falls du dich erinnerst, ist er nämlich, nachdem er mich geküsst hat, mit seinem Freund und zwei Mädels abgehauen. Was die gemacht haben, kannst du dir ja denken.«

»Hm, okay der Typ hat es anscheinend faustdick hinter den Ohren.«

»Ja, ärgerlich nur, dass er echt sexy aussieht und küssen kann wie ein Gott.« Unwillkürlich spürte ich Simons Mund auf meinen Lippen. Prompt fingen die Schmetterlinge in meinem Bauch ganz vorsichtig an zu flattern.

»Das Leben ist nicht fair.« Natalie seufzte.

»Wohl wahr. Weißt du, ich habe keine Lust, ständig schleimige Frösche zu küssen, um herauszufinden, dass sie doch keine Prinzen sind.«

»Wenn du es so sagst, will ich auch keinen Mann mehr küssen.«

Wir lachten beide.

»Ich vermisse dich«, sagte Natalie.

»Ich vermisse dich auch. Eigentlich müsstest du mich besuchen kommen«, schlug ich vor.

Natalie seufzte schwer. »Das würde ich gern, aber du weißt ja, wie hektisch es in der Firma so kurz vor Weihnachten ist. Ich schaffe es einfach nicht.«

»Ich kann hier auch unmöglich weg, solange ich so viel zu tun habe.«

»Man könnte meinen, dass dir der Laden gehört, bei der ganzen Energie, die du dort hineinsteckst.«

»Es macht einfach unglaublich Spaß«, gestand ich ihr. »Die Leute sind wahnsinnig nett und die Arbeit mit den Büchern gefällt

mir. Stell dir vor, am Sonntag ist das erste Treffen unseres Buchclubs, das ich organisiert habe.«

»Langsam wirst du mir unheimlich«, gestand Natalie. »Als
Nächstes erzählst du mir, dass du dir eine Katze zugelegt hast.«

Ich schwieg. In der Aufregung wegen Simons Kuss hatte ich
total vergessen, ihr von Tiffy zu erzählen.

»Julia?«

»Ähm. Ich habe tatsächlich eine Katze.« Wie auf Kommando
kam Tiffy um die Ecke geschlichen. »Eine ziemlich süße sogar.«

»Nicht dein Ernst! Wie ist das denn passiert?«

»Das hat sich so ergeben«, erklärte ich ihr. »Ich habe quasi die
Katze meiner Vorgängerin übernommen.«

»Du bist echt die verrückteste Frau, die ich kenne. Erst ziehst
du völlig überstürzt aufs Land, dort angekommen küsst du einen
wildfremden Mann, krempelst einen Buchladen um und legst dir
eine Katze zu. Und das alles innerhalb einer Woche. Chapeau!«
Natalie lachte.

»Nicht zu vergessen, dass ich die besten Kekse auf der Welt
gebacken habe.« Wie zum Beweis steckte ich mir eines der süßen
Gebäckstücke in den Mund.

»Vielleicht war die Idee von dir nach Bibury zu ziehen, doch
gar nicht so blöd, wie ich am Anfang gedacht habe.«

»Wir werden sehen.« Mein Blick fiel auf die Küchenuhr an der
Wand.

»Shit!«, stieß ich laut hervor.

»Was?«

»In zwei Stunden ist die offizielle Eröffnung des Weihnachtsmarkts.«

»Na und?«

»Bis dahin muss ich noch das Schaufenster fertig dekorieren
und alles für den Verkauf draußen vorbereiten.« Panik breitete
sich in mir aus. Zum Glück würde Abigail in einer Stunde
kommen, um mir zu helfen.

»Dann will ich dich nicht länger stören. Wir haben ja das

Wichtigste besprochen«, verabschiedete sich Natalie.»Ich hab dich lieb.«

»Ich dich auch. Aber keinen Sex auf dem Sofa«, erwiderte ich lachend.

»Ich bin nur eine schwache Frau und kann für nichts garantieren.«

Klick. Natalie hatte aufgelegt.

Mein Blick fiel auf das Backblech vor mir auf dem Tisch. Die Kekse mussten mittlerweile abgekühlt sein. Ich ging zum Küchenschrank und nahm die Blechdose heraus, die ich bei meiner Erkundungstour entdeckt hatte. Vorsichtig legte ich die Kekse hinein.

Tiffy beobachtete mich die ganze Zeit aufmerksam mit ihren grünen Augen.»Wehe, du fasst die Kekse an, dann gibt es Ärger mit mir.« Ich wedelte mit dem Zeigefinger in der Luft. Tiffy starrte mich weiter ungerührt an, woraus ich schloss, dass es ihr total egal war, was ich eben gesagt hatte. Um sicherzugehen, stellte ich die Dose hoch auf das Regal außerhalb der Reichweite des Kätzchens. Dann ging ich an den Kühlschrank und holte das Katzenfutter heraus, und füllte es in Tiffys Schale am Boden, nicht weit vom Ofen entfernt.

»Du isst in Ruhe und ich dekoriere das Schaufenster fertig. Einverstanden?«

Das Kätzchen bewegte seinen Schwanz wie ein Metronom hin und her.

»Das soll wohl ein Ja sein.« Zufrieden nahm ich die Schürze ab und hängte sie an den dafür vorgesehenen Haken und ging durch den Flur nach vorn, wo die Kisten bereits auf mich warteten.

ZUFRIEDEN TRAT ich einen Schritt zurück und betrachtete das fertig dekorierte Schaufenster. Alles war genauso geworden, wie ich es mir vorgestellt hatte. Mithilfe der Figuren, die ich in den

Kisten gefunden hatte, hatte ich eine Szene aus Harriets Backbuch nachgestellt.

Dazu hatte ich ein Tablett als Tisch umgebaut und mit einem karierten Baumwolltuch gedeckt. Darauf stand ein Leinensäckchen, das ich mit Mehl befüllt hatte. Die Holzkatze war so aufgebaut, dass sie mit der Nase dagegen stupste und es aussah, als hätte sie das Mehl verschüttet, das daneben auf dem Tuch als kleiner Haufen lag. Die Holzmäuse waren so auf dem Tablett verteilt, dass es für den Betrachter wirkte, als würden sie das Nudelholz tragen. Zur Krönung hatte ich ihnen Weihnachtsmützen aus rotem Filz gebastelt.

Den Hintergrund bildeten Zweige und Äste, die ich gesammelt und mit Kunstschnee besprüht hatte.

Über der Szene hing ein dicker Ast, an den ich die Kugel gehängt hatte. Die Holzvögel waren mit durchsichtigen Schnüren am Fensterrahmen befestigt, sodass es wirkte, als würden sie fliegen. In ihren Schnäbeln hielten sie ein Banner, auf das ich mit rotem Glitzerstift geschrieben hatte:

Ein Buch ist ein Geschenk, das man immer wieder öffnen kann.

Wie aus dem Nichts tauchte Hazels Gesicht auf der anderen Seite des Schaufensters auf und lächelte mich breit an.

Ich signalisierte ihr hereinzukommen. Der Kopf verschwand und Sekunden später klingelte das Türglöckchen, das ich gestern angebracht hatte.

Schüchtern blieb die Kleine am Eingang stehen. Ein kühler Windhauch fuhr durch den Laden.

»Hallo, Hazel«, begrüßte ich sie. »Wie schön, dass du mich besuchen kommst.«

»Hallo. Wo ist denn das Kätzchen?« Ihr Blick glitt unruhig durch den Raum.

»Die ist in der Küche. Sollen wir mal nach ihr schauen?«

Hazel nickte. Auf ihrem Kopf saß eine rote Wollmütze, deren Bommel lustig wippte.

»Na komm, wir statten Tiffy einen Besuch ab.« Ich signalisierte ihr mit der Hand, mir zu folgen.

Hazel zog die Mütze vom Kopf und kam zu mir. »Das Schaufenster ist total schön. Wie ein Bild in einem Buch«, sagte sie feierlich.

Ich lächelte. »Das freut mich, dass es dir gefällt. Ich hatte tatsächlich ein Bild aus einem Buch als Vorlage. Wenn du möchtest, zeige ich es dir.« Wir hatten die Küche erreicht. Tiffy hatte fertig gegessen und lag faul in ihrem Körbchen vor dem Ofen.

Als sie uns hörte, richtete sie sich auf. Ihre grünen Augen musterten das Mädchen neugierig.

»Du kannst sie ruhig streicheln«, forderte ich Hazel auf.

Vorsichtig näherte sich das Mädchen dem Korb.

Ich ging zum Schrank, um die Dose mit den Keksen herunterzuholen.

Als ich mich wieder umdrehte, saß Hazel neben dem Korb auf dem Boden und streichelte Tiffy, die selig schnurrte.

Auf dem herzförmigen Gesicht des Mädchens breitete sich ein Lächeln aus und seine Augen leuchteten, als hätte jemand von innen zwei Glühbirnen angeknipst.

»Tiffy sieht aus wie das Kätzchen im Schaufenster.« Hazel hob den Kopf und schaute zu mir.

»Ja, das finde ich auch«, erwiderte ich lächelnd und hielt ihr die Dose mit den Keksen entgegen. »Möchtest du einen probieren? Die habe ich selbst gebacken.«

Sie nickte und die dunklen Locken hüpften fröhlich dabei. »Vorsichtig nahm sie sich einen Keks und biss ein Stück davon ab.

»Du bist die Erste, die meine Kekse probiert. Deswegen hätte ich gern deine ehrliche Meinung.« Gespannt wartete ich auf Hazels Reaktion.

»Die sind total lecker. Die von Grantham schmecken nicht so gut. Die sind immer so trocken«, quetsche Hazel zwischen zwei Bissen hervor.

»Danke, aber ich an deiner Stelle würde das nicht zu Grantham sagen.«

»Nö, mache ich nicht«, erwiderte Hazel fröhlich. »Darf ich noch einen?«

»Na klar.« Ich reichte ihr die Dose.

Blitzschnell hatte sie sich einen geschnappt und in den Mund geschoben. Ihr Blick wanderte dabei durch die Küche, als müsste sie sich an alles erinnern.

»Willst du mal das Buch sehen, von dem ich gesprochen habe?«, fragte ich sie.

Hazel nickte begeistert.

»Moment.« Ich sprang auf und holte es aus dem Schrank.

Sie war aufgestanden und kam zu mir gelaufen.

Ich legte das Buch auf den Tisch, sodass sie es besser sehen konnte.

»Das ist aber hübsch.« Andächtig fuhr sie mit dem Zeigefinger über den Einband. »Hast du das gemalt?«

»Leider nein. Wenn ich male, sehen alle Figuren aus wie winzige Ameisen.«

Hazel kicherte vergnügt.

»Du kannst bestimmt besser malen als ich, oder?«

Hazel legte den Kopf leicht schräg. Ein ernster Ausdruck breitete sich über ihrem Gesicht aus wie eine Wolke. »Ich habe Daddy ein Bild zum Geburtstag gemalt. Danach war er ganz traurig.«

Ich stutzte. Welchen Grund konnte ein Vater haben, traurig zu sein, wenn ihm seine kleine Tochter ein Bild zeichnete? »Was war denn darauf zu sehen?«, fragte ich vorsichtig nach.

»Eine lachende Sonne, Daddy, Mummy und ich.«

»Das hört sich nach einem sehr schönen Bild an.«

»Trotzdem war Daddy traurig.« Die Unterlippe der Kleinen schob sich nach vorn.

Ohne nachzudenken, streichelte ich ihr über die Wange. »Manchmal sind Daddys und Mummys traurig. Ich bin mir sicher, das hatte nichts mit deinem Bild zu tun.«

»Doch, bei Daddy schon«, widersprach mir die Kleine.

Es klingelte leise an der Eingangstür, gefolgt von Schritten.

»Hazel?« Eine bekannte männliche Stimme hallte durch den Flur. »Bist du hier?«

»Daddy!« Hazel war aufgesprungen und rannte los.

Daddy? In meinem Kopf herrschte augenblicklich komplettes Chaos.

Fast zeitgleich tauchte Simons brauner Haarschopf im Türrahmen auf. Sein Blick wanderte von Hazel zu mir und wieder zurück, als hätte er eine Erscheinung.

»Was machst du hier? Ich habe dich gesucht.« Vorwurf und Erleichterung schwangen in seiner Stimme mit.

»Ich habe Tiffy gestreichelt und Julia hat mir zwei Kekse gegeben«, plapperte sie wie ein Wasserfall drauflos, dabei strahlten ihre Augen. »Die sind voll lecker.« Ihr Kopf drehte sich zu mir. »Darf Daddy auch einen Keks probieren?«

»Natürlich.« Stumm hielt ich ihm die Dose entgegen, darum bemüht, meine Fassung wiederzugewinnen. Hazel war Simons Tochter! Unfassbar. Umso mehr, wenn ich daran dachte, wie er erst mit mir geknutscht hatte und anschließend mit den beiden Frauen verschwunden war. Dieses süße Mädchen und seine Mutter zu belügen ... Ich war kurz davor, ihn zur Rede zu stellen, verzichtete aber angesichts der Gegenwart von Hazel darauf.

»Sind das die Kekse aus dem Backbuch, von denen du gesprochen hast?« Simon schaute mich fragend an.

»Ja, im Gegensatz zu dir habe ich nichts zu verheimlichen«, ließ ich einen Stachel auf ihn los.

Simon räusperte sich unbehaglich. »Verheimlichen ist ein hartes Wort. Du hast mich schließlich nicht gefragt.«

»Mag sein, aber du hast im Pub auch nicht gerade den Eindruck gemacht, als ob du ein Kind von Traurigkeit wärst.«

»Der Eindruck täuscht.« Seine Augen hielten mich gefangen. »Ich nehme meine Rolle als Vater nämlich ziemlich ernst.«

»Tatsächlich? Das deckt sich nicht mit meinen ...« Ich machte eine kurze Pause. »... Beobachtungen an dem Abend im Pub.«

Simon sah mich nachdenklich an. Seine Kiefermuskeln

malmten dabei. »Julia, ich bin der Vater eines fünfjährigen Mädchens. Ich kann nicht so frei agieren, wie du denkst.«

»Ich finde, die Nacht mit zwei Frauen zu verbringen, nachdem man die dritte geküsst hat, schon sehr freizügig«, ließ ich die Lanze ab. So einfach würde ich ihn nicht aus seiner Verantwortung entlassen.

Für einen Moment starrte er mich einfach nur an, dann fingen seine Mundwinkel an zu zucken. Lachte er mich etwa aus?

»Ich weiß nicht, was daran so komisch ist.«

»Lass es mich dir so sagen: Mein lieber Freund Colin hatte eine ziemlich anstrengende Nacht, im Gegensatz zu mir. Hazels Babysitterin war sehr glücklich, dass ich sie so früh abgelöst habe.«

»Oh«, war alles, was ich zustande brachte. Am liebsten wäre ich vor Scham im Erdboden versunken. Wo blieben die Naturkatastrophen, wenn man sie am meisten brauchte? Eine brennende Hitze breitete sich auf meinem Gesicht wie ein Flächenbrand aus. Sein Freund hatte die Nacht mit den beiden Frauen verbracht und ich hatte Simon zu Unrecht verdächtigt. Und er war offensichtlich Single, sonst würde er keinen Babysitter brauchen. Zumindest war er kein Betrüger im klassischen Sinne. Aber das erklärte noch immer nicht, warum er mich nach dem Kuss einfach hatte sitzen lassen.

»Daddy«, unterbrach Hazel unser kleines Wortgefecht. »Du hast die Kekse gar nicht probiert.«

»Wenn du möchtest, packe ich dir ein paar Kekse ein, dann kannst du die mitnehmen«, schlug ich Hazel vor. In meinem Kopf wirbelten die Gedanken umher.

»Au ja.« Hazel klatschte begeistert in die Hände. »Daddy, hast du das Schaufenster gesehen? Julia hat das selber gemacht genau wie die Kekse.« Pure Begeisterung sprühte aus ihr heraus. »Das Kätzchen sieht aus wie Tiffy. Lustig, nicht?«

»Ja, ganz toll.« Sein Blick wanderte zu mir. »Wie es aussieht, hast du einen Fan.«

»Das beruht auf Gegenseitigkeit. Was ziemlich erstaunlich ist, wo ihr Vater doch so ein erfolgreicher Blender ist«, entgegnete ich, noch immer eingeschnappt, wegen der Sache mit dem Kuss. Für mich war es schließlich nicht irgendein Kuss gewesen, sondern eine Offenbarung. Eine Erfahrung, die wir nicht zu teilen schienen.

Simons Augenbraue schnellte nach oben.

»Was ist ein Blender?«, wollte Hazel wissen.

Simon öffnete den Mund, aber ich kam ihm zuvor. »Jemand, der gut Theater spielen kann.«

»Ein Schauspieler?« Hazel sah mich fragend an.

»Das könnte man so sagen.« Ich verzog meinen Mund zu einem grimmigen Grinsen. »Und dein Daddy ist besonders gut.«

»Hast du gehört, Daddy. Julia findet dich gut.« Hazel strahlte erst mich und dann ihren Vater an.

Simons Mundwinkel zuckten verdächtig.

»Ähm, das hatte ich eigentlich nicht gemeint«, fügte ich hastig hinterher.

»Schade.« Simons Augen brannten sich in mein Gesicht. Sofort setzte dieses Kribbeln in meinem Bauch wieder ein.

»Was meinst du, sollen wir uns anschauen, wie sie die Buden aufbauen?« Simon streckte seiner Tochter die Hand entgegen.

»Jaaa.« Hazel schnappte sich die Hand ihres Vaters. »Kommst du auch mit?« Sie schaute mich mit ihren goldbraunen Augen an.

»Leider kann ich nicht weg. Wer passt denn sonst auf den Laden auf?«, sagte ich bedauernd.

Hazel zupfte an der Hand ihres Vaters. »Darf ich Julia wieder besuchen? Es ist so schön hier.«

»Hm.« Simon fuhr sich mit der freien Hand über das Kinn. »Nur, wenn Julia nichts dagegen hat.«

Ich zwinkerte Hazel zu. »Wie könnte ich etwas gegen so ein entzückendes Mädchen haben.«

Hazel kicherte vergnügt. Ihre Wangen waren vor Aufregung gerötet und ihre Augen glänzten wie zwei Sterne.

Schweigend setzte sich Simon in Bewegung. Tiffy hatte ihren Posten verlassen und kam zu mir getapst.

»Ich glaube, da will dir jemand noch Tschüss sagen«, sagte ich.

Sofort ließ Hazel die Hand ihres Vaters los und fing an, Tiffy zu streicheln. »Ich muss jetzt mit meinem Daddy auf den Weihnachtsmarkt.«

Tiffy schnurrte zufrieden.

»Aber ich komme dich bald wieder besuchen.« Sie drückte ihr einen Kuss auf das Fell.

Dann ging sie zurück zu ihrem Vater und nahm seine Hand. Simon sagte die ganze Zeit kein Wort, sondern beobachtete die Szene stumm. Ich hätte gern gewusst, was er dachte. Die Art, wie er mit seiner Tochter umging, ließ darauf schließen, dass er ein liebevoller Vater war. Was mich ihm gegenüber versöhnlich stimmte. Dabei fiel mir ein, was Hazel über ihn gesagt hatte, dass er traurig über ihr Bild gewesen war. Irgendetwas musste passiert sein. Aber was?

Simon und Hazel setzten sich in Bewegung. Ich folgte den beiden bis an die Tür.

»Auf Wiedersehen, Hazel, und komm bald wieder.« Ich wolle mich gerade abwenden, als mich Simons Stimme zurückhielt.

»Julia.« Er sah mich mit diesem superintensiven Blick an. »Es ist lange her, dass ich Hazel so glücklich erlebt habe. Danke dafür.«

Bevor ich etwas antworten konnte, machte er auf dem Absatz kehrt und ging zusammen mit seiner Tochter aus dem Laden.

Nachdenklich sah ich dem ungleichen Gespann hinterher, bis es über die Brücke verschwunden war.

19 - JULIA

❄

»Vielen Dank und beehren Sie uns bald wieder.« Lächelnd überreichte ich dem Pärchen die Tüte mit den Büchern.

»Danke für die nette Beratung«, verabschiedete sich die Frau. Kleine, weiße Atemwölkchen bildeten sich um ihren Mund, während sie sprach. Es war empfindlich kalt geworden, seit die Sonne untergegangen war.

»Gern geschehen und viel Spaß auf dem Weihnachtsmarkt.« Ich steckte das Geld in die Kasse. Die letzten Stunden waren wie im Fluge vergangen. Der Strom an Kunden war nicht abgerissen. Abigail und ich hatten alle Hände voll zu tun gehabt.

Von der Hauptstraße drang leise Weihnachtsmusik zu uns und aus der Entfernung sahen die Lichterketten aus wie Glühwürmchen, die im Wind tanzten.

Abigail kam dick eingemummelt in Jacke, Schal und Ugg-Bocts aus dem Laden zurück. »Das war knapp. Noch eine Minute länger und ich hätte mir in die Hose gepinkelt.«

»Danke für die Info.« Ich deutete auf den leeren Tisch. »Stell dir vor, wir haben soeben das letzte Buch verkauft.«

»Nicht dein Ernst. Das ist ja unglaublich.« Abigail klopfte mir anerkennend auf die Schulter. »Du bist ein echtes Verkaufsgenie.«

»Danke, aber ohne dich hätte ich es nicht geschafft. Ich hätte niemals mit so vielen Käufern gerechnet.« Kinder wie Erwachsene hatten die Dekoration im Schaufenster bewundert und sich dabei die Nasen platt gedrückt. Die Kekse hatten sich großer Beliebtheit erfreut und die Dose war innerhalb kürzester Zeit leer gewesen. Ich würde das nächste Mal mehr backen müssen.

»Mich wundert es nicht. Du hast alles mit so viel Liebe dekoriert und dazu der Duft der fantastischen Kekse.« Abigail verdrehte genießerisch die Augen. »Das ist Weihnachtsfeeling pur. Genau das, was die Leute wollen und weswegen sie nach Bibury kommen.«

»Dank Harriet habe ich noch ein paar Ideen.« Verfroren rieb ich die Handflächen aneinander. Ich war so beschäftigt gewesen, dass ich die Kälte gar nicht gespürt hatte.

»Ist dir auch so kalt wie mir?«, fragte Abigail.

»Allerdings. Das nächste Mal ziehe ich mir definitiv Handschuhe, eine lange Unterhose und dicke Socken an.« Meine Zehen fühlten sich von der Kälte taub an und die Beine waren steif vom langen Stehen.

»Was hältst du davon, wenn wir einpacken und uns ein wenig von innen aufwärmen?«, schlug Abigail vor.

»Was meinst du damit?«

»Wir könnten über den Markt schlendern und uns an einer der Buden einen Glühwein genehmigen.«

»Das ist eine fantastische Idee, wenn ich dann noch eine Bratwurst dazu bekomme, bin ich happy. Mein Magen fühlt sich richtig hohl an.«

»Geht mir genauso. Ich könnte ein ganzes Schwein verdrücken.« Abigail nahm die beiden Hocker und klappte sie zusammen, um sie in die Mühle zu bringen. »Das ist natürlich nicht ernst gemeint mit dem Schwein. Ich bin Vegetarierin.«

»Ich hatte mich schon gewundert.« Ich klemmte mir die Kasse unter den Arm zusammen mit der Mailingliste, in die sich die Kunden eingetragen hatten. Eine spontane Idee, um potenzielle

Kunden langfristig zu erreichen.»Vielleicht können wir bei dieser Gelegenheit ja noch Daisy einsammeln«, schlug ich vor.

»Warte, ich schreibe ihr eine kurze *WhatsApp*.«

»Gut, ich räume so lange die Sachen ein.« Eine angenehme Wärme schlug mir entgegen, als ich die Mühle betrat. Ich hatte den Ofen in der Küche angemacht und den Kamin im Hauptraum. Schließlich sollten es meine Kunden gemütlich haben und sich in Ruhe umschauen können, ohne dabei ihre Handschuhe anbehalten zu müssen.

Tiffy, die es vorgezogen hatte, drinnen zu bleiben und ein Schläfchen vor dem Kamin einzulegen, kam mir träge entgegen.

»Na, meine Hübsche. Hattest du auch so einen tollen Tag wie ich?« Ich konnte mich nicht erinnern, wann ich das letzte Mal so unbeschwert und zufrieden gewesen war. Die Rückmeldungen der Kunden zum Schaufenster waren durchweg positiv gewesen.

Tiffy schmiegte sich an meine Beine und gab kleine zufriedene Geräusche von sich. Obwohl ich das Kätzchen erst eine Woche um mich hatte, konnte ich mir schon jetzt kein Leben mehr ohne ihn vorstellen. Ich lud die Sachen auf dem Küchentisch ab.

»Du bleibst schön hier und bewachst alles, während Abigail und ich ein bisschen Spaß haben. Verstanden?« Lächelnd strich ich Tiffy über den Kopf.

Dabei fiel mein Blick auf das aufgeschlagene Backbuch. Unwillkürlich musste ich an die kleine Hazel denken. Das Leuchten in ihren Augen, als ich es ihr gezeigt hatte, war unbezahlbar gewesen. Simons Worte von gestern zum Abschied kamen mir in den Sinn. *Es ist lange her, dass ich Hazel so glücklich gesehen habe.*

Seltsam. Schließlich war Hazel ein Kind. Welchen Grund gab es, dass sie nicht glücklich sein sollte? Wo war die Mutter der Kleinen? Fragen über Fragen. Kopfschüttelnd ging ich wieder nach draußen. Allerdings nicht, ohne mir Handschuhe und eine Wollmütze anzuziehen.

»Da bist du ja. Ich habe Daisy erreicht. Sie wartet bei Gareth' Stand auf uns«, teile Abigail mir mit.

»Dann sollten wir sie nicht zu lange warten lassen.« Ich zog die Tür hinter mir ins Schloss.

»Partytime.« Abigail hakte sich bei mir unter. »Ich finde, es wird Zeit für ein Lied.«

»Was? Ich dachte, du hasst Weihnachtslieder.«

»Ja, denn wenn ich einmal damit angefangen habe, kann ich nicht mehr aufhören.«

»So ist das also.«

»Yep. Last Christmas …«, schmetterte Abigail los und ich stimmte mit ein. Singend gingen wir die paar Meter bis zur Hauptstraße. Als wir dort ankamen, blieb ich stehen. Bisher hatte ich nicht die Gelegenheit gehabt, über den Mark zu schlendern, da ich selbst zu beschäftigt gewesen war. Den ganzen gestrigen Tag war lautes Hämmern und Klopfen zu hören gewesen. Ich hatte einen kleinen Weihnachtsmarkt erwartet, aber das, was ich jetzt sah, übertraf meine Vorstellung bei Weitem.

»Das ist ja der absolute Wahnsinn!«, rief ich begeistert. Vor meinen Augen breitete sich eine Szenerie wie in einem dieser kitschigen Weihnachtsfilme von *Netflix* aus, die in der Vorweihnachtszeit über die Bildschirme flimmerten. Alles, was noch fehlte, um das Bild perfekt abzurunden, war der Schnee. Aber selbst ohne sah es entzückend aus.

Kleine, gezimmerte Holzbuden mit bunten Bemalungen drängten sich dicht an dicht entlang der schmalen Hauptstraße. Lichterketten spannten sich über den Köpfen der Besucher und tauchten alles in ihr weiches Licht. Menschen quetschten sich lachend an den Buden vorbei, mit Zuckerwatte und Tüten voll gebrannter Mandeln in den Händen. Der Duft nach Glühwein und Würstchen lag über allem, was meinen Magen veranlasste, sich lautstark zu melden. Erst jetzt fiel mir auf, dass ich seit dem frühen Morgen außer den zwei Keksen nichts mehr gegessen hatte. Ich war mit Backen und Dekorieren zu beschäftigt gewesen.

Ich entdeckte einige bekannte Gesichter, aber der Großteil war mir fremd. Die meisten Besucher waren eher zweckmäßig gekleidet als modisch. Dicke Jacken, Schals, Mützen und festes

Schuhwerk. Anscheinend war man hier gut auf den Winter vorbereitet. Am Ende der Straße, kurz vor dem Hotel, stand ein riesiger Weihnachtsbaum, den die Männer gestern Abend noch aufgestellt hatten. Wie in London war auch hier der beleuchtete Weihnachtsbaum das Highlight eines jeden Weihnachtsmarktes.

»Da hinten steht Daisy.« Abigail deutete auf eine der Buden ein paar Meter entfernt.

»Na, dann wollen wir die liebe Daisy nicht länger warten lassen«, schlug ich lachend vor.

»Da bin ich ganz deiner Meinung.«

Wir schlängelten uns an den Besuchern vorbei, bis wir den Stand erreicht hatten. Wie die anderen war auch dieser aus einfachem Holz zusammengezimmert. Schneeflocken aus Pappmaschee und mit weißem Glitzer bestreut, hingen von der Decke. Eine Tannengirlande verlief entlang der Dachkante, um die eine Lichterkette gewickelt war. Weihnachtskugeln baumelten daran. Vor dem Stand waren mehrere Stehtische mit flackernden Windlichtern aufgebaut, an denen sich die unzähligen Gäste versammelt hatten, deren Wangen gerötet waren. Es wurde gequatscht, gelacht und fleißig getrunken. Rauch stieg aus der Bude auf, dort, wo der Grill für die Würstchen stand.

»Hallo, ihr zwei«, begrüßte uns Daisy bestens gelaunt. Sie sah absolut hinreißend aus in ihrem Outfit. Der schmal geschnittene, dunkelgrüne Wollrock und die taillierte, braune Tweedjacke setzten Daisys weibliche Formen perfekt in Szene, ohne ordinär zu wirken. Dazu hatte sie eine blickdichte Strumpfhose und knöchelhohe Lederstiefel angezogen. »Was für ein grandioser Tag. Die Leute haben mir den Käse aus der Hand gerissen.« Daisy lehnte sich gegen einer der Stehtische. »Wie war es bei euch?«

»Wir haben alle Bücher, die ich aussortiert hatte, verkauft und noch dazu einen guten Umsatz im Laden gemacht«, teilte ich ihr mit.

»Die Leute haben Julia die Bude eingerannt«, sagte Abigail.

»Das habe ich schon gehört. Deine Kekse wurden schwer gelobt.«

Ich schüttelte lachend den Kopf. »Woher weißt du denn das schon wieder?«

»Bibury ist ein Dorf und zwar in jeder Hinsicht.«

»Was ist denn das?« Ich deutete auf die halb nackte Figur mit roter Mütze und Hose direkt neben uns auf dem Tresen. Jedes Mal, wenn einer der Gäste einen Drink entgegennahm, fing der Weihnachtsmann an, mit den Hüften zu kreisen.

»Darf ich vorstellen, das ist Gary, der Weihnachtsmann.« Daisy klopfte der Figur demonstrativ auf den knackigen Hintern. »Der genießt so etwas wie einen Kultstatus bei uns.«

»Hallo, Gary. Es freut mich sehr, deine Bekanntschaft zu machen«, flötete ich.

»Er sich auch.« Daisy gab der Figur einen Stups, worauf diese sofort anfing, sich zu bewegen.

»Abigail, da bist du ja. Ich hatte dich schon vermisst.« Gareth hatte uns entdeckt und kam mit ausgebreiteten Armen auf uns zu.

»Du weißt doch, ich hatte viel zu tun. Hier ein Schaf, dort ein Hund. Irgendwie sind ständig Tiere in Not.« Lächelnd warf sich Abigail an Gareth' Brust. Dabei verschwand sie fast völlig in seinen Armen.

Gareth hatte sich dem Anlass entsprechend eine Weihnachtsmannmütze aufgesetzt. Im Gegensatz zu den meisten Gästen trug er lediglich ein warmes Flanellhemd, das er an den Ärmeln hochgekrempelt hatte. Dazu hatte er sich eine dunkle Jeans und festes Schuhwerk angezogen. Er gab das perfekte Bild eines Naturburschen ab. Unbewusst musste ich lächeln.

Gareth' Blick wanderte zu mir. »Wen haben wir denn da?«

»Hallo, Gareth«, begrüßte ich den Wirt grinsend.

Er zwinkerte mir wissend zu. »*Hot Toddy* für dich?«

Ich stöhnte laut. »Erinnere mich nicht daran.« Ich gab ihm einen freundschaftlichen Stoß in die Seite. »Du hättest mir ruhig sagen können, dass der Drink es in sich hat, und zwar in Form von Whisky.«

»Du hast nicht gefragt.« Gareth zuckte mit den Schultern. »Außerdem wolltest du etwas, das dich von innen wärmt.«

»Auch wieder wahr«, gab ich mich lächelnd geschlagen.

»Eine Runde *Hot Toddy* zum Aufwärmen für euch?« Sein Blick wanderte von mir zu Daisy und schließlich zu Abigail.

»Ich weiß nicht. Nach dem letzten Mal ...« Ich zögerte. Unwillkürlich musste ich an den Kuss denken. Diesen unsäglichen, mein Leben auf den Kopf stellenden Kuss. *Verdammt.* Eine verräterische Wärme breitete sich auf meinem Gesicht aus. Hastig senkte ich den Kopf, damit es niemand sah.

»*Doctor's Orders* – ärztliche Anordnung.« Abigail gab Gareth ein Zeichen.

»Hey und was ist mit meiner Meinung«, protestierte ich grinsend.

»Zwei gegen einen. Außerdem hast du Abigail gehört. Sie ist schließlich die Ärztin«, sagte Daisy.

»Also gut«, gab ich mich geschlagen. »Einen trinke ich mit euch, aber danach ist Schluss.«

»Alles klar. Und zu essen?«

Mein Blick wanderte zu der Kreidetafel, die neben der Bude aufgestellt worden war. Außer dem Stew standen noch Würstchen mit Kartoffelbrei und Pommes auf dem Programm.

»Ich nehme eine Schüssel Winterstew«, sagte Abigail, ohne einen Blick auf die Tafel zu werfen.

»Für mich auch.« Daisy schenkte dem Wirt ein breites Lächeln.

»Und du?« Gareth sah mich fragend an.

»Eigentlich wollte ich eine Bratwurst, aber wenn ihr beide Stew nehmt, dann muss ich das auch probieren.«

»Das ist das Beste! Ich freue mich schon den ganzen Tag darauf«, sagte Abigail.

»Also gut, dann ein Stew auch für mich.«

»Alles klar, Ladys. Ich bin gleich wieder bei euch.« Gareth tauchte hinter seinem Stand ab. Ich gab Gary dem Weihnachtsmann einen Schubs, woraufhin dieser anfing, mit dem Po zu wackeln.

»Vielleicht sollte ich mir auch so einen Gary zulegen«, überlegte ich.

»Wir alle sollten einen Gary haben«, sagte Daisy. »Halbnackt und allzeit bereit.«

»Du nun wieder. Denkst du eigentlich auch mal an etwas anderes als Sex?«

»Du hast damit angefangen«, entgegnete Daisy achselzuckend.

»Drei *Hot Toddy* und dreimal Stew für die schönsten Frauen von Bibury.« Gareth war zurück und stellte die heißen Getränke vor uns ab.

»Das ging aber schnell.« Neugierig musterte ich den dampfenden Inhalt der Schüssel. Auf den ersten Blick konnte ich Karotten, Kartoffeln, Champignons und Sellerie erkennen. Ich schnupperte daran. Ein angenehm würziger Duft nach Rosmarin und Tomate stieg mir in die Nase.

Ich nahm einen Löffel. Sofort hatte ich den kräftigen Geschmack des Gemüses auf der Zunge, der sich mit der fruchtigen Note der Tomate mischte. Hungrig schaufelte ich mir den Eintopf in den Mund.

»Und?« Daisy und Abigail starrten mich fragend an.

»Allein dafür lohnt es sich, auf den Weihnachtsmarkt zu kommen«, lautete mein abschließendes Urteil.

»Da bin ich ganz deiner Meinung«, ertönte Simons Stimme hinter mir.

Vor Schreck hätte ich fast den Löffel fallen gelassen. So langsam wurde ich den Verdacht nicht los, dass das Universum sich gegen mich gewendet hatte.

Bleib ganz cool. Ich würde ein paar höfliche Worte mit ihm wechseln und dann würde er weiterziehen. Hoffentlich.

»Hallo, Simon. Hallo, Colin«, begrüßte Daisy die beiden Männer fröhlich.

Simon stand keine zwei Schritte von mir entfernt. Um seinen Mund spielte ein Lächeln. Er sah verdammt gut aus in seiner schlammfarbenen Jacke und den Jeans. Darunter blitzte ein schwarzer

Rolli hervor. Wie alle Besucher trug er festes Schuhwerk. Er musste erst geduscht haben, denn seine Haare schimmerten noch feucht. Im Dämmerlicht der Lämpchen trat sein dunkler Bartschatten stärker hervor und betonte die geschwungenen Lippen. Sein Freund stand direkt neben ihm. Wie Simon war er winterlich gekleidet. Es war das erste Mal, dass ich ihn bewusst anschaute. Er sah sportlich aus und die Jacke spannte über den breiten Schultern. Seine hellbraunen Haare waren zurückgekämmt. Seine Augen musterten mich interessiert.

»Das nenne ich einen Zufall«, begrüßte mich Simon. Er schenkte mir ein schiefes Lächeln und legte dabei eine weiße Zahnreihe frei.

Verdammt. Gab es denn nichts an dem Mann, das nicht perfekt war.

»So ist das mit Zufällen.« Ich lachte gekünstelt. »Sie kommen, wenn man es nicht möchte.«

Simons Augenbraue schnellte nach oben. Er sagte jedoch nichts.

»Hallo, ich glaube, wir hatten noch nicht das Vergnügen«, wandte sich Colin direkt an mich. Er war etwas kleiner als Simon. »Ich bin Colin.« Er reichte mir die Hand. Seine Augen glitten über mein Gesicht. »Jetzt verstehe ich, warum Simon so von dir geschwärmt hat.«

»Wer dich als Freund hat, braucht keine Feinde.« Simons Mundwinkel zuckten.

»Jeder, wie er es verdient«, entgegnete ich trocken.

Abigail kicherte leise neben mir.

»Oh, und schlagfertig ist sie auch. Gefällt mir.«

»Gibt es eine Frau, die dir nicht gefällt«, mischte sich Abigail in die Unterhaltung ein.

»Jede Frau hat ihren ganz persönlichen Reiz«, kommentierte Colin süffisant. »Du zum Beispiel hast diesen wunderbaren herben Charme.«

»Oh, Colin. Danke«, flötete Abigail und wedelte mit der Hand, als würde es sich dabei um einen Fächer handeln. Ich lachte vergnügt. Colin hatte es faustdick hinter den Ohren, aber zumindest machte er keinen Hehl daraus. Das gefiel mir.

»Es war mir ein Vergnügen.« Colin zwinkerte Abigail zu. »Auf die drei schönsten Frauen von Bibury.«

»Na, du musst es ja wissen«, kommentierte Abigail verschmitzt. »Wie geht es eigentlich Claire und Stacy? Habt ihr den Sieg gebührend gefeiert?«

»Der Kenner schweigt und genießt.« Colin nahm einen Schluck. Simon stand die ganze Zeit daneben, ohne eine Miene zu verziehen.

»Mein Motto: Man muss das Leben genießen, solange man kann.« Colin hielt sein Getränk in die Höhe.

»Auf das Leben.« Klirrend stießen unsere Becher aneinander.

»Abigail«, rief eine Frau ein paar Meter entfernt.

»Ach, wenn ihr mich kurz entschuldigen würdet. Laura ist eine alte Schulfreundin von mir, die ich schon seit einer Ewigkeit nicht mehr gesehen habe.« Abigail eilte zum Nachbartisch. Ich nahm einen tiefen Schluck aus meinem Becher. Wenn ich den Abend überstehen wollte, brauchte ich Alkohol und zwar viel.

Daisy und Colin unterhielten sich angeregt. Es war offensichtlich, dass sich die beiden mochten.

»Und was ist dein Motto?«, hörte ich Simons Stimme an meinem Ohr.

Ich zuckte mit den Achseln. »Das Beste aus meinem Leben zu machen und jeden Tag zu genießen, als wäre es mein letzter.«

»Ist das der Grund, warum du nach Bibury gekommen bist?« Seine Augen hielten mich gefangen.

»Vielleicht.« Ich hatte keine Lust, ihm von meiner Trennung zu erzählen.

»Jedenfalls ein Glücksfall für uns, dass du hier bist.«

Überrascht sah ich zu ihm hoch. Ein Fehler, denn sofort nahmen mich seine Augen gefangen. Alles, was ich darin entdecken konnte, war die pure Wahrheit. Ich wurde aus diesem Mann nicht schlau. Erst ließ er mich sitzen und dann war er die Freundlichkeit in Person.

»Hazel hat sich sehr gefreut, dass sie deine Katze streicheln durfte.« Er lächelte milde. »Dank dir hat sie beschlossen, Bäckerin zu werden.«

Unwillkürlich musste ich lächeln. »Das ehrt mich sehr, aber ich bin eigentlich keine Bäckerin. Das war mein erster Versuch im großen Stil.«

»Wirklich? Das sag bloß nicht Grantham, die versucht nämlich schon seit Jahren, vernünftige Ingwerkekse zu backen und bekommt es nicht hin.« Seine Augen hielten mich noch immer gefangen und ich hatte das Gefühl, in den goldenen Seen zu versinken.

»Wer oder was ist Grantham eigentlich?«

»Grantham ist meine Köchin.«

»Deine Köchin?« Ich blinzelte verwirrt. »Ich dachte, sie wäre das Kindermädchen.«

»So ganz unrecht hast du nicht. Genau genommen ist sie ein bisschen von beidem.«

»Aber das Hotel gehört tatsächlich dir, oder?« Ich hatte noch nie einen Hotelier kennengelernt. Im Stillen fragte ich mich, wie er Familie und Hotel unter einen Hut brachte. Ein Hotel zu leiten musste ziemlich anspruchsvoll und zeitaufwendig sein.

»Ja. Ein Traum von mir, den ich mir vor sechs Jahren verwirklicht habe. Grantham ist seit dem ersten Tag bei uns. Sie ist die gute Seele des Swan-Hotels.« Ein Lächeln huschte über sein Gesicht und zauberte für einen winzigen Moment die Sorgenfältchen weg, die sich auf seiner Stirn eingegraben hatten. »Aber wo wir gerade dabei sind, es tut mir leid, dass ich am Samstag einfach verschwunden bin, ohne mich zu verabschieden.«

»Ach, das war doch nur ein harmloser Kuss.« Ich versuchte gleichgültig zu klingen.

»Nur ein harmloser Kuss?« Seine Augen funkelten angriffslustig.

»Ja klar. Ich hatte ein bisschen viel *Hot Toddy* getrunken.« Mein Herz klopfte wie verrückt gegen meine Brust und ich war froh, dass ich die dicke Jacke angezogen hatte, sodass er es nicht sehen konnte.

»Komisch. Ich hatte den Eindruck, dass er dir gefallen hat.« Das spöttische Lächeln war zurück auf seinem Gesicht.

»Da sieht man mal wieder, wie man sich täuschen kann.«

»Vielleicht war ich einfach nicht überzeugend genug.« Er trat einen Schritt auf mich zu.

Mein Puls schnellte in ungeahnte Höhen.

»Schon möglich.« Ich streckte ihm herausfordernd mein Kinn entgegen. »Ich schätze, das werden wir nie herausfinden.«

Er war ganz nah und unsere Fußspitzen berührten sich fast.

»Wir werden ja sehen.«

Es hätte nicht viel gefehlt und ich wäre ihm um den Hals gefallen. Aber dann siegte mein Verstand. Egal, dass er Single war. Simon Walker war tabu. Schließlich hatte er ein Kind und meine Tage in Bibury waren gezählt.

»Noch eine Runde!« Colin gab Gareth ein Zeichen.

»Nicht für mich«, stoppte ich ihn. »Ich hatte genug. Außerdem bin ich hundemüde.« Ich gähnte demonstrativ. Es war bereits kurz nach zehn und ich war seit dem frühen Morgen auf den Beinen. Aber das war nicht der eigentliche Grund. Simon und Colin waren entgegen meiner Hoffnung geblieben. Simon stand neben mir an den Tresen gelehnt. Von seinem Körper ging eine unglaubliche Wärme aus, die ich förmlich spüren konnte. Den ganzen Abend hatte ich erfolgreich vermieden, ihn zu berühren, was angesichts der Menschenmenge, die sich um den Stand von Gareth drängelte, gar nicht so einfach war. Simon war inmitten seiner Freunde viel gelöster, als ich ihn bisher erlebt hatte. Er hatte mich mit seinen Späßen sogar ein paarmal zum Lachen gebracht, was die Sache nicht leichter für mich machte. Je länger ich in seiner Nähe war, umso mehr spielten meine Hormone verrückt und mein Verstand hatte Mühe, die Oberhand zu behalten.

»Och, komm schon, Julia«, bettelte Daisy. Ihre Wangen waren gerötet. Ob von der Kälte oder dem Alkohol vermochte ich nicht zu sagen, wobei ich auf Letzteres tippte. »Nein, wirklich. Ich muss ins Bett.« Ich schenkte meinen Freundinnen ein Lächeln.

»Ich würde noch bleiben.« Abigail deutete auf ihr halb volles Glas.

»Ich auch.« Daisy grinste schief in Colins Richtung. Irgendwie wurde ich den Eindruck nicht los, dass sie ein Auge auf den Schwerenöter geworfen hatte.

»Kein Thema, ich bin ja schon ein großes Mädchen und finde meinen Weg nach Hause«, sagte ich lächelnd. Mir war leicht schwindlig, was ich mit Sicherheit dem *Hot Toddy* verdankte, den Gareth fleißig nachgeschenkt hatte.

Simon sagte nichts, sondern starrte mich nur an.

»Guten Nacht und macht nichts Unanständiges!« Winkend verabschiedete ich mich.

»Das würden wir doch niemals tun!«, rief Abigail mir lachend hinterher.

Lächelnd ging ich die Straße hoch. Es war noch kälter geworden und bei jedem Atemzug bildete sich eine weiße Wolke um meinen Mund. Die meisten Stände hatten bereits geschlossen. Und es waren kaum noch Menschen unterwegs.

Ein junges Pärchen lief händchenhaltend an mir vorbei, um an der nächsten Häuserecke zu verschwinden.

Ich bog nach rechts und ging über die Brücke. Das Wasser gurgelte leise unter meinen Füßen. Kein Lüftchen wehte. Ich blickte nach oben. Wolken hatten sich vor den Mond geschoben, sodass nur noch ein heller Rand zu erkennen war. Wie es aussah, schlug das Wetter um. Langsam ging ich weiter.

»Julia, warte.«

Verwundert drehte ich mich um. Simon stand ein paar Meter entfernt. Aus seinem Mund stiegen ebenfalls weiße Wölkchen empor wie Rauchzeichen. Mit jedem Schritt, den er sich mir näherte, schaltete mein Puls einen Gang höher. Als er nur noch einen halben Meter entfernt war, blieb er stehen.

»Was machst du hier?« Irgendjemand wollte mich und meine Standfestigkeit gegenüber Simon prüfen. So viel war sicher. Welchen Grund sollte das Universum sonst haben.

»Dich nach Hause begleiten.« Seine Wangen waren gerötet und er atmete schwer, als wäre er bis hierher gelaufen.

»Aber ich habe doch gesagt, dass ich allein gehen kann«, erwiderte ich. Unsere Blicke verhakten sich ineinander und die Schmetterlinge in meinem Bauch flatterten nervös.

»Ja, ich weiß. Aber trotzdem wollte ich dich gern begleiten.« Seine Stimme klang einladend weich.

»Das ist nett von dir, aber nicht nötig.« Unbewusst schüttelte ich den Kopf.

Er seufzte. »Kannst du nicht ein Mal einfach etwas von mir annehmen.«

Verwundert sah ich ihn an.

»Ich bin nicht dein Feind.« Sein Gesicht lag im Halbdunkel, aber der Blick, den er mir schenkte, traf mich tief in meinem Inneren. Warm und voller Zärtlichkeit.

Ich nickte stumm. Zu mehr war ich in diesem Moment nicht fähig. Langsam setzten wir uns in Bewegung. Unsere Schritte knirschten leise auf dem harten Untergrund. Keiner von uns sagte ein Wort, bis wir auf Höhe der Mühle angekommen waren. Weißer Rauch stieg aus dem Schornstein und im vorderen Zimmer brannte Licht.

»Ich muss Tiffy noch abholen«, sagte ich leise.

»Darf ich mitreinkommen?«, fragte er mit rauer Stimme. Für einen Moment zögerte ich.

»Natürlich.« Es wäre unhöflich, ihn in der Kälte stehen zu lassen. Ich zog den Schlüssel aus meiner Tasche und steckte ihn ins Schloss.

Als wir eintraten, klingelte das Glöckchen über dem Eingang leise. Es war angenehm warm und der Duft der Kekse hing noch immer in der Luft.

Simon blieb unschlüssig stehen. Sein Blick wanderte über die Regale und zum Schaufenster.

»Du hast in der kurzen Zeit, die du hier bist, wahre Wunder mit dem Laden bewirkt.« Hochachtung schwang in seiner Stimme mit.

»Es macht mir einfach Spaß und die Location an sich ist ein Traum.« Ich machte eine ausladende Handbewegung. »Wo findet man heutzutage noch so ein Juwel.«

»So ging es mir mit dem Hotel. Als ich es gesehen habe, war es Liebe auf den ersten Blick. Ich wusste sofort, dass das mein Zuhause werden würde.« Seine Augen glänzten, während er sprach.

»Du hast erwähnt, dass du das Hotel vor sechs Jahren gekauft hast.«

Seine Mundwinkel kräuselten sich. »Du hast gut aufgepasst.«

»Ich höre immer zu, wenn Menschen mir etwas erzählen.«

»Das kann nicht jeder von sich behaupten. Die meisten tun so und denken dabei nur an sich.«

Lobte er mich gerade? Seine Stimmungsschwankungen verwirrten mich zutiefst genau wie die Tatsache, dass er mich begleitet hatte. Welchen Grund gab es dafür?

Tiffys leises Rufen riss mich aus meinen Gedanken. Mit erhobenem Schwanz kam sie um die Ecke geschlichen. Ihre Augen musterten uns aufmerksam.

»Da bist du ja, meine Kleine.« Ich ging in die Knie, um das Kätzchen zu begrüßen. Sofort schmiegte sich Tiffy an mich und gab mir mit der Nase einen feuchten Stupser. »Du hast mich wohl vermisst.«

»Wer würde das nicht, wenn man so liebevoll begrüßt wird«, raunte Simon. Verwundert blickte ich hoch. Ein breites Lächeln lag auf seinem Gesicht und seine Augen schimmerten wie flüssiger Honig.

»Das mit uns beiden war magisch«, gestand ich ihm. »Ich habe mir schon als Kind eine Katze gewünscht, aber meine Mutter ist allergisch dagegen. Zumindest behauptet sie das, ich bin mir allerdings bis heute nicht sicher, ob das stimmt. Deshalb bekam ich einen Goldfisch zu Weihnachten geschenkt.« Bei dem

Gedanken an damals musste ich unwillkürlich grinsen. »Ich werde das Gesicht meiner Mutter nie vergessen, als sie mir feierlich das Glas mit dem Goldfisch darin überreicht hat, mit den Worten: Endlich hat dir der Weihnachtsmann den Wunsch von einem Haustier erfüllt.«

Simon prustete laut los.

»Du lachst. Das war ein traumatisches Erlebnis für mich. Allerdings muss ich hinzufügen, dass Henry wirklich ein treues Kerlchen war und es immerhin auf stolze zwölf Jahre gebracht hat.«

»Henry war sozusagen der Methusalem der Goldfische«, witzelte Simon.

»Ja, so könnte man ihn nennen«, erwiderte ich lachend. »Er hat auch ein würdiges Grab im Garten meiner Eltern bekommen.«

Mein Mund fühlte sich plötzlich trocken an.

»Sag mal, möchtest du auch einen Schluck trinken?« Hatte ich das wirklich gesagt?

»Gern, solange es kein *Hot Toddy* ist.«

»Auf keinen Fall. Ich hatte eher an einen Tee gedacht.«

»Tee klingt fantastisch.« Seine goldbraunen Augen nahmen mich gefangen. Für den Bruchteil einer Sekunde gab es nur uns beide. Das Kribbeln in meinem Bauch verstärkte sich. Dort, wo seine Augen mich berührten, wanderten winzige elektrische Schläge über meine Haut. Was war denn nur los mit mir? Ich reagierte doch sonst nicht so auf fremde Männer.

»Dann mir nach.« Hastig wandte ich mich ab.

»Ich hatte vergessen, wie gemütlich es hier ist «, sagte Simon bewundernd auf dem Weg in die Küche.

»Dann liest du wohl nicht viel«, folgerte ich.

»Ehrlich gesagt, hat mir in den letzten Jahren die Zeit dazu gefehlt. Das Hotel, die Geburt von Hazel …« Er machte eine kurze Pause. »Die Trennung von Hazels Mutter. Das war alles ganz schön viel.«

Es war das erste Mal, dass er über seine Frau sprach. Wie es sich anhörte, war sie nicht mehr Teil seines Lebens. Unbewusst machte mein Herz einen kleinen Hüpfer.

Wir hatten die Küche erreicht. Tiffy sprintete zu ihrem Körbchen, um uns von dort gemütlich zu beobachten.

»Bitte setz dich doch.« Ich deutete auf einen der Stühle.

»Danke, aber ich stehe lieber noch einen Moment.« Seine Augen ruhten auf mir. »Wenn man dich so sieht, könnte man meinen, du lebst schon immer hier. Die Mühle und du – ihr habt eine Verbindung. Zumindest empfinde ich es so.«

»Ich fühle mich auch ziemlich wohl hier, wenn man bedenkt, dass ich nach dem ersten Abend in Bibury eigentlich sofort abreisen wollte.« Lächelnd nahm ich den Teekessel von der Platte und füllte ihn mit Wasser. Seine Blicke folgten mir.

»Daran bin ich wahrscheinlich nicht ganz unschuldig«, hörte ich ihn.

»Nicht wirklich.« So leicht würde ich ihn nicht von der Angel lassen. »Warum bist du eigentlich damals nach dem Kuss abgehauen?« Ich versuchte gleichgültig zu klingen, was mir nur mäßig gelang. Langsam drehte ich mich zu ihm um. Gespannt, wie seine Antwort ausfallen würde. Unsere Blicke trafen sich.

»Weil du mir Angst gemacht hast«, sagte er kaum hörbar.

Für einen Moment setzte mein Herz aus, um gleich darauf loszurasen. In meinem Kopf herrschte absolute Leere. Ich hatte ihm Angst gemacht?

»Als du in den Pub gekommen bist – selbstbewusst, schön und gleichzeitig schlagfertig –, da hast du mich einfach umgehauen.« Er streckte die Hand aus. Als seine Finger mich berührten, zuckte ich zurück. Für einen Moment zögerte er, als wäre er sich nicht ganz sicher, doch dann schob er zärtlich eine vorwitzige Strähne hinter mein Ohr. Dort, wo er mich berührte, prickelte meine Haut.

»Dabei dachte ich, du hättest mich gar nicht bemerkt«, flüsterte ich.

»Ich hätte blind sein müssen, um dich nicht zu bemerken. Wie jeder Mann im Raum«, antwortete er rau. »Du bist wie in Magnet.

Einmal angezogen kommt man nicht mehr los.« Sein warmer Atem streichelte meine Haut. »Julia.«

In meinem Kopf drehte sich alles. Was passierte hier gerade?

Bevor ich weiter darüber nachdenken konnte, beugte er sich zu mir herunter. Für den Bruchteil einer Sekunde trafen sich unsere Augen. Eine wilde Entschlossenheit lag in seinem Blick.

Küss mich. Meine Hormone hatten längst für mich entschieden.

Wie in Zeitlupe zog er mich zu sich heran. Unsere Lippen berührten sich. Ganz vorsichtig, als wollten sie sich davon überzeugen, dass es richtig war. Ich schloss die Augen, um die Süße seines Kusses voll und ganz zu genießen. Als seine Zunge meine Lippen teilte, gab ich nur allzu gern nach. Er schmeckte herrlich nach sich selbst und einem Hauch Whisky. Wild und rau zugleich. Ein wohliger Schauer lief mir über den Körper. Alles um mich herum war vergessen.

Seine Hand fuhr meinen Rücken entlang und hinterließ eine brennende Spur. Alles um mich herum war vergessen. Das Einzige, was ich wahrnahm, war mein Herz, das wie verrückt gegen meine Brust klopfte – und Simons Nähe. Ich wollte diesen Mann so sehr wie keinen zuvor. Unsere Zungen umspielten sich, gierig danach, den Geschmack des anderen aufzunehmen. Seine Bartstoppeln kratzten auf meiner Haut und steigerten meine Lust noch. Seine rechte Hand fuhr unter meine Haare. Ein wohliger Schauer lief durch meinen Körper, als sein Daumen die empfindliche Stelle im Nacken zu massieren begann.

Der erste Kuss war ein zaghaftes Herantasten gewesen – unschuldig und spielerisch. Dieser von Leidenschaft und einer Sehnsucht geprägt. Wild. Besitzergreifend. Lustvoll. Ich konnte gar nicht genug davon bekommen. Es war, als ob meine Lust aus einem langen Winterschlaf erwacht wäre.

Simons Wärme hüllte mich ein und ich hatte das Gefühl, in seinen Armen zu brennen. Dieser Kuss übertraf den ersten noch bei Weitem, obwohl ich das niemals für möglich gehalten hätte. Emotionen brodelten in mir hoch. Vergessen waren all meine

Vorsätze und Bedenken. Ich wollte, dass dieser Kuss niemals aufhörte.

Ein schrilles Pfeifen holte uns unsanft in die Wirklichkeit zurück.

Mit einem Ruck löste Simon sich von mir, als hätte er eine verbotene Frucht berührt.

Ich blinzelte irritiert. In meinem Kopf herrschte komplette Leere. Alles drehte sich um mich herum und ich war nicht in der Lage, einen klaren Gedanken zu fassen.

»Der Kessel!«, sagte er mit rauer Stimme, ohne seinen Blick von mir zu lösen.

Stumm nahm ich den Teekessel von der Flamme, darum bemüht, das Wirrwarr der Gefühle, das mich überwältigte, in den Griff zu bekommen.

Glück, Verlangen und Angst mischten sich zu einem berauschenden Cocktail.

Simon stand neben mir und beobachtete mich, wie ich das heiße Wasser langsam in die Becher goss.

»Es ist spät. Ich glaube, ich sollte lieber gehen.«

Ich nickte, damit beschäftigt, Worte im Kopf zu formulieren, von denen ich wusste, dass ich sie nicht aussprechen würde. Noch immer raste mein Puls und es fiel mir schwer, normal zu atmen.

»Alles okay?« Seine Augen scannten mein Gesicht.

»Ja klar.« Das war natürlich eine Lüge. Nichts war in Ordnung. Überhaupt gar nichts.

Wieder wurde ich aus Simon nicht schlau. Seine Sprunghaftigkeit machte mir zu schaffen. Ich stellte den Teekessel zurück.

Simon stand noch immer dicht neben mir. Sein herrlich männlicher Duft war allgegenwärtig und verwirrte mich umso mehr. Ebenso wie seine Küsse.

Ich wollte mehr davon, im Gegensatz zu Simon.

Als er sich von meiner Seite löste, um seine Jacke zu holen, riss die Verbindung zwischen uns ab wie bei einem Pflaster, das man mit einem Ruck von der Haut zog.

Die Unbefangenheit, die eben noch zwischen uns geherrscht

hatte, war verschwunden. Ich warf mir meine Jacke über und nahm Tiffy auf den Arm, die mich mit wissenden Augen ansah.

Wortlos gingen wir nach draußen.

Die kalte Luft schlug uns entgegen. Schützend legte ich meinen Arm um Tiffy.

Bis zum Cottage waren es nur ein paar Meter. Eine weiße Rauchsäule stieg aus dem schiefen Schornstein. In der Dunkelheit sah es aus wie ein verwunschenes Hexenhäuschen.

»Schlaf gut«, verabschiedete sich Simon.

»Du auch.« Für den Bruchteil eines Augenblicks sah es so aus, als wollte Simon etwas sagen. Instinktiv hielt ich die Luft an. Aber dann machte er auf den Hacken kehrt und ging davon.

»Aus dem Mann soll einer schlau werden«, murmelte ich zu Tiffy, als Simons hochgewachsene Gestalt in der Dunkelheit verschwand. Verwirrt und unglücklich ging ich ins Haus.

20 - SIMON

Seufzend legte ich einige Scheite in den Kamin. Sofort züngelten die Flammen gierig an dem Holz. Es war nach zehn und im Hotel war es ruhig. Normalerweise wäre ich um diese Uhrzeit auch ins Bett gegangen, aber die Ereignisse des heutigen Tages hielten mich wach und so hatte ich beschlossen, mich noch ein wenig vor den Kamin zu setzen. Ich liebte es, dort ins Feuer zu starren, und genoss die Ruhe, die um mich herum herrschte.

Die Gäste waren bereits vor geraumer Zeit auf ihre Zimmer gegangen.

Grantham hatte ebenfalls Feierabend gemacht, um den Abend mit ihrem Mann zu verbringen. Es kam selten genug vor, dass sie pünktlich nach Hause kam. Immer wieder blieb sie und half mir mit Hazel, wenn ich noch im Hotel zu tun und Ruby keine Zeit hatte. Ein Zustand, den ich so nicht auf Dauer halten konnte. Grantham hatte bereits mehrfach angemerkt, dass sie nicht beides leisten konnte und wollte.

Das Holz knackste im Kamin. Im Hintergrund lief leise meine Playlist von *Spotify*.

Meine Gedanken wanderten zu Julia.

Seit sie mich das erste Mal geküsst hatte, konnte ich an nichts anderes denken. Es war wie verhext. Je mehr ich mich bemühte, nicht an sie zu denken, umso mehr war sie in meinem Kopf. Es war, als ob sich ihr Gesicht in meine Festplatte gebrannt hatte. Sobald ich die Augen zumachte, tauchte Julias Gesicht hinter den geschlossenen Lidern auf.

Diese Frau war ein einziges sexuelles Versprechen. Die Berührung ihrer Lippen hatte einen Flächenbrand in mir ausgelöst, der nur durch sie gelöscht werden konnte. Es hatte mich meine ganze Beherrschung gekostet, sie nicht gleich auf dem Küchentisch zu nehmen.

Julia hatte meinen Schutzwall, den ich mir in den letzten Monaten so sorgsam aufgebaut hatte, mit ihren Küssen einfach eingerissen.

Verdammt.

Wie sollte es weitergehen? Sie hatte ziemlich deutlich klargemacht, dass ihr Aufenthalt in Bibury nur ein kurzes Gastspiel bleiben sollte. Auch wenn sie sich mit erstaunlichem Eifer in ihre neue Aufgabe gestürzt hatte.

Nachdenklich starrte ich ins Feuer.

Ich spürte noch immer ihre herrlich weichen Lippen auf meinem Mund. Sie hatte mich mit so viel Leidenschaft geküsst, dass es mir den Atem geraubt hatte. Kein Zögern, kein Widerstand war zu spüren gewesen. Nur bedingungslose Hingabe.

Umso mehr hatte es mich getroffen, als ich ihren Blick danach aufgefangen hatte. Eine tiefe Traurigkeit und Verletzlichkeit hatten darin gelegen. Aber wie hätte ich ihr erklären sollen, dass es mein schlechtes Gewissen gegenüber Tasha war, das mich davon abhielt, meinen Gefühlen freien Lauf zu lassen.

Schließlich war Tasha die Frau, mit der ich die längste Zeit in meinem Leben verbracht hatte. Wir hatten ein Leben zusammen aufgebaut und ein Kind der Liebe gezeugt. Auch wenn Tasha dieses Leben gerade nicht mehr wollte, hatte ich keinen anderen Weg für Julia und mich gesehen. Denn egal, wie ich die Sache drehte und wendete – ich kam immer zu dem gleichen Ergebnis. Julias Leben war in London. Mein Leben war hier bei meiner

Tochter. Hazel war völlig begeistert von Julia. Es war das erste Mal seit langer Zeit, dass sie einer Fremden gegenüber so aufgeschlossen war.

Bei den meisten Bewohnern von Bibury schwang immer ein Hauch von Mitleid mit, wenn sie sich mit Hazel unterhielten. Julias natürliche Offenheit hingegen war erfrischend – nicht nur für Hazel.

Es wäre besser für alle Beteiligten, wenn ich die Reißleine zog und mich in Zukunft von Julia fernhielt. Auf der anderen Seite wollte ich nichts mehr, als in ihrer Nähe zu sein. Verdammt. Ich raufte mir die Haare. Das Ganze war völlig außer Kontrolle geraten. Spätestens nach dem zweiten Kuss war mir klar geworden, dass ich sie besser kennenlernen wollte. Ihr Lachen war ansteckend und ihre Blicke magisch.

Mit einem Ruck stand ich auf und schob das Scherengitter vor den Kamin, damit keine Funken auf das Holz überspringen und einen Brand entfachen konnten.

Vielleicht wäre es leichter, wenn ich die Beziehung zwischen Julia und mir auf ein freundschaftliches Level heben würde. Das würde alles vereinfachen und mir meinen Schlaf zurückgeben, den mir ihre Küsse geraubt hatten. Freundschaft – genau das war es! Zufrieden über meinen Plan drehte ich den Lichtschalter aus und ging nach oben.

21 - JULIA

*N*och völlig durcheinander lag ich die Arme hinter dem Kopf verschränkt auf dem Rücken und starrte an die Zimmerdecke, an der dunkle Schatten tanzten.

Tiffy hatte sich am Bettende an meine Füße gekuschelt und schlief. *Beneidenswert.*

Immer, wenn ich kurz davor war einzunicken, tauchte Simons Gesicht hinter meinen geschlossenen Lidern auf und verscheuchte die Müdigkeit mit heftigem Herzklopfen.

Sein Kuss hatte mich umgehauen und meine geordnete Welt auf den Kopf gestellt. Noch nie war ich so leidenschaftlich von einem Mann geküsst worden und wieder hatte er die Flucht ergriffen, kaum dass der Kuss vorbei war. Ich verstand diesen Mann einfach nicht. Erst flirtete er mit mir, machte süße Komplimente, küsste mich, als gäbe es kein Morgen, um dann im letzten Moment zu kneifen.

Verflucht, Simon, welches Spiel spielst du mit mir?

Mein Smartphone brummte leise auf dem Nachtisch.

Eine Nachricht von Natalie ploppte auf dem Display auf.

Bist du noch wach?

Manchmal glaubte ich fast, dass sie hellseherische Fähigkeiten besaß.

Rasch tippte ich die Antwort ein und drückte auf Senden.

Ich kann nicht schlafen.

Es dauerte nur ein paar Sekunden, bis die Antwort kam.

Wieso heulen die Wölfe da draußen so laut?

Obwohl mir nicht danach zumute war, musste ich grinsen.

Eher der böse Wolf. Ein Zischen verkündete, das die Nachricht gesendet war.

Sekunden später klingelte mein Smartphone und Natalies Gesicht leuchtete auf dem Display auf.

»Was ist denn bei dir los? Ich wollte eigentlich nur einen Witz machen«, startete Natalie ohne Umwege. Typisch für sie.

»Ich war heute auf dem Weihnachtsmarkt, Simon hat mich nach Hause gebracht und dann haben wir uns geküsst«, fasste ich die wichtigsten Ereignisse des Tages in einem Satz zusammen.

»Aber wieso ist er dann der böse Wolf. War es nicht gut? Hat er dich beleidigt? Muss ich kommen und dem Typen eine runterhauen?«

Unwillkürlich musste ich lachen.

»Okay, dein Humorzentrum funktioniert noch, so schlimm kann es nicht sein«, stelle Natalie trocken fest.

»Doch ist es, aber wenn du so bist, kann ich nicht anders als lachen.«

»Aha, aber lenk nicht vom Thema ab.«

»Tue ich nicht«, entrüstete ich mich.

»Egal. Was hat der Typ getan, dass er der böse Wolf ist? Und weich jetzt nicht aus.«

»Okay, Mummy.« Tiffy rekelte sich und starrte mich dabei vorwurfsvoll an. »Sorry«, flüsterte ich.

»Ist der Typ bei dir?«, kam es prompt durch den Hörer.

»Nein, das war meine Katze. Die hat bei mir geschlafen und ist wach geworden«, erklärte ich.

»Du tust es schon wieder – du lenkst ab.«

»Was? Nein! Du hast mich doch gefragt«, plusterte ich mich auf. Tiffy kam über die Decke zu mir gelaufen, um sich dann auf meinem Schoss zusammenzurollen.

Natalie stöhnte. »Manchmal bist du wirklich kompliziert. Also los.«

Mit blumigen Worten schilderte ich ihr die Vorgänge des heutigen Tages und ließ nicht ein winziges Detail aus, schließlich wollte ich Natalies ungeschönte Meinung. »Das ist jetzt schon das zweite Mal, dass er mich geküsst hat und danach verschwunden ist, als hätte ich die Pest am Hals.«

»Dagegen gibt es ein ganz einfaches Mittel.«

»Und das wäre?« Gespannt hielt ich die Luft an.

»Ihn einfach nicht mehr zu küssen.«

»Na toll.« Ich sackte in mich zusammen. Natalie hatte natürlich recht, aber alles in mir sträubte sich dagegen. Simon hatte eine geradezu hypnotische Wirkung auf mich. Seit ich ihn das erste Mal gesehen hatte, wollte ich genau das Gegenteil von dem, was mir mein Verstand sagte. Ich sehnte mich nach seiner Nähe. Was hatte ich zu verlieren als meinen Stolz? »Aber genau das ist es ja, was ich möchte.«

»Ihn nicht mehr küssen?«

Meine rot lackierten Zehen blitzen unter der Bettdecke hervor. »Ihn küssen.«

Kurzes Schweigen. »Verstehe. Aber so wie es aussieht, hat er ein Problem mit euren Küssen, im Gegensatz zu dir.«

»Ja, leider.« Ich wackelte mit meinen Zehen.

»Dann würde ich ihn direkt darauf ansprechen.«

»Hä? Ich kann doch nicht zu ihm hingehen und sagen: ›Hey, Simon, ich finde deine Küsse ziemlich toll und frage mich, weshalb du immer danach abhaust‹.«

»Warum nicht? Ich bin ein Freund der offenen Worte. Dann weißt du wenigstens, woran du bist.«

»Hm. Auch wieder wahr.« Ich knabberte an meiner Unterlippe, während ich synchron Tiffy hinter den Ohren kraulte.

»Du hast doch nichts zu verlieren, in einer Woche brichst du deine Zelte in Bibury ab und hast bis dahin eine tolle Zeit mit einem heißen Typen gehabt. Falls er dir eine Absage erteilt, dann bricht dir auch kein Zacken aus der Krone ab. Schließlich bist du eine selbstbewusste Frau, die mit beiden Beinen auf dem Boden steht und ihren Marktwert kennt.«

»Wenn man dich hört, könnte man meinen, es ist einfach«, murmelte ich nachdenklich.

»Weil es einfach ist. Du musst aufhören, deiner romantischen Ader zu viel Raum zu lassen«, sagte Natalie energisch.

»Was soll das heißen?«

»Bei dir muss es immer gleich die große Liebe sein. Ich weiß noch, wie du mir von Tom vorgeschwärmt hast, und sieh dir an, was es dir gebracht hat. Nicht jeder Kuss muss gleich der Dosenöffner zu deinem Herzen sein und nicht jeder Mann ist unweigerlich ein Prinz, nur weil er gut aussieht und küssen kann. Vielleicht würde es dir guttun, einfach mal die Dinge laufen zu lassen und dir nicht so viele Gedanken zu machen«, sagte Natalie bestimmt.

Nachdenklich strich ich Tiffy über den Kopf. »Wahrscheinlich hast du recht.«

»Ich habe sicher recht wie fast immer.« Ein breites Grinsen breitete sich auf Natalies Gesicht aus.

»Danke, Natty, du bist die Beste.«

»Ich weiß. Denk an sexy Simon und was du alles mit dem machen wirst, wenn du ihn zwischen die Finger bekommst.«

»Bis eben war ich müde …« Ich prustete lachend los. »… aber jetzt kann ich garantiert nicht schlafen.«

»Dann denk an Tom, den Langweiler.«

Ich kicherte vergnügt. »Schon besser, wobei auch nicht hilfreich. Wenn ich an Tom denke, dann ärgere ich mich bis heute, dass ich auf den Kerl reingefallen bin.«

»Wir machen alle mal Fehler«, sagte Natalie seufzend. »Aber dafür hat man ja Freundinnen, dass man mit ihnen darüber reden kann.«

»Du bist süß.« Ich hauchte ihr einen Kuss durch das Telefon.

»So, ab ins Bett und lass die bösen Wölfe heulen«, sagte Natalie mit weicher Stimme.

»Gute Nacht.«

Ich legte das Handy auf den Nachttisch und schaltete das Licht aus. Anschließend kuschelte ich mich neben Tiffy aufs Kopfkissen. Nur wenige Atemzüge später war ich eingeschlafen.

22 - JULIA

»ielen Dank für Ihren Einkauf«, verabschiedete ich
mich von einem älteren Paar. »Und kommen Sie
uns bald wieder besuchen.«

Ein eiskalter Luftzug wirbelte durch den Eingang, während ich
die Tür aufhielt.

In den letzten Tagen waren die Temperaturen drastisch
gefallen und in den Wetternachrichten war sogar von Schnee die
Rede. Bis jetzt allerdings war der Himmel klar.

Die Tage waren mit Arbeit angefüllt gewesen. Wie Abigail
vorausgesagt hatte, kamen täglich Busladungen von Touristen in
Bibury an, um durch den kleinen Weihnachtsmarkt zu schlendern
und dabei ein paar Geschenke für die Liebsten daheim zu kaufen.
Der Umsatz des Buchladens hatte sich fast verdoppelt und Mrs
Benson hatte sich bei unserem letzten Gespräch gestern sehr
zufrieden mit meiner Arbeit gezeigt.

Schnell schob ich die Tür wieder zu. Drinnen war es dank des
Ofens angenehm warm.

Ich wollte gerade in die Küche gehen, als die Tür aufging und
Grantham zusammen mit Hazel den Laden betrat.

»Hallo, Julia«, begrüßte mich Grantham in ihrer typisch
spröden Art.

»Guten Tag, Grantham. Hallo, Hazel.«

»Hallo, Julia.« Hazel rannte mit ausgebreiteten Armen auf mich zu und umklammerte meine Beine. Dabei strahlte die Kleine über das ganze Gesicht und brachte mein Herz zum Schmelzen. Im Gegensatz zu ihrem Vater, der sich seit unserem letzten Treffen vor drei Tagen nicht mehr hatte sehen lassen. Simon und sein wahnsinniger Kuss. Ich schüttelte kaum merklich den Kopf, als könnte ich den Gedanken abschütteln, was natürlich nicht funktionierte. Schon gar nicht in der Gegenwart seiner entzückenden Tochter.

Ich zwinkerte Hazel vergnügt zu. »Du kannst wohl nicht genug bekommen von den Mäusen.«

Seit dem Weihnachtsmarkt kam Hazel fast täglich in Begleitung von Grantham vorbei, um das Schaufenster zu bestaunen.

»Sie hat es sich nicht nehmen lassen, bei Ihnen vorbeizuschauen. Ich habe ihr gesagt, dass wir keine Zeit haben. Ich muss zum Arzt«, erklärte Grantham. »Leider konnte ich Mr Walker nicht erreichen.«

»Geht es Ihnen nicht gut?« Tatsächlich sah die Köchin etwas blass um die Nase aus.

»Ach, das ist nichts Schlimmes. Ich fühle mich einfach ein bisschen unwohl.« Ich ging davon aus, dass Grantham log. Eine Frau wie sie würde nicht wegen einer Kleinigkeit zum Arzt gehen.

»Und wo ist Simon?«

»Unterwegs, die Weihnachtseinkäufe erledigen«, erklärte Grantham.

»Aber warum lassen Sie Hazel nicht bei mir und gehen in Ruhe alles fertig machen?«, schlug ich vor.

»Aber das kann ich nicht annehmen«, lehnte Grantham höflich ab.

»Blödsinn, ich biete es Ihnen doch an.« Ich strich Hazel liebevoll über den Kopf. »Außerdem könnte ich etwas Hilfe gebrauchen, denn ich wollte Kekse backen.«

»Au ja. Bitte, Grantham, darf ich bei Julia bleiben?«, fragte Hazel mit zuckersüßer Stimme.

»Also gut«, seufzte Grantham. »Ich beeile mich.«

»Nein, bitte lassen Sie sich Zeit«, bat ich. »Wir sind mindestens zwei Stunden beschäftigt.«

»Das ist wirklich lieb von Ihnen.« Die Erleichterung stand Grantham ins Gesicht geschrieben.

»Natürlich.« Ich legte die Hand auf die Schulter der Köchin. »Und falls es noch länger dauert, machen Sie sich keine Sorgen. Hazel, Tiffy und ich machen es uns gemütlich.«

»Danke, Julia.« Grantham schenkte mir ein warmes Lächeln.

»Alles klar. Bis später«, verabschiedete sich die Köchin.

»Komm, als Erstes ziehen wir mal die dicken Klamotten aus.« Lächelnd half ich Hazel aus ihrem Mantel und zog ihr die Mütze vom Kopf. Anschließend hängte ich alles sorgfältig über den Kleiderhaken im Flur, den ich extra für meine kleinen Kunden angebracht hatte. Genau wie die Kinderecke, die ich neben dem Kamin aufgebaut hatte. Seitdem hatte die Anzahl der Mütter, die meinen Laden besuchten, deutlich zugenommen.

Tiffy hatte sich von ihrem Plätzchen am Kamin erhoben, um ihre kleine Freundin zu begrüßen.

»Tiffy.« Hazel stürmte dem Kätzchen entgegen. Die beiden waren ein Herz und eine Seele, seit die Kleine das erste Mal den Laden betreten hatte.

Hazel nahm Tiffy auf den Arm. Sofort schmiegte sich das Tier an seine kleine Bewunderin.

»Na, dann kommt mal, ihr beiden.«

Gut gelaunt folgte mir Hazel mit Tiffy auf dem Arm in die Küche.

»Am besten, du setzt Tiffy in ihrem Korb ab«, wies ich Hazel an. »Dann kann sie uns zuschauen. Ich suche so lange mal eine Schürze für dich raus, schließlich wollen wir nicht, dass dein schönes Kleidchen dreckig wird.« In der kleinen Abseite hatte ich einen Stapel mit Schürzen gefunden, unter denen auch zwei Kinderschürzen waren.

»Was backen wir denn heute?«, fragte Hazel.

»Warte, ich zeige es dir.« Rasch holte ich Harriets Buch vom Schrank und schlug es an der markierten Stelle auf.

»Wir backen heute Ausstechplätzchen für den Weihnachtsbaum.« Ich tippte mit dem Finger auf das Bild. Auf dem Tisch lagen diesmal verschiedene Ausstechformen neben einem Backblech, auf dem die ausgestochenen Plätzchen lagen. Ein Schälchen mit bunten Perlen darin war ebenfalls zu sehen. Die Mäuse hatten Bänder um ihre Hälse geschlungen und das Kätzchen schnupperte mit aufgestelltem Schwänzchen an den frisch gebackenen Keksen. Die Bäckerin war nur von hinten zu sehen, wie sie einen der Kekse an einem Tannenzweig befestigte.

»Oh, das sieht aber schön aus.« Hazels Augen leuchteten auf und sie klatschte sich vor Begeisterung in die Hände.

»Ja, das finde ich auch. Aber du wirst sehen, unsere Kekse werden mindestens genauso schön.« Ich deutete auf die Ausstechformen auf dem Tisch, die ich zusammen mit den Kugeln und den Figuren in der Weihnachtskiste gefunden hatte.

»Was hältst du von etwas Musik dazu?«

»Au ja. Darf ich auch singen?«

»Na klar. So laut und viel du willst.«

Fröhlich schaltete ich das Radio ein.

»I'M A LITTLE SNOWMAN, short and fat – ich bin ein kleiner Schneemann, klein und dick ...« Hazel sang aus vollem Hals den Song im Radio mit, während sie den Zuckerguss mithilfe eines Pinsels auf dem Keks verteilte. Ihre Wangen waren gerötet und ihre Augen glänzten golden hinter den schwarzen Wimpern. Die Nasenspitze sah aus, als hätte Hazel sie in Mehl getaucht. Es war mollig warm in der kleinen Küche und der Duft der frisch gebackenen Kekse hing in der Luft.

Mittlerweile waren drei Stunden vergangen und es dämmerte bereits. Langsam fing ich an, mir Sorgen um das Wohlbefinden von Grantham zu machen. Es sah der Köchin überhaupt nicht ähnlich, zu spät zu kommen.

»Der Schneemann ist toll geworden«, lobte ich die Kleine, die nichts davon zu bemerken schien, was auch gut so war. Sie hatte die ganze Zeit eifrig geknetet und anschließend die Plätzchen ausgestochen. Jetzt war sie dabei, die letzten Figuren mit Zuckerguss zu verzieren.

»Nun fehlen nur noch die Knöpfe.« Ich reichte ihr drei Zuckerperlen.

»Fertig«, krähte Hazel und schlug begeistert in die Hände. Ihre Augen strahlten vor Glück.

»Du bist eine richtige Bäckerin«, lobte ich die Kleine.

»Aber du hast mir geholfen«, sagte Hazel bescheiden.

»Ach, das bisschen.« Lächelnd winkte ich ab. »Ich finde, wir haben uns eine heiße Schokolade verdient. Was meinst du?«

Am Montag war ich mit Abigail nach Cirencester gefahren, um die Vorräte aufzustocken.

»Hast du auch Marshmallows dazu?«, fragte Hazel.

»Natürlich«, erwiderte ich und ging zum Küchenschrank, um die Becher, das Schokoladenpulver und die Marshmallows zu holen. Die Milch hatte ich bereits aufgesetzt. »Außerdem müssen wir unsere Kekse probieren.«

Ein leises Quietschen war die Antwort.

Ich beeilte mich, das Pulver in die warme Milch zu füllen, und rührte so lange, bis es sich aufgelöst hatte. »Willst du dir die Marshmallows selber reintun?« Ich hielt ihr die Tüte mit den winzigen weißen Schaumkugeln entgegen.

Blitzschnell griff Hazel in die Tüte, um dann eine Handvoll von der Süßigkeit auf ihrem Becher zu verteilen.

»Ich denke, das sind genug«, sagte ich schmunzelnd und stellte die Tüte zurück.

»Soll ich dir was vorlesen?«

»Au ja.« Hazels Köpfchen nickte eifrig.

»Was hältst du von ›Mrs Pepperpot's Weihnachten‹?«

Ich selbst liebte die Geschichten um Mrs Pepperpot, die sehr zu ihrem Leidwesen immer wieder auf die Größe eines Salz-streuers schrumpfte und dadurch wilde Abenteuer erlebte.

»Die kenne ich nicht.«

»Wirklich nicht? Dann wird es aber Zeit. Du und Tiffy setzt euch an den Ofen und ich hole schnell das Buch.« Erst gestern waren die neuen Bücher gekommen und ich hatte sie bereits heute Morgen einsortiert.

Als ich zurückkam, hatte sich Hazel auf die Bank neben dem Ofen gekuschelt. Tiffy lag auf ihrem Schoss und ließ sich geduldig von ihr streicheln. Als ich kam, sahen beide freudig zu mir hoch.

»Da bin ich«, sagte ich und ließ mich neben Hazel nieder. Kaum hatte ich mich gesetzt, rutschte Hazel zu mir und lehnte den Kopf gegen meine Schulter. Es rührte mich zutiefst, welches Vertrauen die Kleine in mich hatte.

Mit ruhiger Stimme fing ich an vorzulesen. Lediglich das Knistern des Feuers war im Hintergrund zu hören, unterbrochen durch die leisen Schlürfgeräusche, wenn Hazel einen Schluck aus ihrem Becher nahm.

»Mrs Pepperpot legte ihren Arm um den Hals von Mr Pepperpot und gab ihrem Mann einen Kuss. Fröhliche Weihnachten«, las ich das Ende vor.

»O wie schön.« Hazel seufzte. »Hast du auch einen Mann?« Ihre großen braunen Augen sahen mich fragend an.

Ich schüttelte den Kopf. »Nein, ich bin allein.«

»Und wo feierst du Weihnachten?«

»Keine Ahnung.« Tatsächlich hatte ich mir darüber noch keine Gedanken gemacht.

In diesem Moment klingelte es leise und Schritte näherten sich der Küche.

»Das muss Mrs Grantham sein«, vermutete ich.

»Och, schade«, sagte Hazel, »ich würde gern noch bleiben.«

Lachend strich ich ihr eine Locke aus dem Gesicht. »Du kommst mich einfach wieder besuchen. Einverstanden?«

»Au ja.« Hazel schenkte mir ein Lächeln, das selbst Steine zum Erweichen gebracht hätte.

»Hallo, Julia«, ließ mich Simons Stimme hochschauen. Augenblicklich schaltete mein Puls einen Gang höher. Seine Augen wanderten von mir zu seiner Tochter. Die Haare lagen entgegen seiner sonstigen Frisur wirr um seinen Kopf und er wirkte gehetzt. Sein Brustkorb hob und senkte sich, als hätte er einen Sprint hingelegt.

»Hallo, Hazel, mein Schatz.«

»Daddy«, begrüßte Hazel ihn strahlend. Tiffy die vor sich hingedöst hatte, beäugte den Eindringling neugierig.

»Was machst du denn hier? Wo ist Grantham?«, stotterte ich. Augenblicklich verdüsterte sich Simons Miene. Kein gutes Zeichen.

»Grantham ist krank und konnte nicht kommen«, erwiderte er mit sanfter Stimme.

»Ist es schlimm?«, fragte Hazel besorgt.

»Nein, ihr geht es bald wieder gut und ich soll dich ganz doll grüßen.« Simons Mund lächelte, aber seine Augen blickten sorgenvoll drein, woraus ich entnahm, dass es sich nicht ganz so verhielt, wie er sagte.

»Gut.« Hazel hüpfte von der Bank. »Julia und ich haben Kekse gebacken so wie in dem Buch. Schau mal, den habe ich ganz allein gemacht«, plapperte Hazel drauflos. »Und dann haben wir uns heiße Schokolade gemacht und Julia hat mir ›Mrs Pepperpot‹ vorgelesen.« Hazel nahm den Schneemannkeks von dem Auskühlgitter und zeigte ihn ihrem Vater.

»Wow, den hast du ganz allein gemacht? Wie toll.«

»Ja, und morgen helfe ich Julia beim Schaufenster, wenn ich darf.« Hazel schaute ihren Vater fragend an.

Simon räusperte sich. »Das müssen wir mal sehen.«

»Och.« Enttäuschung spiegelte sich auf Hazels Gesicht.

»Wenn es morgen nicht passt, können wir es auch ein andermal zusammen dekorieren«, versuchte ich sie zu beruhigen.

»Möchtest du einen Kaffee oder eine heiße Schokolade?« Simon sah aus, als ob er eine Tasse gebrauchen konnte. Seine Wangen waren von der Kälte gerötet und ich hatte bemerkt, wie er seine Handflächen unauffällig aneinandergerieben hatte. Vergessen war mein Groll gegen ihn. Das hier war offensichtlich ein Notfall. Ich war mir sicher, dass er nicht von allein zu mir gekommen wäre.

Er zögerte. »Ich würde gern bleiben, aber ich muss zurück ins Hotel. Durch Granthams Abwesenheit geht alles ein bisschen drunter und drüber.«

»Verstehe. Kann ich dir irgendwie behilflich sein?«

»Nein, danke.« Ein zartes Lächeln breitete sich auf seinem Gesicht aus. »Aber ich habe alles geregelt.« Er drehte sich zu seiner Tochter. »Hazel, Schätzchen, holst du deine Sachen?«

»Warte, ich helfe dir.« Lächelnd nahm ich ihr die Schürze ab. »Die wartet hier auf dich bis zum nächsten Mal.«

Die Kleine tobte los.

»Grantham hat Herzrhythmusstörungen und bleibt zur Beobachtung heute Nacht im Krankenhaus«, teilte Simon mir mit gesenkter Stimme mit, sodass Hazel ihn nicht hören konnte. »Die Ärzte rechnen damit, dass sie morgen wieder nach Hause kann. Aber sie wird sich schonen müssen.«

»Das tut mir sehr leid. Grantham ist so eine nette Frau.«

»Ja, ich fürchte, ich bin nicht ganz unschuldig an ihrem Zustand.« Er wirkte sichtlich zerknirscht.

»Warum denkst du das?«

»Ich habe ihr zu viel zugemutet, seit Hazels Mutter uns verlassen hat.« Die kleine Ader an seiner Schläfe trat pochend hervor.

»Verstehe, aber ehrlich gesagt glaube ich nicht, dass das der Grund ist.«

»Hoffentlich.« Unsere Blicke trafen sich. Sofort hatte ich das Gefühl, in seinen goldenen Seen zu versinken. Die Flügelspitzen der Schmetterlinge in meinem Bauch fingen an, nervös zu zittern. »Danke für deine Hilfe. Hazel ist ganz verliebt in dich. Ich wüsste nicht, was ich ohne dich gemacht hätte.«

Und du?

»Gern geschehen. Hazel ist ein tolles Kind und ich freue mich, wenn sie hier ist.« Meine Augen glitten hinunter zu seinem Mund, der so wunderbar küssen konnte.

Küss mich. Der Satz lief wie eine Dauerschleife in meinem Kopf.

Hazel kam vollständig angezogen zurück in die Küche gestürmt. »Fertig.«

»Warte, ich packe dir noch ein paar Kekse ein.« Das Blut rauschte in meinen Ohren, als ich zum Schrank ging, um eine kleine Blechdose herauszuholen. Sorgfältig legte ich einige der Kekse hinein und reichte sie Hazel. »Vielen Dank für deine Hilfe.« Ich ging in die Knie, um mich zu verabschieden. Ehe ich es mich versah, hatte Hazel ihre Arme um meinen Hals gelegt und gab mir einen feuchten Schmatzer auf die Wange.

»Ich hab dich ganz doll lieb«, flüsterte mir ihre helle Kinderstimme ins Ohr.

»Ich dich auch.« Ich fuhr ihr zärtlich mit der Hand über die Haare. »So, und nun ab mit dir. Wir wollen deinen Vater doch nicht ewig warten lassen.«

Ich gab ihr einen kleinen Klaps auf den Po.

Als ich hochsah, schaute ich geradewegs in Simons Gesicht. Verwunderung sprach aus seinem Blick. Ich schluckte.

»Nochmals vielen Dank«, verabschiedete er sich mit rauer Stimme.

»Bitte ruf mich an, wenn es Neuigkeiten von Grantham gibt.«

»Versprochen.« Simon nahm die Hand seiner Tochter.

Wir gingen zum Eingang.

»Bis bald.« Simons Augen schauten mich mit einer Intensität an, dass ich instinktiv die Luft anhielt.

»Bis bald«, sagte ich heiser. »Auf Wiedersehen, Hazel.«

Simon hatte den Wagen ein paar Meter entfernt von der Mühle geparkt. Im Hintergrund war die Weihnachtsmusik vom Markt zu hören.

»Es war so schön«, hörte ich Hazel plappern, während Simon sie auf dem Rücksitz anschnallte. »Ich durfte mir ganz viele

Marshmallows nehmen und Julia hat auch einen Becher getrunken.«

Als er fertig war, drehte er sich ein letztes Mal um und schenkte mir ein Lächeln. Dann setzte er sich und Sekunden später rollte der Wagen über den schmalen Weg davon.

Nachdenklich ging ich zurück ins Haus.

23 - JULIA

*S*eufzend schaltete ich ein Programm weiter, um festzustellen, dass im Fernsehen nichts Vernünftiges lief, außer irgendwelche schwachsinnigen Doku-Soaps, in denen sich alternde Stars ihren Fans von ihrer schlechtesten Seite präsentierten, um sich ihren Lebensstil weiterhin leisten zu können.

Dabei hatte ich gehofft, etwas Entspannung nach dem anstrengenden Tag zu finden. Abgesehen davon, dass im Laden viel los gewesen war, hatte mich die Sache mit Grantham doch ziemlich mitgenommen. Ich mochte die ältere Frau und es tat mir leid, dass es ihr nicht gut ging. Ich drückte den Aus-Knopf und rekelte mich genüsslich auf dem Sofa. Tiffy hatte es sich neben mir gemütlich gemacht.

Es klingelte an der Haustür.

»Nanu, wer kann denn das sein?«, murmelte ich verwundert.

Tiffy sah mich mit diesem Woher-soll-ich-das-wissen-Blick an.

Schwerfällig rappelte ich mich auf und eilte in den Flur. Es klingelte erneut.

»Bin ja schon da.« Mit einem Ruck zog ich die Tür auf.

Simon stand vor mir im Türrahmen. Sein Gesicht war keine Handbreit entfernt von mir. Sein Brustkorb hob und senkte sich schwer. Seine Wangen waren gerötet und die Haare lagen wirr um seinen Kopf.

War er den ganzen Weg vom Hotel hierhergelaufen?

»Simon, was machst du hier?«, stieß ich überrascht hervor. Im selben Moment wurde mir bewusst, dass ich nur in Pyjamahose und T-Shirt vor ihm stand. Meine Füße steckten in puscheligen, rosafarbenen Hausschuhen, die mir Natalie letztes Jahr zum Geburtstag geschenkt hatte. Ich hatte mich bereits abgeschminkt und die Haare zu einem lockeren Knoten am Hinterkopf zusammengebunden.

Ohne zu zögern, beugte er sich vor und zog mich an sich. Unsere Blicke trafen sich.

»Seit ich dich das erste Mal im Pub gesehen habe, kann ich an nichts anderes mehr denken als an dich. Du hast mich verhext«, sagte er mit rauer Stimme. »Ich begehre dich, wie ich noch nie eine Frau zuvor begehrt habe.«

»Das trifft sich gut, denn mir geht es genauso«, krächzte ich. Zu mehr war ich nicht mehr fähig.

Mit einem Schlag ließ Simon die Tür hinter sich ins Schloss fallen, ohne seinen Griff zu lockern. Seine Augen schimmerten im Licht wie flüssiger Honig. Sein Duft hüllte mich ein. Erregend und auf eine eigenartige Weise vertraut.

»Julia. Verdammt.« Sein Mund legte sich auf meinen. Ich gab ein leises Stöhnen von mir, als seine Zungenspitze durch meine Lippen stach. Er schmeckte so wunderbar nach ihm selbst. Besser als alles, was ich je zuvor gekostet hatte. Seine Finger glitten über die zarte Haut meines Halses, um dann unter meinen Haaren zu verschwinden. Seine Zungenspitze tauchte tief in mich ein, und ich schnappte nach Luft. Müsste ich eine Bewertung von eins bis zehn abgegeben, dann wäre dieser Kuss eine glatte Elf. Es war unglaublich. Simon war unglaublich.

Er presste mich mit seinem Körper gegen die Wand und ich konnte seinen harten Schwanz durch den Stoff seiner Hose spüren. Mein Unterleib zog sich lustvoll zusammen.

Vergessen waren all meine Bedenken, der Groll, den ich gegen ihn verspürt hatte. Alles, was ich wollte, war mit Simon zu schlafen. Ich wollte jeden Millimeter seines Körpers erkunden und mich in seine Armen fallen lassen.

Als er sich nach einer gefühlten Ewigkeit von mir löste, blieb ich atemlos in seinen Armen.

»Du bist wunderschön.« Mit dem Zeigefinger fuhr er sacht die Konturen meines Gesichts nach und hinterließ eine prickelnde Spur dort, wo er mich berührte. Jede Zelle meines Körpers schrie nach seinen Zärtlichkeiten.

Wir küssten uns erneut. Diesmal mit wilder Entschlossenheit. Ich krallte die Finger in seinen Rücken. Sein Mund löste sich und wanderte mit quälender Langsamkeit entlang meines Halses bis zu den Ohrläppchen. Als er anfing, daran zu saugen, entlocke er mir ein tiefes Stöhnen, was er mit einem heiseren Lachen quittierte, jedoch ohne sich davon abbringen zu lassen, weiterzumachen. Ein Lustschauer nach dem anderen lief durch meinen Körper.

Ich lehnte den Kopf gegen die Wand, um ihm mehr Platz für seine Zungenfertigkeit zu bieten. Meine Hormone hatten endgültig die Oberhand übernommen. Es gab kein Zurück mehr.

Er löste seinen Griff und ehe ich es mich versah, hatte er seine Arme um meine Taille gelegt und mich hochgehoben. Ich schlang meine Beine um seine Hüften. Unsere Lippen fanden sich erneut. Die Dielen knarrten unter seinen Schritten, als er mich scheinbar mühelos ins Wohnzimmer trug. Unsere Zungen neckten sich, sein Duft war dabei allgegenwärtig und feuerte meine Lust weiter an. Wenn ich gekonnt hätte, dann hätte ich den Duft in eine Flasche gefüllt und für immer konserviert.

So nahm ich einen tiefen Atemzug, um meine Lungen damit zu füllen.

Simon blieb stehen. Blinzelnd schnappte ich nach Luft.

Wie in Zeitlupe hob ich den Kopf und blickte geradewegs in seine Augen. Als ich die Leidenschaft und die Lust darin sah, wurde ich von einem leichten Zittern erfasst. Seine Fingerspitzen glitten über meinen Hals nach unten in den Ausschnitt meines Shirts hinein. Die Berührungen waren nicht mehr als das zarte

Streicheln einer Feder, aber es genügte, um jede Zelle meines Körpers in Aufruhr zu versetzen. Seine Hand strich forschend über meine Haut und ich zitterte vor Erregung. Es war unglaublich.

»Ich will dich«, stieß er rau hervor. »Ich will dich so sehr, dass es schmerzt.«

Unsere Augen suchten sich. Eine Frage lag in seinen, die ich stumm beantwortete.

Sanft entließ er mich aus seinen Armen. Im Hintergrund knisterte das Feuer im Kamin.

Er strich mit der Hand über meinen Rücken, um sie unter dem Saum meines Shirts verschwinden zu lassen. Ich schauderte, als er den dünnen Stoff über meinen Kopf zog. Schwer atmend blieb ich vor ihm stehen. Eine Gänsehaut bildete sich auf meinen Armen, als die warme Luft darauf traf.

Simon stöhnte. Seine Augen weiteten sich bei dem Anblick meiner schweren Brüste, die sich ihm freudig entgegenstreckten. Bei jedem anderen Mann wäre ich mir nackt und verletzlich vorgekommen. Bei Simon fühlte ich mich begehrt wie noch nie zuvor. Er streckte die Hand aus und seine Finger glitten forschend über die zarte Haut meines Dekolletés bis zu den Brustwarzen. Mit der genau richtigen Dosis an Druck fing er an, meine Brustwarzen zwischen seinen Fingern zu massieren. Erst ganz zart und dann immer fester.

Es war unglaublich. Heiße Wellen durchliefen meinen Körper.

Durch ihn ermutigt, schob ich seinen Pullover hoch, bis er mit freiem Oberkörper vor mir stand. Der Schein des Feuers zeichnete die Linien seiner Muskeln nach, sodass sie optisch stärker hervortraten. Wahnsinn. Für einen Moment hielten wir beide inne, um mit unseren Augen auf Wanderschaft zu gehen. Ich folgte der dunklen Linie seiner Brusthaare nach unten und bewunderte das perfekt geformte Sixpack.

»Vollendete Schönheit«, flüsterte er andächtig am Ende seiner Betrachtungen. Sein warmer Atem streichelte meine Wange. Ein wohliger Schauer rieselte meinen Rücken hinunter und ich schauderte.

Ich beugte mich vor und fuhr mit der Zungenspitze entlang seiner Muskelstränge. Simon verfolgte aufmerksam jede meiner Bewegungen. Lächelnd nahm ich seine Brustwarze zwischen meine Zähne und fing an, daran zu knabbern.

Stöhnend rief er meinen Namen und warf seinen Kopf in den Nacken. Ich genoss es, die Oberhand in unserem kleinen Spiel zu haben.

Sein Brustkorb hob und senkte sich schwer. Mit sanftem Druck schob er mich von sich. Dann beugte er sich vor, um sich seinerseits meinen Brüsten zu widmen. Als sein Mund meine Brustwarze umschloss und daran zu saugen begann, war es endgültig um mich geschehen. Es hätte nicht viel gefehlt und ich wäre gekommen. Ich stand unter Strom. Dort, wo er mich berührte, zogen winzige elektrische Schläge über meine Haut.

Ich stöhnte laut, was Simon ermutigte, seine Hand auf Wanderschaft zu schicken.

Instinktiv hielt ich die Luft an, als sich seine Fingerspitzen unter den Saum meiner Hose schoben. Ich war jetzt schon nass vor Lust.

Für den Bruchteil eines Wimpernschlages spürte ich ein Zögern.

»Hör nicht auf«, flehte ich heiser. »Bitte hör nicht auf.«

Seine Finger zogen die Pyjamahose nach unten. Ich schauderte, als der feine Stoff meine Beine entlangglitt und zu den Füßen wie ein welkes Blatt liegen blieb. Nur mit Slip bekleidet stand ich vor ihm. Meine Nackenhärchen stellten sich vor Erregung auf.

»Gleiches Recht für alle«, flüsterte ich. Zu mehr war ich nicht fähig.

Mit dem letzten bisschen Beherrschung, was mir noch geblieben war, öffnete ich den Reißverschluss seiner Hose und schob den schweren Stoff nach unten.

»Schon besser!« Meine Mundwinkel zuckten.

Es war das erste Mal, dass ich ihn fast nackt sah, und der Anblick raubte mir den Atem. Sein Körper war wie gemeißelt. Muskeln, Sehnen und eine perfekt geformte Brust und Hüfte. *Wahnsinn.*

Simons Hand schob sich entlang der Innenseite meines Oberschenkels hoch, um dann in meinem Slip zu verschwinden. Langsam tauchten seine Finger dort ein, wo er schon sehnsüchtig erwartet wurde.

Der Mann war nicht nur ein Meister im Küssen, auch hier erwies er sich als Virtuose, der genau wusste, was er tat. Erste Wellen liefen durch meinen Unterleib und es würde nicht mehr lange dauern, bis ich kam.

»Ich will dich spüren«, hauchte ich ihm ins Ohr.

Ein stummes Nicken war die Antwort. Mit einer fließenden Bewegung hatte er den Slip nach unten befördert. Gefolgt von seiner Hose.

Nackt standen wir einander gegenüber. Beim Anblick seiner prallen Männlichkeit stieß ich anerkennend die Luft aus, was ein zartes Lächeln auf sein Gesicht zauberte.

Mit einem Ruck hatte er mich angehoben und auf seinen Schoß platziert. Ein Zittern lief durch meinen Körper, als er seinen Weg in meine feuchte Mitte fand. Seine Hände umfassten meine Pobacken, um mich festzuhalten, während er mit kräftigen Stößen meine Lust in nie gekannte Höhen steigerte.

Als ich endlich kam, hörte die Welt auf zu existieren.

Es gab nur noch Simon und mich.

24 - SIMON

»O mein Gott.« Julia kuschelte sich schwer atmend an mich. Ihre Haut war von einem leichten Schweißfilm bedeckt. Sie hatte noch immer ihre Beine um meine Hüften geschlungen.

»Simon hätte genügt.« Lächelnd gab ich ihr einen zärtlichen Kuss auf die Stirn.

Sie sah wunderschön aus. Ihre Wangen waren vor Erregung gerötet. Einige Strähnen hatten sich aus ihrem Knoten gelöst und fielen ihr in die Stirn. Ihre Lippen waren von unseren Küssen geschwollen und schimmerten himbeerrot.

Der Sex mit ihr war einfach unbeschreiblich gewesen. Es war, als ob unsere Körper instinktiv gewusst hätten, was sie tun mussten, um dem anderen die höchste Lust zu verschaffen.

Jeder von uns beiden hatte gewusst, was der andere genau in diesem Moment gebraucht hatte. Es war, als ob wir einer stummen Choreografie gefolgt waren.

Ihre schweren Brüste lagen auf mir. Warm und weich.

Zärtlich strich ich ihr mit den Fingerspitzen über den Rücken.

Als die erste Welle des Orgasmus über uns hinweggerollt war, hatten wir uns in die Augen geschaut. Noch nie hatte ich etwas derartig Inniges mit einer Frau erlebt. Es war, als ob sie mir erlaubt hätte, in ihre Seele zu schauen.

»Geht es dir gut?«, flüsterte ich.

Julia gab einen zufriedenen Laut von sich. »Könnte nicht besser sein.« Sie bedeckte meine Brust mit winzigen Küssen. »Und dir?«

»Es war unglaublich.« Was noch untertrieben war.

Ein zufriedenes Lächeln huschte über ihr ebenmäßiges Gesicht. Julia war alles, was ich mir jemals erträumt hatte. Sie war sexy, modern und witzig. In ihrer Nähe verging die Zeit wie im Fluge. Noch dazu war sie liebenswert, mitfühlend und hatte ein Gespür für Menschen. Jeder, den ich bisher gesprochen hatte, kam aus dem Schwärmen über sie nicht mehr heraus.

Aber auch körperlich fühlte ich mich von ihr angezogen. Ihre herrlich weiblichen Rundungen und ihre sinnliche Ausstrahlung hatten mich vom ersten Moment an gefangen genommen.

Aber wie soll es mit uns weitergehen?

Unsere Lebensmittelpunkte waren komplett verschieden. Julia in London. Meiner hier in Bibury. Hinzu kam meine ungewisse Situation mit Tasha. Zwar hatte ich seit Monaten nichts mehr von ihr gehört bis auf ein paar kurze Nachrichten, trotzdem war sie die Mutter meines Kindes. Was, wenn sie zurückkam und ihren Platz hier an meiner Seite einforderte? Was war mit Hazel?

Fragen über Fragen.

Hör auf damit, beschwor ich mich selbst. Jetzt war nicht der richtige Moment, um sich über die Zukunft Gedanken zu machen. Ich wollte diesen kostbaren Augenblick mit Julia in meinen Armen genießen. Später würde auch noch Zeit sein, darüber nachzudenken.

Ich beugte mich vor und küsste ihre weichen Lippen.

»Mehr davon«, schnurrte Julia wie ein zufriedenes Kätzchen.

»Du kannst wohl nicht genug bekommen.«

»Nicht von deinen Küssen.« Sie schlug die Augen auf. »Noch nie hat mich ein Mann so geküsst wie du. Wo hast du das gelernt?«

»Naturtalent. Genau wie du.«

»Freut mich zu hören.« Sie lächelte und ihre Augen funkelten wie Saphire.

Langsam richtete sie sich auf. Ihre Haare fielen in goldenen Wellen über ihre Schultern bis hinunter zu den Brüsten. Die kleinen rosa Knospen lugten frech dazwischen hervor, als wollten sie mich locken. Im Hintergrund knisterte das Feuer und warf seine bizarren Schatten an die Wand.

»Du bist wunderschön, weißt du das?« Ich fuhr mit den Fingerspitzen sacht über ihr Dekolleté. Julia schauderte und eine Gänsehaut lief über ihren Körper. Langsam schob ich die Haare zur Seite, um ihre Brüste in voller Pracht zu bewundern. »Wäre ich ein Künstler, dann hätte ich meine Traumfrau genauso gemalt.«

Sie blinzelte lasziv.

Ich fuhr über die Innenseite der Arme runter zu ihren Händen. Unsere Finger verknoteten sich ineinander. Unsere Münder fanden sich. Ich nahm ihre verführerische Süße in mich auf und genoss die Vereinigung unserer Zungen.

Julia gab ein leises Stöhnen von sich. Unsere Blicke trafen sich. Verlangen stand in ihren Augen. Ein Verlangen, das nur ich stillen konnte.

Als sie mich in sich aufnahm, breitete sich ein zufriedenes Lächeln auf ihrem Gesicht aus.

»Hör nicht auf«, flüsterte sie kaum hörbar.

Das war das Letzte, was ich wahrnahm, bevor die Welt um uns ein zweites Mal aufhörte zu existieren.

25 - JULIA

*M*ein Blick wanderte zum Kamin, wo die Flammen munter tanzten und die Umgebung in ihr warmes Licht tauchten. Es war komplett still um uns herum. Simon lag neben mir und hatte die Augen geschlossen. Sein Brustkorb hob und senkte sich regelmäßig, woraus ich schloss, dass er schlief.

Wir hatten uns ein zweites Mal geliebt. Innig und voller Leidenschaft. Ich hatte mich in seinen Armen fallen gelassen und mich ganz seinen Zärtlichkeiten hingegeben.

Mein Leben in London schien mit einem Mal weit weg. Irgendwie fühlte es sich an, als ob ich schon immer in Bibury leben würde. Ein trügerisches Gefühl. Bald würde dieses Leben hier ein Ende haben. Diese Erkenntnis lag wie ein schwerer Stein auf meiner Brust.

Unwillkürlich musste ich an Natalies Rat denken. Nicht jeder Kuss ist der Dosenöffner zu deinem Herzen. Und doch hatte Simon es getan.

Ich war verliebt in diesen Mann. Entgegen aller Vernunft und Logik. Alles an ihm war mir auf eine eigenartige Weise vertraut. Sein Geruch, die Art wie er seine Haare mit den Fingern nach hinten strich, wenn er nervös war. Sein herrlich tiefes Lachen und nicht zuletzt diese unglaublichen Küsse, mit denen er mir das letzte bisschen Verstand geraubt hatte.

Mein Blick glitt über sein schlafendes Gesicht. Selbst jetzt sah er geradezu unverschämt gut aus. Im Stillen bewunderte ich seine ausgeprägten männlichen Gesichtszüge. Das markante Kinn, die geschwungenen Lippen und die gerade Nase ebenso wie die hohen Wangenknochen. Sein Anblick strahlte eine zufriedene Ruhe aus, wie ich sie bisher noch nicht an ihm wahrgenommen hatte. Die Falten, die sich normalerweise in seine Stirn gruben, waren verschwunden. Sein Mund war leicht geöffnet, während er tief Luft holte. Dabei gab er kleine zufriedene Geräusche von sich. Unwillkürlich musste ich lächeln. Vorsichtig fuhr ich ihm mit den Fingerspitzen über die Brust, um genau über der Stelle zu verweilen, an der sein Herz war. Mit kräftigen Schlägen hämmerte es gegen meine Handfläche, als wollte es mir etwas mitteilen.

Die Frage, die ich erfolgreich verdrängt hatte, tauchte wieder in meinem Kopf auf. Wie sollte es mit uns weitergehen?

Tief in mir drin wusste ich ohnehin, wie Simons Antwort ausfallen würde. Sein Leben war hier mit Hazel. Er hatte selbst gesagt, dass das Hotel sein Lebenstraum war, den er sich verwirklicht hatte. Ich konnte unmöglich von ihm verlangen, alles aufzugeben für eine ungewisse Zukunft in London.

Denn das würde es bedeuten. Schließlich gab es für mich hier in Bibury keine Beschäftigung mehr, wenn Mrs Benson den Buchladen verkaufen würde.

Ich stieß einen tiefen Seufzer aus.

Warum musste alles so kompliziert sein. Natürlich bestünde noch die Möglichkeit, mich selbst als Käufer zu bewerben, aber dazu müsste ich über einen gewissen finanziellen Rückhalt verfügen, den ich nicht hatte. Die Bezahlung in Toms Firma hatte gerade mal dafür gereicht, meinen Lebensunterhalt zu bezahlen, geschweige denn Rücklagen zu bilden. Das bisschen, was ich besaß, würde noch nicht einmal für das Cottage reichen.

Außerdem kannte ich Simon kaum. Ich konnte unmöglich all

meine Sicherheiten, mein Leben, meine Freunde und meine Wohnung aus einer Laune heraus aufgeben.

Und doch waren da diese tiefen Gefühle für Simon, die mich von innen aufzufressen schienen. Genau wie die Frage, wie es mit dem Laden weitergehen würde. In meinem Kopf drehte sich alles. Eine Frage warf die nächste auf und keine Lösung war in Sicht. Natalies Worte kamen mir erneut in den Sinn. Ja, vielleicht hatte sie recht und es wäre besser, ich würde aufhören, mir so viele Gedanken zu machen.

Kurzentschlossen beugte ich mich nach vorn und gab Simon einen zarten Kuss.

Er flatterte leicht mit den Lidern.

»Hm, was habe ich nur für ein Glück«, murmelte er verschlafen. Ich hatte schon Angst, es könnte nur ein Traum gewesen sein, dass mich die schönste Frau auf der Welt küssen würde.«

»Du alter Charmeur.« Ich versetzte ihm einen zärtlichen Schubs in die Seite.

»Hey, das war ernst gemeint«, protestierte er. »Du könntest ruhig ein wenig netter zu mir sein.«

Ich gab ihm einen Kuss. »Besser so?«

»Viel besser.« Schmunzelnd richtete er sich auf. Sein Oberkörper schimmerte fast golden im Schein des Feuers. Das Sixpack zeichnete sich unter seiner Haut ab. Sofort erwachte mein Lustzentrum. Dabei war ich total erledigt.

»Einen Penny für deine Gedanken.« Seine Augen versenkten sich in meine.

»Willst du das wirklich wissen?«, neckte ich ihn.

»Wenn du es mir nicht sagst, müsste ich es aus dir herauskitzeln.« Seine Finger krabbelten über meinen Rücken zu meinen Achseln.

Kichernd bog ich mich nach hinten. »Hör auf, ich sage es dir freiwillig.«

»Sehr gut.« Er sah mich erwartungsvoll an.

»Oder noch besser, ich zeige es dir.«

»Das klingt verheißungsvoll.« Seine Augen weiteten sich.

Lächelnd nahm ich sein Gesicht zwischen meine Hände und legte meinen Mund auf seinen. Minutenlang verharrten wir in einer innigen Umarmung. Ich genoss seinen Geschmack und seinen Duft. Herrlich.

Als ich mich löste, lag ein freches Grinsen auf seinem Gesicht.

»Du willst mich wohl umbringen.«

»Niemals. Aber wer weiß, wann du wieder vor meiner Haustür auftauchst.« Im selben Moment, in dem ich es ausgesprochen hatte, wusste ich, dass es ein Fehler war.

Das Lächeln verschwand aus seinem Gesicht und machte einem ernsten Ausdruck Platz.

»Julia.« Er holte tief Luft, als müsste er Kraft sammeln. »Ich würde dir gern mehr von mir geben, aber ich bin nicht frei. Hazel braucht mich.« Ein schmerzvoller Ausdruck trat in seine Augen. »Ihre Mutter hat uns vor einem Jahr einfach verlassen und war seitdem nicht einmal hier.«

Es dauerte einen Moment, bis ich die Informationen verarbeitet hatte. Welche Frau brachte es über das Herz, ihr Kind zurückzulassen? Entweder man musste sehr verzweifelt sein oder hartherzig. Letzteres konnte ich mir bei einem Mann wie Simon nicht als Partnerin vorstellen.

»Ich weiß, was du jetzt denkst«, sagte Simon traurig, als hätte er meine Gedanken gelesen. »Tasha ist nicht verkehrt. Sie liebt Hazel und …« Er holte tief Luft, als hätte sich eine schwere Last auf ihn gelegt. »Aber dieses Leben hier hat sie erdrückt. Sie musste raus, um sich selbst zu finden. Weg aus Bibury.«

Weg von ihrem Mann und Kind, vollendete ich den Satz im Stillen. Das war es also, was ihn die ganze Zeit davon abgehalten hatte, sich mir zu öffnen. Plötzlich ergab alles einen Sinn. Zwölf Monate waren er und Hazel allein. Ich vermochte mir gar nicht auszumalen, durch welche Hölle Simon gegangen war.

»Und wo ist deine Frau jetzt?«

»Wir sind nicht verheiratet.« Er fuhr sich mit den gespreizten Fingern durch die Haare. »Ich habe keine Ahnung, wo sich Tasha aktuell aufhält. Das letzte Mal, als ich sie gesprochen habe, war sie auf Bali.«

Indonesien. Von England eine halbe Weltreise entfernt. Unerreichbar für Mann und Kind.

»Hm. Und wann kommt sie wieder?«

»Ich weiß es nicht.« Seine Kiefermuskeln malmten unablässig.

»Das tut mir so leid.« Ein Kloß saß in meinem Hals und so sehr ich auch schluckte, er wollte nicht verschwinden.

»Ich brauche kein Mitleid«, erwiderte er harsch. Um seinen Mund hatte sich ein strenger Zug gelegt.

»Das meinte ich nicht. Es war eher auf mich bezogen. Ich dachte die ganze Zeit, dass du irgendeine Form von Spielchen mit mir treibst.« Unsere Blicke verhakten sich ineinander. »Hätte ich gewusst, welchen Grund du hast, dann hätte ich es verstanden.«

Er nickte stumm. »Als Tasha das erste Mal anfing, davon zu sprechen, dass ihr das Leben im Dorf zu eng sei, dachte ich, es wäre nur eine Phase. Wir haben lange darüber geredet und ich habe ihr versprochen, dass es besser werden würde, wenn sie sich in Bibury richtig eingelebt hätte. Aber Tasha tat sich schwer, auf die Menschen zuzugehen, und wurde immer depressiver. Als Hazel ungefähr vier Jahre alt war, fing Tasha wieder damit an. Sie sagte, das Leben hier würde sie erdrücken und sie müsste raus. Bibury, Hazel und ich würden ihr die Luft zum Atmen nehmen.« Seine Stimme war kaum mehr als ein heiseres Flüstern. »Wir haben uns immer mehr gestritten und irgendwann hat sie einfach nach dem Frühstück ihre Sachen gepackt und ist gegangen.« Er ballte die Hände zur Faust. »Ich hätte sie aufhalten müssen, aber ich war zutiefst verletzt.«

Dumpfes Schweigen legte sich über uns wie eine Decke. Simons Blick wanderte in die Ferne.

»Simon«, durchbrach ich schließlich die Stille. Ich nahm sein Gesicht zwischen meine Hände und zwang ihn so, mir in die Augen zu schauen. Es brach mir fast das Herz, ihn so leiden zu sehen. Sein Schmerz war förmlich spürbar.

»Niemand hätte Tasha aufhalten können. Wenn eine Frau den

Entschluss fasst, ihr Kind zurückzulassen, dann ist sie entweder sehr verzweifelt oder sehr sicher. So, wie es sich für mich anhört, war es das Letzte.«

Er sah mich traurig an. »Hazel war vollkommen durcheinander und hat nicht verstanden, warum ihre Mutter plötzlich nicht mehr da war. Wäre Grantham nicht gewesen, ich hätte nicht gewusst, wie ich es hätte schaffen sollen.« Das erklärte die enge Bindung zwischen Hazel und der Köchin. »Jedes Mal, wenn es an der Haustür geklingelt hat, dachte ich, es könnte Tasha sein. Bis heute habe ich die Hoffnung nicht aufgegeben, dass sie zurückkommt und die Mutter für Hazel ist, die unsere Tochter verdient hat.«

Seine Worte trafen mich wie ein Schlag in die Magengrube. Gleichzeitig wusste ich, dass ich kein Anrecht hatte, ihm deshalb böse zu sein.

»Du liebst Tasha sehr«, stellte ich fest.

Für den Bruchteil einer Sekunde wich er meinem Blick aus. »Tasha war meine erste große Liebe.«

Ich schluckte schwer. Seine Worte hatten mich getroffen, aber zumindest war er ehrlich. Ich konnte nicht erwarten, dass er das Gleiche für mich empfand wie ich für ihn.

»Simon, du bist mir zu nichts verpflichtet. Dabei sollten wir es belassen.« Ich hoffte, dass er das Zittern in meiner Stimme nicht bemerkte.

»Dann bist du nicht sauer auf mich?« Seine schuldbewusste Miene rührte mich.

»Wie könnte ich auf den Mann sauer sein, mit dem ich den heißesten Sex meines Lebens hatte«, versuchte ich zu scherzen.

Seine Mundwinkel zuckten belustigt. »Du willst also nur meinen Körper?«

»Wäre das so schlimm? Aber im Ernst. Ich mag dich. Alles an dir.« Ich wollte nicht, dass er sich in irgendeiner Form mir gegenüber schuldig fühlte, auch wenn es mir fast das Herz brach.

Er schwieg einen Augenblick. »Dann ist es okay für dich – das mit uns, so wie es ist?«

»Freundschaft Plus sozusagen. Na klar.«

»Viele meiner Bekannten leben in einer solchen Beziehung. So wissen wir beide wenigstens, woran wir sind. Es ist sowieso eine Frage der Zeit, wann Mrs Benson den Buchladen verkauft und ich wieder nach London zurückkehre.«

Etwas lag in seinem Ausdruck, das ich nicht deuten konnte.

»Wenn du damit leben kannst, kann ich es auch.« Dann beugte er sich vor und besiegelte unseren Pakt mit einem Kuss.

26 - JULIA

❄

»*M*usst du wirklich schon gehen?« Ich rekelte mich genüsslich und sah zu, wie Simon sich das Shirt überzog.

»Ich kann Ruby, meine Babysitterin, nicht so lange warten lassen«, brummte Simon. Seine Augen ruhten liebevoll auf mir.

»Verstehe.« Ich stand auf und schnappte mir mein Shirt, das achtlos auf dem Boden lag. Überall im Zimmer waren unsere Sachen verstreut.

Sein Blick folgte mir. »Habe ich dir schon gesagt, dass du wunderschön bist?«

»Das kann eine Frau gar nicht oft genug hören.« Ich ging auf die Zehenspitzen und gab Simon einen Kuss.

»Ich meine es ernst. Du bist die schönste Frau, die ich jemals gesehen habe. Alles an dir ist perfekt.« Sein Blick glitt zu meinen Brüsten, die sich ihm frech entgegenreckten. »Und dabei meine ich nicht nur dein Aussehen.«

»Hm. Mehr davon.« Ich kuschelte mich an ihn.

»Wenn ich so weitermache, kann ich nicht gehen.« Er machte eine Kopfbewegung zu seiner Körpermitte, wo sich eine beachtliche Beule unter seiner Hose abzeichnete.

»Dann fürchte ich, musst du bald wiederkommen, damit wir

das Versäumte nachholen können.« Ich legte meine Hand auf sein erregtes Glied.

Simon gab ein tiefes Stöhnen von sich.»Nichts lieber als das.« Ich verstärkte den Druck meiner Hand.

»Du bringst mich noch um meinen Verstand.« Er sah unglaublich aus, wie er vor mir stand. Am liebsten wäre ich ein drittes Mal über ihn hergefallen, aber ich wusste, dass er es bereuen würde, und deshalb ließ ich es sein.

Er war Vater und hatte seine Verpflichtungen, das musste ich akzeptieren, wenn ich unseren Pakt einhalten wollte.

Seine Arme legten sich um meine Taille.»Und es ist wirklich alles in Ordnung zwischen uns?«

»Meinst du nicht, dass es ein bisschen spät dafür ist, Zweifel zu haben?« Ich gab ihm einen Kuss.

»Ich wollte nur sichergehen.« Seine Blicke strichen zärtlich über mein Gesicht.

»Simon, ich bin froh, dass du ehrlich zu mir warst. Freundschaft Plus ist genau mein Ding.« Ich versuchte locker zu klingen.

Er nickte stumm, ohne den Blick von mir zu nehmen.

»Na, dann komm, sonst bist du zu spät.« Lächelnd schnappte ich mir seine Hand und zog ihn zur Tür.

»Du kannst mich wohl nicht schnell genug loswerden«, protestierte Simon gespielt.

»Ganz im Gegenteil. Aber wenn du noch länger bleibst, kann ich für nichts mehr garantieren.« Jetzt, wo ich die süße Frucht der Lust gekostet hatte, konnte ich nicht genug davon bekommen.

Simon drückte die Tür auf. Sofort wirbelte ein eiskalter Lufthauch durch den Flur. Eine Gänsehaut rieselte meinen Rücken und die Arme hinunter.

Eine Schneeflocke landete auf Simons dunklem Haar. Gefolgt von der nächsten.

»Es schneit!«, stieß ich überrascht hervor. Mein Blick wanderte zum Himmel. Bis auf das Licht, das durch die Fenster nach draußen fiel, war es dunkel. Im Gegensatz zu heute Mittag war es komplett windstill. Schneeflocken segelten durch die

Dunkelheit, um auf dem harten Boden liegen zu bleiben und sich zu einer hauchdünnen weißen Decke zu vereinen.

»Wie es aussieht, hat der Winter endgültig Einzug gehalten.« Ein Lächeln lag auf Simons Gesicht.

»Warte kurz.« Ich stürmte nach drinnen, um meinen dicken Daunenmantel zu holen. Das Naturspektakel konnte ich mir nicht entgehen lassen. Das letzte Mal, dass ich in London Schnee gesehen hatte, war schon eine Ewigkeit her. Ruckzuck hatte ich mir den Mantel übergeworfen und eilte zu Simon zurück.

Seine Mundwinkel zuckten belustigt, als ich in Pyjamahose und Mantel vor ihm stand. »Vielleicht solltest du dir noch ein Paar Schuhe anziehen.« Er deutete auf meine nackten Füße.

»Shit.« Hastig drehte ich mich um und schlüpfte in meine Uggs, die ich für alle Fälle neben der Haustür geparkt hatte.

»Schickes Outfit«, kommentierte Simon trocken.

»Mistkerl. Kaum hat man Sex mit euch, werdet ihr frech«, schraubte ich gespielt.

»Ich meine es ernst. Du siehst zum Anbeißen aus.« Sein Mund lächelte und aus seinen Augen sprach pure Zärtlichkeit.

»Das müssen deine Sexhormone sein, die noch durch deine Adern rauschen und deinen Blick trüben.« Schmunzelnd kuschelte ich mich an ihn.

»Sei doch froh.«

»Das bedeutete im Umkehrschluss, dass ich ständig mit dir Sex haben muss, damit du mich hübsch findest. Hm.« Ich grinste breit.

»Du hast es genau erfasst.«

»Na, das kann ja heiter werden.«

Er legte seinen Arm um meine Taille und führte mich nach draußen.

Trotz des Mantels kroch die Kälte meine Beine hoch. Es war komplett still. Kein Laut war zu hören, lediglich das Knirschen des Schnees unter unseren Füßen, als wir den schmalen Weg vom Cottage zur Straße gingen, wo Simon seinen Wagen abgestellt hatte.

Dicke Schneeflocken segelten an mir vorbei. Aus der Ferne waren die Umrisse von Abigails Cottage zu erkennen. Auf das Dach hatte sich bereits eine weiße Decke gelegt. Ebenso auf die Tannen, die dahinter aus dem Dunkel hervorstachen.

»O mein Gott, ist das schön.« Ich breitete meine Arme aus und legte meinen Kopf in den Nacken, die Zunge weit herausgestreckt. Langsam begann ich mich im Kreis zu drehen.

»Was machst du da?«, hörte ich Simon lachend sagen.

»Schneeflocken fangen«, gab ich glücklich zurück. Der Schneefall wurde mit jeder Minute stärker. Eiskalte Flöckchen landeten auf meiner Zunge, um dort zu schmelzen. Eine Kindheitserinnerung von einem meiner Aufenthalte bei Granny, die immer behauptet hatte, dass in Schneeflocken Wünsche versteckt waren und jedes Mal, wenn man es schaffte, eine mit der Zunge zu fangen, würde ein Wunsch in Erfüllung gehen.

»Stopp, mir wird noch schwindelig vom Zuschauen.« Simon hatte sich hinter mich gestellt und legte seine Arme um meine Taille. Mit klopfendem Herzen schmiegte ich mich an seinen warmen Körper.

»Das ist wunderschön. So ruhig und friedlich.« In London war die Freude über Schnee nur kurz. Der Verkehr kam zum Erliegen und die Straßen waren mit Autos verstopft. Überall wurde Salz gestreut, der die weiße Pracht innerhalb kürzester Zeit in einen braunen Matsch verwandelte.

»Schneeflöckchen sind die Schmetterlinge des Winters, die wie verliebt miteinander tanzen«, raunte Simon. Sein Atem streichelte von hinten meine Wange wie ein warmer Handschuh.

Ich kuschelte mich mit der Wange an seine Brust. Für einen winzigen Moment sagte keiner von uns ein Wort. Nur Simons gleichmäßiger, kräftiger Herzschlag drang an mein Ohr. Jeder genoss die Nähe des anderen, während der Schnee sich lautlos auf unsere Köpfe legte.

»Ich könnte für immer so stehen bleiben«, murmelte ich leise.

»Ich auch.« Der Druck seiner Arme verstärkte sich.

Ein unglaubliches Glücksgefühl breitete sich in mir aus und

stieg kribbelnd wie Brausepulver meinen Hals hoch. Aus der Ferne war der Ruf einer Eule zu hören.

»Ich muss los.« Bedauern sprach aus Simons Stimme. »Ruby wird schon genervt sein, dass es so spät ist.«

»Schade.« Langsam drehte ich mich zu ihm um. Schnee hatte sich auf seine Haare und die Jacke gelegt. Seine Augen schimmerten golden im Licht der Fenster, fast unwirklich. Er sah mich mit einem Ausdruck an, den ich nicht deuten konnte.

»Bis morgen.« Er gab mir einen Kuss.

Bis morgen, jubelte es in meinem Herzen. *Er will dich wiedersehen.* Es war das erste Mal, seit ich Simon kannte, dass er nicht die Flucht ergriff.

»Bis morgen.« Lächelnd sah ich ihm zu, wie er den Weg hochging. Am liebsten wäre ich zu ihm gelaufen und hätte ihn gebeten zu bleiben. Aber dann siegte meine Vernunft und ich blieb stehen, bis die Lichter seiner Scheinwerfer in der Dunkelheit verschwunden waren.

Als ich das Cottage betrat, kam es mir plötzlich schrecklich leer vor. Im Kamin brannte noch immer das Feuer. Hätte die Decke dort nicht am Boden gelegen, hätte man denken können, das alles hätte nicht stattgefunden.

Allein der Gedanke an den Sex mit Simon ließ eine brennende Röte von meinem Hals in meine Wangen steigen. Es war unglaublich gewesen. War das erste Mal Sex ein Herantasten gewesen, so war das zweite Mal von Leidenschaft und Experimentierfreudigkeit geprägt gewesen. Unsere Körper hatten sich wie alte Bekannte begrüßt, auf die man sich verlassen konnte, und doch war alles neu und aufregend zugleich gewesen. Noch nie hatte ich mich in den Armen eines Mannes so fallen gelassen.

Seine Küsse hatten meinen Verstand ausgeschaltet und mich alles vergessen lassen.

Freundschaft Plus. Hatte ich das wirklich vorgeschlagen? Ich schüttelte unbewusst den Kopf.

Tiffy kam auf leisen Pfoten auf mich zugelaufen.

»Na, meine Kleine.« Ich ging in die Knie und nahm sie auf den Arm. Ihre grünen Augen schauten mich wissend an.

»Was soll ich nur machen?« Jetzt, wo ich allein war, kamen meine ganzen Bedenken und Sorgen wieder zurück und nahmen mir fast die Luft zum Atmen. Ich vergrub mein Gesicht in Tiffys weichem Fell. Tränen hatten sich in meine Augen geschlichen. Ich vermisste Simon schon jetzt so sehr, dass es wehtat. Wie sollte es erst werden, wenn ich wieder zurück in London war. Aber Simon hatte ganz klar gemacht, dass er kein Interesse an einer festen Beziehung hatte. Er liebte noch immer die Mutter seines Kindes, auch wenn er es nicht direkt gesagt hatte. *Tasha war meine erste große Liebe*, hallte es durch meinen Kopf.

Heiße Tränen tropften aufs Fell. Tiffy gab ein lang gezogenes Miauen von sich.

»Entschuldige bitte.« Ich wischte mir mit dem Handrücken über das Gesicht, um die Tränen zu verscheuchen.

Shit. Shit. Shit.

Nur dieser erste verdammte Kuss war daran schuld, dass ich in diesem Gefühlsdilemma saß. Natalie hatte recht, ich war so ein schwaches Ding.

Seufzend ging ich die Treppe nach oben.

Kaum war ich im Schlafzimmer angekommen, als das Handy brummte. Natalie hatte geschrieben.

Und wie war dein Tag? Was macht der heiße Hotelbesitzer?

Schniefend setzte ich Tiffy aufs Bett.

Langsam wirst du mir unheimlich. Kannst du Gedanken lesen, tippte ich und drückte auf Senden.

Moment. Was ist passiert?

Ich holte tief Luft. *Ich habe mit Simon geschlafen.*

Waaaas?

Sekunden später klingelte mein Telefon.

»Ich fasse es nicht!«, kreischte Natalie ins Mikrofon. »Du hast mit dem Typen geschlafen? Aber das ist ja unglaublich.«

»Ich bin so unglücklich«, fing ich an zu schluchzen.

»O Gott, was ist passiert?«

»Nichts. Es war nur so unglaublich schön.«

»Puh, kannst du mir bitte nicht so einen Schreck einjagen. Ich dachte schon, der Typ hat sich als Schwein herausgestellt.«

»Aber er hat eine Freundin«, schluchzte ich weiter. Langsam kam ich in Fahrt.

»Der Typ ist verheiratet und hat es dir erst jetzt gesagt?«, schnaubte Natalie wie ein Gaul.

»Nein. Hazels Mutter. Seine große Liebe.« Tränen kullerten mir die Wange hinunter.

»Das hat er dir so gesagt?«

»Nicht ganz. Tasha wäre seine erste große Liebe gewesen.«

»Die offensichtlich vorbei ist, denn sonst wäre er nicht mit dir in die Kiste gestiegen.«

»Das ist nicht so einfach.« Mit wenigen Worten schilderte ich ihr Simons augenblickliche Situation so, wie ich sie verstanden hatte. »Ich glaube, ich habe mich verknallt«, beendete ich meine Schilderung mit dem entscheidenden Satz.

»Du hast was?«

»Ich habe mich verknallt«, gab ich kleinlaut zu.

»Oh, Julia.« Ich konnte förmlich sehen, wie Natalie den Kopf schüttelte. »Was machst du nur für Sachen.«

»Ich weiß«, piepste ich.

»Ich habe dir doch gesagt, dass du dein Herz nicht öffnen sollst, nur weil ein Typ gut im Bett ist.«

»Ich bin nun mal wie ich bin.«

Mein Blick wanderte zum Fenster. Dicke Schneeflocken segelten vorbei und ein Teil davon sammelte sich auf der Fensterbank.

Ein leises Gluckern war im Hintergrund zu hören.

»Sorry, ich musste dringend pinkeln.«

»Das fällt dir ein, während ich dir mein Herz ausschütte.« Das Rauschen der Wasserspülung setzte ein.

»Was soll ich machen. Außerdem kannst du mich ja nicht sehen.«

»Das macht es nicht besser.«

»Erzähl doch mal, wie der Sex mit Simon so war.«

»Wahnsinnig. Sexy. Erregend. Frech. Einfach unglaublich. Der Mann ist nicht nur gut im Küssen. Allein, was der mit seinen Fingern und seiner Zunge gemacht hat, war unglaublich.«

»Weiter …«, forderte Natalie.

»Was? Warum?«

»Weil ich gleich komme, wenn du noch ein bisschen erzählst.«

»Natty! Wir reden hier von mir. Also reiß dich zusammen.«

»Babe, was ist los?«, drang eine verschlafene Stimme zu mir durch.

»Du bist nicht allein«, stellte ich fest.

»Nein, aber nichts von Bedeutung.« Natalie machte eine kurze Pause. »Schlaf weiter, Tiger«, fuhr sie mit gesenkter Stimme fort.

»Tiger. Soso.«

»Erzähle ich dir ein anderes Mal. Aber zurück zu dir. Du musst diesem Simon unbedingt sagen, was du fühlst.«

»Nein, das werde ich auf keinen Fall«, widersprach ich. »Wir haben einen Deal miteinander geschlossen.«

»Aha, und der lautet?«

»Freundschaft Plus.«

Natalie brach in hysterisches Wiehern aus. »Das ist doch jetzt ein Scherz. Eben erzählst du mir, dass du verknallt bist, und im gleichen Atemzug erzählst du mir von einem Deal. Das kann doch niemals klappen.«

»Ich weiß, aber du hättest ihn sehen sollen. Er hat so viele Schuldgefühle wegen seiner Freundin. Ich konnte unmöglich sagen, was ich fühle, denn dadurch hätte er sich nur schlecht gefühlt.«

»Sprach der Robin Hood der Liebe – Julia Claire Campbell.«

»Du kennst Simon nicht. Er liebt seine Tochter und seine Freundin.«

»Das widerspricht der Tatsache, dass er mit dir in die Kiste gehüpft ist.«

»Zwölf Monate sind eine lange Zeit.«

»Das ist eine Ausrede und keine Entschuldigung«, sagte Natalie.

»Ich weiß.« Gedankenverloren spielte ich mit einer Strähne zwischen meinen Fingern.

»Und wie willst du jetzt mit der ganzen Situation umgehen?« Nachdenklich sah ich zum Fenster, vor dem noch immer Schnee fiel. Simons goldene Augen tanzten durch meinen Kopf. »Ich werde einfach jede Minute genießen, die mir mit ihm vergönnt ist«, sagte ich entschieden.

»Das klingt gut. Und was ist anschließend?«

»Du meinst, wenn ich wieder in London bin?«

»Ja.«

»Dann heule ich mich bei dir aus«, sagte ich lächelnd.

»Das klingt doch nach einem guten Plan«, meinte Natalie.

»Babe, komm schlafen«, maulte die Stimme im Hintergrund.

»Du, ich muss Schluss machen«, flüsterte Natalie.

»Kein Problem. Danke, dass du mir zugehört hast.« Tatsächlich sah ich die Situation schon wesentlich klarer, jetzt, nachdem ich mit ihr gesprochen hatte.

»Dafür sind Freundinnen doch da. In guten wie in schlechten Zeiten. Schlaf gut.«

»Du auch.« *Klick.* Natalie hatte aufgelegt.

Nachdenklich legte ich das Handy auf den Nachttisch.

Tiffy schaute mich mit ihren Smaragdaugen fragend an.

»Ich werde etwas tun, das ich noch nie in meinem Leben getan habe«, teilte ich ihr mit. »Ich werde den Dingen einfach ihren Lauf lassen und versuchen nicht nachzudenken. Was meinst du?«

Tiffy gab mir einen sanften Stups mit der Nase.

»Schön, dass wir wieder mal einer Meinung sind.« Lächelnd schaltete ich das Licht aus.

27 - JULIA

❄

*A*ls ich am nächsten Morgen aus der Haustür trat, traute ich meinen Augen nicht. Der Schneefall hatte aufgehört und ein strahlend blauer Himmel überspannte das Dorf. Ich blieb einen Moment stehen, um die Winterstille auf mich wirken zu lassen.

Eine glitzernde weiße Decke hatte sich wie von Zauberhand über die Landschaft gelegt. Die Äste der Tannen hingen wie Schnurrbärte nach unten und die Büsche rund um das Cottage sahen aus wie mit Sprühsahne überzogen.

Die Trockensteinmauer zog sich durch die weiße Pracht wie eine graue Schlange.

Ich hatte die Nacht gut geschlafen. Das Brennen zwischen meinen Beinen hatte mich heute Morgen beim Weg unter die Dusche daran erinnert, was ich gestern getan hatte und mir die Röte ins Gesicht gezaubert. Auch jetzt wurde mir ganz heiß bei dem Gedanken an Simon. Ich konnte es kaum abwarten, bis ich wieder in seinen Armen lag, aber zuerst würde ich mich um die Schaufensterdekoration kümmern. Morgen war Markttag und es wurden laut Martha und Lisbeth jede Menge Touristen erwartet.

Das Knirschen meiner Schritte auf der Schneedecke durchbrach die Stille. Ich nahm einen tiefen Atemzug, um meine

Lungen mit der klirrend kalten Luft zu füllen. Gut gelaunt ging ich die wenigen Meter bis zur Mühle. Tiffy, die eingekuschelt unter meinem Mantel war, streckte neugierig den Kopf heraus.

»Na, gefällt dir der Schnee?«

Tiffy schüttelte den Kopf. Manchmal wurde ich den Eindruck nicht los, dass das Kätzchen dachte, sie wäre ein Mensch. »Nicht? Wie schade.«

Fröhlich stapfte ich den schmalen Weg hoch. Auch über die Mühle hatte sich eine dicke Schneedecke gelegt. Eiszapfen, die wie unecht aussahen, so gleichmäßig geformt, hingen glitzernd vom Mühlrad herab. Das Ladenschild war halb verdeckt von der glitzernden Pracht. Die Rosenbüsche sahen aus, als hätte man sie mit Puderzucker überzogen. Nur der Bach gluckerte leise vor sich hin, als wäre nichts passiert.

Ich zog das Handy aus der Tasche, um ein Foto zu machen. Mum und Natalie würden staunen, wenn sie den Schnee sahen. *Mein Anblick heute Morgen.* Mit einem Klick hatte ich das Bild an Mum und Natalie verschickt.

Fröhlich steckte ich das Handy zurück in die Tasche.

In diesem Moment tauchte Martha ein paar Meter entfernt auf dem Gehweg auf, den Schirm unter den Arm geklemmt. Sie hatte einen Schneebesen in der Hand und winkte mir freudig zu, als sie mich sah.

»Hallo, Martha«, begrüßte ich die ältere Frau.

»Hallo, Julia.« Ein breites Lächeln lag auf Marthas Gesicht. Sie hatte sich einen Wollpullover mit tanzenden Rentieren darauf übergezogen und ihre Füße steckten in dicken Stiefeln. An den Ohren baumelten rote Christbaumkugeln. »Hallo, Tiffy.« Das Kätzchen streckte neugierig seinen Kopf in Höhe meines Dekolletés aus dem Mantel.

»Ist der Schnee nicht herrlich?«, sagte ich.

»Ist das der Grund, warum du so strahlst?« Martha sah mich mit forschendem Blick an. »Du siehst aus, als hätte man bei dir von innen eine Glühbirne angeknipst.«

Eine verräterische Wärme zog meinen Hals hoch. Sah man es

278

mir tatsächlich so offensichtlich an, dass ich den fantastischsten Sex meines Lebens gehabt hatte?

»Ich habe einfach gute Laune wegen des Schnees«, versuchte ich gleichgültig zu klingen, was mir nur mäßig gelang. Allein der Gedanke an Simon genügte, um meinen Puls auf Rekordgeschwindigkeit zu beschleunigen. Und meine Wangen fühlten sich an, als würde jemand einen Bunsenbrenner darauf gerichtet halten. »Soso.« Sie sah mich wissend an.

»Sehen wir uns heute Abend zu unserer Leserunde?«, fragte ich. Die Frauen des Bibury Buchclubs, wollten sich heute, einen Tag früher als geplant, bei mir in der Mühle treffen.

»Das würde ich mir nicht entgehen lassen.« Martha zwinkerte mir zu. »Endlich mal eine Abwechslung, noch dazu mit so netten Frauen. Lisbeth und ich kommen auf jeden Fall.«

»Gut, dann bis später«, verabschiedete ich mich freundlich.

Es war kühl in der Mühle, als ich eintrat. Das Feuer war ausgegangen. Etwas, woran ich mich gewöhnen musste. In meiner Wohnung in London war es immer warm.

Vorsichtig entließ ich Tiffy aus seinem kuscheligen Transportmittel. Dann machte ich mich daran, den Kamin und den Ofen in der Küche in Gang zu setzen. Schließlich sollten es meine Kunden angenehm warm haben, wenn sie den Laden betraten. Außerdem wollte ich die Dekoration für das Schaufenster erneuern. Nicht, dass es nötig gewesen wäre, aber ich wollte die kurze Zeit, die ich noch hier war, nutzen.

Mein Blick fiel auf den Stapel mit den Kochbüchern gleich neben dem Eingang. Unwillkürlich musste ich an Simons Köchin denken. Ob es der guten Grantham besser ging? Eigentlich hatte ich Simon anrufen wollen, dabei war mir eingefallen, dass ich seine Nummer nicht hatte. Also hatte ich an der Rezeption angerufen. Eine fremde Stimme hatte mich begrüßt und mir mitgeteilt, dass Grantham auf unbestimmte Zeit nicht im Hause sei. Also hatte ich unverrichteter Dinge wieder aufgelegt. Ich würde Simon fragen, wenn ich ihn sah. Seufzend nahm ich die Holzscheite aus dem Korb und legte sie in den Kamin.

❄

ZUFRIEDEN HÄNGTE ich die letzten Kekse, die Hazel und ich gebacken hatten, an die Tannenzweige im Schaufenster. Ich hatte versucht, die Darstellung aus Harriets Backbuch so naturgetreu wie möglich nachzustellen. Zusätzlich hatte ich Schneeflocken aus Papier gebastelt und mit goldenem Glitzerspray besprüht.

Ich trat einen Schritt zurück, um das finale Werk zu betrachten. Wie schon beim ersten Mal hatte ich das Kätzchen und die Mäuse in der Szenerie verteilt. Die Vögel hielten ein Banner in ihren Schnäbeln, auf das ich mit Goldschrift »*Bald ist Weihnachten*« geschrieben hatte. Im Gegensatz zum letzten Mal hatte ich meine Lieblingsweihnachtsbücher rund um die Figuren verteilt. Wenn mein Plan aufging, würden die Betrachter so zum Kauf animiert werden.

Im Buchladen roch es angenehm nach Tannenduft, der von einer Kerze stammte, die ich letzte Woche in Cirencester erstanden hatte. Den ganzen Vormittag waren die Besucher in den Laden geströmt und hatten bei einer Tasse Tee oder Kaffee in den Büchern gestöbert. Dazu hatte ich eine Schale mit den restlichen Keksen auf den Tisch neben den Kamin gestellt. Bis auf ein paar Krümel war alles aufgegessen worden. Dafür war die Kasse gefüllt. Mrs Benson würde sich freuen, wenn sie die neuesten Zahlen zu hören bekam.

Schmunzelnd nahm ich die leere Schale in die Hand, um sie in die Küche zu bringen, als mich ein leises Klopfen hochschauen ließ.

Abigails lachendes Gesicht blickte mir durch das Fenster in der Tür entgegen. Ich beeilte mich, ihr aufzuschließen.

»Hallo, Julia«, begrüßte mich meine Freundin und drückte mir einen Kuss auf die Wange. »Bin ich die Erste?« Sie schielte hinter meinen Rücken, als könnten sich die übrigen Teilnehmer des Buchclubs dort versteckt haben.

»Ja, bist du. Schön, dass du da bist.«

Abigail schüttelte sich wie ein Hund. »Was für ein Wetter.«

»Das kannst du laut sagen. Ich war komplett geflasht heute Morgen, als ich aus der Haustür getreten bin.« Ich nahm ihre Jacke entgegen und hängte sie an den Haken neben dem Eingang. »Wenn es weiter so kalt bleibt, feiern wir weiße Weihnachten.« Abigail zog die Taschenbuchausgabe von »Eine englische Köchin« hervor. »Das Buch ist ziemlich gut bisher.«

»Dann hast du es also gelesen«, stellte ich zufrieden fest.

»Na klar, das war doch die Aufgabe. Ich habe uns ein bisschen was zu naschen mitgebracht.« Sie holte eine Schachtel Weihnachtspralinen aus ihrer Tasche hervor.

Stimmen waren von draußen zu hören und Martha, Daisy, Bessie und Lisbeth tauchten vor dem Schaufenster auf. Ein begeisterter Ausdruck lag auf ihren Gesichtern. Ich eilte zur Tür, um meine Gäste hereinzulassen.

»Da seid ihr ja«, begrüßte ich die fröhliche Frauentruppe. »Und pünktlich wie die Maurer.«

»Natürlich, schließlich geht es hier um unseren Buchclub«, sagte Martha und drückte mir einen freundschaftlichen Kuss auf die Wange. »Ich bin immer ganz aufgeregt deswegen.«

»Wir haben auch eine Kleinigkeit mitgebracht.« Daisy wedelte fröhlich einem Körbchen, in dem ich Käse und Baguette erkennen konnte.

»Und ich habe uns einen Salat gemacht.« Lisbeth hielt eine Tupperschüssel in die Höhe.

»Dafür habe ich ein paar Knabbersachen dabei.« Bessie deutete auf die Jutetasche, die sie sich umgehängt hatte.

»Na, dann kann uns ja nichts mehr passieren«, sagte ich lächelnd. »In der Küche wartet nämlich frisches Lavendel-Shortbread auf euch.«

»Oh, wohl passend zu der Schaufensterdekoration«, flötete Martha begeistert. Ich hatte ein Schälchen mit Lavendelzweigen auf den Tisch gelegt.

»Harriet hat mich inspiriert«, gab ich zu.

»Harriet?« Martha sah mich fragend an.

»Ich habe beim Aufräumen ein altes Backbuch gefunden, von

dem auch die Ideen für das Schaufenster stammen. Die Besitzerin hieß Harriet Emma Pelham.«

»Bethanys Großmutter«, stieß Martha hervor.

»Kanntest du sie?«, fragte ich.

»Harriet war eine Institution bei uns im Dorf. Wir Kinder sind jeden Morgen bei der Mühle vorbeigelaufen, um einen Keks oder ein Brötchen zu ergattern.«

Lisbeth und Bessie nickten.

»Ich habe Harriets Lavendelkekse geliebt und mich immer gefragt, was mit ihren Rezepten passiert ist«, meinte Lisbeth nachdenklich.

»Sie hat sie alle in einem Buch aufgeschrieben und Skizzen dazu gemacht.«

»Das muss ich sehen.«

»Ist in der Küche. Ich zeige es euch, wenn ihr mitkommt.«

Schnatternd folgten mir die Frauen.

Der Ofen lief schon den ganzen Tag und verströmte eine angenehme Wärme. Es roch wunderbar nach Keksen und einem Hauch von Lavendel.

Die Frauen nahmen auf den Stühlen Platz. Ich hatte bereits Becher, Teller und die Schale mit dem Lavendel-Shortbread auf den Tisch gestellt.

»Hier ist es.« Ich legte das aufgeschlagene Buch auf den Tisch, sodass jede der Frauen es sehen konnte.

»Meine Güte, ich wusste gar nicht, dass die alte Harriet so eine Künstlerin war«, sagte Martha andächtig.

»Seht euch nur die wunderschönen Zeichnungen an!«, rief Lisbeth. »Traumhaft schön.«

»Ja, ich war auch ganz begeistert, als ich es entdeckt habe«, gestand ich.

»Dann hast du die Idee zu deiner Dekoration im Schaufenster von Harriet«, schloss Martha haarscharf.

Ich nickte.

»Aber woher kommen die Figuren?«, wollte Bessie wissen.

»Die haben Abigail und ich in einer Kiste gefunden«, erklärte ich.

»Weiß Bethany davon?« Martha schaute mich mit großen Augen an.

»Klar, ich habe sie sofort angerufen. Aber sie hat kein Interesse an den Sachen und hat mir das Buch geschenkt inklusive der Figuren.« Ein wissender Seufzer ging durch die Gruppe der Frauen.

»Hast du eine Ahnung, von wem die Holzfiguren stammen?«

»Leider nein. Ich könnte mir vorstellen, dass ihr Mann die gemacht hat«, mutmaßte ich.

»Möglich wäre es«, sagte Martha nachdenklich. »Ich erinnere mich kaum an ihn. Angus war ein ruhiger Mann mit einem großen Herz und riesigen Händen. Wie Klodeckel so groß.«

»Eigentlich müsstest du das Buch veröffentlichen«, sagte Daisy und blätterte eine Seite weiter.

»Darüber habe ich tatsächlich auch schon nachgedacht.« Der Gedanke war mir beim Dekorieren des Schaufensters gekommen. »Durch meine Arbeit bei *Sunshine Books* habe ich einige Kontakte gesammelt. Vielleicht könnte ich einen der Vertreter anschreiben.«

»Das wäre durchaus zu überlegen. Rezepte wie die von Harriet stehen bei den Hipstern groß im Kurs und noch dazu, wenn sie so schön dargestellt sind wie in Harriets Buch«, warf Lisbeth ein.

Ich schaute die ältere Frau verwundert an. Niemals hätte ich hinter der spießigen Fassade einen derart modernen Geist erwartet.

Nur weil ich älter bin, bedeutet es nicht, dass ich keine Ahnung habe. Ich bin auf Instagram und Facebook.«

»Ich muss sagen, Lisbeth, du überraschst mich immer wieder«, sagte Martha mit einem breiten Grinsen auf dem Gesicht.

»Jetzt haben wir so viel über das Backen geredet. Ich muss jetzt einen dieser Kekse probieren.«

»Dafür sind sie schließlich da«, erwiderte ich lachend.

»Also gut. Überredet.« Mit spitzen Fingern angelte sich Bessie ein Stück aus der Schale und biss ab.

»O mein Gott! O mein Gott«, quetschte sie zwischen zwei

Bissen hervor. »Das sind ja wohl die leckersten Kekse, die ich seit Langem gegessen habe.«

»Wer von euch möchte Tee? Ich kann euch ›Heiße Liebe‹ oder ›Glühende Leidenschaft‹ anbieten.« Ich ließ meinen Blick durch die Runde schweifen.

»Meine Güte, bei dir im Teeregal ist ja mehr los als in meinem Bett«, kicherte Daisy.

»Für mich ›Heiße Liebe‹. Davon kann man als Frau gar nicht genug bekommen«, meldete sich Abigail.

»Das nehme ich auch«, sagte Lisbeth.

»Also, ich hätte nichts gegen ›Glühende Leidenschaft‹ einzuwenden.« Martha legte ihr Taschenbuch auf den Tisch.

»Da mache ich auch mit.« Daisy zog ebenfalls ihr Buch aus der Tasche.

»Habt ihr die Sache mit Simons Köchin gehört?«, fragte Martha.

Ich zuckte kaum merklich zusammen. Langsam goss ich das heiße Wasser in die Becher.

»Nein, wieso? Was ist passiert?«, fragte Abigail. »Ich war den ganzen Tag unterwegs und habe mal wieder nichts mitbekommen.«

»Die arme Flora ist im Krankenhaus gelandet. Sie hat wohl einen Herzinfarkt gehabt.«

»Nein, es waren nur Herzrhythmusstörung«, verbesserte ich sie gedankenverloren.

»Was? Woher weißt du das?«, fragte Daisy. Alle Augen waren auf mich gerichtet.

»Ähm, ich habe Simon durch Zufall getroffen und der hat es mir erzählt«, stammelte ich und betete, dass die Frauen das Zittern in meiner Stimme nicht bemerken würden.

»Gott sei Dank«, dann ist es ja nicht so schlimm, wie wir dachten«, sagte Abigail, den Blick fest auf mich gerichtet. Ahnte sie etwas?

»Der arme Simon. Ohne Flora ist es nicht leicht für ihn. Soweit ich weiß, ist seine Mutter auf dem Weg, um sich um die

Kleine zu kümmern«, sagte Bessie.

»Wenigstens ist Hazel dann gut versorgt«, sagte Abigail.

»Dann müssen wir nur noch beten, dass Grantham schnell wieder gesund wird und Weihnachten mit ihrer Familie feiern kann.« Alle nickten zustimmend.

»Die Familie hat in den letzten Jahren wirklich genug mitgemacht«, meinte Lisbeth.

»Wie meinst du das?«, fragte ich.

Die Frauen tauschten kurze Blicke untereinander. »Du hast bestimmt von Simons Unglück gehört?«

Ich schüttelte den Kopf, schließlich sollten die Frauen nichts von meinem persönlichen Interesse ahnen.

»Erst ist sein Vater gestorben, den er sehr verehrt hat, und dann ist seine Freundin einfach verschwunden.«

»Verschwunden?« Ich runzelte die Stirn.

»Tasha ist einfach gegangen und hat Simon und ihr Kind zurückgelassen. Ich habe das Bild noch genau vor Augen, wie sie morgens mit einer Tasche über der Schulter die Straße entlanggegangen ist. Damals wusste ich nicht, dass es das letzte Mal sein würde, dass ich sie sehe«, schnaubte Martha. »Ich meine, welche Frau macht so etwas?«

»Schrecklich«, murmelte ich. Einmal mehr wurde mir bewusst, durch welche Hölle Simon gegangen sein musste. Kein Wunder, dass er sich nicht neu binden wollte.

»Allerdings«, bestätigte Daisy und trank einen Schluck aus ihrem Becher.

»Der arme Mann hat gelitten wie ein Hund.« Bessie nahm ein weiteres Stück Shortbread in die Hand. »Und auch die Kleine hat es schwer mitgenommen. Hat jeden Tag geweint und nach ihrer Mutter gerufen.«

»Es ist bewundernswert, wie Simon das geschafft hat«, meinte Daisy.

»Wie war denn Simons Frau?«, fragte ich so gleichgültig wie möglich.

»Tasha war nicht seine Frau, sondern seine Lebensgefährtin«, mischte sich Abigail in die Unterhaltung ein. »Wie kann man Tasha am besten beschreiben. Sie war ein absoluter Hingucker. Groß, schlank, wunderschöne Augen und sehr lebhaft. Ihre Hände haben sich die ganze Zeit wie flatternde Vögelchen bewegt, wenn sie etwas erzählt hat. Sie war kreativ. Aber etwas lag in ihrem Blick wie bei jemandem, der auf der Flucht ist.«

»Auf mich hat sie nie einen besonders glücklichen Eindruck gemacht«, fügte Daisy hinzu. »Ich habe mich ein paarmal mit ihr getroffen, aber irgendwie ist der Funke nie übergesprungen. Es war, als ob sie kein Interesse gehabt hat, hier Fuß zu fassen.«

So langsam fügte sich in meinem Kopf ein Bild zusammen und ich konnte Simons Frau förmlich sehen.

»Aber das ist Geschichte«, sagte Martha. »Ich glaube nicht, dass sie jemals zurückkommt.«

War das der Grund, warum Simon nie über seine Ex sprach? Langsam ergab alles einen Sinn. Das Verschwinden der Mutter war der Grund, warum Hazel in den vergangenen Monaten so selten gelacht hatte. Das Erlebnis musste beide – Simon und Hazel, stark geprägt haben.

Für einen Moment herrschte betretenes Schweigen.

»Hey, genug davon« durchbrach Abigail die Stille. »Schließlich sind wir hier, um zu lesen und nicht, um über Simons Ex zu reden.«

»Da bin ich ganz deiner Meinung.« Demonstrativ legte Daisy ihren Buchband auf den Tisch und klappte ihn auf. »Wo sollen wir anfangen?« Alle Blicke richteten sich auf mich.

Ich räusperte mich, darum bemüht, meine Fassung wiederzugewinnen.

»Ich denke, wir sollten als Erstes darüber sprechen, wie ihr die beiden Frauen in der Geschichte empfindet.«

»Gute Idee. Ich fange an.« Martha schlug die erste Seite auf.

Ich hörte nur noch mit einem Ohr zu. Das Gespräch über Tasha war mir nahegegangen. Gab es doch eine Chance, dass Tasha nicht zurückkommen und Simon für mich frei werden würde? Sofort beschleunigte sich mein Puls. Aber selbst wenn, wie sollte es mit uns weitergehen?

Hör auf.

»Was meinst du, Julia?«, holte mich Abigails Stimme zurück.

»DAS WAR WIRKLICH TOLL«, verabschiedete sich Martha strahlend von mir. »Ich hätte nicht gedacht, dass mich dieser Roman so fesseln würde.«

»Absolut«, stimmte Bethany ihr zu. Sie hatte sich einen dicken Mantel übergeworfen. »Vor allem finde ich es spannend, die Entwicklung der beiden Hauptfiguren mitzuerleben.«

»Freut mich, dass euch das Buch gefällt.« Ich schenkte den beiden Frauen ein Lächeln.

»Ich kann es gar nicht abwarten, bis wir uns wieder treffen und weiterlesen.« Bessies Gesicht war gerötet und ihre Augen strahlten.

»Ich komme nur, wenn du wieder so leckere Kekse bäckst«, sagte Lisbeth.

»Ich muss mal schauen, was Harriets Backbuch noch zu bieten hat«, erwiderte ich. Das Treffen war absolut harmonisch verlaufen und es hatte Spaß gemacht, die Frauen näher kennenzulernen. Jede von ihnen war anders und doch hatten sie eines gemeinsam – die Liebe zu Bibury und dem Leben hier.

»Danke für den leckeren Tee und die Kekse.« Bessie schenkte mir ein warmes Lächeln. »Wenn wir so weitermachen, dann bin ich nicht nur belesen, sondern auch um einige Kilo schwerer.«

»Da bist du nicht allein«, antwortete ich lachend. »Seit ich in Bibury angekommen bin, habe ich bestimmt zugenommen. Meine Hose sitzt schon ganz stramm.«

»Das sieht man dir nicht an, du hast so eine tolle Figur«, sagte Abigail.

»Ach, ich mache mir deswegen keine Sorgen. Wir haben bald Weihnachten, da sollte man nach Herzenslust genießen und sich keine Gedanken über die Waage machen. Männer machen sich nie Gedanken darüber und präsentieren stolz ihre Bäuchlein und wir Frauen finden es auch noch toll. Ich habe mich vor Jahren entschlossen, nicht auf den Genuss von Essen zu verzichten.«

»Ganz wie unsere Hauptfiguren im Buch«, warf Bessie ein.

»Ja, ich finde die Geschichte in jeder Hinsicht inspirierend«, gestand Daisy.

»Da hast du absolut recht.« Abigail hatte sich ihren Mantel übergeworfen. »Es war herrlich. Vielen Dank.«

»Ellen wäre glücklich, wenn sie wüsste, was für eine nette Nachfolgerin sie gefunden hat«, sagte Martha.

Ich schluckte. Noch immer gingen alle davon aus, dass ich bleiben würde.

»Leider habe ich sie nie kennengelernt«, bedauerte ich.

Martha tätschelte meine Wange. »Ich kannte Harriet und sie würde dich mögen. Das kannst du mir glauben.«

»Danke, Martha.« Ich schenkte ihr ein Lächeln.

In diesem Moment ging die Tür mit Schwung auf und Simon betrat den Laden. Er hatte seine dicke Jacke angezogen. Auf die dunklen Haare hatten sich ein paar Schneeflocken gelegt. »Julia …« Er blieb mit einem Ruck stehen, als er die Frauen entdeckte. Für einen Moment sah er aus, als hätte er eine Erscheinung gehabt. Es war offensichtlich, dass er nicht mit meinem Besuch gerechnet hatte.

Die Blicke der Frauen wanderten von mir zu Simon und wieder zurück. Unter keinen Umständen durften die Frauen von unserer Affäre wissen. Nicht meinetwegen, sondern wegen Hazel. Es würde nur unnötige Fragen und Erwartungen aufwerfen.

»Ähm, hallo, Simon.« Ich leckte mir nervös über die Lippen. In meinem Kopf wirbelten die Gedanken umher.

»Ich habe Licht gesehen und dachte, ich schaue mal kurz vorbei.« Er fuhr sich mit den Fingern durch die Haare.

»Das Buch, das du für Hazel bestellt hast, wurde gestern geliefert«, kam ich ihm zu Hilfe.

Für einen winzigen Moment spiegelte sich Erleichterung auf

seinem Gesicht wider. Dann hatte er sich wieder im Griff und sein charmantes Lächeln kehrte zurück. »Das ist ja schön, da wird sich Hazel freuen.«

»Simon, wir haben von der Sache mit Flora gehört.« Martha legte ihm mitfühlend die Hand auf die Schulter. »Wie geht es ihr?«

Alle Blicke waren auf ihn gerichtet. »Besser. Die Ärzte haben einige Untersuchungen gemacht und nichts Akutes gefunden«, teilte er mit. »Aber ich möchte Flora nicht vorgreifen. Ich bin mir sicher, sie wird euch alles erzählen, wenn sie wieder zu Hause ist.«

»Kann man schon sagen, wann sie aus dem Krankenhaus entlassen wird?«

»Soweit ich weiß, kommt sie morgen nach Hause«, sagte Simon in einem Tonfall, der keine weiteren Fragen zuließ.

»Das sind ja äußerst erfreuliche Nachrichten«, ergriff Martha als Erste wieder das Wort.

»Ja, das finde ich auch.« Er schenkte den Frauen sein warmes Lächeln.

»Wenn du willst, hole ich dir dein Buch«, sagte ich. Dabei vermied ich es, ihm in die Augen zu schauen.

»Das wäre prima, dann kann meine Mutter Hazel daraus vorlesen.«

»Dann stimmt es also, dass Evelyn zu Besuch ist?« Bessie sah Simon mit großen Augen an.

»Ja, meine Mutter ist gleich gekommen, als sie von Grantham gehört hat.«

»Da sieht man mal wieder, wie wichtig Familie ist.« Lisbeth zog die Kapuze ihrer Jacke über den Kopf. »Schneit es eigentlich doll?«

»Nur ein paar Flöckchen«, meinte Simon. Er blieb unschlüssig stehen.

»Auf Wiedersehen, Ladys«, startete ich meine kleine Offensive, um die Frauen zum Gehen zu bewegen.

»Auf Wiedersehen.« Abigail und Daisy warfen mir bedeutungsvolle Blicke zu. »Und noch einen schönen Abend.«

»Ich bin hundemüde. Alt werde ich heute nicht mehr«, sagte ich lächelnd.

Ein kalter Windzug fuhr durch den Raum, als die Frauen nach draußen gingen. Es hatte tatsächlich wieder angefangen zu schneien. Schneeflocken fielen wie ein dichter Schleier vom Himmel und legten sich auf die Natur.

»Auf Wiedersehen!«, rief ich der kleinen Truppe winkend hinterher. Keine von uns hatte darüber gesprochen, aber für mich würde es kein weiteres Treffen mehr geben, wenn Bethany an ihren Verkaufsplänen festhielt. Ein Gedanke, der mir in diesem Augenblick völlig unwirklich vorkam. Genau wie die Tatsache, dass Simon nur einen Meter von mir entfernt stand. Ich hatte mit allem gerechnet, nur nicht mit seinem Besuch.

Mit klopfendem Herzen schloss ich die Tür. Als ich mich umdrehte, stand Simon hinter mir. »Julia. Endlich.« Nur zwei Worte und doch lag so viel Sehnsucht darin, dass es mir fast den Atem nahm.

Ohne zu zögern, legte er die Arme um meine Taille und zog mich an sich heran.

»Simon«, flüsterte ich heiser.

Unsere Lippen trafen sich. Den ganzen Tag hatte ich mich nach genau diesem Moment gesehnt. Er schmeckte herrlich nach sich selbst. Seine Hände waren kühl und ich schauderte, als er mir mit den Fingerspitzen über den Hals fuhr. Seine Bartstoppeln kratzen über meine empfindliche Haut und feuerten meine Lust noch an.

»Mmh, du riechst so wunderbar«, raunte er, als sich unsere Lippen voneinander lösten. »Wie ein Tag an der Amalfiküste.«

»Du warst in Italien?«, flüsterte ich.

»Einmal, aber wenn du in meiner Nähe bist, habe ich das Gefühl, die Lavendelfelder in der warmen Sonne zu riechen.«

»Das bin nicht ich.« Ich lachte vergnügt. »Das sind die Kekse, die ich heute gebacken habe.«

»Nein, das bist du. Du hast schon am ersten Tag so gerochen.«

»Gut zu wissen.« Ich strich ihm mit der Hand über das Gesicht.

Unsere Lippen fanden sich erneut. Die Schmetterlinge in meinem Bauch flatterten aufgeregt mit ihren Flügeln.

»Ich habe mich den ganzen Tag nach dir gesehnt.« Seine Hände glitten fiebrig zu den Knöpfen seiner Jacke. Sekunden später ging der schwere Stoff zu Boden.

ICH LAG auf Simons Brust und lauschte seinem Herzschlag.

Bumm. Bumm. Bumm.

»Julia?«

»Hm.« Vorsichtig fuhr ich mit dem Finger die Linien seiner Muskeln nach.

»Was machst du nur mit mir?«

»Eigentlich müsste ich das fragen«, murmelte ich zufrieden. Wir waren übereinander hergefallen, als gäbe es kein morgen. Die empfindliche Stelle zwischen meinen Beinen fühlte angenehm wund an und würde mich die nächsten Stunden daran erinnern, was ich gerade erlebt hatte. Der Sex war noch unglaublicher gewesen als gestern. Mit jedem Mal, das ich mit Simon schlief, verlor ich mich mehr und mehr darin. Wie sollte ich nur unseren Deal einhalten, wo ich mich doch in Simon verliebt hatte wie nie zuvor in einen Mann. Bei dem Gedanken, dass er mich nicht so liebte wie ich ihn, bildete sich ein Kloß in meinem Hals. Noch drei Tage bis Weihnachten. Drei kostbare Tage, bis ich einsam und mit gebrochenem Herzen in meinem Bett lag.

»Wie geht es eigentlich Grantham?«, versuchte ich mich abzulenken.

»So weit gut. Aber die Ärzte haben gesagt, sie muss sich schonen. Außerdem muss sie Tabletten nehmen, um ihren hohen Blutdruck in den Griff zu bekommen.« Er machte ein ernstes Gesicht.

»Deshalb habe ich auch meine Mutter gebeten, zu kommen und

auf Hazel aufzupassen. Allein kann ich das unmöglich schaffen. Eine Freundin von Grantham springt in der Küche ein.«

»Das tut mir leid für dich.«

»Kein Problem. Solange ich bei dir bin, ist alles gut.« Er sah mich mit zärtlichem Blick an.

»Ich habe dich vermisst«, gestand ich ihm.

»Und ich dich.« Er küsste mich auf den Scheitel. »Deshalb wollte ich dich mit meinem Besuch überraschen.«

»Die Mädels haben ganz schön geschaut, als du plötzlich im Laden gestanden hast.« Ich kicherte vergnügt.

»Ja. Danke, dass du mich nicht verraten hast. Ich möchte die Gerüchteküche nicht unnötig anfeuern.«

Ich schluckte. Die Unbeschwertheit, die eben noch zwischen uns geherrscht hatte, war verschwunden. Einmal mehr hatte Simon klargemacht, dass das zwischen uns purer Sex war und nicht mehr.

Egal, versuchte ich die negativen Gedanken beiseitezuschieben. Alles, was zählte, war der Moment. Ich hatte schließlich gewusst, auf was ich mich einließ.

Das Türchen von der Kuckucksuhr direkt neben dem Regal sprang auf und mit lautem Rufen verkündete der kleine Kuckuck, dass es bereits zehn Uhr war.

Ich hatte die Uhr bei meiner Aufräumaktion entdeckt und aufgezogen. Jetzt lief sie wieder, sehr zur Belustigung der Besucher, die bewundernd davorstanden, wenn sie im Laden waren.

»Schon so spät!« Simon richtete sich mit einem Ruck auf. »Ich habe meiner Mutter gesagt, dass ich nur kurz was erledige.« Er schnappte sich seine Hose. »Bitte sei mir nicht böse, aber ich muss gehen.«

»Ich wünschte, du könntest bleiben«, murmelte ich.

Simon hielt einen Augenblick inne. »Glaub mir, ich würde nichts lieber tun als bleiben, aber meine Mutter ist erst heute Nachmittag angekommen und ich möchte sie nicht gleich die erste Nacht mit Hazel allein lassen.«291

»Ja klar, das verstehe ich natürlich.« Ich hob meinen Slip und das Shirt vom Boden auf. Im Hintergrund knisterte das Holz im Kamin.

Schweigend zogen wir uns an. Eigentlich hatte ich noch die Küche aufräumen wollen, aber dafür war ich zu müde.

»Hier, das ist für Hazel.« Ich hatte eines der Bücher aus dem Regal geholt, das ich für Kinder in ihrem Alter bestellt hatte. »Dann hast du wenigstens eine Ausrede, wenn dich jemand sieht.«

»Danke, da wird sich Hazel bestimmt sehr freuen«, sagte er nachdenklich.

»Ich bin gespannt, wie es ihr gefällt.« Ich nahm Tiffy auf den Arm und kuschelte sie unter meinen Mantel, dass sie nicht frieren musste.

»Kätzchen müsste man sein.« Simons Mundwinkel zuckten verdächtig.

»Du könntest auch bleiben und dich mit mir unter die Decke meines Bettes kuscheln.« Ich schenkte ihm einen Augenaufschlag, der einer Diva würdig gewesen wäre.

»Das klingt äußerst verlockend.«

»Das hoffe ich doch.« Ich löschte das Licht im Hauptraum. Simon wartete an der Tür auf mich.

Es schneite, als wir nach draußen traten. Kein Mucks war zu hören bis auf Tiffys zufriedenes Schnurren unter meinem Mantel.

Hand in Hand gingen wir durch die nächtliche Schneelandschaft. Simon hatte seinen Arm wie selbstverständlich um meine Taille gelegt. Es fühlte sich gut an und ich genoss die wenigen Schritte, bis wir sein Auto erreicht hatten.

»Das war schön.« Simon nahm meine Hand zum Abschied.

Schön? Gigantisch. Fantastisch. Unglaublich – würde es eher treffen.

»Das fand ich auch. Bitte grüß Hazel von mir und Grantham, falls du sie sprichst.« Ein Gefühl der Traurigkeit breitete sich in mir aus.

»Das mache ich«, versprach Simon. Seine Augen ruhten liebevoll auf mir. »Bitte sei nicht traurig. Es liegt nicht an dir.«

»Ich weiß. Ein Abschiedskuss würde meinen Schmerz lindern.« Ich zwang mich zu einem Lächeln.

Wir küssten uns. Ein bittersüßer Kuss, denn ich wusste, es würde für heute mein letzter von ihm sein.

Als er sich von mir löste, war mir schwindelig.

»Du bist wie eine Droge«, sagte Simon atemlos. »Ich kann nicht genug von dir bekommen.« Ein Lächeln spielte um seinen Mund. »Schlaf gut, bezaubernde Julia.«

Dann drehte er sich um und stieg in sein Auto.

Schwermütig schaute ich, wie das gelbe Licht der Scheinwerfer über die Schneedecke huschte, bis es verschwunden war. Es kam mir völlig unwirklich vor, dass ich eben noch in seinen Armen gelegen hatte.

»Schlaf gut«, murmelte ich.

»*E*ntschuldige, dass es so spät geworden ist«, begrüßte ich meine Mutter im Salon. Sie saß in einem der Sessel vor dem Kamin und las.

»Hallo, Darling. Das ist überhaupt kein Problem. Ich habe mir die Zeit mit einem äußerst interessanten Buch vertrieben.« Ihre braunen Haare waren von silbernen Strähnen durchsetzt. Seit Dad vor zwei Jahren überraschend gestorben war, hatte sie aufgehört, ihre Haare zu färben. »Ich war gerade noch mal oben. Hazel liegt im Bett und schläft wie ein Murmeltier«, teilte mir Mum mit.

»Danke, dass du so schnell gekommen bist.« Ich ließ mich neben ihr in den Sessel fallen.

Ihre braunen Augen musterten mich mit diesem typischen Scannerblick, wie er Müttern zu eigen war. »Wo warst du?«

»Ich habe noch kurz jemanden besucht.«

»Ach, wen denn?« Noch immer ruhten ihre Augen auf mir.

»Eine Bekannte.«

»Kenne ich sie?«

Ich rutschte unbehaglich auf dem Sessel hin und her. »Ist das jetzt eine Fragestunde, von der ich nichts weiß?«

»Simon, Darling. Du bist mein Sohn. Es ist nur normal, dass eine Mutter wissen will, was ihr Kind so treibt.« Sie strich mir sanft über die Wange. Eine Geste aus meiner Kindheit, die sie beibehalten hatte.

»Mit dem Unterschied, dass ich kein Kind mehr bin«, sagte ich lächelnd.

»Also, wer ist diese Bekannte, kenne ich sie?«

»Du gibst niemals auf.« Ich seufzte.

»Nicht, wenn es um dich geht.« Mum lächelte und um ihren Mund bildeten sich winzige Fältchen.

»Julia Campbell. Sie arbeitet in Ellens Buchladen.«

»Ach, wirklich? Dann hat Bethany verkauft?«

»Nein, sie hat Julia nur eingestellt, bis sie einen Käufer gefunden hat«, erklärte ich. Sofort tanzten Julias wunderschöne Augen durch meinen Kopf und ein Ziehen machte sich in meinem Unterleib bemerkbar.

Mum legte ihren Kopf leicht schräg. »Und wie ist sie so, diese Julia?«

Wie sollte ich Julia beschreiben, ohne in Superlativen zu sprechen?

»Sie kommt aus London und ist sehr nett«, sagte ich betont gleichgültig.

»Nett?« Mums Augenbraue schnellte nach oben.

Ich stieß einen Seufzer aus. »Was willst du von mir hören?«

»Die Wahrheit«, kam es knapp zurück.

»Mum, sie ist nur für kurze Zeit in Bibury. Sobald Bethany einen Käufer gefunden hat, ist sie weg.« Allein der Gedanke daran schmerzte mich. Wie sollte es erst werden, wenn sie abreiste? Ich schluckte schwer.

»Sie gefällt dir also«, sagte Mum in einem Tonfall, der keine Zweifel zuließ.

»Ja, sie gefällt mir sogar sehr. Aber was würde es ändern?«, gab ich mich geschlagen. »Ihr Leben ist in London und meines hier bei Hazel. Außerdem bin ich nicht frei. Nicht, solange ich nicht mit Tasha über die Zukunft gesprochen habe.«

»Darling. Es ist keine Schande, wenn man sich verliebt. Tasha hat dich verlassen und freigegeben. So wie ich sie kennengelernt habe, hat sie einen endgültigen Schlussstrich unter das Leben hier in Bibury gezogen.«

»Das weißt du nicht«, erwiderte ich heftiger als gewollt. »Was, wenn sie doch wieder mit uns leben will?«

»Das ist eine Frage, die nur du allein beantworten kannst. Nur du kannst sagen, wie es in deinem Herzen aussieht.« Sie legte mir ihre Hand auf die Brust, als würde ich so die Antwort bekommen. »Du musst das tun, was dir dein Herz rät und nicht dein Verstand. In meinen Augen sind die größten Fehlentscheidungen in der Liebe mit dem Verstand getroffen worden. Romeo und Julia hätten nicht sterben müssen, wenn man ihrer Liebe eine Chance gegeben hätte. Kleopatra hätte ihren Antonius geheiratet. Lancelot hätte seine Guinevere bekommen. Alles tragische Geschichten, die ein anderes Ende genommen hätten, wenn die Betroffenen auf ihr Herz gehört hätten.«

»Aber ich kann doch nicht an den Tatsachen vorbei. Tasha ist Hazels Mutter. Ich kann sie nicht einfach übergehen.«

»Du solltest dich lieber fragen, ob du sie wirklich zurückhaben möchtest, nach allem, was sie dir – euch – angetan hat.« Missbilligung lag in ihrer Stimme.

»Du hast Tasha noch nie gemocht«, warf ich ihr vor.

»Das stimmt nicht und das weißt du auch. Ich mag Tasha. Sie hat mir ein bezauberndes Enkelkind geschenkt und dafür werde ich ihr für immer dankbar sein. Aber sie hat dich unglücklich gemacht und dir das Herz gebrochen. Ich habe einfach Angst, dass sie es wieder tun könnte und du dich diesmal nicht mehr davon erholen wirst.« Sie holte tief Luft, als würde eine schwere Last auf ihrer Brust liegen. »Und wegen Hazel brauchst du dich nicht zu sehr sorgen. Sie ist noch jung und wird jede Frau mögen, die du liebst und die ihr die gleiche Liebe entgegenbringt wie dir. Alles, was die Kleine braucht, ist ein stabiles Umfeld mit Eltern, die sie lieben und unterstützen.«

Ich schwieg. In meinem Kopf herrschte ein heilloses Durcheinander. Mums Worte hatte mich tief in meinem Inneren berührt und hatten die alles entscheidende Frage aufgeworfen, vor deren

Antwort ich mich seit Wochen drückte. Was würde ich tun, wenn Tasha plötzlich vor der Tür stehen und mich um Verzeihung bitten würde? War ich als Vater nicht verpflichtet, der Mutter meines Kindes eine zweite Chance zu geben, auch wenn ich mein Herz an eine andere verloren hatte?

»Danke für deine Offenheit«, sagte ich schließlich.

»Darling, ich möchte nur, dass du glücklich bist und vor lauter Ehrgefühl keinen Fehler machst, den du später bereuen könntest.« Sie beugte sich zu mir und gab mir einen Kuss. »Du bist zusammen mit Hazel das Kostbarste, das ich auf der Welt habe.«

»Ich liebe dich, Mum. Schön, dass du da bist.«

Mum tätschelte meine Hand. »Ich bin immer für dich da. Egal, welche Entscheidung du in deinem Leben triffst. Ich bin deine Mutter und das hört niemals auf.« Sie stand auf. »Aber jetzt muss ich ins Bett. Ich bin mir ziemlich sicher, dass ich morgen ziemlich früh von einem entzückenden kleinen Wesen geweckt werde.« Sie lachte ihr wunderbar heiseres Lachen, das ich schon als Kind an ihr geliebt hatte.

»Das könnte passieren. Ich lege nur kurz Holz nach und dann gehe ich auch ins Bett.« Ich drückte ihr einen Kuss auf die faltige Wange. »Bis morgen.«

»Ich erwarte dich um acht Uhr zum Frühstück.«

»Alles klar, Boss.« Lächelnd ging ich zum Kamin.

MUMS WORTE HATTE MICH AUFGERÜTTELT. Die ganze Nacht hatte ich wach gelegen und an nichts anderes gedacht als Julia. Ihr süßer Duft hatte an mir gehaftet und mich an ihren wunderschönen Körper erinnert. Allein ihr Lachen genügte, um Glückshormone in mir freizusetzen. Seit Tasha mich verlassen hatte, hatte ich mich nie wieder in der Gegenwart einer Frau so wohl gefühlt. Mit Julia war alles so leicht und unbeschwert. Einzig meine Schuldgefühle lagen über allem wie ein dunkler Schatten. Tasha und ich hatten uns viel gestritten. Ständig war es zu Reibereien und Diskussionen wegen Kleinigkeiten gekommen. Dies hatte ihr nicht gepasst und jenes. Bibury war ihr zu klein, zu spießig und die Menschen zu eintönig. Sie sehnte sich nach dem Leben, was die Großstadt zu bieten hatte. Täglich war die Liste länger geworden.

Bei Julia war es anders. Je länger sie in Bibury war, umso mehr schien sie sich wohlzufühlen. Noch nie hatte ich sie ein böses Wort über die Einwohner verlieren hören. Im Gegenteil. Sie hatte so schnell Freunde gefunden, dass selbst ich überrascht gewesen war. Alle schienen sie zu mögen.

Dazu kam ihre offene und unkomplizierte Art. Es war schön mitanzusehen, wie ihre Augen leuchteten, wenn sie über den Buchladen sprach. Allein die Veränderungen, die sie in den letzten zwei Wochen vorgenommen hatte, waren unglaublich und mit unheimlich viel Liebe gestaltet. Kein Wunder, das alle dachten, sie würde für immer bleiben. Und doch war da diese Ungewissheit. Was, wenn Bethany ihren Plan vom Verkauf durchziehen würde?

Ich verspürte einen Stich bei dem Gedanken.

Verdammt. Ich bin verliebt. Die Erkenntnis traf mich wie ein Blitz. Julia hatte sich auf Samtpfoten in mein Herz geschlichen. Etwas, das nicht passieren durfte, solange ich nicht mit Tasha gesprochen hatte. Es gab so viele offene Fragen zu klären. So viele verletzte Gefühle, die nach Antworten schrien. So viel Angst, mich wieder zu verlieren.

29 - JULIA

»Conny, vielen Dank, dass du dir die Zeit nimmst. Ich schicke dir noch im Laufe der Woche eine Kopie des Buches zu. Du wirst es nicht bereuen«, verabschiedete ich mich.

Zufrieden beendete ich das Gespräch. Nach der gestrigen Unterhaltung mit den Frauen des Buchclubs hatte ich meine Idee, Harriets Backbuch zu verlegen, in die Tat umgesetzt und eine befreundete Lektorin angerufen, die seit Jahren für einen kleinen, aber sehr feinen Verlag arbeitete. Conny hatte mir keine großen Hoffnungen gemacht, da der Bereich Backbücher in den letzten Jahren von aufsteigenden Influencern aus den sozialen Medien überrannt worden war.

Es klingelte an der Tür. Rasch legte ich das Handy beiseite, um meinen Besucher zu begrüßen.

Zu meiner Überraschung stand Hazel im Raum, an der Hand von einer Frau, die ich noch nie zuvor gesehen hatte. Sie hatte lange, braune Haare, die mit grauen Strähnen durchwirkt waren, als hätte sie jemand sorgfältig dort hineingemalt. Ihre goldbraunen Augen blitzten lebhaft hinter den dunklen Wimpern hervor und ihr geschwungener Mund lächelte freundlich. Ein Netz aus feinen Fältchen lag um ihr Kinn und die Augenpartie. Trotzdem war sie eine Erscheinung und man konnte sehen, dass sie als junge Frau wunderschön gewesen sein musste. Sie hatte sich einen schwarzen Daunenmantel angezogen, der ihr bis zu den Knien reichte.

Im selben Moment wusste ich, wer vor mir stand – Simons Mutter. Die Augen und der Mund hatten sie verraten.

»Hallo, Hazel«, begrüßte ich die Kleine freudig. Mein Blick richtete sich auf Simons Mutter. »Guten Tag.«

»Guten Tag.« Die Frau musterte mich aufmerksam. »Entschuldigen Sie unseren kleinen Überfall, aber Hazel wollte unbedingt bei Ihnen vorbeischauen.« Ihre Stimme hatte eine angenehm warme Klangfarbe.

»Das ist meine Granny«, bestätigte Hazel umgehend meine Vermutung.

»Freut mich sehr.« Ich reichte Simons Mutter die Hand. »Julia Campbell.«

»Sie sind also die junge Frau, die meiner Enkelin das entzückende Buch geschenkt hat.« Sie lächelte mich freundlich an.

»Ach, das war doch nur eine Kleinigkeit. Ich freue mich über jedes Kind, das sich für Bücher interessiert und nicht am iPad spielt.«

»Da haben Sie absolut recht. Viele Eltern machen es sich zu leicht, indem sie die Kinder vor eines der elektronischen Geräte packen, anstatt ihnen aus einem Buch vorzulesen oder mit ihnen zu spielen.«

Die Frau hatte ganz klare Prinzipien. Ihr Blick glitt durch den Raum. »Sie haben Ellens Unordnung beseitigt«, lautete ihr abschließendes Urteil. »Wirklich schön. Sie haben es geschafft, alles offener und moderner wirken zu lassen, ohne die Gemütlichkeit dabei aus den Augen zu verlieren.« Sie wirkte mit einem Mal ein wenig wehmütig. »Ellen war eine Freundin von mir«, fügte sie hinzu.

»Verstehe. Ihr Verlust tut mir sehr leid. Wirklich schrecklich, was Ihrer Freundin passiert ist.«

»Ja, das stimmt. Die Gute ist viel zu früh aus dem Leben gerissen worden.«

Für einen Moment herrschte nachdenkliches Schweigen zwischen uns.

»Dabei fällt mir ein, ich habe mich noch gar nicht vorgestellt. Evelyn Walker. Simons Mutter.«

»Das dachte ich mir schon«, erwiderte ich lächelnd.

»Suchen Sie etwas Bestimmtes?«, durchbrach ich die Stille.

»Mir wurde berichtet, dass Sie einen Buchclub gegründet haben.« Es war keine Frage, sondern eine Feststellung.

»Ich würde sagen, ich habe die Idee dazu gegeben«, sagte ich bescheiden, »Denn mein Aufenthalt in Bibury ist zeitlich begrenzt und ich fände es schön, wenn die Frauen auch ohne mich weitermachen.«

Die perfekt gezupfte Augenbraue von Simons Mutter schnellte nach oben. »Dann haben Sie nicht vor, länger zu bleiben?«

»Das liegt nicht an mir. Ich würde gern bleiben, aber meine Stelle ist nur bis Weihnachten ausgeschrieben. Die Besitzerin möchte verkaufen.«

»Bethany war schon immer äußerst geschäftstüchtig«, seufzte Mrs Walker.

»Den Eindruck habe ich auch«, erwiderte ich lächelnd. »Auf der anderen Seite dürfte es schwer sein, einen Buchladen zu besitzen, wenn man selbst nicht vor Ort lebt.«

»Da haben Sie natürlich recht. Entschuldigen Sie mein vorschnelles Urteil.«

Tiffy kam aus der Küche zu uns, was Hazel dazu veranlasste, sich von ihrer Großmutter loszureißen und zum Kätzchen zu laufen.

»Ich würde gern das Buch lesen, was Sie gerade besprechen. Meine Freundin Bessie war ganz begeistert davon.«

»»Die englische Köchin‹. Sehr gern. Ich muss nur schauen, ob ich noch ein Exemplar habe.« Seit ich das Buch auf meinen Tisch mit Empfehlungen gelegt hatte, fand es reißenden Absatz. Die Mundpropaganda der Buchclub-Frauen hatte ihren Teil dazu beigetragen. Lächelnd eilte ich zum Regal. Mit einem Griff hatte ich es gefunden.»Das ist die Taschenbuchausgabe. Das Hardcover haben wir leider nicht vorrätig.« Ich überreichte ihr das Buch.

»Danke, das Taschenbuch ist genau richtig. Außerdem weiß ich gar nicht, ob ich noch so lange bleibe. Mein Sohn kommt normalerweise ziemlich gut ohne seine Mutter klar.« Sie blätterte darin.»Wahrscheinlich werde ich ohnehin nicht viel Zeit haben zu lesen. Ich hatte ganz vergessen, dass ein fünfjähriges Mädchen einen Fulltime-Job darstellt.« Ihr glockenhelles Lachen war ansteckend.

»Das kann ich mir vorstellen.«

»Haben Sie Kinder?« Ihre Augen musterten mich.

»Nein. Dazu fehlt mir leider der passende Mann.«

»Mein Sohn sagte mir, dass Sie in London leben.«

Simon hatte sich also mit seiner Mutter über mich unterhalten. Interessant.

»Ja, ich wohne in Notting Hill. Im Moment wohnt allerdings meine Freundin in meiner Wohnung«, plapperte ich drauflos. »Meine Eltern leben etwas außerhalb Londons ins Wimbledon. Aber wir sehen uns fast jede Woche.«

»Wie schön, wenn man ein intaktes Familienleben hat.« Sie schenkte mir ein wohlwollendes Lächeln.

»Ich wollte mir gerade einen Kaffee machen. Darf ich Ihnen auch eine Tasse anbieten?« Tatsächlich hatte ich vor unserem Gespräch die Kaffeemaschine angestellt.

»Kaffee klingt fantastisch.« Ihre Augen leuchteten begeistert auf. »Durch Hazel bin ich nicht zu meiner gewohnten zweiten Tasse gekommen. Die Kleine hält mich ganz schön auf Trab. Da merke ich doch, dass ich älter geworden bin.«

»So sehen Sie aber nicht aus. Wenn Sie mir nicht gesagt hätten, dass Sie Simons Mutter sind, hätte ich Sie viel jünger geschätzt.« Tatsächlich wirkte sie trotz der Falten irgendwie alterslos.

»Danke für das nette Kompliment, aber der Zahn der Zeit nagt leider auch an mir.«

»Hazel, möchtest du eine heiße Schokolade haben?«, fragte

ich die Kleine, die auf dem Boden saß und Tiffy ausgiebig streichelte. »Ich habe auch noch ein paar von den Keksen, die wir zusammen gebacken haben.«

»Au ja, darf Granny auch einen Keks probieren?« Hazel sah mich mit ihren großen braunen Augen an.

»Ich bin mir sicher, dass ich noch genügend Kekse für uns alle habe«, erwiderte ich lächelnd.

»Hazel hat mir von ihrem Nachmittag bei Ihnen erzählt. Sie haben sie schwer beeindruckt. Ich musste mir deshalb auch unbedingt das Schaufenster ansehen. Was ich übrigens sehr gelungen finde.«

»Das hat sich alles so ergeben. Hazel und ich hatten viel Spaß zusammen, auch wenn die Umstände nicht ganz so schön waren.« Ich erzählte ihr, wie Grantham vorbeigekommen war.

»Die arme Grantham. So wie ich sie kenne, liegt sie den Ärzten in den Ohren, wann sie wieder anfangen kann zu arbeiten.«

Unwillkürlich musste ich grinsen. »So, wie ich sie kennengelernt habe, könnte ich es mir auch vorstellen.«

Wir gingen in die Küche. Mrs Walkers Blick wanderte durch den Raum.

»Hier habe ich schon als kleines Mädchen gesessen und später mit Ellen.« Sie ließ sich auf einem der Stühle nieder. »Schön, dass Sie diesen Raum so gelassen haben.«

»Erstens bin ich nur kurz hier und zweitens gefällt er mir so, wie er ist.«

»Sie sagten, Sie würden nach London zurückkehren, sobald Ihre Aufgabe hier erledigt ist.«

»Ja, leider.«

»Ihren Worten entnehme ich, dass es Ihnen bei uns gefällt.«

»Total. Ich fühle mich pudelwohl hier.« Ich schenkte uns Kaffee ein. »Milch, Zucker?«

»Gern schwarz.«

Ich reichte ihr den Becher. Dann machte ich mich daran, die Milch für Hazel aufzusetzen. »Dann vermissen Sie London nicht?«

Ich überlegte einen Moment. Tatsächlich hatte ich nicht ein Mal an mein Appartement oder mein Leben dort gedacht. »Ich vermisse meine Freunde und Familie, aber ansonsten könnte ich mir durchaus vorstellen, hier zu leben. Alle sind nett zu mir und ich genieße die Ruhe und die Natur. London kann schon ein bisschen viel sein.«

»Da haben Sie recht.« Ihr Blick wanderte ins Leere. »Manchmal vermisse ich dieses entzückende kleine Dörfchen und meine Freundinnen«, sagte sie bedauernd und nahm einen Schluck. »Mein Mann und ich sind damals aus beruflichen Gründen nach Birmingham gezogen. Kennen Sie Birmingham?«

Ich verneinte lächelnd.

»Ein hübsches Städtchen, aber nicht mit zum Beispiel London zu vergleichen. Würde ich noch einmal die Wahl haben, würde ich London vorziehen. Aber hinterher ist man immer schlauer.«

Ich nahm die Milch vom Herd und füllte sie in den Becher. Anschließend gab ich etwas Kakaopulver dazu und rührte das Ganze um, bis sich eine gleichmäßig braune Flüssigkeit gebildet hatte. Als Krönung nahm ich ein paar Marshmallows und ließ sie auf der Oberfläche schwimmen. »Dein Kakao ist fertig!«, rief ich Hazel zu uns.

Statt sich zu ihrer Großmutter zu setzen, rutsche Hazel wie selbstverständlich zu mir auf den Schoß und begann lautstark ihren Kakao zu schlürfen.

»Wie es aussieht, haben Sie ein Herz erobert«, stellte Mrs Walker schmunzelnd fest.

»Das beruht auf Gegenseitigkeit.« Zärtlich strich ich Hazel über das lockige Haar.

»Waren Sie schon mal im Hotel?«

»Nein, tatsächlich hatte ich bisher noch keine Gelegenheit dazu.« Ich hatte ein paarmal überlegt, Simon mit einem Besuch zu überraschen, aber angesichts unserer Abmachung hatte ich darauf verzichtet.

»Ein unverzeihlicher Fehler, der unbedingt korrigiert werden muss.« Simons Mutter stellte den Becher zurück auf den Tisch.

»Es gibt zwei Dinge, die mein Sohn richtig gemacht hat, und das ist der kleine Sonnenschein auf Ihrem Schoß und das Hotel.«

Wir lachten beide.

»Darf ich Ihnen ein Shortbread oder einen Keks anbieten?«

Ich deutete auf die Schale auf dem Tisch.

»Den habe ich gemacht« Hazel angelte sich einen bunt bemalten Stern.

»Na, dann muss ich den unbedingt probieren.« Simons Mutter nahm einen Bissen davon. Hazel beobachtete ihre Großmutter gespannt. »Mmh, der ist absolut köstlich und da ich weiß, dass du ihn bemalt hast, schmeckt er noch besser.«

»Siehst du. Ich habe dir doch gesagt, dass Julia ganz toll backen kann.«

»Hazel übertreibt«, entgegnete ich bescheiden. »Bis ich das Backbuch von Harriet gefunden habe, war ich keine besonders gute Bäckerin.«

»Harriet? Sie meinen Ellens Großmutter?«

»Ja genau.« Ich erzählte ihr von meinem Fund und den Kisten.

»Die gute Harriet war, soweit ich mich erinnere, eine sanfte Frau mit einem gütigen Lächeln auf dem Gesicht. Wir Kinder haben es geliebt, vorbeizukommen und von den Auslagen zu naschen.«

»Das haben Martha und Lisbeth auch erzählt.«

»Darf ich das Buch mal sehen?« Mrs Walker nahm einen weiteren Bissen von ihrem Keks.

»Selbstverständlich. Hazel, lässt du mich mal kurz aufstehen?«

Ich nahm das Buch aus dem Schrank, in dem ich es aufbewahrte, und legte es vor ihr auf den Tisch.

Hazel kuschelte sich wieder auf meinen Schoß und beobachtete ihre Großmutter aufmerksam. »Das Kätzchen sieht aus wie Tiffy«, teilte sie ihr mit.

»Ja, das stimmt. Nur das weiße Näschen ist anders«, bestätigte Simons Mutter.

»Vielleicht ist Tiffy ja ein Nachfahre von Harriets Kätzchen«, mutmaßte ich.

»Schon möglich.« Sie klappte das Buch zusammen. »Was für eine Schande, dass das Buch bisher so wenig Beachtung bekommen hat.«

»Ja, das finde ich auch.«

Ein leises Klingeln verriet, dass ein Gast den Laden betreten hatte.

»Wenn Sie mich kurz entschuldigen würden?«, fragte ich.

»Natürlich. Die Kundschaft geht vor«, erwiderte Mrs Walker liebenswürdig.

Ich wollte gerade hinausgehen, als Simons hochgewachsene Gestalt im Türrahmen auftauchte.

»Dachte ich es mir doch.« Sein Blick wanderte von mir zu seiner Mutter und wieder zurück. »Was machst du hier?« Ein sanfter Vorwurf schwang in seiner Stimme mit.

»Ich wollte mir ein Buch kaufen und dabei bin ich mit Julia ins Gespräch gekommen. Und was machst du hier?«

»Ich habe dich gesucht«, erklärte Simon. »Weil ich Hazel und dich fragen wollte, ob ihr Lust habt, rodeln zu gehen.«

»Au ja!« Hazel sprang auf. Um ihren Mund hatte sich vom Kakao ein brauner Schnurrbart gebildet, was herzallerliebst aussah.

»Der Schlitten steht draußen.« Ein breites Lächeln lag auf seinem Gesicht.

»Rodeln. Meine Güte«, sagte ich verträumt. »Ich kann mich gar nicht daran erinnern, wann ich das letzte Mal rodeln war.«

»Hier in der Nähe ist ein schöner, langer und einigermaßen steiler Hang, an dem sich alle mit ihren Schlitten treffen«, erklärte mir Mrs Walker. »Für mich allerdings ist das nichts. Seit ich meine künstliche Hüfte bekommen habe, bin ich etwas vorsichtiger geworden.« Ihr Blick wanderte zu mir. »Warum nimmst du nicht einfach Julia mit?«

»Aber das geht doch nicht«, protestierte ich. »Dann müsste ich den Laden schließen.«

»Das ist kein Argument. Sie gehen mit und ich mache es mir hier vor dem Kamin gemütlich und fange das Buch an, das ich gerade gekauft habe – Entschuldigung, kaufen werde.« Sie lächelte mir aufmunternd zu. »Außerdem würde sich jemand sehr freuen, wenn sie mitkommen würden.« Ihr Blick ruhte auf Simon, der kaum merklich mit den Schultern zuckte.

»Au ja, Julia muss mit!« Hazel hüpfte aufgeregt vor ihrem Vater auf und ab.

»Also gut. Überredet«, gab Simon schließlich nach.

»Danke, Mrs Walker. Das ist wirklich lieb von Ihnen.«

»Aber bitte, das ist doch keine große Sache.« Ihre Mundwinkel kräuselten sich. »Und nennen Sie mich bitte Evelyn.«

»Gern. Meinen Namen kennst du ja bereits.«

Wir lachten beide über meinen kleinen Scherz. Aus dem Augenwinkel sah ich, wie Simon ein verdutztes Gesicht machte.

»Wollen wir los? Es ist gerade so schön draußen und wer weiß, wann es wieder anfängt zu schneien«, drängte Simon.

Mit klopfendem Herzen folgte ich ihm in den Flur, um mich anzuziehen.

»Wir sind in einer Stunde wieder zurück«, sagte Simon zum Abschied zu seiner Mutter.

»Darling, sehe ich so aus, als ob ich es eilig hätte?« Sie deutete auf den Kaffeebecher in ihrer Hand. »Lasst euch so viel Zeit, wie ihr wollt. Auf Wiedersehen, mein Engelchen.« Sie gab Hazel einen Kuss. »Bis später.«

Gut gelaunt winkte sie uns hinterher. Simon hatte den Schlitten vor dem Haus abgestellt. Ein Holzmodell mit geschwungenen Kufen, auf dem locker drei Personen Platz nehmen konnten. Auf die Sitzfläche hatte er ein Schaffell gelegt, damit man keinen kalten Po bekam.

»Ab geht die Post.«

Es war bitterkalt und ich war froh, dass ich dicke Sachen und Handschuhe trug. Mit einem Satz hatte er Hazel auf den Schlitten gesetzt.

Wir stapften los. Unter unseren Füßen knirschte der Schnee. Mittlerweile mussten gut vierzig Zentimeter liegen. Wie es aussah, verzichtete man in Bibury darauf, die Wege abseits der Hauptstraße von ihren Schneelasten zu befreien.

»Meine Mutter muss dich mögen, dass sie dir angeboten hat, sie beim Vornamen zu rufen«, raunte er mir zu, während wir den Weg vorbei am Cottage gingen.

»Deine Mutter ist ja auch eine nette Frau«, erwiderte ich lächelnd. Tatsächlich mochte ich sie. Es war offensichtlich, dass sie gekommen war, um mich auszuspionieren, allerdings auf eine sehr charmante Art. Etwas, das sie an ihren Sohn vererbt hatte.

»Und was habt ihr so besprochen?« Jedes Mal, wenn er ausatmete, bildeten sich weiße Atemwölkchen vor seinem Mund. Im Gegensatz zu mir schien ihm das Gehen durch den hohen Schnee nichts auszumachen.

»Nichts Spezielles. Sie hat mich gefragt, wie es mir hier gefällt.« Unauffällig beobachtete ich ihn von der Seite.

»Granny hat Kaffee getrunken und ich hatte Kakao«, meldete sich Hazel hinter uns zu Wort.

»Das klingt sehr gemütlich.« Simon warf seiner Tochter einen liebevollen Blick zu. »Ist dir warm genug dahinten?«

»Ja, es ist ganz toll.« Hazel strahlte uns an.

Nach circa dreihundert Metern blieb Simon stehen.

»Seid ihr bereit für eine Schlittenfahrt?« Er deutete auf den Hügel direkt vor uns. Einige Eltern hatten sich bereits mit ihren Kindern dort versammelt und rodelten mit wehenden Haaren und strahlenden Gesichtern den Hang hinunter. Die meisten grüßten uns freundlich. Einige wechselten ein paar höfliche Worte mit Simon. Niemand schien Anstoß an mir zu nehmen. Im Gegenteil, viele von ihnen bedachten mich mit wohlgefälligen Blicken.

»Der Hang ist ja ganz schön lang«, sagte ich verwundert. Die Hänge, auf denen ich in meinem Leben gerodelt war, waren nicht einmal die Hälfte davon gewesen.

»Ja, Bibury hat einiges zu bieten, wenn man sich auskennt«, sagte Simon lachend. »Hazel, du rutschst ein Stück nach vorn, damit Julia hinter dir Platz nehmen kann.«

»Wir rodeln zusammen?« Allein der Gedanke, so dicht bei

ihm zu sitzen, ließ die Schmetterlinge in meinem Bauch freudig flattern.

»Na klar, was hast du denn gedacht. Du musst Hazel gut festhalten, der Schlitten wird schneller, als man glaubt.«

»Keine Sorge. Ich würde mich eher vor sie werfen, bevor ihr etwas passiert«, sagte ich mit fester Stimme.

»Das würdest du tun?« Seine Augen brannten sich in mein Gesicht.

»Natürlich«, antwortete ich schlicht.

»Ich bin so weit«, krähte Hazel.

»Na, dann können wir ja los.« Ich ließ mich hinter ihr auf dem Schlitten nieder. Dank des Schaffells war er erstaunlich weich und warm. Lächelnd schlang ich meine Arme um Hazels schmalen Körper.

»Kann es losgehen?« Simon hatte sich hinter uns in Position gebracht.

Ich hob meinen Daumen in die Luft, ohne Hazel mit der anderen Hand loszulassen.

»Eins«, fing Simon an zu zählen. Dabei schob er den Schlitten ein Stück nach vorne. »Zwei. Drei.« Ich spürte Simon in meinem Rücken, wie er den Schlitten vor sich herschob in Richtung Hang. Als wir genau die Kante erreicht hatten, an der es nach unten ging, warf er sich hinter mich auf den Schlitten. Seine Arme schlangen sich um meine Taille. Keine Sekunde zu spät, denn der Schlitten nahm an Fahrt auf und mit jedem Meter, den wir weiter in Richtung Tal schossen, wurden wir schneller.

Pulverschnee wirbelte hoch in die Luft und hüllte uns ein. Hazel schrie begeistert auf. Ich presste mich dich gegen Hazels Körper, um sie bei einem Sturz schützen zu können. Simon war so dicht hinter mir, dass ich seine Wärme durch meine Jacke spüren konnte.

Der eiskalte Fahrtwind zerrte an unseren Kleidern. Schneeflocken trafen auf mein Gesicht wie winzige Nadelstiche und die Haut fing an zu prickeln.

Neugierig schielte ich über Hazels Schulter auf die Umgebung. Neben uns fuhr ein weiterer Schlitten mit einem Vater-Tochter-Gespann. Die Dächer mehrerer Cottages blitzten zwischen den Bäumen hervor, die rechts und links des Hügels wuchsen. Darüber stiegen dünne Rauchsäulen in die Höhe und zeugten davon, dass die Bewohner zu Hause waren. Riesige Tannen, deren Äste schwer nach unten hingen, rundeten das Szenario ab. Aus einiger Entfernung drang fröhliches Kinderlachen zu uns, das sich mit dem der Erwachsenen mischte. Alle schienen ihren Spaß zu haben.

Ein kurzer Seitenblick genügte, um zu wissen, dass wir das Vater-Tochter-Gespann hinter uns gelassen hatten. Jetzt waren wir ganz allein. Rund um uns herum breitete sich eine unberührte Schneelandschaft aus. Wir wuchsen zu einer Einheit zusammen, die dem Schnee trotzte.

Ich stieß einen begeisterten Schrei aus. Das Gefühl der Geschwindigkeit versetzte mich in Euphorie und verdrängte die Angst, die ich zu Beginn verspürt hatte. Der Fahrtwind säuselte in meinen Ohren, als würde er leise ein Lied singen.

Simon hatte seine Beine an mir vorbei ausgestreckt und lenkte den Schlitten geschickt den Hang hinunter. Für Außenstehende mussten wir wie eine enge Familie wirken und genauso fühlte es sich auf eine eigenartige Weise auch für mich an. Ich genoss jede Sekunde dieser Fahrt und wünschte mir, sie würde nie aufhören. Doch schon tauchte vor uns das Ende des Hangs auf. Simon stellte die Fersen in den Schnee und fing an, uns abzubremsen. Schnee spritzte hoch und wirbelte über unsere Köpfe hinweg.

Langsam kam der Schlitten zum Stehen. Ein paar Meter entfernt hielt der andere Schlitten.

Hazel drehte sich strahlend zu uns um. »Noch mal!«

Wir lachten. Simons Arme lagen noch immer fest um meine Taille. Unsere Augen fanden sich.

»Das war toll.« Am liebsten wäre ich ihm um den Hals gefallen und hätte ihn geküsst.

»Wir sind ziemlich gut zusammen«, sagte Simon und seine

Stimme bebte vor Freude. »Willst du auch noch mal runterfahren?«

»Unbedingt.« Ich strahlte ihn an. Endorphine rauschten durch meine Adern und verbreiteten ein Glücksgefühl in mir, wie ich es selten gespürt hatte.

»Alles klar, dann runter vom Schlitten, wir müssen schließlich den ganzen Weg wieder zurück.« Er deutete den Hang hinauf zu der Stelle, an der wir gestartet waren. Daneben stand eine kleine Gruppe Menschen, die von hier unten wie Spielzeugfiguren aussahen.

Hazel war vom Schlitten gesprungen und wartete auf uns. Simon und ich folgten ihrem Beispiel. Wie selbstverständlich schnappte sich die Kleine meine Hand, als wir uns auf den Weg machten. Zum Glück war neben dem Hang ein schmaler Pfad platt gewalzt worden, sodass wir den Aufstieg mühelos bewältigen konnten.

»Dieser Hang ist das best gehütete Geheimnis von Bibury«, erklärte mir Simon, der den Schlitten hinter sich herzog. »Nur Einheimische kommen hierher. Colin hat mit ein paar Männern den Pfad freigeräumt, damit es nicht so schwer ist, wieder hochzukommen.«

»Das ist wirklich toll«, sagte ich mit der Inbrunst der Überzeugung.

»Ich kann nicht mehr!«, maulte Hazel an meiner Hand. Auf ihr Gesicht hatte sich eine zarte Röte geschlichen.

»Na komm, dann setz dich auf den Schlitten.« Simon hielt an. Blitzschnell setzte sich Hazel auf das Fell des Schlittens.

»Ich kann auch nicht mehr. Ziehst du mich auch hoch«, quengelte ich gespielt.

»Vergiss es.« Seine Mundwinkel zuckten vergnügt.

Der feste Schnee knirschte unter unseren Schritten und von vorn blies uns der kalte Wind ins Gesicht, während wir Meter für Meter den Hang hochkletterten. Nach knapp einer Viertelstunde hatten wir die Anhöhe erreicht. Mehrere Bewohner hatten sich dort versammelt. Ich spürte, wie uns die Blicke folgten, als wir uns für die nächste Abfahrt klarmachten. Einige von ihnen grüßten Simon freundlich. Aber die meisten hielten sich zurück. Man konnte förmlich sehen, wie sie sich den Kopf zerbrachen, was es mit uns auf sich hatte.

»Am liebsten würde ich dich vor allen Leuten küssen«, raunte mir Simon ins Ohr.

Mein Puls schnellte in die Höhe und die Schmetterlinge in meinem Bauch jubelten. Ehe ich antworten konnte, hatte er den Schlitten angeschoben und wir sausten erneut den Hang hinunter.

Diesmal war ich wagemutiger und traute mich, nach hinten zu schauen.

Für einen Moment sah ich Simon in die Augen. Lautlos formte ich die Worte: Küss mich.

Keine Sekunde später beugte er sich vor und unsere Lippen berührten sich. Eine winzige flüchtige Berührung, die jedoch eine Lawine an Gefühlen in mir auslöste und gleichzeitig die Erkenntnis brachte, dass ich noch nie in meinem Leben so verliebt gewesen war wie in Simon. *Verdammt.*

»ICH KANN NICHT MEHR!« Lachend ließ ich mich in den hohen Schnee fallen.

»Ich auch nicht.« Hazel legte sich neben mich.

»Meine beiden wunderschönen Schneeengel.« Simons Augen ruhten zärtlich auf Hazel und mir.

Wir waren den Hang noch fünf Mal hinuntergefahren. Mit jeder Fahrt waren wir mutiger geworden und Simon hatte den Schlitten im Gegensatz zu unserer ersten Fahrt kaum abgebremst. Ich hatte jede Minute davon genossen. Hazel hatte die ganze Zeit mit strahlenden Augen vor mir gesessen und ihren Körper ganz doll an mich gekuschelt.

»Du musst die Arme bewegen, dann sieht es aus, als ob wir Flügel haben«, wies ich Hazel an, die mit einem seligen Lächeln auf dem Rücken lag und blinzelte.

»Daddy, du auch«, krähte Hazel.

»Also gut. Ihr habt es so gewollt.« Simons muskulöser Körper versank tief neben mir im Schnee.

Unsere Hände berührten sich. Sofort fing mein Körper an zu kribbeln und kleine elektrische Schläge wanderten von meinen Händen nach unten. Ich drehte meinen Kopf zur Seite und blickte geradewegs in sein Gesicht. Die Zärtlichkeit in seinen Augen raubte mir fast den Atem.

»Ich bin ein Engel!«, rief Hazel lachend neben uns und bewegte ihre Arme flach durch den Schnee.

Ich drehte meinen Kopf zu ihr. »Ja, das bist du.« Simons Hand umfasste die meine noch fester. Wollte er mir etwas sagen?

Als ich mich zu ihm wandte, hatte er sich wieder aufgerichtet. Schnee lag glitzernd auf seinen Haaren. Seine Augen schimmerten goldbraun hinter den dunklen Wimpern wie Bernstein.

Jede Faser meines Körpers sehnte sich nach seinen Berührungen.

Sag ihm, dass du ihn liebst. Sag es ihm. Jetzt.

Ich schüttelte mich, als würde ich den Schnee von meinen Kleidern loswerden wollen. Dabei waren es die Worte, die mich quälten.

Wir hatten einen Deal, in dem von Sex die Rede gewesen war. Nicht von Liebe.

»Noch mal rodeln!«, rief Hazel. Ihre rote Mütze war ihr in die Stirn gerutscht und bildete einen starken Kontrast zu ihrer hellbraunen Haut und den dunklen Augen. Sie sah entzückend aus.

Simon schaute hoch zum Himmel. Die Sonne stand schon tief und die Bäume warfen lange Schatten auf den Schnee. »Ich denke, wir sollten zurück. Deine Granny wartet bestimmt schon auf uns.«

»Oh.« Enttäuschung sprach aus dem zarten Gesicht.

»Ich muss auch noch ein paar Kekse backen.« Tatsächlich hatte ich mir vorgenommen, in Harriets Buch zu stöbern und eines der winterlichen Rezepte nachzubacken. Die Zutaten hatte ich bereits gekauft. Schließlich sind es nur noch drei Tage, bis der

Weihnachtsmann kommt«, kam ich ihm zu Hilfe.»Wenn du ganz lieb bist, bringt er Kekse vorbei.«

Hazel sah mich mit ihren großen braunen Augen an.»Bist du der Weihnachtsmann?«

Ich lachte.»Sehe ich aus wie der Weihnachtsmann?«

»Nein. Du hast keinen dicken Bauch«, prustete Hazel lachend.»Außerdem bist du mir lieber als ein grauhaariger alter Mann«, sagte Simon lächelnd zu mir.

»Puh, da habe ich ja noch mal Glück gehabt«, witzelte ich leise, sodass Hazel mich nicht hören konnte.»Wobei der Gedanke, als Weihnachtsmann verkleidet vorbeizukommen und dich zu vernaschen, durchaus reizvoll ist.«

»Eine verlockende Vorstellung.« Seine Augen brannten sich in mein Gesicht.

»Mmh.« Im Geiste sah ich mich schon nur mit einem roten Mantel bekleidet auf Simon wartend.

»Was machst du eigentlich Weihnachten?«, holte mich Simon aus meinem kleinen Tagtraum.

»Da werde ich nach London fahren.«

»Du bleibst nicht hier?« Das Lächeln war aus seinem Gesicht verschwunden.

Ich schüttelte den Kopf.»Bethany hat sich auch noch nicht gemeldet. Ich habe also keine Ahnung, wie es mit dem Buchladen weitergeht und ob ich hier noch gebraucht werde. Deshalb plane ich, über Weihnachten nach Hause zu fahren.«

Die Worte kamen mir nur schwer über die Lippen. Auf eine seltsame Weise empfand ich Bibury als mein Zuhause, was äußerst verwunderlich war, in Anbetracht der Tatsache, dass ich erst vor zwei Wochen hierhergekommen war.

Er hatte einen harten Zug um seinen Mund bekommen und seine Augen versenkten sich in meine.»Und feierst du allein?«

»Nein, normalerweise feiere ich mit Freunden und am nächsten Tag besuche ich meine Mum«, versuchte ich betont fröhlich zu klingen.»Geschenke auspacken, lecker essen und so.« In Wirklichkeit brach es mir fast das Herz, denn es bedeutete gleich-

316

zeitig, dass ich Simon nicht sehen würde. Bisher hatte sich Mrs Benson zwar noch nicht gemeldet, aber es war eine Frage der Zeit, wann sie mir mitteilen würde, dass meine Aufgabe hier beendet war.

»Hast du Lust, den Abend vor Weihnachten mit Hazel und mir zu verbringen? Wir gehen zusammen auf den Markt und legen die Geschenke für die Bedürftigen unter den Baum. Dazu gibt es Punsch und Bratwürste.« Seine Stimme klang einladend weich und mein Herz machte einen freudigen Hüpfer. Ich war ihm also nicht egal, sonst würde er nicht den Abend vor Weihnachten mit mir verbringen wollen.

»Ich wüsste nicht, was ich lieber täte.«

»Dann haben wir einen Deal.« Ein zufriedenes Lächeln spielte um seinen Mund.

Ich zuckte kaum merklich zusammen. Hatte er gerade eine Anspielung auf unsere Abmachung gemacht. Wollte er ein letztes Mal den Sex mit mir genießen?

Ich schüttelte unwillkürlich den Kopf. Ich wurde einfach nicht schlau aus diesem Mann.

»Ja, dann haben wir einen Deal.« Stumm folgte ich ihm bis zur Mühle.

»Da seid ihr ja wieder«, wurden wir freudig von Evelyn begrüßt. Sie saß vor dem Kamin im Hauptraum. Neben ihr auf dem Tisch stand ein leerer Becher und in der Hand hielt sie das Buch, das ich ihr gegeben hatte.

»Hallo, Granny.« Hazel rannte zu ihrer Großmutter und schlang die Ärmchen um ihren Hals.

»Na, mein Schätzchen«, Evelyn strich ihrer Enkelin liebevoll über die Wange. »Wie war es?«

»Stell dir vor, wir sind zu dritt den Hang runtergefahren – ganz, ganz schnell.« Ihre Augen leuchteten. »Julia hat mich ganz doll festgehalten, damit ich nicht vom Schlitten falle, und Daddy hat gelenkt. Wir haben uns in den Schnee geworfen und Schnee-engel gemacht.«

»Na, das klingt nach einer Menge Spaß«, sagte Simons Mutter schmunzelnd. »Dann hat sich der Ausflug ja gelohnt.« Ihr Blick wanderte zu mir und Simon. »Hat es euch auch gefallen?«

»Es war unglaublich.« Noch immer spürte ich Simons warmen Körper hinter mir. »Ich hätte niemals gedacht, dass Rodeln so viel Spaß bringen würde.«

»Ja, aber es kommt natürlich auch darauf an, mit wem man auf dem Schlitten sitzt«, sagte Evelyn zweideutig, den Blick auf Simon und mich gerichtet. Irgendwie wurde ich das Gefühl nicht los, dass sie Simons und mein kleines Versteckspiel längst durch-schaut hatte. Anders konnte ich mir ihre Anspielungen und Blicke nicht erklären.

»Daddy, Julia und ich gehen zusammen auf den Weihnachts-markt«, verkündete Hazel stolz und schnappte sich meine Hand.

»Die perfekt gezupften Augenbrauen von Evelyn schnellten nach oben. »Das ist doch eine schöne Idee. Vor allem der Vorweihnachtsabend ist immer besonders schön in Bibury.«

»Ich bin sehr gespannt. Das ist eine völlig neue Erfahrung für mich. Ich kenne nur die Hektik in London und am Vorabend vor Weihnachten geht es dort wie in einem Taubenschlag zu. Alle kaufen noch schnell die letzten Geschenke und die Super-märkte sind so voll, dass man meinen könnte, der Krieg bräche aus.«

»Deswegen kommen unsere Gäste jedes Jahr wieder, weil sie die Ruhe und Beschaulichkeit hier so lieben«, kam Simon seiner Mutter zuvor.

»Wie schaffst du das ohne Grantham?« Von Simon wusste ich, dass das Hotel komplett ausgebucht war.

»Eine Cousine von Grantham ist eingesprungen und kümmert sich um die Gäste«, erklärte Simon mit ernster Miene.

»Und Granny ist wegen mir da.« Hazel ließ meine Hand los, um Tiffy zu begrüßen, die um die Ecke geschlichen kam.

»Das stimmt, mein Engelchen.« Evelyn schenkte ihrer Enkelin

einen warmherzigen Blick, wie ich ihn von meiner Großmutter kannte.

»Tja, ich denke, wir sollten langsam los«, meinte Simon. »Ich muss noch einiges regeln und organisieren bis Weihnachten. Außerdem wollte ich das Menü besprechen.«

»Ja, du hast recht, Darling. Außerdem wollte Hazel unbedingt baden.« Lächelnd legte sich Simons Mutter den Schal um den Hals. »Es war mir eine Freude, dich kennengelernt zu haben.« Sie reichte mir die Hand. »Hoffentlich bleibt es nicht bei diesem einmaligen Vergnügen.«

»Das kann ich nur zurückgeben.« Ich mochte Simons Mutter mit ihrer aufgeschlossenen Art und dem warmen Lächeln.

»So, du kleiner Floh. Schön, dass du mit deiner Granny vorbeigeschaut hast.« Ich beugte mich hinunter, um sie zum Abschied in den Arm zu nehmen.

Ehe ich es verhindern konnte, legte Hazel ihre Arme um meinen Hals und gab mir einen Kuss. »Ich habe dich ganz doll lieb.«

»Und ich dich. Bis morgen.«

Simons Augen ruhten auf mir mit einem Ausdruck, den ich so noch nicht bei ihm bemerkt hatte. Erstaunen. Freude. Hoffnung.

»Bis bald.« Er drückte meine Hand so fest, dass ich fast aufgeschrien hätte. Dann machte er auf den Hacken kehrt und folgte seiner Mutter nach draußen.

Nachdenklich sah ich ihm hinterher. Wieder einmal gab mir sein Verhalten Rätsel auf.

Seufzend machte ich mich daran, den Laden aufzuräumen und die Abrechnung zu machen. In der letzten Woche hatten sich die Zahlen fast verdoppelt. Bethany hatte recht damit gehabt, sich das Weihnachtsgeschäft nicht entgehen zu lassen.

Mein Handy klingelte in der Hosentasche. Ich zog es heraus. Bethanys Name tauchte auf dem Display auf. Für einen Schlag setzte mein Herz aus, um dann im Galopp weiterzuschlagen.

Ich nahm einen tiefen Atemzug. Die Stunde der Wahrheit war gekommen.

»Guten Abend, Mrs Benson.«

»Guten Abend, Julia«, meldete sich ihre Stimme am anderen Ende gut gelaunt. »Stellen Sie sich vor, ich habe einen Käufer für die Mühle gefunden. Der Vertrag ist zwar noch nicht unterschrieben, aber so, wie es aussieht, möchte er den Laden zu Jahresbeginn übernehmen.«

»Das ist ja toll.« Meine Stimme war kaum mehr als ein heiseres Flüstern. In meinem Kopf herrschte komplette Leere. Bis zu diesem Anruf hatte ich gehofft, dass sie mir mitteilen würde, dass sie den Laden behalten würde.

»Ja, da es kurz vor Weihnachten ist, hat der Verkäufer darauf bestanden, noch bei Ihnen vorbeizufahren«, ließ Bethany eine weitere Bombe platzen.

»Heute?« Ich hatte geschrien. Eigentlich hatte ich mich auf einen gemütlichen Abend gefreut.

»Passt Ihnen das nicht?« Misstrauen drang durch den Hörer.

»Doch«, beeilte ich mich zu sagen. »Das ist nur ziemlich ...« Ich leckte mir über die Oberlippe. »... kurzfristig.«

»Ja, ich weiß. Eigentlich hatte ich auch andere Pläne.« Bethany seufzte. »Aber ich kann den Mann natürlich auch verstehen. Er will schließlich nicht die Katze im Sack kaufen.«

»Wäre es da nicht besser gewesen, alles tagsüber anzuschauen?«

»Sie haben völlig recht«, stimmte Bethany mir zu. »Aber wie ich schon sagte, der Mann hat es eilig. Ich bräuchte natürlich auch die aktuellen Verkaufszahlen. Der Käufer möchte sich einen Überblick verschaffen«, fuhr sie geschäftsmäßig fort. »Ich kann Ihnen gar nicht sagen, wie froh ich bin, wenn ich den Klotz am Bein endlich los bin. Ich weiß, das hört sich jetzt hart an, aber mich verbindet nichts mit der Mühle außer ein paar Erinnerungen.«

»Sie müssen sich nicht bei mir rechtfertigen.« Mein Blick wanderte zum Schaufenster, vor dem zwei neugierige Touristen standen und die Dekoration bewunderten.

»Leider muss ich Ihnen mitteilen, dass der neue Besitzer sein eigenes Personal hat und Sie nicht übernehmen möchte.«

»Kein Problem.« Tränen verschleierten meinen Blick und mein Hals fühlte sich an wie zugeschnürt. Was natürlich albern war. Ich hatte von Anfang an gewusst, dass mein Arbeitsverhältnis befristet war. Allerdings hatte ich damals auch nicht geahnt, wie sehr mir die Arbeit und der Buchladen gefallen würden. *Und Simon.*

»Gut, dann hätten wir das geklärt. Ich wäre Ihnen sehr dankbar, wenn Sie alles so weit vorbereiten könnten.« Sie klang erleichtert.

»Selbstverständlich.« Tiffy kam auf mich zu und drückte sich mit ihrem warmen Körper gegen meine Beine.

»Prima, dann haben wir alles geklärt. Haben Sie noch Fragen?«

»Nein, ich denke, so weit ist alles klar.«

»Wunderbar, dann sehen wir uns in etwa einer halben Stunde.«

Klick. Bethany hatte aufgelegt.

Wie benommen legte ich das Handy auf den Tisch.

30 - JULIA

*J*ch warf einen letzten prüfenden Blick in den
Verkaufsraum. Alles sah ordentlich und ansprechend
aus. Die aktuellen Bestseller lagen ordentlich sortiert auf dem
Präsentiertisch. Die Lichterkette im Schaufenster war einge-
schaltet und setzte die Dekoration in ein perfektes Licht. Im
Kamin flackerte ein helles Feuer und der Duft mischte sich mit
dem von Tanne und frisch gebackenen Keksen. Die Kissen auf
den Sesseln waren aufgeschüttelt und auf dem Küchentisch lag
eine Tischdecke, um die Flecken zu verbergen, die sich dort im
Laufe der Jahre angesammelt hatten.

Die Abrechnung des heutigen Tages lag auf dem Tresen,
ebenso die Abrechnung der letzten Tage.

Da ich keine Zeit mehr gehabt hatte, den Boden zu wischen,
hatte ich die Spuren des heutigen Tages und kleine Krümel mit
dem Besen entfernt.

Ja, so müsste es gehen.

Mit der flachen Hand strich ich über meinen Pullover, als
würde es sich dabei um ein Bügeleisen handeln, und zupfte an
meiner Hose, bis alles perfekt saß. Ich wollte schließlich einen
guten ersten und gleichzeitig letzten Eindruck auf meine Arbeitgeberin machen.

Tiffy kam miauend auf mich zu. Ich ging in die Knie und nahm das Kätzchen auf den Arm.

»Wie es aussieht, müssen wir uns bald nach einem neuen Arbeitsplatz umschauen«, murmelte ich leise. Tiffy sah mich mit ihren großen grünen Katzenaugen an, als wollte sie sagen: *Das ist jetzt nicht dein Ernst.* Ich hatte ihr zur Feier des Tages ein rotes Halsband umgelegt.

»Bethany hat einen Käufer gefunden, der uns beide nicht braucht«, fuhr ich mein kleines Selbstgespräch fort. Allein der Gedanke daran, die Mühle, das Cottage, Bibury und Simon zu verlassen, trieb mir die Tränen in die Augen. Verärgert über mich selbst wischte ich mir mit dem Handrücken übers Gesicht.

Obwohl ich nur zwei Wochen in Bibury verbracht hatte, kam es mir so vor, als ob ich schon immer hier leben würde. Das Dorf, die Menschen – alles war mir auf eine eigenartige Weise vertraut.

Ich dachte an Martha, Lisbeth, Bessie, Daisy und Abigail. Die Frauen waren mir ans Herz gewachsen und ich wusste schon jetzt, dass ich die Gespräche mit ihnen schmerzlich vermissen würde. Nicht, dass ich keine Freunde in London hatte – aber dort waren die Unterhaltungen oft oberflächlich und geprägt durch Themen wie Mode und Trends. Wenn ich mich mit den Frauen des Buchclubs unterhielt, dann hatten wir durchaus auch ernste Themen, über die wir diskutierten. Die Unterhaltungen waren mehr ein lebhafter Austausch zu allen Lebensfragen. Man stützte sich gegenseitig und half sich aus. Etwas, das ich in London, wo jeder sich selbst der Nächste war, häufig vermisst hatte.

Das Klingeln an der Ladentür riss mich aus meinen Gedanken.

»Showtime!« Ich nahm einen tiefen Atemzug.

»MEINE LIEBE JULIA, ich weiß nicht, wie Sie es in so kurzer Zeit geschafft haben, den Laden meiner Mutter in ein Schmuckstück zu verwandeln.« Bethany Benson klatschte begeistert in die Hände. Ihre Wangen waren von einem Hauch Rosa überzogen und ihre graublauen Augen leuchteten vor Begeisterung. In ihrem dunklen Kostüm mit der Seidenbluse dazu verkörperte sie das Bild der Anwältin perfekt. Die streng zurückgesteckten Haare und das blasse, schmale Gesicht rundeten den Eindruck ab. »Die Regale und das Schaufenster. Wirklich unglaublich. Finden Sie nicht auch, Mr Brown?«

»Ja, ganz nett. Aber mir schwebt etwas anderes vor. Diese ganzen alten Möbel müssen raus und die Regale müssen durch neue ersetzt werden.« Er machte eine ausladende Handbewegung. »Ich halte nicht viel von Antiquitäten. Schließlich leben wir im 21. Jahrhundert, da sollte man sich anpassen und nicht in diesem verwurmten Holz leben.«

Offensichtlich hatte der Mann kein Auge für die Schönheit dieser liebevoll gearbeiteten Holzstücke, die überall verteilt im Laden standen und die Kunden einluden zu verweilen.

»Absolut, da bin ich ganz Ihrer Meinung«, pflichtete Bethany dem Mann bei.

»Wie sieht es mit dem Mauerwerk aus? Gibt es diesbezüglich Einschränkungen, was die Umbaumöglichkeiten anbelangt?«

»Sie wollen die Mühle umbauen?«, rief ich entsetzt.

Bethany Benson warf mir wütende Blicke zu, die mich augenblicklich verstummen ließen.

»Natürlich. Wir wollen schließlich mit Gewinn arbeiten. Dazu müssen wir die Küche zu einem Café umbauen mit Kaffee- und Sandwichautomaten, damit sich die Kunden dort bedienen können. Ein Vorratsraum wäre auch gut und das Schaufenster muss vergrößert werden. Der ganze alte Plunder muss weg.« Er deutete auf die Dekoration.

Ich schluckte. Mit jedem Wort, das der Mann sagte, wurde er mir unsympathischer. Dieser ungehobelte Kerl war kein Buchliebhaber, sondern ein Unternehmer, der alles daran setzen würde, den Buchladen in ein profitables Geschäft zu verwandeln.

»Wenn Mr Brown umbauen möchte, dann ist das als neuer Besitzer der Mühle sein gutes Recht.«

»Dann gibt es keine Einschränkungen?«, hakte der Mann

nach. Seine Adleraugen stachen scharf aus dem breiten Gesicht hervor.

»Nun, ein paar Kleinigkeiten gibt es schon zu beachten.« Mit einem Mal wirkte Bethany nicht mehr so selbstsicher wie am Anfang. »Die eigentliche Fassade der Mühle steht unter Denkmalschutz und darf nicht verändert werden, dazu gehören auch die Fenster. Was sie innen machen, ist allerdings ganz Ihre Sache.«

»Verstehe.« Der Mann nickte.

Ich holte tief Luft, dann machte ich meinem Ärger Platz. Ich würde nicht schweigend danebenstehen und zuhören, wie jemand plante, diesen wunderbaren Ort zu zerstören. »Aber das würde doch den ganzen Charakter der Mühle kaputt machen. Bethany – ähm, ich meine Mrs Benson –, denken Sie doch mal nach. Dieser Laden, so wie er hier steht, ist das Lebenswerk Ihrer Mutter und Großmutter. Generationen von Einwohnern von Bibury sind hier ein und aus gegangen. Bis heute erzählen die Bewohner Geschichten über ihre Großmutter und Mutter. Die Mühle ist ein Ort, an dem sich die Menschen treffen und miteinander austauschen. Sie können unmöglich wollen, dass das aus reiner Geldgier kaputtgemacht wird.«

Ein dumpfes Schweigen breitete sich zwischen uns aus. Bethanys Blicke wanderten unruhig durch den Raum.

»Das ist zwar nicht ganz, was ich mir erhofft hatte«, durchbrach der Käufer die Stille zwischen uns, »aber letztendlich würde es nicht viel an meinen Plänen ändern, solange wir im Inneren der Mühle alles umbauen dürfen.«

»Ja, das können Sie«, antwortete Bethany mechanisch.

»Gut, dann habe ich alle Informationen, die ich brauche.« Der Käufer wandte sich zum Gehen. »Vielen Dank für Ihre Hilfe.« Er reichte mir zum Abschied die Hand. »Sie können den Lauf der Dinge nicht aufhalten und keiner möchte die alten Sachen sehen, die Sie als hübsch bezeichnen.«

Mit einem Ruck entzog ich dem Mann meine Hand. »Da bin ich anderer Meinung«, sagte ich kühl. »Auf Wiedersehen.«

»Mrs Benson, Sie hören morgen noch von mir«, verabschiedete er sich. Dann machte er auf den Hacken kehrt und ging.

Bethany Benson blieb unschlüssig vor mir stehen. Ihre Augen wanderten unruhig über mich hinweg.

»Sie haben sich ziemlich schnell in Bibury eingelebt«, sagte sie schließlich.

»Ja, das stimmt. Ich bin selbst überrascht.«

Sie kam einen Schritt auf mich zu. »So, wie Sie über die Mühle und die Bewohner gesprochen haben, könnte man meinen, Sie sind hier aufgewachsen. Das ist ein Gefühl der Verbundenheit, das ich niemals hatte, und ich habe hier meine Kindheit verbracht. Ich wollte immer nur weg aus Bibury und dieser dörflichen Enge. Das ist auch einer der Gründe, warum ich die Mühle verkaufen möchte. Ich will nicht länger an meine Vergangenheit gebunden sein. Ich möchte frei sein, auch wenn das in meinem Umfeld nicht immer auf Begeisterung oder gar Verständnis stößt.«

»Jeder muss sein eigenes Glück finden. Ich bin hierhergekommen, weil mir die Stadt zu viel wurde.« Das Holz im Kamin knackte. »Deshalb kann ich Sie verstehen. Aber was ist mit den wunderschönen Sachen, die hier lagern?« Ich deutete mit der Hand auf das Schaufenster. »Das kann Ihnen doch nicht egal sein.«

»Nein, natürlich nicht. Ich bin kein herzloser Mensch. Ich habe meine Mutter und meine Großmutter geliebt. Aber ihr Stil ist nicht mein Stil. Ich verbinde nichts mit den Sachen außer das Gefühl der Enge. Deshalb bin ich froh, dass Sie sich darum kümmern.« Bethany lächelte und mit einem Mal sah sie viel sympathischer aus. »So weiß ich, dass die Dinge meiner Großmutter und Mutter in guten Händen sind. Außerdem habe ich ein paar persönliche Sachen für mich behalten. Kleine Dinge, die wichtig für mich sind. Zum Beispiel den Salzstreuer meiner Großmutter. Ein kleines Holzschwein, aus dessen Rüssel das Salz kommt, wenn man es bewegt, und den Siegelring meiner Mutter. Das Album meiner Großeltern. Mehr brauche und möchte ich nicht.«

Ich nickte stumm. »Es tut mir leid, ich wollte Sie nicht verurteilen.«

»Ich weiß.« Ihre Augen blickten mir traurig entgegen. »Schade, dass wir uns nicht früher kennengelernt haben. Ich glaube, meine Mutter hätte Sie auch sehr gemocht.«

»Nachdem, was ich von Ihrer Mutter weiß, gehe ich auch davon aus.« Ich schenkte ihr ein Lächeln.

Bethany Bensons Blick fiel auf die Uhr. »Ich muss leider los. Wir erwarten Gäste morgen und es gibt noch einiges vorzubereiten.«

»Natürlich. Kein Problem.«

»Ich gehe davon aus, dass Mr Brown mir eine Zusage erteilen wird. Deshalb beende ich hiermit unser kurzes Vertragsverhältnis.« Ihr geschäftsmäßiger Ton war zurückgekehrt.

Ich schluckte. Zwar hatte ich gewusst, was auf mich zukam, aber es mit eigenen Ohren zu hören, war etwas anderes.

»Vielen Dank für Ihre gute Arbeit.« Sie reichte mir die Hand. »Ich habe Ihnen den Lohn bereits überwiesen und um ein Weihnachtsgeld ergänzt. Außerdem dürfen Sie alles behalten, was Ihnen von der Einrichtung gefällt.«

»Aber das kann ich unmöglich annehmen«, wehrte ich ab.

»Ich würde mich freuen, wenn Sie es täten. Meine Großmutter und Mutter würde es auch freuen, da bin ich mir sicher. Leben Sie wohl, Julia.«

Stumm ließ ich die Hand los und sah zu, wie Bethany Benson durch die Tür in der Dunkelheit verschwand.

»Leben Sie wohl«, sagte ich wie betäubt, damit beschäftigt, mit der neuen Situation klarzukommen.

Ein leises Klicken verkündete, das Bethany Benson für immer aus meinem Leben gegangen war und mit ihr meine Hoffnung zu bleiben.

Es klopfte gegen das Küchenfenster. Es war bereits spät, aber nach

Bethanys Besuch hatte ich es nicht übers Herz gebracht, nach Hause zu gehen. Stattdessen war ich in die Küche gegangen und hatte mich abgelenkt. Das Gespräch hatte mich aufgewühlt. Wie ich in den letzten zwei Wochen festgestellt hatte, beruhigte es mich zu backen. Also hatte ich Harriets Buch aufgeschlagen und ein Rezept ausgesucht.

ABIGAILS KOPF TAUCHTE hinter der Scheibe auf. Ich signalisierte ihr, zum Eingang zu kommen.

»Du bist ja immer noch hier«, begrüßte mich meine Freundin. Ein kalter Windzug wirbelte durch den Flur. »Ich hatte eigentlich damit gerechnet, dass du im Cottage bist.«

»Wollte ich auch, aber dann hatte ich Besuch von Bethany«, sagte ich betrübt.

»Was? Bethany war hier? Das kann nicht gut sein.« Abigail schüttelte den Schnee von ihren Schultern.

»Komm doch erst einmal rein, dann erzähle ich dir alles in Ruhe.« Wir gingen in die Küche. Harriets Buch lag aufgeschlagen auf dem Tisch. Daneben hatte ich die Zutaten für das Rezept bereitgestellt, das ich mir ausgesucht hatte. Wenn ich schon gehen würde, dann wollte ich den Bewohnern von Bibury zumindest einen kleinen Weihnachtsgruß von mir hinterlassen, bevor ich für immer aus ihrem Leben verschwinden würde.

»So und jetzt erzählst du mir, was los ist«, forderte Abigail und lehnte sich mit dem Po gegen den Küchentresen. »Und wenn du schon dabei bist, kannst du gleich eine Flasche Rotwein aufmachen, denn ich habe so das Gefühl, dass ich einen Schluck brauchen werde bei dem Gesicht, das du machst.«

Stumm ging ich zum Schrank, zog die Flasche hervor, die Daisy mir an einem meiner ersten Tage hier geschenkt hatte, und holte zwei Gläser.

Gluckernd lief die dunkelrote Flüssigkeit in die Gläser. Tiffy, die in ihrem Körbchen vor dem Kamin lag, beobachtete uns aufmerksam. Seit Bethany das Haus verlassen hatte, war sie eigenartig still, als hätte sie verstanden, was eben passiert war.

»Cheers!« Abigail prostete mir zu.

Ich nahm einen tiefen Schluck. Sofort hatte ich den beerigen Geschmack des Weins auf der Zunge.

»So und jetzt schieß los.« Abigail stellte das Glas auf den Tisch. Ihre Finger trommelten nervös auf der Tischplatte herum.

»Bethany war hier, zusammen mit einem potenziellen Käufer«, brachte ich die Tatsachen auf den Punkt. »So, wie es aussieht, bin ich arbeitslos.«

»Du verarschst mich doch!« Sämtliche Farbe war aus Abigails Gesicht gewichen.

»Ich wünschte, es wäre so.« Mit leiser Stimme fasste ich den Besuch zusammen. »Aber davon abgesehen, dass der Typ die Mühle kauft, will er sie in ein modernes Büchercafé mit Automaten umbauen«, schloss ich meine Erzählung.

»Das müssen wir verhindern!« Abigail schlug mit der flachen Hand auf den Tisch, sodass der Wein in den Gläsern überschwappte. Rote Flecken breiteten sich auf dem Tischtuch aus.

»O sorry, das wollte ich nicht. Aber wenn ich so etwas höre, platzt mir die Hutschnur.«

»Glaub mir, ich habe es versucht, aber der Typ hat mir mehr oder minder direkt gesagt, dass ihm das egal ist. Bei Bethany war ich mir nicht so sicher, aber am Ende will sie verkaufen.«

Wir schwiegen einen Moment.

»Und was bedeutet das jetzt für dich?«

»Dass ich meine Sachen zusammenpacken und in zwei Tagen abreisen werde.« Ein Kloß hatte sich in meinem Hals gebildet, der nicht verschwinden wollte, so sehr ich dagegen anschluckte.

»Ich habe gehört, dass du mit Simon und Hazel rodeln warst.« Ihre Blicke brannten sich in mein Gesicht.

»In diesem Dorf bleibt wirklich nichts geheim.« Eine verräterische Hitze breitete sich auf meinen Wangen aus.

»Läuft da was zwischen dir und Simon?«

»Das ist nicht so einfach«, stammelte ich. Hastig nahm ich einen Schluck aus meinem Glas.

»Also doch.« Abigail grinste breit. »Ich habe es mir gleich gedacht.«

»Ist es denn so offensichtlich?« Ich blickte verschämt hoch.

»Man müsste blind sein, um nicht zu sehen, welche Blicke ihr euch zuwerft. Der Mann ist total verknallt in dich.« Das Grinsen in Abigails Gesicht wurde noch breiter, wenn das überhaupt noch möglich war.

»Das glaube ich nicht«, widersprach ich ihr. »Zumindest hat er mir gegenüber bisher nichts in diese Richtung erwähnt.«

Abigail prostete mir zu. »Du bist der lebende Beweis, dass nicht nur Männer Riesentrottel sein können.«

»Was soll das denn heißen?«, plusterte ich mich auf. Der Rotwein füllte meinen Magen mit angenehmer Wärme und ich spürte, wie sich mein Körper langsam entspannte.

»Man muss doch nicht immer alles aussprechen, wenn es so offensichtlich ist wie bei Simon. Immer wenn er dich sieht, benimmt er sich wie ein kleiner Junge und wirft dir verliebte Blicke zu.«

»So einfach ist das nicht.« Gedankenverloren fuhr ich mit dem Finger über den Glasrand.

»Die Liebe ist eine einfache Angelegenheit. Wir sind es, die sie kompliziert machen«, widersprach Abigail. »Ich sehe doch, dass du auch in ihn verknallt bist.«

»Meinst du etwa, ich habe mir darüber noch keine Gedanken gemacht? Ich denke Tag und Nacht an nichts anderes. Simon ist mein absoluter Traummann, aber wir haben diesen Deal miteinander gemacht.«

»Deal?« Abigail runzelte die Stirn. »Und wie lautet der?«

»Freundschaft Plus.« Jetzt, wo ich es aussprach, kam es mir völlig idiotisch vor.

»Du meinst, wie bei Ashton Kutscher und Natalie Portmann in dem gleichnamigen Film?«

»Ungefähr so.«

Abigail schnalzte mit der Zunge. »Aber das ist doch

kompletter Blödsinn. Das hat schon im Film nicht funktioniert, geschweige denn im wahren Leben.«

Mein Blick ging ins Leere. »Aber eigentlich ist es auch egal, denn in zwei Tagen sitze ich im Auto nach London und werde ihn nie wiedersehen.«

»Stimmt, wenn du es ihm nicht sagst.« Abigail schnappte sich meine Hand. »Was, wenn es ihm genauso geht und er die gleichen Gefühle wie du hat und er sich auch nicht traut, etwas zu sagen?«

»Das glaube ich nicht, denn als ich ihn auf seine Freundin angesprochen habe, hat er gesagt, Tasha wäre seine erste große Liebe gewesen.« Allein der Gedanke, dass er mit einer anderen Frau die gleichen Zärtlichkeiten ausgetauscht hatte wie mit mir, versetzte mir einen Stich. Was natürlich albern war, ich hatte keinen Anspruch auf eine Exklusivität.

»Tasha ist die Mutter seines Kindes, die ihn und Hazel einfach zurückgelassen hat, um sich selbst zu verwirklichen. Tasha ist ein Freigeist und ein Stück weit auch egoistisch. Wenn sie ihn lieben würde, wäre sie längst wieder zurück. Außerdem sagt das nichts über seine aktuellen Gefühle ihr gegenüber aus.« Ihre Augen suchten meine. »Wir kennen uns zwar noch nicht lange, aber du bist die Freundin, die ich mir immer gewünscht habe, und es macht mich sehr unglücklich, dich so traurig zu sehen. Sag ihm, was du fühlst. Was hast du zu verlieren?«

Ich nickte stumm. Abigail hatte recht. Wenn ich schwieg, würde Simon nie erfahren, was meine wirklichen Gefühle für ihn waren.

»Okay, ich werde es ihm sagen, sobald ich ihn sehe«, sagte ich entschlossen.

»Sehr gut, das ist die Julia, die ich kennengelernt habe. Eine Frau, die für ihr Glück kämpft.«

»Ja, aber bleibt immer noch das Problem mit meinem Job«, gab ich zu bedenken.

»Kannst du Bethany kein Angebot machen?«

»Leider nein. Ich habe in den letzten Jahren zwar etwas Geld beiseitegelegt, aber nicht mal ansatzweise genug, um zwei Häuser zu kaufen«, sagte ich betrübt.

Abigail füllte ihr Glas erneut. »Okay, das ist natürlich ein Argument, aber kein Hindernis. Ich würde zuerst mit Simon sprechen und mir dann Gedanken über meinen Job machen. Wann seht ihr euch wieder?«

»Keine Ahnung. Wir haben nicht darüber gesprochen. Spätestens übermorgen zur Weihnachtsfeier im Hotel.«

»Er hat dich zu seiner Feier im Swan eingeladen?« Abigails Augenbraue schnellte nach oben. »Das ist ein echter Liebesbeweis. Dorthin kommen nur Familie und Freunde.«

»Ja, heute beim Rodeln.« Ein Lächeln huschte bei dem Gedanken über mein Gesicht. »Eigentlich war es Hazels Idee.«

»Du magst Hazel.« Es war eine Feststellung und keine Frage.

»Hazel ist einfach bezaubernd. Ich kenne kein süßeres Kind als sie.«

»Ja, die Kleine ist wirklich niedlich und sehr aufgeweckt. Letzte Woche hat sie mir erklärt, dass sie auch Tierärztin werden will.«

»Mir hat sie erzählt, sie will Bäckerin werden.«

Wir lachten beide.

»Danke, dass du mir zugehört hast«, sagte ich.

»Dafür sind Freundinnen da«, antwortete Abigail.

Lächelnd blickte ich nach draußen zum Fenster, wo die Schneeflocken lautlos auf die Fensterbank rieselten. Vielleicht würde ich doch noch mein Glück in Bibury finden. *Hoffentlich.*

31 - JULIA

Seufzend klappte ich den Deckel der Kiste zu, in die ich meine Schätze gepackt hatte. Alles kleine Andenken, die ich mit nach London nehmen würde, um mich an die schönsten zwei Wochen meines Lebens zu erinnern. Der Holzigel und die Mäuse waren natürlich auch dabei. Ich hatte sie sorgfältig in Papier eingewickelt, damit ihnen nichts zustoßen konnte auf ihrer Reise. Das Kätzchen hatte ich nicht in die Kiste gelegt. Stattdessen hatte ich es in wunderschönes Glitzerpapier eingeschlagen, um es Hazel zu schenken. So hatte sie wenigstens eine Erinnerung an mich. Bei dem Gedanken, dass ich nicht nur Simon, sondern auch Hazel nicht mehr wiedersehen würde, wurde mir ganz schwer ums Herz. Ich hatte die Kleine lieb gewonnen und würde sie schrecklich vermissen.

London. Mein Appartement und mein Leben dort waren in ein anderes Licht gerückt, seit ich nach Bibury gefahren war. Alles schien mir so weit weg zu sein und doch würde ich morgen dorthin zurückkehren und dem Leben den Rücken zukehren, das ich viel lieber führen würde.

Natürlich vermisste ich meine Freunde und Mum. Aber noch mehr würde ich Simon vermissen.

Seit dem Rodeln waren wir uns einmal kurz auf der Straße

begegnet. Das Hotel war ausgebucht und er hatte alle Hände voll zu tun. Vor allem ohne Grantham. Der schuldbewusste Blick auf Simons Gesicht hatte Bände gesprochen. In seinem Leben war kein Platz für mich.

Es hatte also keinen Sinn, Trübsal zu blasen. Das konnte ich tun, wenn ich wieder allein in meinem Appartement saß. Wobei, so ganz allein würde ich zum Glück nicht sein. Natalie würde da sein und mich in ihre tröstenden Arme nehmen.

Mein Blick wanderte über die Küchenzeile hinweg zum Kamin, wo Tiffy es sich in ihrem Körbchen gemütlich gemacht hatte. Bei dem Anblick des Kätzchens bekam ich ein warmes Gefühl im Bauch. Zumindest einen Freund würde ich nach London mitnehmen. Ein Leben ohne Tiffy konnte ich mir nicht mehr vorstellen. Es war erstaunlich, wie zwei Wochen ein Leben verändern konnten. Hätte mir jemand vor einem Monat gesagt, dass ich das Dorfleben schön finden und meinen Traummann begegnen würde, ich hätte ihm einen Vogel gezeigt, und doch war es geschehen.

Zwei Wochen, in denen ich mein Herz an einen Mann verloren hatte, der für mich unerreichbar war.

Mit einem Ruck hob ich die Kiste an und trug sie in den Flur, wo bereits die beiden anderen Kisten standen, die ich gepackt hatte und in denen hauptsächlich Backutensilien waren. Jetzt, wo ich dank Harriet meine Leidenschaft für das Backen gefunden habe, war ich nicht bereit, sie aufzugeben. Seit meinem Gespräch mit Bethany hatte ich mir viele Gedanken gemacht, unter anderem über meine berufliche Zukunft. Ich war zu dem Ergebnis gekommen, dass der Buchladen genau das war, was ich machen wollte. Allerdings würde es schwer bis unmöglich werden, etwas Äquivalentes wie die Mühle zu finden.

Mein Blick glitt zum Schaufenster. Die Dekoration der letzten Woche hatte ich durch einen kleinen Tannenbaum ersetzt, den ich mit einer Lichterkette, selbst gebackenen Keksen und Kunstschnee verziert hatte. Darüber hatte ich ein Banner mit den Worten »Frohe Weihnachten« gespannt.

Am heutigen Tag war der Laden geschlossen geblieben. Meine Arbeit hier war getan. Die bestellten Bücher waren verkauft. Bethany war zurecht zufrieden mit meiner Arbeit gewesen.

Bethany Benson. Auch wenn ich ihre Entscheidung, die Mühle zu verkaufen, nicht gutheißen konnte, hatte ich verstanden, warum sie es tat. Auf eine skurrile Art und Weise waren wir uns ähnlich. Nur umgekehrt. Sie wollte um jeden Preis weg aus Bibury. Ich hingegen würde alles geben, um zu bleiben.

KRITISCH SCHAUTE ich in den Spiegel. Für meinen letzten Abend in Bibury hatte ich mein Lieblingsensemble ausgesucht. Einen sandfarbenen Kaschmirpullover, dessen Kragen bis zur Mitte des Halses reichte, und dazu eine schwarze Hose, die meine Beine länger erscheinen ließ, als sie es waren. Prüfend drehte ich den Kopf zu allen Seiten. Ich hatte ein natürliches Make-up aufgelegt und lediglich meine Augen mit etwas Kajal und Wimperntusche betont. Dazu hatte ich einen Hauch von Bronze auf meinen Wangen verteilt und meine Lippen mit einem zarten Roséton zum Schimmern gebracht. Meine Haare hatte ich sorgfältig geföhnt. Jetzt fielen sie in weichen Wellen über die Schultern. Ich wollte, dass Simon mich schön in Erinnerung behielt.

Mein letzter Abend in Bibury. Allein bei dem Gedanken zog sich mein Magen zu einer Faust zusammen. Simon hatte keine Ahnung, dass heute unsere letzte gemeinsame Nacht sein würde.

Zumindest hoffte ich, dass es eine Nacht geben würde. Ich wollte ein letztes Mal in seinen Armen liegen, eingehüllt in seinen männlichen Duft und dabei seinen warmen Körper spüren. Ein letztes Mal seine Stimme hören, die mir zärtliche Worte ins Ohr flüsterte.

Meine traurigen Augen blickten mir im Spiegel entgegen.

Reiß dich zusammen. Schon den ganzen Tag kämpfte ich gegen die Tränen an. Aber das musste warten. Weinen konnte ich auch morgen. Heute wollte ich feiern.

Ein letzter Blick, dann schaltete ich das Licht aus und eilte die Treppe nach unten.

Die Kisten standen noch immer fertig gepackt im Flur, damit ich sie morgen früh im Auto verstauen konnte. Am liebsten hätte ich alle Möbel mitgenommen, aber ich hätte nicht gewusst, wohin damit. Mein Appartement in London war zu klein und ich hatte keine Möglichkeit, etwas einzulagern.

Der Koffer mit meinen persönlichen Sachen stand neben dem Bett. Morgen früh würde ich den Rest dazulegen.

Ich warf mir den Mantel und den Schal über. Es war kalt und winzige Eisblumen hatten sich an den Fenstern gebildet.

Tiffy kam auf mich zugelaufen.

»So, meine Kleine, du bleibst schön artig hier.« Ich beugte mich zu ihr hinunter und strich ihr zärtlich über das weiche Fell. »Morgen geht es los in dein neues Zuhause. Das ist zwar nicht so nett wie das Cottage, aber wenigstens sind wir zusammen.« Unwillkürlich musste ich an den Abend denken, als ich das Cottage das erste Mal betreten hatte. Hätte jemand damals behauptet, dass ich hier mein Glück finden würde, ich hätte laut gelacht. Und doch hatte ich hier und in der Mühle die glücklichste Zeit der letzten Jahre verbracht. Das erste Mal in meinem Leben hatte ich das Gefühl, angekommen zu sein. Etwas, das ich noch nie in London gespürt hatte.

Ich gab Tiffy einen Kuss, dann schnappte ich mir die Tüte mit den Kekspäckchen, die ich vorbereitet hatte. Um mich abzulenken, hatte ich mich die letzten Tage in die Küche verkrochen und gebacken wie ein Weltmeister. Die fertigen Kekse hatte ich auf ein Dutzend weiße Pergamenttüten verteilt, um die ich rote Bänder mit kleinen Glöckchen und einem Tannenzweig gebunden hatte.

Schwer bepackt machte ich mich auf den Weg. Es hatte den ganzen Nachmittag geschneit und eine frische Schicht glitzernder Pulverschnee hatte sich über alles gelegt.

Es war bitterkalt und der Wind kroch unter meinen Mantel und ließ mich schaudern. In den Schaufenstern der kleinen Läden funkelte die Weihnachtsdekoration, begleitet von leiser Musik, die von allen Seiten zu hören war. Die Besucher des Weihnachtsmarkts zogen mit leuchtenden Augen von Stand zu Stand. Der Duft nach gebrannten Mandeln und Bratwürstchen hing in der Luft. Schneeflocken rieselten leise auf mich herab, als wäre die Natur bemüht, die vielen Fußspuren auf der schmalen Gasse zwischen den Buden zu verwischen. Selbst auf den wenigen Straßenlaternen lag eine dicke Schicht Schnee.

Ich kam mir vor, als wäre ich in ein Wintermärchen gehüpft.

Endlich hatte ich das Hotel erreicht. Es war das erste Mal, dass ich das lang gestreckte Gebäude aus der Nähe betrachtete. Eigentlich hatte ich mir zu Beginn meines Aufenthalts vorgenommen, dort zu essen, aber durch meine Arbeit im Buchladen hatte ich es schlicht nicht geschafft. Eine weiße Rauchsäule stieg aus dem Kamin hoch in den Himmel. Die weißen Fensterläden rahmten das Innenleben des Hotels wie ein Gemälde ein. Dahinter erkannte ich eine Gruppe Menschen, die zusammen saßen und sich unterhielten. Alles war weihnachtlich geschmückt mit Lichterketten und roten Bändern.

Ein schlichtes Schild hing an einer Eisenstange seitlich des Eingangs mit dem Namen des Hotels darauf.

The Swan. Simons Lebenstraum.

Mein Herz klopfte wie verrückt gegen meine Brust, als ich die wenigen Stufen hoch bis zum Eingang ging. Ich nahm einen tiefen Atemzug, als ich an der Klingelschnur zog. Es dauerte nicht lange und ich hörte Schritte. Sekunden später flog die Tür auf.

»Julia.« Simon stand im Türrahmen. Wie jedes Mal, wenn er vor mir war, schlug mein Herz Purzelbäume. Er trat einen Schritt beiseite, um mich hereinzulassen. Galant nahm er mir den Mantel ab. Selbst diese unschuldige Berührung seiner Hände ließ mich zittern.

»Ich habe dich vermisst.«

»Ich dich auch.« Mein Herz trommelte wie verrückt gegen meine Brust.

Sein Blick wanderte mit quälender Langsamkeit über mich

hinweg. »Du siehst absolut atemberaubend schön aus«, lautete sein abschließendes Urteil.

Ich schluckte, während mein ansonsten schlagfertiges Hirn nach der passenden Antwort suchte.

»Du siehst auch nicht schlecht aus«, lautete das etwas lahme Ergebnis. Das war die Untertreibung des Jahres. Simon sah hammermäßig aus, wie er in seiner beigefarbenen Hose und dem schwarzen Hemd vor mir stand. Seine dunklen Haare schimmerten im Licht wie poliertes Ebenholz. Er hatte seinen Bart gestutzt.

»Freut mich zu hören.« Seine Mundwinkel zuckten. Zu meiner Überraschung schlang er seine Arme um meine Taille und zog mich an seinen warmen Körper.

Eigentlich hatte ich mir vorgenommen, nicht gleich schwach zu werden, um den restlichen Abend gut zu überstehen und nicht vor Sehnsucht nach ihm zu zerfließen, aber bei der Aussicht auf einen seiner Küsse konnte ich einfach nicht anders.

»Julia.« Sein Atem streichelte meine Wange. Ein wohliger Schauer lief mir den Rücken hinunter. »Du weißt gar nicht, wie sehr ich mich nach dir gesehnt habe.«

»Und ich mich nach dir.« Zu mehr kam ich nicht, denn Simon legte seinen Mund auf meine Lippen. Sofort war alles vergessen und ich gab mich völlig der Süße seines Kusses hin. Seine Arme hielten mich fest umschlungen, als hätte er Angst, ich könnte ihm davonlaufen. Wovon ich weit entfernt war. Alles, was ich wollte, war ewig in seinen Armen zu liegen und die Realität um uns herum zu vergessen.

Als er sich von mir löste, ließ er mich atemlos zurück.

»Du schmeckst so gut. Ich kann gar nicht genug von dir bekommen«, flüsterte er mir ins Ohr. »Wenn ich nicht wüsste, dass meine Mutter mit Hazel auf uns wartet, würde ich dich auf der Stelle vernaschen.«

»Hm, ein durchaus verlockender Gedanke.« Ich leckte mir mit der Zungenspitze über die Oberlippe.

Er stöhnte. »Mach das nicht noch einmal, sonst muss ich dich noch mal küssen und dann kann ich für nichts mehr garantieren.«

Ich senkte meine Lider und fuhr mir mit der Zungenspitze erneut über die Lippe, nur diesmal viel langsamer.

»Du bist einfach unglaublich.« Unsere Lippen fanden sich. Ein wilder, leidenschaftlicher Kuss. Diesmal war ich es, die den aktiven Part übernahm, indem ich mich an seinen Körper schmiegte.

»Daddy!«, drang Hazels Stimme an mein Ohr.

Leise fluchend, löste sich Simon von mir.

Ich stieß überrascht die Luft aus, darum bemüht, meine Fassung wiederzugewinnen. Meine Hormone waren längst in den Sambamodus übergegangen und hatten die Weichen für heißen Sex gestellt.

»Sorry, aber mein Typ wird verlangt.« Seine Augen ruhten auf mir. »Ich fürchte, wir müssen das Küssen auf später verschieben.«

»Hoffentlich nicht nur das Küssen«, antwortete ich zweideutig.

Seine Augenbraue schnellte nach oben.

Sag es ihm einfach, forderte die Stimme in meinem Kopf hartnäckig. *Sag ihm, dass du ihn liebst.*

»Daddy!«, rief die zarte Stimme erneut. Sekunden später tauchte Hazel an der Hand ihrer Großmutter vor uns auf.

»Guten Abend!«, rief Evelyn gut gelaunt. Sie hatte sich eine Weihnachtsmütze aufgesetzt. Hazel, die neben ihrer Großmutter stand, trug ein dunkelgrünes Kleidchen und dazu schwarze Schühchen mit roten Schleifen darauf. Ihre dichten Locken waren seitlich zu Schnecken zusammengefasst und mit rotem Glitzerband umwickelt.

»Wen haben wir denn da?« Ich strich Hazel lächelnd über die Wange. »Eine Weihnachtselfe.«

»Ich bin keine Elfe – ich bin ein Wichtel. Die sind viel cooler«, protestierte Hazel.

Zu meiner Überraschung blieb Simon dicht neben mir stehen. Eigentlich hatte ich erwartet, dass er in Anwesenheit seiner Mutter Abstand nehmen würde.

»Warum sind Wichtel denn cooler?«, fragte ich lächelnd.

»Weil die Dummheiten machen und Elfen nicht. Elfen müssen immer lieb sein. Stimmt's Daddy?«

»Absolut.« Simon lachte über das ganze Gesicht. »Aber bitte komm doch rein.« Er half mir aus dem Mantel.

»Was ist denn da drin?« Hazel schielte neugierig in die Tüte.

»Ich habe auch ein bisschen gebacken, um euch und den Gästen das Weihnachtsfest ein wenig zu versüßen.«

»Gott, die sehen ja niedlich aus.« Evelyn schlug begeistert die Hände zusammen.

»Hast du auch eine Tüte für den Weihnachtsmann?«, fragte Hazel.

»Natürlich, der wäre doch sonst sauer und würde keine Geschenke bringen. Wenn du willst, kannst du ihm das Tütchen zusammen mit einem Glas Milch unter den Kamin legen.«

»Au ja. Daddy hat du gehört?«

»Ja, habe ich.« Simon gab seiner Tochter einen Kuss auf die Nase.

»Aber der Weihnachtsmann hat mir auch etwas für dich mitgegeben.« Ich reichte ihr die Box mit dem Holzkätzchen darin. »Ich musste ihm versprechen, dass du das Geschenk erst morgen auspackst.«

»Du hast den Weihnachtsmann getroffen?« Hazel sah mich mit riesigen Kulleraugen an.

»Nur ganz kurz. Das ging alles so schnell, dass ich ihn kaum gesehen habe«, bedauerte ich. »Aber ich habe seine Mütze.«

»Du hast die Mütze vom Weihnachtmann?« Hazel sah mich mit weit aufgerissenen Augen an.

»Das ist ja unglaublich«, meldete sich Evelyn lächelnd zu Wort, die die ganze Zeit still neben uns gestanden hatte.

»Ja, eine wilde Geschichte. Der Weihnachtmann hat sich seine Mütze im Kamin bei meiner Mum eingeklemmt, als er die Geschenke gebracht hat«, erzählte ich. »Ich habe sie morgens gefunden, als ich meine Geschenke auspacken wollte. Da war noch überall Ruß vom Kamin dran.« Ich zwinkerte Evelyn vergnügt zu, was diese mit einem breiten Grinsen erwiderte. Mum hatte damals eine mit Ruß verschmierte Weihnachtsmannmütze an den Kamin gehängt und behauptet, sie würde vom Weihnachtsmann stammen. Damals hatte ich ihr tatsächlich geglaubt und bis heute konnte ich mich an meine Aufregung und das Glücksgefühl erinnern.

»Wenn ich sie finde, dann zeige ich sie dir.« Ich gab Hazel einen Stups auf die Nase. Im gleichen Moment wurde mir bewusst, dass es nie dazu kommen würde. Heute war mein letzter Abend mit Simon, Hazel und meinen neu gewonnenen Freunden. Sofort zog sich mein Magen zusammen.

Hazel hatte sich meine Hand geschnappt und sang hopsend neben mir. »Jingle Bells ...«

Lachend stimmte ich mit ein. Simons wunderbare Baritonstimme mischte sich darunter, gefolgt von Evelyns heller Stimme. Wie ein fröhlicher Weihnachtschor gingen wir den Flur entlang. Ich spürte, wie uns die Blicke der Besucher folgten. *So muss es sich anfühlen, eine glückliche Familie zu sein.* Nur heute Abend würde ich mich dieser Illusion hingeben.

»Das hier ist das Empfangszimmer«, erklärte Simon voller Stolz in der Stimme.

Als ich durch die Tür trat, knarrten die alten Holzdielen leise unter meinen Füßen, als wollten sie mir eine Begrüßung zuflüstern.

Der helle Raum wirkte auf den ersten Blick einladend. Die Wände waren naturbelassen und aus Sandstein gearbeitet. Wunderschöne, groß aufgezogene Fotografien in weißen Rahmen verzierten die Wände und verliehen dem Raum einen wohnlichen Eindruck. Der Tresen war aus weiß geöltem Eichenholz, auf dem ein moderner Computer stand. Daneben stand eine große Vase mit Tannenzweigen und roten Amaryllis. Dahinter befand sich ein Schlüsselbrett, an dem zehn Schlüssel mit Anhängern aufgereiht hingen. Die Lichterkette im Fenster blinkte fröhlich. Alles wirkte modern und doch gemütlich.

»Sehr schön«, murmelte ich. »Sind da oben die Gästezimmer?« Ich deutete auf die breite Treppe, die rechts vom Tresen in das erste Stockwerk führte. Eine Tannengirlande mit Lichtern und roten Kugel darin wand sich entlang des Geländers nach oben.

»Ja, der erste Stock ist für die Gäste. Im zweiten Stock wohnen Hazel und ich. Wenn du Lust hast, gebe ich dir später eine kleine Führung.« Seine Augen leuchteten verheißungsvoll.

»Du musst hochkommen und dir mein Zimmer anschauen!«, rief Hazel.

»Aber nicht jetzt, Liebling«, meldete sich Evelyn zu Wort. »Wir wollen doch unsere Gäste nicht warten lassen.«

»Okay, aber versprichst du mir, dass du mich ins Bett bringst und mir eine Geschichte erzählst.« Hazel zupfte an meiner Hand.

»Natürlich. Ich bin doch auch schrecklich neugierig, wie es bei dir aussieht«, versicherte ich ihr.

Wir hatten das Ende des kleinen Flurs erreicht. Stimmen und leises Gelächter drangen durch den Flur zu uns.

»Da hinten ist Granthams Reich.« Simon deutete auf eine Tür. »Und hier sind der Salon und das Esszimmer für unsere Gäste.« Er drückte eine große Flügeltür auf.

Neugierig trat ich ein.

»Wow!« Ich blieb überrascht stehen. Auf dem Weg hatte ich mir überlegt, wie Simons Hotel wohl eingerichtet war. Ich hatte einen klassischen Cottage-Stil erwartet. Damit hatte ich nicht gerechnet.

Die Wände waren wie im Flur naturbelassen. Auch hier hingen große Fotografien. Ein breites Regal zog sich über die Stirnseite des Zimmers, in dem unzählige Romane und Sachbücher feinsäuberlich nebeneinanderstanden und darauf warteten, dass man sie in die Hand nahm. Links des Kamins gab es eine kleine Bar mit einem Tresen, wo sich die Gäste Getränke bestellen konnten. Auch jetzt stand dort ein junger Mann und schenkte Eggnog aus. Im Hintergrund lief moderne Weihnachtsmusik. Es roch nach Tannenzapfen und Zimt.

Einige Besucher hatten es sich auf der Sitzecke vor dem Kamin gemütlich gemacht. Martha, Lisbeth, Bessie und Daisy standen zusammen und plauderten miteinander. In ihren Haaren hatten sie Haarreifen mit Rentiergeweihen befestigt, was ziemlich lustig aussah. Bei dem Anblick der Frauen befiel mich sofort mein schlechtes Gewissen. Auch ihnen hatte ich noch nichts von meiner geplanten Abreise und dem Verkauf der Mühle erzählt. Abigail und ich hatten lange darüber gesprochen, uns aber letztendlich dagegen entschieden, da es allen die Weihnachtszeit verderben würde. Es ließ sich ohnehin nichts mehr ändern. Wahrscheinlich lag der unterschriebene Vertrag längst auf Bethanys Schreibtisch. Abigail würde es allen bei dem nächsten Treffen des Buchclubs erzählen. Wir hatten vereinbart, dass Abigail ab sofort die Planung für mich übernehmen würde. Aber das konnte warten. Heute wollte ich niemanden die gute Laune verderben.

»Geht es dir gut?«, flüsterte Simon mir prompt zu, als hätte er meine Gedanken erraten.

»Ich bin einfach ein bisschen überwältigt von allem.« Ich kuschelte mich noch dichter an ihn, gerade so, dass es niemandem auffiel. Dabei fühlte ich Hazels warme kleine Hand in meiner.

»Darf ich dir auch einen Eggnog anbieten?«, fragte Simon.

»Unbedingt, schließlich bin ich deshalb hier«, erwiderte ich schmunzelnd.

»Und ich dachte, du bist wegen mir gekommen.« Unsere Blicke kreuzten sich.

»Vielleicht auch ein bisschen wegen dir.« Die Schmetterlinge in meinem Bauch flatterten aufgeregt.

»Gott sei Dank.« Simon gab dem jungen Mann ein Zeichen, uns zwei Gläser zuzubereiten.

»Was meinst du, Hazel, wollen wir das Geschenk unter den Baum legen?«, fragte Evelyn.

»Okay.« Hazels warme Hand löste sich aus meiner. Simon ging zum Tresen, um unsere Getränke zu holen.

Ich nutzte die Zeit, mich ein wenig umzuschauen. Im hinteren Teil des Zimmers stand der Weihnachtsbaum. Ein Prachtstück, das ich auf gut und gern drei Meter schätzte.

Unzählige Lichter blitzten hell zwischen dem dichten Tannengrün hervor. Die roten und goldenen Kugeln schimmerten wie kostbare Schmuckstücke. Zuckerstangen und Kekse waren mit rot karierten Schleifen an den Ästen befestigt.

Im Zimmer herrschte die reinste Festtagsstimmung. Es wurde gelacht und geplaudert. Niemand, der gestresst oder angespannt wirkte, wie man es in London häufig um diese Zeit im Jahr fand, wenn sich Geschäftsleute mit gehetzten Blicken zu einem weihnachtlichen Firmentreffen einfanden oder Freunde sich in einem Pub trafen und sich gegenseitig mit ihren Geschenkideen zu übertrumpfen versuchten. Hier war es ganz anders. Liebe und Freundschaft sprach aus den Gesichtern.

Simon kam zurück.

»Auf einen gelungenen Abend mit der schönsten Frau«, prostete Simon mir zu.

»Danke für das Kompliment.« Klirrend stießen unsere Gläser aneinander.

Ich nahm einen winzigen Schluck aus meinem Glas. Wenn ich den Abend überstehen wollte, musste ich einen klaren Kopf behalten. Sofort hatte ich den cremig zimtigen Geschmack auf der Zunge, der sich mit dem rauchigen des Whiskys mischte, der zweifellos darin versteckt war und dem Ganzen den nötigen Kick verpasste.

»Mmh, köstlich.« Genießerisch leckte ich mir mit der Zungenspitze über die Lippen.

»Ein altes Familienrezept von Grantham, das sie mit niemandem teilt. Was hältst du davon, wenn du deine Kekse als Dekoration auf den Esstisch stellst?«, fragte Simon.

»Das ist eine prima Idee«, stimmte ich ihm zu.

»Na, dann komm, ich bringe dich dahin.« Geschickt lotste er mich an den Gästen vorbei bis zum Speisezimmer.

Jemand hatte den langen Tisch festlich gedeckt. Eine Tannengirlande verlief auch hier in der Mitte der Fläche, die mit Kugeln und Sternen verziert war und perfekt zu dem schlichten weißen Geschirr passte. Auf den Tellern lagen weiße Leinenservietten mit einem goldenen Sternenmuster darauf, die sorgfältig gefaltet waren.

»Gefällt es dir?«

»Das sieht wunderschön aus. Wie aus dem Bilderbuch.«
Unsere Blicke trafen sich. Zärtlichkeit sprach aus seinen Augen.
Unsere Gesichter waren sich so nah, dass sich unsere Nasen-
spitzen fast berührten. Sein Atem strich über meine Wange, als
würde er mich streicheln. Sekundenlang gab es nur uns beide. Am
liebsten hätte ich ihm entgegengeschrien: *Ich liebe dich.* Stattdessen schenkte ich ihm ein Lächeln. Dies war nicht der richtige
Ort, um ihm meine Liebe zu gestehen. Später, wenn wir allein
waren, würde ich es ihm sagen. Das hatte ich mir vorgenommen.

»Ich denke, wir sollten uns beeilen, bevor Grantham zum
Essen ruft«, zerschnitt Simon das Band zwischen uns.

Ich nickte stumm. Unter Simons aufmerksamen Blicken
verteilte ich die Tütchen auf den Tellern.

»Jetzt sieht es erst perfekt aus«, sagte Simon, als ich fertig
war. Bewunderung lag in seinem Blick und ließ mein Herz nervös
flattern.

Hazel kam an der Hand von Abigail zu uns.

»Hey, ihr beiden.« Abigail umarmte mich herzlich. »Du siehst
atemberaubend aus.«

»Du auch. Das Kleid steht dir.« Abigail hatte sich ein langes
schwarzes Jersey Kleid angezogen, das ihre sportliche Figur
vorteilhaft in Szene setzte.

»Ich habe alles gegeben«, erwiderte sie augenzwinkernd.
»Hallo, Simon.«

»Hey, Abigail. Darf ich dir auch einen Eggnog anbieten?«

»Das ist der einzige Grund, aus dem ich hier bin«, erwiderte
Abigail lachend. »Und der Kuchen natürlich.«

»Das Gleiche habe ich auch gesagt.« Ich grinste schief.

»Wir sind eben seelenverwandt.« Wir prosteten uns zu.

»Ich könnte schwören, dass der Eggnog mit jedem Jahr besser
schmeckt«, verkündete Abigail, nachdem sie einen großen
Schluck genommen hatte.

»Das liegt daran, dass Grantham ihn jedes Jahr ein wenig
anders macht. Dieses Jahr ist ein Hauch mehr Zimt drin. Zumin-

dest hat sie das behauptet«, sagte Simon. Um seine Augen hatten sich winzige Lachfältchen gebildet.

»Kriege ich auch einen Eggnog?«, krähte Hazel neben uns.

»Für dich hat Grantham etwas ganz Besonderes vorbereitet, was kein Erwachsener bekommt.« Simon reichte seiner Tochter einen Tumbler mit einer gelblichen Flüssigkeit darin, die der in unseren Gläsern verdammt ähnlich sah.

»Cheers.« Hazel hielt uns das Glas entgegen wie eine Große. Unwillkürlich mussten alle lachen bei dem Anblick des süßen Fratzes mit den roten Schleifen im Haar.

Alle hoben die Gläser. Hazels Kinderaugen strahlten, als sie den ersten Schluck des mit Sicherheit süßen Getränks nahm.

»Mmh, ist der lecker.« Ein weißer Rand lag auf ihrer Oberlippe, den sie sich genüsslich ableckte.

»Du sieht übrigens besonders süß aus«, meinte Abigail und tippte gegen Hazels Haarschmuck.

»Ich bin ein Weihnachtswichtel«, verkündete Hazel und deutete auf die roten Bänder.

»Das merkt man sofort.« Abigail lachte.

Aus dem Augenwinkel sah ich, wie sich Grantham mit einer goldenen Glocke in der Hand vor dem Weihnachtsbaum aufbaute. Wie die anderen Gäste war auch sie festlich angezogen.

»Wenn ihr mich und Hazel kurz entschuldigen würdet«, raunte Simon uns zu und nahm seine Tochter auf den Arm. »Es wird Zeit, dass wir unsere Gäste begrüßen.«

Lächelnd sah ich zu, wie die beiden zu Grantham eilten.

»Wie geht es dir?«, flüsterte Abigail mir zu.

»Ich bin ein bisschen traurig«, gestand ich ihr. »Aber auch glücklich. Wie sagt man so schön, ein lachendes und ein weinendes Auge.«

»Verstehe.« Ihr Blick wanderte von mir zu Simon. »Hast du ihm schon gesagt, was du für ihn empfindest?«

Ich schüttelte den Kopf.

»Auf was wartest du noch?«, fragte sie eindringlich.

»Auf den richtigen Moment.«

»Gibt es den richtigen Moment überhaupt?« Sie machte mit den Fingern Gänsefüßchen in der Luft.

»Keine Ahnung.«

»Du musst es ihm sagen«, drängte Abigail weiter. »Wenn du es nicht tust, dann wirst du nie erfahren, wie er zu dir steht.« Das Gleiche hatte Natalie auch gesagt, als ich das letzte Mal mit ihr gesprochen hatte.

»Aber wir haben eine Abmachung und bisher hat er keine Andeutungen in irgendeiner Form gemacht.« Aus dem Augenwinkel bemerkte ich, wie Simon und Grantham miteinander flüsterten. Die Gäste hatten sich in der Zwischenzeit von ihren Plätzen erhoben und versammelten sich um den Weihnachtsbaum.

Grantham hob die Hand und fing an, laut zu klingeln, um sich Gehör zu verschaffen. Augenblicklich verstummten die Gespräche und alle blickten zum Baum.

»Liebe Freunde«, fing Simon an. »Zu allererst möchte ich euch herzlich willkommen heißen zu unserem jährlichen ›Eggnog & Cake‹. Mittlerweile ist unser Treffen am Vorabend vor Weihnachten ja fast schon so etwas wie eine Tradition und ich könnte mir die Weihnachtszeit gar nicht mehr ohne euch vorstellen.« Er machte eine kurze Pause. Seine Augen versenkten sich in mein Gesicht. Ich schluckte nervös.

»Ein wesentlicher Teil, der zu dem Erfolg dieses Abends beiträgt, seid natürlich ihr ...« Simon machte eine ausladende Handbewegung. »Aber auch der Eggnog ...« Gelächter ertönte. »... der von Grantham nach einem alten Familienrezept zubereitet wird. Deshalb schlage ich vor, dass wir die Gläser für einen Toast auf unsere Grantham erheben.«

Die Wangen der Köchin färbten sich in einem tiefen Dunkelrot und sie kicherte hysterisch.

»Auf Grantham und ein schönes Fest.«

»Auf Grantham und ein schönes Fest«, ertönte es aus einem Dutzend Kehlen.

»Auf die Liebe«, murmelte ich leise.

✻

»Danke, dass ihr hier wart«, hörte ich Simon die letzten Gäste verabschieden.

Nachdenklich nahm ich einen Schluck aus meinem Glas. Vor mir im Kamin prasselte das Feuer. Der Abend war ein voller Erfolg gewesen und alle Gäste hatten sich prächtig amüsiert. Wir hatten viel gelacht und ich hatte jede Minute genossen.

Simon war nicht von meiner Seite gewichen. Für einen winzigen Moment gestattete ich mir den Gedanken, wie es wohl wäre, zusammen mit Hazel und ihm unter dem Weihnachtsbaum zu stehen. Es wäre ein Traum, dessen war ich mir sicher.

Hazel hatte fast die ganze Zeit meine Hand gehalten. Jetzt lag sie oben in ihrem Zimmer und schlief selig, nachdem ich ihr wie versprochen eine Gute-Nacht-Geschichte vorgelesen hatte.

Es war ruhig im Hotel. Alle Hausgäste waren in ihre Zimmer verschwunden und es herrschte eine friedliche Stille. Simons Schritte näherten sich.

»Endlich allein.« Simon stand neben dem Sofa und schaute mich an. Um seinen Mund lag ein zufriedenes Lächeln.

»Ja, endlich.« Ich reckte ihm mein Gesicht entgegen und schloss erwartungsvoll die Augen. Schon den ganzen Abend sehnte ich mich nach seinem Kuss.

Sein Mund legte sich zart auf meine Lippen.

»Hm.« Ich gab ein zufriedenes Seufzen von mir. Simons Gesicht schwebte über mir, als ich die Augen aufschlug.

»Hat dir der Abend gefallen?«

»Es war wunderbar, mit all den lieben Menschen zu feiern. Eine schöne Tradition, davon abgesehen, dass ich selten so lecker gegessen habe.« Grantham und ihre Cousine hatten ordentlich aufgefahren und abgesehen von einem traditionellen Plumpudding und Früchtebrot hatte es einen deftigen Eintopf gegeben.

»Ja, ich möchte diesen Abend nicht missen, vor allem jetzt, wo du dabei warst.«

Unsere Blicke trafen sich. Liebe und Zärtlichkeit sprachen aus seinen Augen und mein schlechtes Gewissen, das ich den ganzen Abend erfolgreich verdrängt hatte, meldete sich zu Wort.

Sag es ihm.

»Weißt du eigentlich, dass alle dich mögen«, holte mich Simon aus meinen Überlegungen. Dabei fuhr er sich mit der Hand durch das Haar.

»Ich mag sie auch. Vor allem die Frauen vom Buchclub sind mir ans Herz gewachsen«, erwiderte ich lächelnd. Sein männlicher Duft wehte zu mir herüber.

»Hm, du riechst gut«, schnurrte ich.

»Du auch.« Er beugte sich erneut zu mir. Seine Lippen strichen über meinen Hals. Seine Bartstoppeln kitzelten auf der empfindlichen Haut. »Und du schmeckst auch genauso gut, wie du riechst.« Wir küssten uns und ich genoss das Spiel unserer Zungen. Als wir uns voneinander lösten, ließ er mit atemlos zurück. Mein Herz schlug Kapriolen und die Schmetterlinge in meinem Bauch waren außer Rand und Band.

»Du wolltest doch eine Führung durch das Hotel.« Seine Stimme klang einladend weich. Seine Augen versenkten sich in mein Gesicht und ich hatte das Gefühl zu brennen, dort, wo sie mich berührten.

»Darauf warte ich schon den ganzen Abend.« Lasziv erhob ich mich vom Sofa. Mein Geständnis würde warten müssen, wenn ich die Stimmung zwischen uns nicht kaputtmachen wollte.

»Dann möchte ich dich nicht länger warten lassen.« Er streckte die Hand aus und zog mich in Richtung Treppe.

32 - JULIA

*Z*ufrieden seufzend drehte ich mich zur Seite. Mein Atem hatte sich wieder beruhigt und ich genoss seine Nähe.

Simon lag neben mir auf den zerwühlten Laken. Im Hintergrund lief leise Musik aus winzigen Lautsprechern. Es war herrlich warm, was dem Kamin zu verdanken war, der ein paar Meter entfernt vom Bett flackerte. Wir hatten uns geliebt, als ob es kein morgen gäbe. Noch immer spürte ich Simons Mund auf meiner nackten Haut. Es war einmalig schön gewesen und ich hatte versucht, die Bilder in meinem Kopf zu speichern, damit ich darauf zurückgreifen könnte, wenn ich einsam in meinem Appartement in London lag.

Mein Blick glitt über seinen nackten Körper. Ein feiner, feuchter Film überzog seine Haut und ließ sie im schwachen Licht des Kamins golden schimmern. Seine dunklen Haare waren zerwühlt und eine dicke Strähne fiel in sein Gesicht. Hinter dem dunklen Wimpernkranz leuchteten seine Honigaugen wie unecht hervor. Hinter ihm auf dem Nachttisch stand ein Bild von ihm und Hazel.

»Wie haben du und Tasha euch eigentlich kennengelernt?«,

fragte ich neugierig. Für einen Moment versteiften sich seine Muskeln unter mir.

»Zum Ende meines Studiums.« Seine Stimme klang eigenartig rau.

»Du hast studiert?«

»Ja, Betriebswirtschaft. Mein Traum war es schon als kleiner Junge, mein eigenes Hotel zu haben.« Seine Augen leuchteten, als er davon sprach.

»Lustig und ich habe immer davon geträumt, meinen eigenen Buchladen zu eröffnen. Deshalb habe ich Literatur studiert. Sehr zum Leidwesen meiner Mutter, die es lieber gesehen hätte, wenn ich Ärztin oder Juristin geworden wäre«, erzählte ich lächelnd. »Aber du musst mir erklären, warum du ausgerechnet ein Hotel haben wolltest. Das ist ja nicht allzu gewöhnlich.«

Er zuckte mit den Schultern. »Keine Ahnung. Ich fand die Idee schon immer faszinierend, einen Ort zu schaffen, an dem man sich wohlfühlt, als wäre es das eigene Zuhause, nur ohne die Verpflichtungen des Alltags.«

»Das ist wirklich ein schöner Gedanke und ich finde, es ist dir gelungen. Das Hotel ist ein Traum.«

»Freut mich, dass es dir gefällt.«

»Total, du hättest dir keinen schöneren Ort als Bibury für die Verwirklichung deines Traumes suchen können.«

»Dann findest du die Vorstellung, hier zu leben und sich eine Existenz aufzubauen, nicht verrückt?«

Ich schüttelte energisch den Kopf. »Niemals. Wenn ich mir einen Ort auf der Welt aussuchen könnte, um dort zu leben, dann würde Bibury auf meiner Liste ganz oben stehen.«

Er sah mich nachdenklich an.

»Aber du hast mir immer noch nicht erzählt, wie Tasha und du euch kennengelernt habt.«

»Warum willst du das wissen?« Er richtete sich auf.

»Weil mich der Mensch interessiert, mit dem ich seit Tagen wilden Sex habe«, entgegnete ich so locker wie möglich. Das war tatsächlich nur die halbe Wahrheit. Ich wollte heraushören, wie

Simon zu seiner Exfreundin stand, abgesehen davon, dass sie seine erste große Liebe war.

»Ich habe Tasha auf einer Party während meines Studiums kennengelernt. Sie hatte damals mit einer Freundin auf der Party gesungen.«

»Also ist sie Sängerin?«

»Sie hat früher in einer kleinen Band gesungen. Kleine Auftritte in Bars oder eben auf Partys. Alles an ihr ist mir exotisch und aufregend vorgekommen. Ihre blauen Augen, die im krassen Gegensatz zu ihrer dunklen Hautfarbe standen. Der leichte Akzent, der sich unter ihr ansonsten perfektes Englisch mischte, wenn sie aufgeregt war. Die Lockerheit, mit der sie auf Neues zuging. Sie suchte das Abenteuer und die Abwechslung. Das komplette Gegenteil zu mir, denn ich liebe es, Dinge im Voraus zu planen. Ich hatte an diesem Abend viel getrunken und meinen ganzen Mut zusammengenommen, um sie anzusprechen. Wir sind noch in derselben Nacht ein Paar geworden«, Simon räusperte sich unbehaglich, »Und nur zwei Wochen später ist sie zu mir in meine winzige Studentenbude gezogen. Es war eine wilde Zeit, in der wir uns geliebt, aber auch gestritten haben. Die gegensätzliche Art, wie wir beide Dinge angingen, stand von Anfang an zwischen uns und hat immer wieder für Streitpotenzial gesorgt. Auf der anderen Seite war es genau der Kick, der unsere Beziehung ausmachte.«

Seine Augen wanderten in die Ferne.

»Als ich ihr von meinem Traum, ein Boutique-Hotel zu eröffnen, erzählt habe, war sie zunächst Feuer und Flamme. Wir haben nächtelang Pläne gemacht und uns vorgestellt, wie es werden würde. Drei Jahre später war es dann so weit und wir sind nach Bibury gezogen. Für mich, der ich hier groß geworden bin, war es wie nach Hause kommen. Für Tasha war es anders.« Ein strenger Zug hatte sich um seinen Mund gebildet. »Schon nach kürzester Zeit stellte sich heraus, dass Tasha nicht glücklich war. Sie hatte ständig etwas auszusetzen und wurde von Tag zu Tag unzufriedener, was nicht nur ich, sondern auch Hazel zu spüren bekam.« Seine Lippen waren kaum mehr als zwei dünne Striche.

»Hast du nicht mit ihr darüber geredet?« Im selben Moment bereute ich die Frage.

»Natürlich. Ich habe ihr sogar angeboten, dass wir zurück in die Stadt ziehen.« Er holte tief Luft. »Aber sie wollte einfach nur weg. Weg von mir. Sie sagte, ich würde ihr die Luft zum Atmen nehmen.«

»Und was ist mit Hazel?«

»Tasha war der Ansicht, dass Hazels Geburt sie ausgebremst hätte, und machte mir indirekt einen Vorwurf deshalb. Nicht, dass sie Hazel schlecht behandelt hätte, aber sie hatte nie diese tiefe Bindung zu unserem Kind, wie man es von einer Mutter erwarten würde.« Traurigkeit hatte sich in seine Augen geschlichen. »Ich weiß nicht, ob sie jemals diese Liebe für mich und Hazel empfunden hat, wie ich am Anfang dachte.«

»Und wie ist es mit dir?«

Langsam hob Simon seinen Kopf. »Was meinst du?«

»Was ist mit deinen Gefühlen für Tasha?« Instinktiv hielt ich die Luft an.

»Ich kann dir darauf keine Antwort geben.« Seine Augen lösten sich von mir. »Weil ich selbst nicht weiß, wie es weiter-gehen soll. Sie ist einfach verschwunden und wir hatten nie die Chance, über alles zu sprechen.« Der schmerzvolle Blick in seinen Augen sprach Bände.

Ich schluckte. Mein Mund fühlte sich mit einem Mal staubtro-cken an. All meine Hoffnungen waren soeben zusammenge-schrumpft.

Mit einem Mal war mir klar, dass ich ihm nicht sagen würde, was ich für ihn empfand. Wozu, es würde eh keinen Unterschied machen. Er war emotional noch immer an Tasha gebunden, das hatte mir unser kleines Gespräch von eben gezeigt.

»Verstehe«, murmelte ich, darum bemüht, meine Enttäuschung zu verbergen. Im Hintergrund waren leise die Kirchenglocken zu hören.

»Julia, ich wollte dich nicht verletzen.« Ahnte er, was in mir vorging?

»Keine Sorgen. Schließlich habe ich dich gefragt und du warst nur ehrlich zu mir. Dafür danke ich dir.« Ich beugte mich vor und küsste ihn zärtlich auf seinem wunderbar weichen Mund. »Aber ich denke, es ist besser, wenn ich jetzt gehe. Schließlich habe ich morgen einen langen Tag vor mir.« Ich löste mich aus seinen Armen und stand auf.

»Hast du schon etwas von Bethany gehört?«

Mein Puls schnellte angesichts der Frage nach oben. Seine Augen ruhten auf mir.

Für einen Moment war ich versucht, ihm die Wahrheit zu sagen, doch dann entschloss ich mich dagegen. Es würde die Stimmung zwischen uns zerstören und ich wollte die letzten Momente, die uns noch blieben, in Harmonie verbringen.

»Ja, aber noch nichts Spezielles«, sagte ich leichthin. »Sie wollte den Abschluss haben und wissen, wie es gelaufen ist.«

»Hm.« Simon zog sein Shirt über den Kopf. »Ich finde es nicht nett von ihr, dass sie dich so lange warten lässt. Du musst schließlich auch planen können.«

»Ach, jetzt ist erst einmal Weihnachten, da fahre ich sowieso nach Hause«, versuchte ich locker zu klingen. In Wirklichkeit zerriss es mir fast das Herz und ich kämpfte gegen die Tränen, die sich den Weg nach oben bahnten.

Er nickte stumm, die Lippen fest aufeinandergepresst, während wir nach unten gingen. »Sehen wir uns morgen noch?«

»Ich denke schon.« Ich versuchte meiner Stimme etwas von ihrer natürlichen Leichtigkeit zu verleihen, was mir nur mäßig gelang. Simon reichte mir den Mantel. Stumm zogen wir uns an.

Als wir nach draußen traten, schlug uns die kühle Nachtluft entgegen. Es hatte aufgehört zu schneien und die Wolken, die den ganzen Tag den Himmel verdeckt hatten, waren verschwunden und gaben den Blick auf einen unglaublichen Sternenhimmel frei.

Simon legte wie selbstverständlich seinen Arm um meine

Taille. Schweigend gingen wir den schmalen Weg hinauf zum Cottage.

Als wir angekommen waren, blieben wir stehen. Um uns herum war es dunkel. Lediglich durch das Küchenfenster fiel Licht auf den Weg.

»Ich wünschte, du könntest bleiben«, murmelte Simon.

»Wir wissen beide, dass das nicht geht.« Ich kuschelte mich an seinen warmen Körper. Über unseren Köpfen zog sich die Milchstraße mit ihren Millionen Sternen wie ein glitzerndes Diamantenarmband.

Plötzlich löste sich einer der Sterne und zog mit einem Schweif über den Horizont, bis er verpuffte.

»Hast du dir etwas gewünscht?« Seine Stimme war kaum mehr als ein heiseres Flüstern. Unsere Augen fanden sich in der Dunkelheit.

Ich nickte stumm. »Ja, und du?«

Ohne zu antworten, beugte er sich zu mir und gab mir einen zärtlichen Kuss. Ich schlang meine Arme um seinen Hals und genoss seine Nähe.

»Schlaf gut.« Seine Augen streichelten mein Gesicht. »Bis morgen.«

»Ja, bis morgen.«

Ich hatte das Gefühl, in seinen Augen zu ertrinken. Mit dem letzten bisschen Kraft, das ich noch hatte, ging ich ins Haus.

Dabei widerstand ich der Versuchung, mich noch einmal umzudrehen.

Erst als die Tür hinter mir ins Schloss fiel, ließ ich meinen Tränen freien Lauf.

33 - JULIA

*M*it einem Knall flog der Kofferraumdeckel ins Schloss. All meine Schätze waren sicher verstaut. Ich hatte die Nacht kaum geschlafen. Dementsprechend gerädert fühlte ich mich. Immer, wenn ich kurz davor gewesen war einzuschlafen, war Simon hinter meinen geschlossenen Lidern aufgetaucht und mit ihm hatten meine Gedanken angefangen zu kreisen. Ich hatte jedes seiner Worte analysiert und hinterfragt.

Am frühen Morgen war ich schließlich zu der Erkenntnis gekommen, dass ich ihm doch noch die Wahrheit über meine Gefühle zu ihm sagen würde, auch wenn ich gestern Nacht gekniffen hatte.

Abigail und Natalie hatten recht – was hatte ich zu verlieren? Natürlich war da noch der unausgesprochene Konflikt zwischen ihm und Tasha. Aber ich wollte, dass er wusste, wie ich zu ihm stand, um mir später nicht den Vorwurf machen zu müssen, ich hätte es nicht wenigstens versucht. Es wäre schließlich nicht das erste Mal in meinem Leben, dass ich eine Fehlentscheidung aufgrund von vorschnellen Schlüssen getroffen hätte. Ich liebte Simon, dessen war ich mir sicher. Und wenn es eine Chance gab, und wäre sie noch so klein, dass er das Gleiche für mich empfand, dann wollte ich sie nutzen.

»Und du bist sicher, dass ich nicht mitkommen soll? Ich könnte im Wagen auf dich warten.« Abigail stand neben mir. Ihre Stirn lag in Falten und sie sah alles andere als glücklich aus.

»Ach, Abigail. Das klingt absolut verlockend, aber da muss ich allein durch.« Ich drückte meine Freundin ein letztes Mal.

»Ich bin mir sicher, dass alles gut wird.« Abigail sah mir tief in die Augen. »Du und Simon seid wie füreinander gemacht.«

»Hoffentlich sieht das Simon genauso.« Mein Puls raste und das Blut rauschte in meinen Ohren.

»Wenn er dich nicht liebt, dann verstehe ich die Welt nicht mehr.« Abigails Lippen waren kaum mehr als ein Strich.

»Wir werden sehen.«

»Ruf mich an, sobald du kannst. Versprochen?«

»Indianerehrenwort.« Ich zwang mich zu einem Lächeln.

»Komm in meine Arme, du verrückte Londoner Nudel.« Abigail drückte mich ein letztes Mal. »Ich werde dich schrecklich vermissen.«

»Ich dich auch.« Mit sanftem Druck befreite ich mich aus ihrer Umarmung. Dann öffnete ich die Tür und ließ mich auf dem Sitz nieder. »Bis bald und grüß die Frauen vom Buchclub von mir.« Ich warf ihr einen Flugkuss zu. Dann startete ich den Motor.

Langsam rollte der Toyota den schmalen Weg hinunter zur Hauptstraße. Ich warf einen letzten Blick in den Rückspiegel, um mir noch einmal das Cottage anzuschauen.

Mein Zuhause, fuhr es mir durch den Kopf. Tatsächlich waren das Cottage und die Mühle mehr mein Zuhause, als es mein Appartement in London jemals gewesen war. Verrückt, wie zwei Wochen das Leben eines Menschen komplett verändern konnten.

Mein Herz schlug höher, als das Swan-Hotel hinter der Biegung in Sicht kam. Ich verlangsamte das Tempo, bis ich auf dem Seitenstreifen vor dem Hotel zum Stehen kam. Ich schaltete den Motor aus und nahm einen tiefen Atemzug.

Tiffy saß in ihrer Transportbox auf dem Beifahrersitz und sah mich mit seinen großen Augen an.

»Jetzt kommt die Stunde der Wahrheit.«

Meine Hände zitterten, als ich das sorgfältig eingepackte Geschenk für Hazel vom Beifahrersitz nahm.

»Wünsch mir Glück.« Ich gab dem Kätzchen einen Kuss auf das Fell, dann drückte ich die Tür auf.

Langsam ging ich die Stufen zum Hotel hoch. Als ich den Flur betrat, hing ein leichter Duft von Keksen und Bratäpfeln in der Luft, der an den gestrigen Abend erinnerte. Sofort hatte ich ein warmes Gefühl im Bauch. *Alles wird gut,* sprach ich mir selbst Mut zu.

Ich durchquerte den Flur bis zur Eingangshalle. Niemand war zu sehen.

»Hallo?«

Keine Antwort. Wo waren denn alle?

Leise Stimmen drangen durch den Flur aus dem Salon zu mir. Ich nahm einen tiefen Atemzug, um meinen Puls zu beruhigen. Die Worte hatte ich mir den ganzen Morgen zurechtgelegt und zu einer kleinen Rede geformt.

Die Stimmen wurden lauter. Simon und Hazel. Aber da war noch eine andere Stimme.

Die Flügeltür zum Salon stand offen. Das Erste, was ich sah, war Simon, der mit dem Rücken zu mir vor dem Kamin stand. Er trug eine dunkle Hose und ein weißes Hemd, das über seinen breiten Schultern spannte. Selbst von hinten sah er fantastisch aus. Das Nächste, was ich wahrnahm, war eine Frau. Ihre langen, fast schwarzen Haare waren zu unzähligen Zöpfen geflochten, die bis zur Hüfte reichten. Ihre braune Haut schimmerte golden im Licht der Kerzen. Sie hatte ein schmales, ebenmäßiges Gesicht mit vollen Lippen und ausdrucksvollen dunklen Augen. Auf dem Arm hielt sie Hazel.

Diese Frau konnte keine andere als Tasha sein. Sie war zurückgekommen.

Der Boden unter meinen Füßen schwankte und ich musste mich an der Tür festhalten, um nicht zu fallen. All meine Pläne waren wie eine Seifenblase zerplatzt. Es war, als ob sich ein riesiges Schwarzes Loch vor mir auftun würde, das drohte mich hineinzuziehen.

Mit Tränen in den Augen musste ich mitansehen, wie sich Tasha nach vorn beugte, um Simon zu küssen und damit endgültig das Band zerschnitt, das Simon und mich verbunden hatte.

Ich hatte genug gesehen. So schnell ich konnte, eilte ich in Richtung Ausgang.

Blind vor Tränen stolperte ich nach draußen, bis ich endlich das Auto erreicht hatte.

Schluchzend startete ich den Motor und fuhr los. Weg aus Bibury und weg von Simon.

MIT LETZTER KRAFT wuchtete ich das Gepäck aus dem Kofferraum. Es dämmerte bereits. Trotzdem war auf den Straßen noch die Hölle los. Geschäftsmänner, die mit gehetztem Blick in letzter Sekunde noch Geschenke für ihre Lieben daheim kaufen wollten. Frauen, die schwer beladen mit Einkaufstüten über die Gehwege schlenderten. Jugendliche in schicken Kleidern, die irgendwo heimlich etwas getrunken hatten und nun auf dem Weg zu ihren Eltern waren. Alles wirkte mit einem Mal laut. In den Schaufenstern blinkten unzählige Lichter, um die opulenten Auslagen richtig in Szene zu setzen.

Ich konzentrierte mich, nicht zu stolpern, während ich die Treppen hoch zu meinem Appartement ging. Tiffy saß auf meiner Schulter wie an unserem ersten Tag in Bibury und betrachtete neugierig die fremde Umgebung. Alles war mir vertraut und doch so fremd geworden. Das Geräusch des Straßenverkehrs war lauter als zuvor und auch die Menschen wirkten irgendwie grau. Noch immer bemühte ich mich, die Tränen zurückzuhalten, die sich seit meiner Abfahrt in Bibury hartnäckig den Weg nach oben kämpften. Denn ich wusste, wenn ich ihnen einmal freien Lauf ließ, würden sie nicht mehr aufhören zu fließen. Noch ein paar Stufen und ich war sicher.

Aus der Wohnung gegenüber drangen die lauten Stimmen meiner Nachbarn, die sich heftig miteinander stritten, was keine Seltenheit war. Schon oft hatte ich nachts im Bett gelegen und ihre zornigen Stimmen gehört, um sie morgens händchenhaltend aus der Haustür gehen zu sehen.

Endlich hatte ich die Haustür erreicht. Meine Finger zitterten, als ich den Schlüssel in das Schloss steckte und die Tür öffnete.

»Julia!« Natalie kam in einem roten Kleid und Hausschuhen um die Ecke gestürmt.

»Natalie!« Mehr brachte ich nicht zustande. Mein Koffer ging krachend zu Boden. Tiffy zuckte erschrocken zusammen.

»Hallo, meine Kleine«, begrüßte Natalie das Kätzchen.

»Das ist Tiffy«, schniefte ich und setzte das Kätzchen auf dem Boden ab. Tränen verschleierten meine Sicht. »Schau dich um, das ist dein neues Zuhause.«

Natalies Blick ruhte auf mir. »Du siehst richtig scheiße aus«, lautete ihr abschließendes Urteil.

Das war zu viel. All die Emotionen, die ich so erfolgreich zurückgehalten hatte, kamen an die Oberfläche und machten es mir unmöglich, klar zu denken.

»Ich bin so unglücklich«, brach ich schluchzend unter der Flut der Gefühle zusammen.

»Ach, meine Süße.« Natalie nahm mich in die Arme. Tränen kullerten mir über die Wange und tropften auf ihr Kleid. Jetzt, wo ich meinem Kummer freien Lauf ließ, waren die Tränen nicht mehr aufzuhalten.

»Hey, ich bin doch da.« Ihre Arme hielten mich fest umschlungen. »So schlimm wird es doch nicht sein.«

»Doch«, heulte ich laut auf.

Natalies tröstender Duft hüllte mich ein. »Komm. Ich bring dich ins Wohnzimmer und dann weinst du dich in Ruhe aus.«

Ich nickte stumm. Dicke Tränen kullerten mir über die Wangen.

Tasha war zurück und hatte damit einen endgültigen Schlussstrich unter meine Affäre mit Simon gezogen.

Den ganzen Weg von Bibury nach London hatte ich immer wieder die Szene im Geiste durchgespielt. Simon, der mit ungläubigem Gesicht vor seiner Frau gestanden hatte. Hazel auf dem Arm ihrer Mutter. Die drei hatten wie die perfekte kleine Familie ausgesehen. Ich war mir sicher, dass Simon zu seiner Freundin stehen und das Leben mit ihr wieder aufnehmen würde. Ein Leben, in dem ich keinen Platz in seinem Herzen hatte. Gleichzeitig warf sich die Frage auf, ob ich überhaupt jemals ein Teil davon gewesen war.

»Deal.« Seine Stimme hallte in meinem Kopf wider. Simon hatte von Anfang an gewusst, was er wollte. Im Gegensatz zu mir. So viel war mir auf dem Weg von Bibury nach London klar geworden. Meine Gefühlswelt war schon immer Teil meines Problems mit Männern gewesen. Einmal mehr hatte ich mein Herz umsonst geöffnet.

Schwerfällig ließ ich mich auf dem Sofa nieder. Erst jetzt bemerkte ich die Weihnachtsdekoration. Eine einsame Lichterkette blinkte am Fenster und meine Yuccapalme in der Ecke des Wohnzimmers war ebenfalls mit einer Lichterkette umwickelt und leuchtend pinke Kugel baumelten dazwischen an den Ästen. Wäre ich nicht so traurig gewesen, ich hätte laut gelacht.

»Ich weiß, was du jetzt brauchst.« Natalie eilte in die Küche. Das Kätzchen war von seiner Erkundungstour zurück und sprang mit einem Satz auf meinen Schoss.

»Na, wie gefällt die dein neues Zuhause?«

Ein lautes Maunzen kam zurück.

»Ja, mir geht es genauso.« Weinend vergrub ich mein Gesicht in Tiffys Fell.

Natalie war mit einer Flasche Sekt zurück. »Eigentlich wollte ich ja gemütlich mit dir feiern. Aber dann nutzen wir das Zeug eben, um deinen Kummer zumindest mit Stil runterzuspülen.«

»Du bist verrückt«, schniefte ich und wischte mir die Tränen aus dem Gesicht.

»Deshalb liebst du mich doch so.« Mit einem lauten Plopp flog der Korken durch die Luft. »Außerdem bin ich dir im Gegensatz zu den Kerlen treu.« Gluckernd lief die goldene Flüssigkeit in unsere Gläser.

»Stimmt, das ist ein absoluter Pluspunkt«, lachte ich unter Tränen.

»Na siehts du, so gefällst du mir schon besser.«

»Frohe Weihnachten.« Klirrend stießen unsere Gläser aneinander.

34 - SIMON

»Hast du schon etwas von Julia gehört?« Colin nahm einen tiefen Schluck aus seinem Bierglas.

Wir saßen am Tresen des *Tipsy Cow*. Gareth stand ein paar Schritte entfernt und putzte die letzten Gläser für den heutigen Abend. In ein paar Stunden würde man keinen Platz mehr finden. Silvester war das Fest, zu dem sich das ganze Dorf im Pub traf, um gemeinsam ins neue Jahr zu feiern. Ich würde den Abend zu Hause mit Mum und Hazel verbringen. Tasha war zu Freunden abgereist. Deshalb hatten Colin und ich uns schon mal vorab auf ein Bier getroffen.

Ich schüttelte stumm den Kopf. »Kein Wort. Es ist, als ob sie nie existiert hätte, außer in meinen Träumen.« Jede Nacht träumte ich von ihr. Von ihren zarten Lippen, die sich auf meinen Mund legten. Von ihren Fingerspitzen, die wohlige Schauer auf meine Haut zauberten, wenn sie darüberstrichen. Von ihren Augen, aus denen so viel Zärtlichkeit sprach, dass es mir den Hals zuschnürte, und von ihrem Lachen, das mein Herz mit Freude erfüllte. Jede Faser meines Körpers sehnte sich nach ihr. Sie fehlte mir so sehr, dass es wehtat.

»Eigenartig. Dabei hat sie auf mich gar nicht den Eindruck einer Frau gemacht, die so einfach verschwindet.« Colin gab

Gareth ein Zeichen, uns noch eine Runde zu bringen. Wir hatten uns seit dem Fest am Vorabend vor Weihnachten nicht mehr gesehen. Nach Tashas unerwartetem Auftauchen hatte ich alle Hände voll zu tun gehabt, mein Leben neu zu regeln. Wieder einmal. Doch diesmal schien es endgültig zu sein.

»Habe ich dir schon erzählt, dass Bethany mich letzte Woche angerufen und um einen Kostenvoranschlag gebeten hat?«

Interessiert blickte ich hoch. »Nein, wozu?«

»Wir haben uns vor Ellens Cottage getroffen. Die hatte einen Typen im Schlepptau, den sie als den neuen Besitzer der Mühle vorgestellt hat.« Colin verzog das Gesicht.

In meinem Kopf wirbelten die Gedanken umher. »Bethany hat die Mühle verkauft?« Julia hatte es mir gegenüber mit keinem Wort erwähnt.

»Ja, deshalb hat sie Julias Vertrag auch nicht verlängert. Der Kaufvertrag liegt wohl schon bereit. Es gab nur ein paar Fragen wegen des Umbaus. Der Typ, ein gewisser Mr Brown, will die Mühle entkernen und ein modernes Büchercafé daraus machen. Wenn du mich fragst, ein richtiges Arschloch.«

»Deshalb hat Bethany Julia angerufen und nach den Zahlen gefragt.« Ich schüttelte den Kopf. Julia musste geahnt haben, was Bethany vorhatte. *Eigenartig.* Auf der anderen Seite war sie einfach verschwunden, ohne sich zu verabschieden, wie sie es eigentlich versprochen hatte. Eigentlich hatte ich gedacht, Julia zu kennen, aber wie es aussah, hatte ich mich getäuscht.

Freundschaft Plus. Dieser bescheuerte Deal zwischen uns. Anscheinend hatte Julia es ernst damit gemeint. Wieso hatte ich ihr nicht gesagt, was ich wirklich empfand? Ich hätte ihr von Anfang an reinen Wein einschenken müssen. Spätestens als mir klar geworden war, dass das zwischen uns weit mehr war als nur Sex. Ich war so ein Idiot.

»Und wie seid ihr mit der Mühle verblieben?«, hakte ich nach.

»Ich habe dem Käufer jetzt einen Kostenvoranschlag geschrieben und seitdem nichts mehr von ihm gehört.«

Durch meinen Kopf wirbelten die Gedanken. »Ich kann es

nicht fassen, dass Bethany die Mühle und das Cottage wirklich verkaufen will.«

»Du kennst doch Bethany. Die war sich schon immer selbst die Nächste. Wobei ich bei unserem Treffen den Eindruck hatte, dass sie mit der ganzen Situation doch nicht so glücklich ist.« Colin spielte nachdenklich mit seinem Glas. »Und ich bin es auch nicht. Wenn der Typ seinen Plan bei der Baubehörde durchgesetzt bekommt, ist ein wichtiger Teil von Biburys Geschichte verschwunden und ich weiß nicht, ob daran beteiligt sein möchte.«

»Und du bist sicher, dass der Vertrag noch nicht unterschrieben ist?«

»Ziemlich, aber wissen tue ich es nicht.«

Ich schüttelte ungläubig den Kopf. Der Gedanke, dass die Mühle verändert werden würde, behagte mir nicht. Schließlich war die Mühle Teil unseres Lebens und jetzt, wo Julia dort gelebt hatte, fühlte es sich unerträglich an, dass jemand diesen Platz, den sie mit so viel Liebe hergerichtet hatte, einfach zerstören wollte.

Gareth war mit unseren Gläsern zurück und stellte sie vor uns auf den Tresen. »Wenn man euch beide sieht, könnte man meinen, dass morgen die Welt untergeht. Dabei ist heute Silvester.«

»Erinnere mich nicht daran. Mir ist alles andere als zum Feiern zumute.« Ich winkte ab.

»Die Mühle soll entkernt und umgebaut werden«, erklärte Colin.

»Was? Unsere Mühle?« Gareth' Blick wanderte zu Colin.

Colin hob die Arme in die Luft. »Schau mich nicht so an. Ich bin nur ausführendes Organ. Außerdem habe ich noch nicht zugesagt. Aber der Käufer will das Ding mehr oder weniger auf links drehen und einen modernen Schuppen daraus machen.«

»Und du hast deine Finger da mit drin. Schäm dich.« Gareth schraubte.

»Hey, ich bin Handwerker und muss sehen, wo ich bleibe.« Colin machte ein schuldbewusstes Gesicht. »Außerdem weiß ich nicht sicher, ob Bethany die Nummer wirklich durchzieht.«

»Was ist mit Julia?« Gareth lehnte sich zu uns über den Tresen. »Schließlich hat die den Laden zum Laufen gebracht.«

»Keine Ahnung, ich habe nichts mehr von ihr gehört.« Ich zuckte gleichgültig mit den Schultern. Tief drinnen verspürte ich einen tiefen Schmerz.

»Schade, ich mochte die Kleine.«

»Ich auch.« Das war eine Lüge. Ich war bis über beide Ohren in Julia verknallt. Nur hatte ich die Gelegenheit verpasst, es ihr zu sagen.

»Und wie läuft es mit Tasha?«, erkundigte sich Gareth weiter.

»Wir haben uns zusammengesetzt und versucht, alles zu regeln.« Ich leerte mein Glas mit einem Schluck. Die letzten Tage waren angefüllt gewesen mit Gesprächen zwischen Tasha und mir. Ich hatte keine freie Minute gehabt. Wir hatten all die verletzten Gefühle und Vorwürfe auf den Tisch gebracht. Dabei war mir klar geworden, dass ich die ganze Zeit einer Illusion von Liebe nachgetrauert hatte, die es nie gegeben hatte.

Als Tasha an Weihnachten vor mir gestanden hatte, hatte ich nur eine schöne Frau gesehen, mit der mich eine lange Vergangenheit und ein Kind verband. Keine Schmetterlinge, kein Herzklopfen wie bei Julia.

Julia. Allein der Name genügte, dass sich ein warmes Gefühl in meinem Bauch ausbreitete.

»Zumindest weißt du jetzt bei ihr, woran du bist.« Colin nahm das neue Glas zur Hand. »Ich habe dir gleich gesagt, dass Tasha nicht bleiben wird. Ihr beide seid wie Pech und Schwefel.«

»Trotzdem ist sie die Mutter meiner Tochter und somit nicht aus meinem Leben wegzudenken.«

»Und wie geht Hazel mit der ganzen Situation um?« Colin sah mich mit ernster Miene an. Er war Hazels Patenonkel und nahm seine Rolle sehr ernst.

»Mittlerweile erstaunlich gut.« Unwillkürlich hatte ich die Szene vor Augen, wie Hazel ihre Mutter in der Tür entdeckt hatte. Eine Mischung aus völliger Ungläubigkeit und Freude. Die ganze Weihnachtszeit hatte sich Hazel in einer Art Ausnahmezustand befunden. »Sie weiß, dass wir sie beide lieben und immer für sie da sind, aber dass wir eben nicht mehr unter einem Dach leben.«

»Hm. Zumindest ist diese Last von deinen Schultern.« Colin klopfte mir auf den Rücken. »Damit bist du endlich frei.«

»Frei. Single und unglücklich.« Ich lachte bitter auf.

»Mach dir nichts daraus. Andere Mütter haben auch schöne Töchter. Du wirst schon noch die Richtige finden«, versuchte Colin mich zu trösten.

Die habe ich bereits gefunden. Julia.

Ein kühler Windhauch wirbelte durch den Pub und schreckte mich hoch.

Daisy, Martha, Bessie, Lisbeth und Abigail standen im Eingang und zogen ihre Mäntel und Jacken aus.

Abigail sah in unsere Richtung und ich winkte ihr freundlich zu. Wir hatten uns seit dem Fest nicht mehr gesehen, was ungewöhnlich war. Normalerweise trafen wir uns mindestens einmal in der Woche durch Zufall.

Aus dem Augenwinkel sah ich, wie die Frauen tuschelnd ihre Köpfe zusammensteckten, bevor sie zu uns kamen.

»Hallo, Ladys«, grüßte Colin die kleine Truppe. »Was für ein erfreulicher Anblick.«

»Hallo, Colin«, grüßte Abigail zurück. »Das Gleiche kann ich nicht von jedem behaupten.«

»Hallo, Abigail«, startete ich einen freundlichen Versuch, mit ihr ins Gespräch zu kommen.

»Wie geht es dir, Colin?«, fragte Abigail, als ob ich Luft für sie wäre.

»Gut, danke der Nachfrage und selbst?«, erwiderte Colin sichtlich irritiert über die Reaktion.

»Bestens. Im Gegensatz zu meiner Freundin Julia.« Die feindseligen Blicke der Frauen waren auf mich gerichtet.

»Was? Ich habe keine Ahnung, wovon du sprichst«, antwortete ich alarmiert.

Abigail baute sich vor mir auf, die Hände in die Hüften gestemmt. »Die Arme weint sich die Augen aus wegen dir und du sitzt hier völlig entspannt und genießt dein Bierchen. Das hätte ich nicht von dir erwartet. Du bist doch sonst nicht so.«

Die anderen Frauen nickten.

»Was soll dieser Angriff mir gegenüber? Und wie kommst du darauf, dass ich mein Bier genieße? Ich sitze hier mit meinem besten Freund und spreche mich aus«, sagte ich betont ruhig. Innerlich hatten mich Abigails Worte komplett aufgewühlt.

»Simon, du müsstest doch wissen, wie es sich anfühlt, wenn man von dem Menschen, den man liebt, alleingelassen wird.« Abigails Augen schossen Pfeile in meine Richtung.

So langsam dämmerte es mir. »Spielst du auf Tasha an?«

»Natürlich. Ich verstehe nicht, wie du Julia zum Weihnachtsfest einladen und mit ihr die Nacht verbringen konntest, ohne ihr zu erzählen, dass Tasha zurückkommen würde.«

Um uns herum herrschte atemlose Stille. Alle Blicke waren auf mich gerichtet, während sich in meinem Kopf die Puzzlesteinchen langsam zu einem Bild zusammenfügten.

Ich räusperte mich unbehaglich. »Weil ich es selbst nicht wusste.«

»Du willst mir also weismachen, dass du keine Ahnung davon hattest, dass deine Ex an Weihnachten bei dir aufkreuzen würde.« Zweifel schwangen in Abigails Stimme mit. Die Frauen rückten noch dichter zusammen.

»Ihr kennt doch Tasha. Überraschungen waren schon immer ihre Spezialität. Positiv sowie negativ. Ich war genauso erstaunt wie ihr.«

Ein Raunen ging durch die Reihe der Frauen.

»Ebenso wie ich keine Ahnung hatte, dass Bethany die Mühle verkaufen würde«, verteidigte ich mich. »Außerdem ist es Julia gewesen, die am nächsten Tag nicht wie verabredet erschienen, sondern einfach, ohne sich zu verabschieden, gefahren ist.«

»Das stimmt doch gar nicht. Sie war bei dir. Ich habe sie selbst verabschiedet, bevor sie zum Hotel gefahren ist. Sie wollte dir sagen, dass sie in dich verliebt ist und dieser Deal zwischen euch völliger Quatsch ist«, fuhr Abigail fort.

»Sie hat dir von unserem Deal erzählt?« Eine verräterische Wärme schoss durch meine Wangen bei dem Gedanken, was Julia ihrer Freundin noch alles über uns erzählt hatte.

»Ja, und als sie ins Hotel gekommen ist, hat sie dich in trauter Dreisamkeit mit Tasha und Hazel vorgefunden.«

»Verdammt.« Zu mehr war ich nicht fähig. In meinem Kopf herrschte totales Chaos und gleichzeitig machte mein Herz einen freudigen Hüpfer. Sie war gekommen. »Und ich dachte, sie hätte ihrerseits das Versprechen nicht eingehalten und hätte sich einfach aus dem Staub gemacht, ohne sich von mir zu verabschieden.«

»O Shit.« Abigail hatte als Erste die Sprache wiedergefunden. »Dann ist das alles nur eine unglückliche Verkettung gewesen.«

Ich nickte stumm. In meinem Kopf wirbelten die Gedanken durcheinander wie in einem Sturm. Wenn es stimmte, was Abigail sagte, dann war Julia gar nicht abgehauen. Ich vermochte mir nicht auszumalen, was Julia gefühlt haben musste, als sie mich und Tasha gesehen hatte. Das war also der Grund, aus dem sie sich nicht mehr gemeldet hatte. Mein Herz schlug hoffnungsvoll Kapriolen. Vielleicht gab es doch noch eine Chance für uns, vor allem jetzt, wo Tasha und ich uns ausgesprochen hatten.

»Sie dachte, du wärst wieder mit Tasha zusammen«, bestätigte Abigail meine Vermutung. »Schließlich hat sie gesehen, wie ihr euch geküsst habt.«

»Dann hätte sie genauer hinschauen müssen. Das war kein richtiger Kuss, sondern nur ein freundschaftlicher Abschiedskuss auf die Wange«, erklärte ich.

»Verstehe.« Abigail nickte sichtlich erleichtert.

»Hast du eine Ahnung, wo Julia ist?« Wir waren nie dazu gekommen, unsere Adressen oder Nummern auszutauschen.

»Soweit ich weiß, will sie mit ein paar Freunden bei sich zu Hause ins neue Jahr feiern.«

»Abigail, bitte sag mir, dass du ihre genaue Adresse hast.« Meine Augen hielten sie gefangen.

»Na klar. Und ihre Telefonnummer. Warte.« Abigail zückte ihr

Handy aus der Tasche. »Aber bevor ich sie dir gebe, sagst du mir, was du vorhast.« Misstrauen sprach aus ihren Augen.

»Sie davon überzeugen, dass ihr Glück hier in Bibury ist«, sagte ich entschlossen.

Beifälliges Murmeln war zu hören.

»Also gut.« Abigail reichte mir ihr Handy. Blitzschnell hatte ich Julias Kontaktdaten in mein Smartphone eingetippt.

»Danke.« Ich schloss meine Arme um Abigail und drückte ihr einen Kuss auf die Wange. »Du bist die Beste.«

»Endlich mal einer, der es kapiert hat«, erwiderte sie lachend. »Kannst du das bitte auch der restlichen Männerwelt verklickern?«

»Abgemacht, aber erst einmal versuche ich Julias Herz zu erobern.« Ich leerte mein Glas mit einem Schluck. Es gab einiges zu tun und diesmal wollte ich es nicht vermasseln.

35 - JULIA

»O mein Gott. O mein Gott!« Ich wedelte aufgeregt mit dem Brief in meiner Hand.

»Was ist passiert?« Obwohl es bereits Mittag war, saß Natalie noch in ihrem Pyjama auf dem Küchenstuhl. Ihre Augenmaske hing schief auf der Stirn und ihre Haare waren verwuschelt. Trotzdem sah sie umwerfend aus.

»Ich habe den Vertrag!«, kreischte ich.

»Nicht so laut.« Natalie hielt sich demonstrativ die Ohren zu. »Ich schlafe faktisch gesehen noch, auch wenn es nicht so aussieht.«

»Sie haben geantwortet«, sagte ich mit gesenkter Stimme. Es war das erste Mal, dass sich der dunkle Schleier, der seit meiner Abreise aus Bibury über mir hing, gelüftet hatte.

»Danke für deine Rücksichtnahme.« Natalie hielt ihren Kaffeebecher in der Hand wie eine Ertrinkende den Rettungsring. »Wer hat geantwortet und was für ein Vertrag soll das sein?«

»Der Verlag, an den ich das Backbuch geschickt habe, hat geantwortet. Sie wollen Harriets Buch verlegen und haben mir einen Vertrag geschickt.« Ich knallte das Stück Papier vor ihr auf den Tisch.

Natalies Augen flogen über den Brief. »Das ist ja unglaublich.« Sie stieß einen anerkennenden Pfiff aus. »Vor allem die Vorauszahlung.«

»Damit kann ich mich endlich selbstständig machen und mir einen Buchladen kaufen.« Seit meiner überstürzten Abreise aus Bibury war knapp eine Woche vergangen. Die ersten Tage hatte ich mich gefühlt, als hätte mich jemand kopfüber in Honig gesteckt. Träge, unfähig, mich zu bewegen oder auch nur einen geraden Gedanken zu fassen.

»Du willst deinen Plan vom eigenen Buchladen wirklich in die Tat umsetzen.« Natalie gähnte herzhaft und kratzte sich dabei ausgiebig am Po.

»Ja.« Ich winkte mit dem Blatt Papier vor Natalies Nase herum. »Und damit wird mein Traum endlich wahr.« Einmal mehr verspürte ich eine tiefe Dankbarkeit für Harriet Emma Pelham und ihre Tochter Ellen. Aber auch für Bethany, die mir das Buch und die wunderschönen Holzarbeiten überlassen hatte, die jetzt in meinem Regal im Wohnzimmer lagen und darauf warteten, wieder ein Schaufenster verzieren zu dürfen. Die drei Frauen hatten mir unbewusst meinen Weg aufgezeichnet. Wenn auch nicht in Bibury.

Wie immer, wenn ich an die Mühle dachte, wurde mir schwer ums Herz. Ich vermisste mein Leben dort, die Natur, die Menschen und vor allem Simon.

Es verging keine Nacht, in der ich nicht an ihn dachte und von ihm träumte.

Manchmal gestattete ich es mir, mir vorzustellen, wie Simon mich liebte. Dann fühlte ich seinen Körper schwer auf meinem liegen und spürte seinen warmen Atem auf meinem Gesicht. Genau so lange, bis ich es nicht mehr aushielt und die Trauer um meinen Verlust drohte, mich in ein dunkles Loch zu ziehen.

Die ersten Tage hatte ich noch gehofft, dass er sich bei mir melden würde. Schließlich war Abigail seine Freundin und sie hatte meine Nummer. Jedes Mal, wenn das Handy klingelte, war mein Puls in die Höhe geschnellt, um letztendlich wieder ins Bodenlose zu fallen.

Heute war Silvester und das neue Jahr würde ohne ihn an meiner Seite beginnen.

Natalie hatte mich überredet, zusammen mit ein paar Freunden bei uns zu feiern. Ich war froh, dass sie bisher keine neue Wohnung gefunden hatte und noch ein wenig bei mir bleiben würde. So fühlte ich mich wenigstens nicht so allein.

Eigentlich hatte ich keine Lust. Wenn es nach mir gegangen wäre, hätte ich mich mit einer Tüte Chips vor den Fernseher gesetzt, einen meiner Lieblingsfilme geschaut und dabei eine Runde geheult. Aber ich hatte Natalie schon das Weihnachtsfest verdorben und wollte zumindest das neue Jahr mit etwas positiveren Gedanken verbringen. Der Buchvertrag war zumindest schon mal ein Anfang.

Es würde schwer werden, ein Geschäft in London zu erwerben, das ansatzweise dem von Ellen entsprach. Aber ich würde so lange suchen, bis ich es fand.

»Julia, die Buchhändlerin«, holte mich Natalie aus meinen Gedanken. »Darauf müssen wir heute Abend unbedingt anstoßen.«

»Das machen wir.« Vorsichtig strich ich mit der flachen Hand über den Vertrag. Mein Ticket in ein neues Leben – ohne Simon.

NATALIE STAND mit einer Flasche Sekt in der Hand in der Küche. »Wer will und hat noch nicht?« Gut gelaunt schenkte sie die goldgelbe Flüssigkeit in die Gläser ein, die vor ihr aufgereiht auf dem Küchentresen standen.

»Hier für dich.« Brian, der neben mir stand, reichte mir ein volles Glas Sekt.

»Danke.« Ich zwang mich zu einem Lächeln. Brian konnte schließlich nichts dafür, dass mir nicht nach Feiern zumute war. Ganz im Gegensatz zu den anderen Gästen. In meinem Wohnzimmer herrschte absolute Partystimmung. Die Frauen hatten sich in ihre Cocktailkleider geworfen und tanzten auf der improvisierten Tanzfläche in unserem Wohnzimmer zusammen mit ihren Begleitungen, die sich ebenfalls herausgeputzt hatten.

Jemand hatte den Fernseher angestellt, wo ein Moderator auf dem Piccadilly Circus stand. Eine riesige Menschenmenge hatte sich dort versammelt, um das neue Jahr zu begrüßen. Parallel war ein Countdown eingeblendet, der die verbleibende Zeit zählte.

Mein Blick wanderte über die geröteten Gesichter unserer Gäste hinweg. Alle waren bestens gelaunt und warteten darauf, das neue Jahr zu begrüßen.

Simons Augen tanzten durch meinen Kopf und mit ihnen kam ein Gefühl der Traurigkeit. Was er wohl gerade tat? Unwillkürlich stellte ich mir vor, wie er im Salon seines Hotels stand mit seiner bildhübschen Frau an seiner Seite.

Hör auf damit.

Meine Kehle fühlte sich an wie zugeschnürt.

Natalie prostete einem der Gäste zu. Ihre Augen glänzten vom Alkohol und um ihren Mund spielte ein Lächeln.

»Kann ich auch noch ein Glas bekommen?« Eine Freundin hielt mir ihr leeres Glas entgegen.

»Bediene dich einfach.« Ich deutete auf die vollen Gläser.

Simon.

Mit einem Mal war der Kummer wieder da, den ich so mühsam die letzten Stunden unterdrückt hatte.

Simon, meine Liebe. Mein Leben.

Aber ich vermisste nicht nur ihn, sondern auch Hazel. Die Kleine war mir in der kurzen Zeit ans Herz gewachsen und ihr fröhliches Lachen fehlte. Wenn ich mir ein Kind wünschen würde, dann müsste es wie sie sein.

Tiffy kam laut miauend in die Küche. Ich stellte mein Glas beiseite und nahm das Kätzchen auf den Arm.

»Na, meine Kleine. Vermisst du ihn auch so wie ich?« Ich kraulte sie liebevoll am Kinn. Tiffy schien es genauso zu gehen, denn immer, wenn ich in ihre Augen blickte, entdeckte ich eine gewisse Traurigkeit darin, die mir vorher nicht aufgefallen war.

»Ich weiß«, murmelte ich.

Eine Freundin kam lachend in die Küche.

»Hallo, Julia, lange nicht gesehen.« Ihre Augen glänzten unnatürlich und ihre Wangen waren gerötet. »Ich habe gehört, du warst auf dem Land. Bibury oder wie heißt das Kaff?«

»Ja genau. Ein wunderschönes Örtchen inmitten der Cctswolds«, entgegnete ich ruhig.

»Du Arme. Ich stelle mir es schrecklich vor, unter den ganzen Landeiern dort.« Ein breites Grinsen breitete sich auf ihrem Gesicht aus.

»Ehrlich gesagt war es wunderschön.«

»Wirklich?« Ungläubigkeit stand in ihr hübsches Gesicht geschrieben.

»Ja, und wenn ich könnte, würde ich sofort dorthin zurückgehen.« Tiffy kuschelte sich noch enger an mich.

»Guter Witz!« Mein Gegenüber fing an zu lachen. »Du und das Landleben. Fast hätte ich es dir abgekauft.« Sie prostete mir zu. »Willkommen zurück in der Zivilisation.«

Mit einem Mal kam ich mir schrecklich fehl am Platz vor. Ein Kloß hatte sich in meinem Hals gebildet, der nicht verschwinden wollte, so sehr ich auch dagegen anschluckte.

Ich muss hier raus.

»Entschuldige mich, aber ich muss kurz an die frische Luft.« Ich stürmte aus der Küche, dabei rannte ich in Natalie.

»Hey, wohin des Weges?« Nattys Wangen waren gerötet und ihre Augen glänzten. Sie hatte offensichtlich zu viel getrunken.

»Ich muss Tiffy mal kurz an die frische Luft bringen«, log ich. »Die dreht mit den vielen Leuten in der kleinen Wohnung völlig durch.«

»Verstehe. Ist die Party nicht der Knaller?« Natty tänzelte begeistert vor mir um die eigene Achse.

»Ein voller Erfolg«, bestätigte ich lahm.

»Schön, dass es dir gefällt. Du wirst sehen, das neue Jahr wird toll für uns beide.«

»Abigail! Darling.« Eine Bekannte kam mit ausgebreiteten Armen auf uns zu.

Ich nutzte die Gelegenheit, um mich aus dem Staub zu machen.

Mit Tiffy auf dem Arm schlängelte ich mich an unseren Gästen vorbei in mein Zimmer, von wo aus man über die Feuerleiter auf das Dach kommen konnte. Eine Entdeckung, die ich letzten Sommer gemacht hatte. Als ich die Tür aufmachte, fand ich zwei eng umschlungene Gestalten vor.

»Hey Leute, sucht euch euer eigenes Zimmer!«, rief ich entrüstet.

»Sorry, Julia.« Kichernd verschwanden die beiden nach draußen.

Ich setzte Tiffy aufs Bett, um mir den Mantel über mein schwarzes Paillettenkleid zu ziehen. Meine schwarzen Pumps tauschte ich gegen meine Ugg-Boots ein. So gerüstet öffnete ich das Fenster zum Hinterhof. Ein kühler Wind wirbelte durch das Zimmer und zauberte mir eine Gänsehaut auf die Arme.

Tiffy hatte sich auf mein Kopfkissen gekuschelt und beobachtete jede meiner Bewegungen.

»Bleib schön brav! Ich bin gleich wieder da.«

Ich kletterte aus dem Fenster und von dort die Feuerleiter hoch, bis ich das Dach erreicht hatte. Oben angekommen nahm ich einen tiefen Atemzug.

Von hier aus hatte man einen geradezu fantastischen Blick auf die Umgebung. Die Dächer der Häuser von Notting Hill schimmerten silbern im Mondlicht. Unter mir verlief die Straße und das Rauschen des Verkehrs drang zu mir hoch. Es war eiskalt und ich zog meinen Mantel enger.

Endlich allein.

Ich hob den Kopf zum Himmel. Dicke Wolken versperrten mir die Sicht auf die Sterne. Unwillkürlich musste ich an den Sternenhimmel in Bibury denken. Damals, als die Sternschnuppe über unsere Köpfe hinweggezogen war und ich meinen Wunsch auf die Reise mit ihr geschickt hatte. Wie hatte ich nur so naiv sein können zu hoffen, dass es eine Zukunft für uns geben könnte.

Was Simon wohl gerade machte? Ob er an mich dachte? Ich würde es nie erfahren.

Nach einer Weile öffnete ich die Augen wieder aufgeschreckt durch lautes Lachen. Mein Blick fiel nach unten, wo eine Gruppe Jugendlicher laut singend und sichtlich angetrunken über die Straße lief.

Wie unbeschwert man war, wenn man jung war. Würde ich jemals wieder so lachen können? Ich hatte mein Herz an einen Mann verloren, der unerreichbar für mich war.

Ich stieß einen tiefen Seufzer aus, den der Wind mit sich trug. Tränen krochen mir den Hals hoch. Auf einmal kam ich mir wie der einsamste Mensch auf der ganzen Welt vor.

Ein leises Klappern ließ mich aufhorchen. Metallene Schritte drangen durch die Stille der Nacht. Wer wagte es, mich in meiner Trauer zu stören? Hatte einer der Gäste meinen geheimen Weg nach oben gefunden? Mit angehaltenem Atem starrte ich auf die Stelle, wo die Leiter endete. Sekunden später tauchte ein Kopf auf. Zeitgleich stockte mir der Atem, und mein Herz setzte einen Schlag aus, um dann im doppelten Tempo zu galoppieren.

Wie in Zeitlupe sah ich die hochgewachsene Gestalt auf mich zukommen. Noch immer traute ich meinen Augen nicht.

Als er nur noch zwei Schritte entfernt war, blieb er stehen – Simon.

Unsere Blicke trafen sich. Seine dunklen Haare waren zerzaust und er atmete schwer, als wäre er gerannt wie damals, als er mich das erste Mal geküsst hatte.

»Julia.« Seine Stimme ging einmal durch meinen Körper bis tief in einen Bauch hinein.

»Simon.« In meinem Kopf herrschte komplettes Vakuum.

Ehe ich antworten konnte, war er bei mir. Er schlang seine Arme um mich. Sofort hatte ich seinen herrlich männlichen Geruch in der Nase. Sein warmer Atem traf auf mein Gesicht und wohlige Schauer liefen mir den Rücken hinunter. Unsere Lippen fanden sich. Es fühlte sich genauso gut an wie in meiner Erinnerung. Als er sich von mir löste, war mir schwindelig und der Boden schwankte unter meinen Füßen.

»Wie hast du mich gefunden?«, stammelte ich benommen.

»Ich habe Abigail und die Frauen im Pub getroffen. Abigail hat mir alles erzählt.« Er strich mir mit den Fingern eine Strähne aus dem Gesicht. »Danach habe ich mich ins Auto gesetzt und bin so schnell wie möglich gekommen.«

»Wie konnten wir nur so dumm sein?« Seine Augen betrachteten mich voller Zärtlichkeit. »Ich dachte, du wärst einfach abgefahren, ohne dich bei mir zu verabschieden. Deshalb habe ich mich auch nicht gemeldet.«

»Aber was ist mit Tasha und dir? Ich habe euch zusammen gesehen.«

Ein harter Zug bildete sich um seinen Mund. »Liebste, es tut mir so leid. Hätte ich gewusst, dass du da bist, dann hätte ich dir alles erklärt. Tasha hat mich auch komplett überrascht. Sie hat nur einen kurzen Stopover in Bibury gemacht, um mir mitzuteilen, dass sie mit einer Band durch Europa touren wird.«

»Und ich dachte, ihr habt euch versöhnt.« Meine Stimme war kaum mehr als ein heiseres Flüstern.

Trotz der Dunkelheit konnte ich sehen, wie er mehrmals tief Luft holte. »Nein. Wir haben die letzten Tage alles miteinander geklärt, was noch im Raum stand. Tasha und ich – das ist Vergangenheit.«

»Aber was ist mit deinen Gefühlen für sie? Du hast gesagt, du weißt nicht, wie du zu ihr stehst.« Mein Herz wummerte wie verrückt gegen meine Brust.

»Ich war so dumm zu denken, dass du nur unseren Deal und nicht meine Gefühle für dich wolltest. Außerdem hatte ich Bedenken wegen Hazel. Ich wollte nicht, dass wieder einmal ein Mensch, den sie mag, einfach so aus ihrem Leben verschwindet.«

»Als ich euch gesehen habe, war ich mir sicher, dass du Tasha noch liebst.« Ich schluckte.

»Tasha wird immer ein Teil meines Lebens bleiben, denn sie ist die Mutter meines Kindes, aber meine Gefühle für sie sind längst erloschen. Das ist mir klar geworden, als ich dich geküsst habe. Du hast mein Herz im Sturm erobert. Du bist der Mensch, dem meine Liebe gehört und du bist auch der Mensch, mit dem ich mein Leben verbringen möchte.« Seine Augen brannten sich in mein Gesicht. »Ich liebe dich, Julia. Ich liebe dich seit dem ersten Tag. Ich liebe dich so sehr, dass es wehtut, wenn du nicht in meiner Nähe bist. Seit du abgefahren bist, habe ich das Gefühl, keine Luft mehr zu bekommen.«

»So geht es mir auch«, gestand ich ihm. Tränen des Glücks verschleierten meine Sicht.

»Kannst du dir vorstellen, dein Leben mit mir und Hazel in Bibury zu verbringen?«

Statt zu antworten, stellte ich mich auf die Zehenspitzen und presste meinen Mund zärtlich auf seine Lippen. Unsere Zungen umspielten sich wie alte Bekannte, die sich freudig begrüßten. Seine Arme lagen heiß auf meinem Rücken und unsere Hüften rieben sich zärtlich aneinander. Es gab nur noch uns beide und die Sterne über uns.

Langsam löste ich mich aus seiner Umarmung. »Reicht dir das als Antwort?«

»Ich würde es gern noch aus deinem Mund hören, nur um auf Nummer sicher zu gehen.« Seine Augen funkelten vergnügt.

»Ich liebe dich, Simon, und ich wünsche mir nichts mehr, als mein Leben mit dir und Hazel in Bibury zu verbringen. Du bist die Liebe meines Lebens.«

In diesem Moment explodierte eine Rakete über unseren Köpfen und goldene Funken huschen über die Himmel.

Lachend hob er mich hoch und wirbelte mich herum. »Dann machst du mich zu dem glücklichsten Menschen auf der ganzen Welt.«

EPILOG

❋

*Z*ufrieden trat ich einen Schritt zurück, um das fertig dekorierte Schaufenster zu betrachten.

Harriets Backbuch lag aufgeschlagen auf dem kleinen Tisch, den ich extra dafür angeschafft hatte. Daneben lagen ein Säckchen Mehl und ein Nudelholz, an dem rechts und links an den Griffen die Holzmäuse standen, als würden sie es über den Teig rollen.

Frühlingsblumen in allen Farben umrandeten das Szenario. Oben am Schaufenster befestigt hing das Schild, das von den Schwalben gehalten wurde.

Ich hatte darauf »Der Frühling kommt mit Harriet« geschrieben.

»Gefällt es dir?« Ich legte meinen Arm um Hazels zarten Körper. In ihrem grünen Kleidchen und den Stiefelchen sah sie absolut zuckersüß aus. Manchmal kam es mir unwirklich vor, dass ich das Glück hatte, ein Kind wie Hazel meine Tochter nennen zu dürfen. Und genau das war sie für mich. Simon und ich hatten uns mit Tasha getroffen, nachdem klar gewesen war, dass wir heiraten würden. Tasha und ich waren uns auf Anhieb sympathisch gewesen und wir waren uns einig, dass Hazels Glück im Mittelpunkt unserer Einigungen stehen musste. Tatsächlich hatte sich

Tasha als äußerst kooperativ gezeigt und die Lösung war uns allen leichtgefallen.

Seitdem war Hazels Mutter ein gern gesehener Gast in Bibury und wir waren im Verlauf des letzten Jahres mehr und mehr zu einer großen Familie zusammengewachsen. Die Sommerferien würde Hazel zusammen mit ihrer Mutter verbringen.

»Das Kätzchen fehlt noch.« Hazel rannte los, um die Holzkatze zu holen.

»Wo möchtest du sie denn hinstellen?«, fragte ich lächelnd.

»Neben das Mehl.« Vorsichtig stellte Hazel die Holzfigur auf den Platz neben das Säckchen.

»Aber dann fehlt noch etwas.« Ich tippte meinen Finger in das Mehl und anschließend auf die Nase des Kätzchens. »Jetzt ist es perfekt.«

Mein Blick wanderte zu dem aufgeschlagenen Buch. Der Verlag hatte Wort gehalten und Harriets Illustrationen genauso übernommen wie im Original. Es war bereits die zweite Auflage. Das Backbuch hatte eingeschlagen wie eine Bombe und war sogar auf den Bestsellerlisten zu finden gewesen.

»Na, wie geht es meinen beiden Lieblingsfrauen?«, ertönte Simons warme Stimme hinter uns. Lächelnd drehte ich mich zu ihm. Er hatte sich für den heutigen Tag eine beigefarbene Hose angezogen und dazu sein weißes Hemd und die beigefarbene Weste. Seine Haare waren länger als zu dem Zeitpunkt unseres Kennenlernens und fielen ihm lockig über die Ohren. Um seinen geschwungenen Mund schimmerte der Dreitagebart wie ein Schatten.

Wie immer, wenn ich Simon in die honigbraunen Augen schaute, breitete sich ein Kribbeln auf meinem ganzen Körper aus und die Schmetterlinge in meinem Bauch flatterten aufgeregt. Er stellte sich hinter mich und legte seine Hände um meinen Bauch. »Und meinem kleinen Krümel natürlich.«

»Dem geht es prima.« Ich legte meine Hand auf seine. »Der Kleine macht schon den ganzen Morgen Purzelbäume.«

»Der kann es bestimmt nicht abwarten, endlich seine Eltern kennenzulernen.« Simon gab mir einen Kuss. »Vor allem seine wunderhübsche Mutter.«

»Du alter Charmeur. Ich sehe aus, als ob ich einen Kürbis unter meinem T-Shirt versteckt habe.«

»Eher wie eine Fruchtbarkeitsgöttin«, flüsterte Simon mir ins Ohr, sodass Hazel ihn nicht hören konnte.

Hazel zupfte an Simons Hose. »Julia hat die Dekoration fertig.« Der Stolz in ihrer Stimme war nicht zu überhören. »Und ich habe ihr geholfen.«

»Das habt ihr toll gemacht.« Simon zwinkerte mir zu. »Vor allem das Kätzchen sieht süß aus.«

»Das ist ja auch mein Kätzchen, was der Weihnachtsmann mir gebracht hat. Genau wie die Mütze.« Hazel strahlte uns an. Ich hatte ihr die Weihnachtsmütze geschenkt, die Mum damals für mich in die Tür geklemmt hatte.

Seufzend schmiegte ich mich an Simons warmen Körper. »Hoffentlich habe ich nichts vergessen.« Seit Tagen plante ich die Eröffnung. Alle Freunde und Bekannte hatten eine Einladung erhalten.

»Mein Engel.« Aus Simons Augen sprach pure Liebe. »Alles ist perfekt so, wie es ist.«

»Danke. Habe ich dir heute schon gesagt, dass ich dich liebe?« Ich kuschelte mich an Simons warmen Körper.

»Das kannst du mir gar nicht oft genug sagen.« Er gab mir einen Kuss.

»Die Gäste können kommen.« Grantham kam mit einem Tablett voller Gläser in der Hand aus der Küche. Sie hatte sich eine Schürze um die Hüften gebunden. Ihre Haare waren zurückgebunden, was ihrem lächelnden Gesicht einen etwas strengeren Zug verlieh.

»Danke, Grantham. Ich wüsste nicht, wie ich das alles ohne Sie geschafft hätte.«

Die ältere Frau hatte mir geholfen, die Kuchen nach den

Rezepten von Harriet zu backen und alles für die Eröffnungsfeier vorzubereiten. Seit sie nur noch drei Tage die Woche bei Simon im Hotel arbeitete, ging es ihr deutlich besser und sie hatte keine Probleme mehr mit ihrem Herzen.

Abigail kam ebenfalls mit einem Tablett voller Gläser über den Flur zu uns und stellte sie auf den Tisch gleich neben dem Eingang, damit sich die Gäste bedienen konnten. Nach und nach füllte sich der Laden.

»Wie geht es meinem zukünftigen Patenkind?« Abigail schob Simons Hand beiseite und legte ihre auf meinen Bauch.

»Gut, der Kleine ist ziemlich lebhaft.«

»Wundert dich das bei der Mutter?« Abigail zwinkerte Simon zu. »Der freut sich auf die Gäste.«

»Julia und ich haben das Schaufenster dekoriert«, krähte Hazel.

»Das habe ich gesehen.« Abigail nahm die Kleine an die Hand. »Ich wette, du hast das Kätzchen dort hingestellt.« Sie deutete auf den Tisch.

»Woher weißt du das?« Hazel sah Abigail verblüfft an.

»Tja, ich kann Gedanken lesen. Wusstest du das nicht?« Abigail grinste schief.

Tiffy kam den Flur entlanggetapst. Hazel hatte ihr ein Band um den Hals gebunden mit einer Schleife an der Seite.

»Tiffy.« Hazel bückte sich, um das Kätzchen zu begrüßen.

Es klingelte und die Frauen des Buchclubs standen im Eingang. Bei dem Anblick der Frauen breitete sich ein warmes Gefühl in meinem Bauch aus. Seit meinem Einzug waren unsere Treffen zu einer lieben Angewohnheit geworden, auf die ich mich jede Woche freute. Es wurde dann immer viel gelacht und auch diskutiert. Mittlerweile hatten sich uns noch zwei weitere Frauen angeschlossen.

»Hallo, wie schön, dass ihr hier seid.« Ich breitete die Arme aus, um meine Gäste willkommen zu heißen.

»Julia, Liebes.« Martha spitzte ihre Lippen, um mir einen

Kuss auf die Wange zu hauchen. »Die Schwangerschaft steht dir. Du siehst absolut fabelhaft aus.«

»Danke, das Kompliment kann ich nur zurückgeben.« Martha hatte ihre Haare in Locken gelegt und wie immer baumelten riesige Creolen an ihren Ohren. Sie sah aus wie ein Filmstar in ihrem knallroten Wollkleid.

Es klingelte erneut und eine ganze Gruppe von Freunden aus dem Dorf schneite in den Verkaufsraum.

»Jetzt geht es aber Schlag auf Schlag«, raunte Simon mir zu.

»Juliaaaa!« Natalies brauner Haarschopf tauchte im Türrahmen auf.

»Natty!« Mit einem Aufschrei fiel ich meiner Freundin in die Arme.

»Dich kann man ja gar nicht mehr richtig drücken. Der kleine Mann hat sich ganz schön breitgemacht, seit wir uns das letzte Mal gesehen haben.« Sie streichelte mir über den Bauch.

»Wenn es so weitergeht, sehe ich bis zur Geburt wie ein gestrandeter Wal aus«, witzelte ich.

»Ein sehr hübscher Walfisch.« Natalie ließ ihren Blick durch den Raum gleiten. »Es ist unglaublich, was du geschafft hast. Die Mühle ist ein absolutes Schmuckstück geworden.«

»Ich denke, Mr Brown wäre anderer Ansicht, wenn er das sehen könnte«, erwiderte ich lachend.

Seit ich die Mühle von Bethany übernommen hatte, hatte sich einiges verändert. Von dem Geld, das Harriets Buch mir eingebracht hatte, war es mir nicht nur möglich gewesen, die Mühle zu kaufen, sondern auch noch die dringend nötigen Renovierungsarbeiten zu bezahlen. Der Boden war frisch abgeschliffen und die Dielen schimmerten in einem satten Goldbraun. Die Decken und die Balken des Fachwerks waren neu gebeizt und auch die Wände schimmerten frisch poliert. Sogar die Möbel erstrahlten in einem neuen Glanz, nachdem der Restaurator seine Hand angelegt hatte.

»Du hast deinen Traum also wirklich wahr gemacht«, sagte Natalie anerkennend. »Ich muss gestehen, dass ich so meine Zweifel hatte, als du mir Silvester vor einem Jahr erzählt hast, dass du einen Buchladen gründen möchtest. Und jetzt stehe ich hier mit dir und feiere dein Einjähriges. Wahnsinn.«

»Ja, wer hätte das gedacht.« Ein Lächeln huschte über mein Gesicht, als ich auf die Geschehnisse damals zurückblickte.

»Da ist ja die stolze Besitzerin.« Bethany hatte den Laden betreten und kam mit einem riesigen Blumenstrauß auf dem Arm auf mich zu. »Herzlichen Glückwunsch, liebe Julia.« Sie drückte mir den Blumenstrauß in die Hand.

»Danke, Bethany, aber ohne dich wäre das nicht möglich gewesen.« Ich gab ihr einen freundschaftlichen Kuss. »Wenn du nicht den Vertrag mit Mr Brown zurückgezogen hättest, wäre ich heute zwar in Bibury, aber nicht hier.«

»Ach, hör auf«, winkte Bethany bescheiden ab. »Du hattest damals völlig recht, als du mir ins Gewissen geredet hast und als Simon mich dann auch noch angerufen hat, um mir zu sagen, dass du die Mühle kaufen willst, war meine Entscheidung klar. Ich glaube, meine Mum hätte es mir nie verziehen, wenn ich ihren geliebten Buchladen an diesen schrecklichen Mann verkauft hätte.« Ihre Gesichtszüge waren in den letzten Monaten weicher geworden und der verbitterte Zug um ihren Mund war verschwunden. »Außerdem konnte ich doch der Liebe unmöglich im Weg stehen.«

»Hallöchen, ihr zwei.« Colin kam um die Ecke geschlendert. Er hatte seine Haare frisch geschnitten, was ihn jünger aussehen ließ.

»Hallo, Colin.« Ich gab Simons bestem Freund einen Kuss auf die Wange. »Wie schön, dass du hier bist.«

»Na klar. Du weißt doch, mit kostenlosen Drinks und Essen bekommst du mich immer.« Er lachte.

»Und ich dachte, du bist hier, weil du mit uns feiern möchtest.« Ich versetzte Colin einen freundschaftlichen Stoß in die Seite.

»Das natürlich auch.« Sein Blick fiel auf Natty, die keine zwei Schritten von uns entfernt stand und sich mit Mum unterhielt.

»Das ist Natty, meine beste Freundin, und ich rate dir, die

Finger von ihr zu lassen«, warnte ich ihn. »Natty bleibt in London, also keine Chance.«

»Das hast du auch gedacht und sieh dich jetzt mal an«, entgegnete Colin fröhlich. »Dick und rund und glücklich.«

»Du bist echt schrecklich …«, sagte ich lachend.

»Aber irgendwie auch toll«, vollendete er meinen Satz.

»Deine, nicht meine Worte.«

»Hallo, darf ich mich vorstellen …« Colin hatte sich bereits an Natalie gewendet. »Colin Walker – der Schwerenöter«, entgegnete Natalie schlagfertig wie immer.

Ich musste unbewusst grinsen.

»Liebes. Geht es dir gut?« Mum musterte mich besorgt. »In deinem Zustand solltest du dich schonen. Du bist schon den ganzen Tag auf den Beinen.«

»Mum, hör auf, dir Sorgen zu machen. Es geht mir prima.«

Mum war seit einer Woche bei uns und kümmerte sich um Hazel, während ich den Laden für die kleine Feier vorbereitet hatte.

Simon legte seinen Arm um meine Taille. »Ich glaube, es wird Zeit, deine Gäste offiziell zu begrüßen.«

»Du hast recht. Entschuldige mich kurz, Mum.«

»Aber natürlich, Liebes.« Mum wandte sich wieder Natalie und Colin zu, die sich angeregt miteinander unterhielten. Natalies Blick nach zu urteilen, gefiel ihr Colin. Mein Blick wanderte über die Köpfe der Gäste hinweg. Hazel kam zu uns gelaufen und schnappte sich Simons Hand, als wir zusammen zum Kamin gingen.

Ich klatschte in die Hände. Sofort verstummten die Gespräche und alle Augen waren auf mich gerichtet.

»Liebe Freunde, schön, dass ihr gekommen seid. Viele von euch waren an meinem ersten Tag in Bibury dabei. Es regnete damals in Strömen und ich hatte keine Ahnung, was mich erwarten würde, und wenn ich es gewusst hätte, wäre ich direkt wieder umgedreht.«

Meine Gäste lachten.

»Kein fließend Wasser im Cottage, das Auto saß im Schlamm

fest, ich hatte ziemlichen Hunger und schlechte Laune. Eine richtige Scheißkombi. Am liebsten wäre ich direkt wieder abgereist. Aber dann bin ich ins *Tipsy Cow* gegangen und Gareth' *Hot Toddy* hat die Wende in mein Leben gebracht.«

»Ich erinnere mich noch genau!«, rief Gareth aus der Menge und zwinkerte mir gut gelaunt zu. »Du warst ziemlich betrunken.«

»Aber nur, weil ich nicht wusste, was in dem Teufelszeug alles drin ist«, sagte ich lachend. »Zum Glück muss man sagen, denn dank des *Hot Toddy* war ich nämlich ziemlich mutig und habe den Sieger des Dartwettbewerbs geküsst. Ein ziemlich legendärer Kuss, so viel kann ich euch verraten.«

Leise Pfiffe und Rufe ertönten.

»Aber nicht nur der Kuss, sondern auch die Menschen aus Bibury haben mich umgehauen. Martha, Bessie, Lisbeth und Abigail.« Ich wandte mich meinen Freundinnen zu. »Ihr habt mich mit offenen Armen bei euch aufgenommen und mir von Anfang an das Gefühl gegeben, eine von euch zu sein. Dafür danke ich euch von Herzen.«

»Hör auf, sonst fange ich an zu weinen!«, rief Martha dazwischen. Alle lachten.

»Dann kam Grantham in meinen Laden geschneit mit diesem entzückenden Wesen an ihrer Hand.« Ich warf Grantham einen Kuss zu. »Aber es gibt noch einen Menschen, ohne den das hier alles nicht möglich gewesen wäre – Bethany.« Ich wandte mich der schlanken Frau zu, die etwas abseits am Kamin stand. »Aus der Not heraus hast du mir den Laden deiner Großmutter und Mutter überlassen und den Grundstein zur Verwirklichung meines Traumes gelegt. Dafür möchte ich dir danken. Ich kann nur hoffen, dass Ellen und Harriet von oben auf uns herabschauen und mit uns heute feiern.«

»Da bin ich mir sicher.« Bethany schenkte mir ein Lächeln.

Ich hob mein Glas. »Auf Ellen und Harriet, die das Glück in mein Leben gebracht haben. Und auf Simon, der die Liebe meines Lebens ist.«

»Auf Harriet und Ellen und Simon«, ertönte es aus unzähligen Kehlen.

Ich nahm einen Schluck aus meinem Glas.

Simon schaute zu mir herab und unsere Blicke trafen sich.

»Bist du glücklich?« Seine Augen liebkosten mich.

»Überglücklich.«

Zutaten

Verhältnis 3/4 Wasser und
1/4 Whisky
2 Teelöffel Zitonensaft
2-3 Teelöffel Honig
Zimtstange zum Umrühren

Zubereitung

Erhitztes Wasser in
Becher füllen
Whisky dazugeben
Zitronensaft und
Honig unterrühren
Zimtstange dazu

Hot Toddy

DANKSAGUNG

Von Herzen bedanken möchte ich mich bei euch, meine lieben Leser:innen. Ihr haucht meinen Geschichten Leben ein und lasst die Figuren real werden. Eure Begeisterung für meine Bücher, die sich in Rezensionen, Postings und auch persönlichen Worten widerspiegelt, ist so motivierend und bestätigt mich darin weiterzumachen. Durch euch kann ich meinen Traum leben. Danke dafür.

Aber da sind auch noch die Menschen im Hintergrund wie Katharina, meine fantastische Lektorin, die meinen Geschichten den nötigen Input gibt, sich an meine chaotische Arbeitsweise angepasst hat und dabei nie den Humor verliert. Danke, ich weiß, dass das nicht selbstverständlich ist.

Dass ich Sara, meine Korrektorin, gefunden habe, war mehr aus der Not heraus geboren – im Nachhinein würde ich es eine glückliche Fügung nennen. Danke für deine Geduld mit meiner Unzuverlässigkeit in puncto Termine.

Ganz besonders möchte ich mich bei meinen fantastischen Testleser:innen bedanken, die ihre knapp bemessene Freizeit opfern, um mein Buch zu lesen und mir ihre Rückmeldung zu geben.

Evelyn, Christiane, Roswitha, Anja, Michelle, Susi, Gaby, Karin, Anja K., Anja O. – ihr seid großartig und ich bin euch sehr dankbar für eure Unterstützung.

Und da ist noch mein Mann, der mir den Rücken freihält und mich liebevoll mit Kaffee und Essen versorgt, wenn ich mal wieder versuche meine Deadlines einzuhalten. Der mir zuhört, obwohl er keine Ahnung von Liebesromanen hat und mit seinen Ideen schon so manche meiner kleinen Schreibkrisen beendet hat. Ich liebe dich.

LESEPROBE

PRICKELND VERLIEBT

»Auf welchen Namen soll ich das Buch signieren?«, fragte ich freundlich und sah dabei hoch. Eine rundliche Frau stand direkt vor mir an den Tisch gelehnt und blinzelte nervös. Es fehlte nicht viel und sie würde zu mir auf die Tischplatte hüpfen, auf der das aufgeschlagene Buch lag. Die Wangen der Frau waren vor Aufregung gerötet.

»Für Gabby, bitte. Das ist mein Name. Gabby. Eigentlich Gabriela, aber meine Freunde nennen mich alle Gabby.« Sie verknotete ihre Finger ineinander. »Ich bin ein Riesenfan von Ihren Büchern, Mrs Morgan.«

»Hi, Gabby, das freut mich«, erwiderte ich und schenkte dem Fangirl ein Lächeln. Mit einer schwungvollen Bewegung schrieb ich die Widmung auf die erste Seite.

Für Gabby,

viel Spaß mit Connor und Poppy.

Alles Liebe

Brielle Morgan

Es war meine Standardwidmung, aber nach zwei Stunden Signieren und gefühlt hundert Unterschriften waren meine Finger steif und ich sehnte mich nach einer warmen Mahlzeit, einem Glas Wein und etwas Ruhe. Obwohl das nicht meine erste Lesung war,

war ich nach wie vor aufgeregt gewesen, weshalb ich nichts zu Mittag gegessen hatte. Mein Magen war schon immer mein zweites Gehirn gewesen. Sobald meine Emotionen Wellen schlugen, machte er dicht und ich bekam keinen Bissen hinunter. Was zur Folge hatte, dass ich in Phasen, in denen ich Stress hatte, immer schlanker war und in normalen Zeiten eher zu Übergewicht neigte. Die Lesungen waren dennoch der Teil der Öffentlichkeitsarbeit, der mir am meisten Spaß machte. Die positiven Rückmeldungen und die lieben Worte zu meinen Büchern waren wie ein Geschenk für mich und gleichzeitig eine Motivation weiterzumachen.

»Bitte schön.« Schmunzelnd reichte ich der Frau den Roman zurück und ließ meinen Blick durch den Raum gleiten. Der Laden war nicht sonderlich groß, aber gemütlich. Wo man hinsah, standen Bücher dicht zusammengestellt in Holzregalen, die hoch bis zur Decke reichten. Im Hintergrund lief leise Musik. Das Licht war schummrig. Es roch nach Papier und einem Hauch von Blumen, der zweifellos dem Strauß zuzuordnen war, der vor mir auf dem Tisch stand und ein Geschenk an mich gewesen war.

Ich schielte hinter die Leserin, um mir ein Bild von der Situation zu machen. Nur noch eine Handvoll Frauen wartete geduldig auf ein Autogramm. Es würde also nicht mehr allzu lange dauern.

Als Brooke mir von der Anfrage der kleinen Buchhandlung im Herzen von Brooklyn erzählt hatte, hätte ich niemals mit einem solchen Andrang gerechnet, aber wie so häufig hatte sie recht behalten. Nicht umsonst war sie seit den Anfängen meiner Schriftstellerkarriere als Agentin an meiner Seite, also seit immerhin schon fünf Jahren. Mittlerweile hatte ich acht Bücher geschrieben, die allesamt auf den Bestsellerlisten gelandet waren. Auch wenn bisher kein Nummer-eins-Hit dabei gewesen war, konnte ich mehr als zufrieden sein. Dank des Schreibens war ich finanziell unabhängig und konnte mir ein schnuckeliges Apartment in Soho, schicke Klamotten und einen angenehmen Lifestyle leisten. Noch dazu hatte ich mit Ben meinen Traummann an meiner Seite. Das war mehr, als ich mir jemals hätte träumen lassen.

»Vielen Dank.« Die Frau presste das Buch gegen ihre Brust, als würde es sich dabei um einen Schatz handeln, was mir ein Lächeln auf das Gesicht zauberte. Es rührte mich immer wieder aufs Neue, wie sehr meine Leserinnen meine Geschichten wertschätzten.

»Es war mir ein Vergnügen«, versicherte ich ihr aufrichtig.

Statt wie erwartet weiterzugehen, blieb die Frau stehen. »Sie sehen in echt viel besser aus als auf dem Foto.« Sie tippte mit dem Finger auf mein Autorenporträt auf den Umschlag.

Eine befreundete Fotografin hatte das Bild im Studio aufgenommen. Meine ansonsten glatten, hellbraunen Haare waren in sanfte Wellen gelegt. Das Grün meiner Augen stach fast unnatürlich hell hinter den getuschten Wimpern hervor. Ich hatte den Kopf leicht seitlich geneigt, da ich der Ansicht war, dass die linke Gesichtshälfte meine Schokoladenseite war. Dank des Lichteinfalls traten meine Wangenknochen stärker hervor, was meinem Gesicht eine etwas kantige Kontur verlieh.

»Wann erscheint Ihr nächster Roman? Ich kann es kaum abwarten«, holte mich die Frau aus meiner Betrachtung.

Ich warf einen kurzen Seitenblick zu Brooke. Die Verhandlungen mit den Verlagen waren ihre Sache. Natürlich sprachen wir uns in allen wichtigen Punkten vorher miteinander ab.

»Anfang nächsten Jahres«, teilte Brooke ihr unverzüglich mit. Meine Augenbraue schnellte nach oben. Tatsächlich hatte ich noch nicht einmal den Plot ausgearbeitet. Ich befand mich in der Planungsphase und hatte bisher noch keinen Satz zu Papier gebracht. Die vielen Lesungen hatten mich ziemlich in Beschlag genommen und zu Hause hatte ich einfach nicht die nötige Ruhe gefunden.

»Und wissen Sie schon, wovon das Buch handeln wird?«, fragte die Frau weiter. Die Wartenden hinter ihr hatten die Gespräche eingestellt und beugten sich neugierig nach vorn.

»Natürlich von der Liebe«, sagte ich mit einem professionellen Lächeln. Aktuell befand ich mich noch in der Ausarbeitungsphase. Das Setting stand bereits, aber es fehlten noch ein paar Feinheiten an den Charakteren, die ich für mich im Kopf klären musste. Nächste Woche würde ich an meinem Schreibtisch abtauchen und loslegen. »Mehr wird noch nicht verraten.« Ich zwinkerte verschwörerisch.

Die Frauen lachten.

Wie es aussah, konnten meine Leserinnen auch nach etlichen erschienenen Büchern nicht genug von meinen Liebesreigen bekommen. Die vielen E-Mails und Nachrichten, die mich täglich auf den verschiedenen Social-Media-Kanälen erreichten, erfüllten mich nach wie vor mit großer Freude und waren die Bestätigung, die ich brauchte, um mich wieder an den Laptop zu setzen. Solange mir die Ideen nicht ausgingen, musste ich mir um meine berufliche Zukunft keine Sorgen machen.

»O mein Gott, ich bin so gespannt.« Ihre Augen leuchteten erwartungsvoll auf. »Darf ich Sie noch etwas fragen?«

»Natürlich«, antwortete ich einladend. »Raus damit.«

»Hat Connor eine echte Person als Vorlage? Zum Beispiel Ihren Mann?« Die Neugierde sprang der Frau förmlich aus dem Gesicht.

»Freund«, korrigierte ich sie. »Wir sind nicht verheiratet. Leider muss ich Sie enttäuschen, meine Figuren sind reine Fantasie.«

Enttäuschung huschte über die Gesichter meiner Zuhörerinnen. »Wobei ich natürlich immer jemanden vor Augen habe«, milderte ich meine letzte Aussage etwas ab.

Es musste ja nicht jeder wissen, dass ich beim Schreiben der erotischen Szenen immer an meinen Nachbarn dachte. Dabei hatten wir noch nie ein Wort miteinander gesprochen. Der Typ sah unglaublich gut aus und seit ich ihn einmal nackt auf dem Balkon gesehen hatte, konnte ich einfach nicht anders. Mein kleines Geheimnis, das ich niemandem außer Anne verraten hatte. Aber Anne war schließlich meine älteste und beste Freundin. Wir kannten uns seit der Schulzeit und waren bis zum Studium unzertrennlich gewesen. Anne hatte sich für Meeresbiologie in der NSU in Fort Lauderdale eingetragen und war nach unserem Schulabschluss dorthin gezogen. Trotzdem hatten wir unseren täglichen Kontakt dank *Facetime* aufrechterhalten. Auch jetzt, wo sie für einen Job nach Schottland gezogen war, um dort Wale und Delfine zu beobachten. Etwas, um das ich sie insgeheim beneidete.

Als ich ihr von meiner heimlichen Schwärmerei erzählt hatte, hatte sie nur gelacht und gefragt, wer schon Ben als erotisches Vorbild nehmen würde. Ich musste zugeben, dass ich danach etwas beleidigt war. Okay, Bens Aussehen war eher als durchschnittlich zu bezeichnen. Aber er hatte einen umwerfenden Charme, der ihn in meinen Augen unwiderstehlich machte. Außerdem brachte er mich zum Lachen und das war eine Eigenschaft, die man bei Männern nicht unterschätzen sollte.

Die anderen Frauen hatten sich mittlerweile um den Tisch gruppiert und lauschten unserem Gespräch unverhohlen. »Für meinen letzten Roman hatte ich Lucas Bravo als Vorbild.« Ein anerkennendes Raunen ging durch die Fan-Reihe. »Bei der Protagonistin habe ich an Blake Lively gedacht.« Wieder erntete ich zufriedene Blicke.

»Und wer ist das Vorbild für das nächste Buch?«, fragte eine der Frauen.

Ich schmunzelte geheimnisvoll. »Das wird noch nicht verraten. Sie sollen sich schließlich Ihr eigenes Bild machen können.« Tatsächlich hatte ich als Figur das männliche Model Noah Huntley auserkoren. Mit seinen lockigen, dunklen Haaren, den grünen Augen und dem markanten Gesicht entsprach er zu hundert Prozent meinem Beuteschema. Ein Seufzen ertönte.

»Verlieben Sie sich auch in Ihre männlichen Hauptfiguren?«, meldete sich die Leserin wieder zu Wort.

»Na klar. Aber verraten Sie es nicht meinem Freund«, antwortete ich augenzwinkernd. Der Austausch mit meinen Leserinnen war eine der angenehmen Seiten meines Berufes. Es machte Spaß, die Begeisterung zu spüren und zu wissen, dass ich sie mit auf meine Gedankenreise nehmen konnte.

»Wer ist als Nächste dran?«, beendete ich das Gespräch. Ansonsten würde ich noch bis spät am Abend hier sitzen und mein

Magen grummelte bereits wie ein nahendes Gewitter. Mit freundlicher Miene widmete ich mich den restlichen Frauen, um ihre Exemplare zu signieren. Natürlich dauerte es länger als geplant, aber ich wollte mich auch nicht hetzen lassen. Schließlich hatten die Frauen geduldig gewartet und sollten auch ihre Chance bekommen, ein paar Worte mit mir zu wechseln.

»Puh.« Mit dem Handrücken wischte ich mir fiktiven Schweiß von der Stirn, nachdem die letzte Leserin den Laden verlassen hatte. »Das wäre geschafft.«

»Braves Mädchen.« Brooke klopfte mir anerkennend auf die Schulter. »Du hast heute bestimmt ein paar treue Fans dazugewonnen.«

»Na, dann hat sich der Einsatz auf jeden Fall gelohnt. Das sind schließlich die Menschen, für die ich diesen Job mache.«

Wie immer war Brooke ganz in Schwarz gekleidet. Dafür schimmerten ihre vollen Lippen in einem satten Rotton und bildeten einen starken Kontrast zu ihrer dunklen Haut. Die nachtschwarzen Haare waren akkurat zu einem kinnlangen, asymmetrischen Bob geschnitten. Sie hatte sich ihre neuste Errungenschaft, eine Gucci-Tasche, über die Schulter gehängt.

»Ich habe dir doch gleich gesagt, dass es sich lohnen würde«, erwiderte Brooke mit ernster Miene.

»Ich gebe es ja nur ungern zu, aber du hattest wie so häufig recht.«

Brooke hob gespielt dankbar die Hände in die Luft. »Halleluja. Endlich hat sie es kapiert.«

»Sehr witzig.« Seufzend steckte ich den Signierstift in die Handtasche.

Die Ladenbesitzerin kam zu uns. Eine schlanke, unscheinbare Frau, deren blonde Haare von silbernen Fäden durchzogen waren. Sie hatte ein sympathisches Lächeln und ihre grauen Augen strahlten, als hätte jemand von innen zwei Glühbirnen angeknipst.

»Mrs Morgan, ich kann Ihnen gar nicht sagen, wie glücklich ich bin, dass Sie heute bei uns waren. Wir haben schließlich nicht jeden Tag einen Star der Literaturszene bei uns.«

»Ach was. Ich habe zu danken. Sie haben hier wirklich ein kleines Juwel geschaffen.«

»Die Buchhandlung ist mein Lebenswerk. Es ist gar nicht so einfach, gegen die großen Ketten zu bestehen«, gestand mir die Dame.

»Das kann ich mir vorstellen«, antwortete ich. »Umso bemerkenswerter, dass Sie es schaffen.« Nur mit Mühe unterdrückte ich ein Gähnen. Das lange Sitzen und die Gespräche hatten mich ermüdet. »Entschuldigen Sie bitte, aber es war ein langer Tag heute.«

»Ach du je, und ich stehe hier und halte Sie auf.«

»Nein, nein. Keineswegs«, versicherte ich ihr eilig. »Ich finde es sehr interessant, was Sie erzählen. Mich hat die Anzahl der Gäste heute wirklich überrascht, insofern haben Sie alles richtig gemacht.«

»Danke, aber das lag auch an der Autorin.« Sie lächelte mir zu. »Und haben Sie schon mit Ihrem neuen Buch angefangen?«

»Nein«, erwiderte ich ehrlich. »Im Moment stecke ich noch mitten in der Recherchearbeit.«

Aus dem Augenwinkel sah ich, wie Brookes Augenbraue missbilligend nach oben schnellte.

»Werden wir wieder eine neue Liebe im malerischen Örtchen Harpers Ferry erleben?«

Das kleine Dorf in West Virginia war der Handlungsort in all meinen Romanen und hatte es meinen Leserinnen angetan.

Brooke und ich tauschten kurze Blicke.

»Ich denke schon«, bestätigte ich.

»Sehr gut.« Zufrieden rieb sich die Dame ihre Hände. »Ihre Beschreibungen sind so lebhaft, dass ich das Gefühl habe, selbst schon dort gewesen zu sein.«

»Ein größeres Kompliment könnten Sie mir nicht machen.« Ich reichte der Besitzerin zum Abschied die Hand. »Vielen Dank, dass ich bei Ihnen zu Gast sein durfte. Es hat mir sehr viel Spaß gemacht.«

»Hoffentlich können wir das bald wiederholen.«

»Spätestens mit dem neuen Buch«, versprach ich.

Brooke reichte ihr ebenfalls die Hand. »Wir bleiben in Kontakt, meine Nummer haben Sie ja.«

»Auf jeden Fall.« Gut gelaunt verabschiedete uns die Buchhändlerin.

Im Gebäude war es durch die Heizung angenehm warm gewesen. Als wir hinaustraten, wurden wir von der kühlen Abendluft empfangen, unter die sich die Abgase der Autos mischten. Dank eines Tiefdruckgebiets war es in den letzten Tagen ungewöhnlich frisch gewesen. Es hätte mich nicht gewundert, wenn es angefangen hätte zu schneien. Fröstelnd zog ich den Mantel enger.

Brooke verzog das Gesicht. »Ich kann nur hoffen, dass dieses schreckliche Wetter bald vorbei ist.«

»Ja, wobei ich es besser finde als Dauerregen. Denk nur an letzten Frühling.« Bei dem Gedanken daran verzog ich das Gesicht. Es hatte tagelang geschüttet, sodass die Straßen unter Wasser gestanden hatten.

»Sag mal, was hältst du von einem Drink?« Brooke warf mir einen fragenden Blick zu.

»Kannst du meine Gedanken lesen? Allerdings kenne ich mich in Brooklyn überhaupt nicht aus und bis wir drüben in Manhattan sind, bin ich verhungert.«

»Ein Umstand, den wir auf jeden Fall verhindern müssen. Schließlich bist du meine Erfolgsautorin.«

»Du siehst in mir also nur eine Investition.« Gespielt verletzt verzog ich das Gesicht.

»Du dumme Nuss. Du bist natürlich viel, viel mehr für mich.« Lächelnd legte Brooke ihren Arm um mich. »Umso besser für dich, dass ich das Viertel wie meine Westentasche kenne, schließlich bin ich hier groß geworden.«

»Das wusste ich ja gar nicht.«

»Na ja, genau genommen war es auch Brownsville. Nicht gerade ein Teil meiner Vergangenheit, mit dem ich hausieren gehe.« Das Lächeln war aus Brookes Gesicht verschwunden. »Es war hart, aber ich habe es geschafft und darauf bin ich wahnsinnig stolz.« Sie ballte unbewusst die Hände zu Fäusten.

»Kann ich mir vorstellen.« Das war eine Lüge, denn im Gegensatz zu Brooke war ich äußerst behütet in einem Vorort von New York aufgewachsen, in dem die größte Aufregung darin bestand, dass der Postbote kam. Wirkliche Kriminalität, wie sie in Brownsville an der Tagesordnung war, kannte ich nur aus Filmen.

»Das wage ich zu bezweifeln.« Der Blick, den mir Brooke schenkte, war eindeutig.

»Du hast recht. Ich habe ehrlich gesagt keine Ahnung.« Wir schlenderten den Gehsteig entlang. Es war spät geworden. Die meisten Läden hatten bereits geschlossen. Im Gegensatz zu Manhattan, wo große Ketten das Straßenbild dominierten, fand man in Brooklyn noch kleine Shops und Boutiquen. Auch fehlten die Geschäftsleute in ihren Anzügen, die aussahen, als hätte man sie geklont. Stattdessen liefen Männer mit fadenscheinig wirkenden Klamotten über die schmalen Gehsteige.

»Da vorn ist es schon.« Brooke deutete auf ein Schild nur ein paar Meter entfernt.

»The Rat Hole – das Rattenloch! Ernsthaft?« Meine Augenbraue schnellte nach oben.

»Ich weiß, der Name ist nicht gerade vielversprechend, aber der Laden ist ein absoluter Geheimtipp unter den Einheimischen. Vertrau mir.«

»Das tue ich doch immer.«

»Sehr gut.« Mit beschwingtem Schritt gingen wir bis zu dem schlichten hölzernen Eingang. Kraftvoll drückte Brooke die Tür auf und wir traten ein.

Die Luft war zum Schneiden schwer und angefüllt mit dem Geruch von fettem Essen und Kaffee. Eine wilde Mischung. Im Gegensatz zu draußen war es angenehm warm.

Es dauerte einen Moment, bis sich meine Augen an die schummrige Dunkelheit in dem Laden gewöhnt hatten. Der Vorraum war nicht sonderlich groß und bot Platz für eine Handvoll Tische und Stühle, die allesamt besetzt waren. Von dort aus führte ein breiter Gang an der Bar vorbei in den hinteren Teil des Restaurants. Die Wände bestanden aus roten Backsteinen, zwischen denen die weißen Fugen hervorblitzten. Der dunkle Dielenboden wies unzählige Brandlöcher und abgewetzte Stellen auf. Hinter dem lang gezogenen Tresen wuselten eine junge Frau und ein Mann, um den Wünschen der Gäste nachzukommen.

»Wollen wir uns an die Bar setzen oder sollen wir schauen, ob hinten noch Plätze frei sind?«, fragte Brooke.

»Gern hier. Ich mag es, am Tresen zu sitzen. Ist gemütlicher als am Tisch.«

»Perfekt, dann sind wir uns ja wie immer einig.« Brooke nickte zufrieden.

Wir durchquerten den Vorraum. Kaum, dass wir Platz genommen hatten, kam die Frau heran, um uns nach unseren Getränkewünschen zu fragen.

»Für mich ein Glas Chardonnay und ein Wasser, bitte.« Mein Blick wanderte zu der Tageskarte an der Wand. »Und einen Rat-Hole-Burger mit Süßkartoffelpommes.«

»Das Gleiche für mich, bitte.« Brooke legte ihre Tasche neben sich auf den Tresen.

Neugierig schaute ich mich um. In der Bar herrschte eine entspannte Stimmung. Die meisten Gäste waren Paare, die sich angeregt unterhielten. Eine Männergruppe stand neben uns am Tresen und wie ich den Wortfetzen entnehmen konnte, die ich aufschnappte, fachsimpelte sie über das Footballgame des vergangenen Wochenendes.

Der Barkeeper kam und reichte uns die bestellten Getränke.

»Cheers.« Guter Dinge prostete ich Brooke zu und nahm einen großen Schluck Wasser.

»Ah, das tut gut.« Von dem ganzen Reden war mein Mund trocken geworden.

»Das hast du dir verdient.« Brooke nickte mir anerkennend zu. »Wie geht es Ben? Ich hatte eigentlich erwartet, dass er dich abholen würde. Alles okay bei euch?«

»Ben hat wahnsinnig viel zu tun. Wie immer.« Ich seufzte. Seit er als Partner in die Kanzlei eingetreten war, bekam ich ihn kaum noch zu Gesicht. Etwas, das mir ganz und gar nicht gefiel. In den zwei Jahren unserer Beziehung hatte ich ihn nie so wenig gesehen wie in den letzten sechs Monaten. »Aber um auf deine Frage zu antworten, im Moment ist es nicht ganz einfach. Er arbeitet viel und ich bin ständig zu Lesungen unterwegs.«

»Das tut mir leid.«

»Danke, ist ja nicht deine Schuld. Das renkt sich schon wieder ein.« Ich nippte an meinem Weinglas. Sofort hatte ich den fruchtigen Geschmack des Chardonnays auf der Zunge.

»Das heißt, eure Pläne mit der gemeinsamen Wohnung liegen erst einmal auf Eis?«, erkundigte sich Brooke weiter.

»Nein, eigentlich nicht. Aber es ist gar nicht so einfach, etwas zu finden. Die Wohnungspreise sind in den letzten zwei Jahren explodiert und was erschwerend hinzukommt, ist, dass Ben und ich uns nicht einigen können, in welches Viertel wir ziehen. Ich würde gern in Soho bleiben und Ben möchte in die Upper East Side. Er meint, das wäre seiner Position angemessen.« Tief in mir hatte ich manchmal den Verdacht, dass Ben unser Zusammenziehen künstlich hinauszögerte.

»Aha. Upper East Side.« Brooke fuhr sich mit der Zunge über die Unterlippe. »Nicht gerade das Viertel, um Kinder großzuziehen.«

»Das habe ich ihm auch gesagt.« Tatsächlich spielte ich seit einiger Zeit mit dem Gedanken, ein Kind zu bekommen. Mit zweiunddreißig hatte ich zwar keine große Eile, aber über kurz oder lang wollte ich unbedingt eine Familie mit Ben gründen. Zumal wir beide beruflich fest im Sattel saßen, vor allem jetzt, wo Ben die Partnerschaft hatte.

»Du wirst das schon mit ihm klarmachen. Aber eines sage ich dir ...« Sie hob drohend den Finger. »Ich bin die Erste, die erfährt, wenn du schwanger bist.«

Ich lachte vergnügt. »Erst einmal müssen wir heiraten.« In dieser Hinsicht war ich eher traditionell eingestellt.

»Habt ihr mal darüber gesprochen?«

Nachdenklich schüttelte ich den Kopf. »Immer, wenn ich Andeutungen in diese Richtung mache, weicht mir Ben aus. Ich schätze, er will mich überraschen.«

»Gut möglich. Wie läuft es mit dem neuen Roman?«

»Du meinst den, den ich noch nicht angefangen habe?« Ich zog eine Grimasse. »Irgendwie bin ich noch nicht so richtig im Flow.« Fakt war, dass Ben und ich uns in letzter Zeit häufiger gestritten hatten und mich diese Missstimmung zwischen uns in meiner Kreativität ziemlich beeinträchtigte. Es fiel mir schwer, über Glück und Liebe zu schreiben, wenn ich selber nicht zufrieden war. Zu viele Emotionen, die ich nicht in eine Linie brachte.

Der Barkeeper kam mit unserer Bestellung aus der Küche.

»Zweimal Burger mit Fries.« Er stellte die Teller vor uns auf den Tresen.

Voller Vorfreude wickelte ich das Besteck aus der Serviette. Ein angenehmer Duft nach frisch gebratenem Fleisch stieg mir in die Nase. Der Burger war riesig und ansprechend zubereitet. Zufrieden nahm ich einen Bissen.

»Köstlich«, sagte ich mit vollem Mund.

Brooke nickte. »Ganz deiner Meinung. Die Hamburger sind noch genauso, wie ich sie in Erinnerung hatte.«

»Der Laden landet auf meiner Bestenliste.« Ich biss erneut ab. Ketchup quoll in einem Schwall zwischen den Brötchenhälften hervor und lief mir über die Finger. Ehe ich es verhindern konnte, tropfte es auf meine Bluse.

»Mist.« Hektisch schnappte ich mir die Serviette. Auf dem hellen Stoff meines Oberteils prangte ein fetter roter Fleck, der sich in Windeseile weiter ausbreitete. »Die Bluse habe ich erst letzte Woche bei Macy's gekauft.«

»Dann besser nicht verreiben«, hielt mich Brooke zurück. »Besser du gehst kurz auf die Toilette und nimmst Wasser und Seife, dann hast du eine Chance.«

»Du hast recht.« Ich rutschte vom Stuhl.

»Wie immer!« Brooke hob wieder theatralisch die Hände.

»Dann kannst du mir bestimmt auch sagen, wo die Toiletten sind.«

»Selbstverständlich. Nur den Gang entlang und dann siehst du sie schon.«

»Alles klar.« Nickend setzte ich mich in Bewegung und eilte am Bartresen vorbei. Nach ein paar Schritten hatte ich den hinteren Teil des Restaurants erreicht. Kurz blieb ich stehen und scannte den Raum nach dem Hinweisschild für die Toiletten. Das Licht war etwas gedämpfter als vorn. Auch hier waren die meisten Tische besetzt. Mein Blick wanderte zur Stirnseite, in der Hoffnung, dort das Klo zu finden. Schwarz-Weiß-Fotografien von italienischen Stars zierten die schlichten Steinwände. Ah, endlich hatte ich es entdeckt.

Mit langen Schritten durchquerte ich den Raum und ging an den Tischen vorbei bis zu den Toiletten. Ich hatte mein Ziel fast erreicht, als ich aus dem Augenwinkel ein eng umschlungenes Paar wahrnahm. Der Mann hatte mir den Rücken zugedreht, während er seinen Mund auf den der Frau gesenkt hatte. Ihre manikürte Hand fuhr zärtlich durch das dichte, dunkle Haar des Mannes.

Zeitgleich setzte mein Herz einen Schlag lang aus. Der Boden unter meinen Füßen fing an zu schwanken und in meinem Kopf drehte sich alles. Abrupt blieb ich stehen.

»Ben!« Ich hatte geschrien.

Mit einem Ruck löste sich mein Freund von der unbekannten Schönheit.